U0627052

观鹤笔记

她与灯 著

2

中国友谊出版公司

他从前以为，衣冠之下，皮肉之上，他的每一局都要输。

可是此时此刻，他却清晰地感知到，杨婉不想让他输。

过去隔纸而望，

杨婉可以敬他，

却不能爱他。

如今同床而坐

她终于可以敬他

她终于可以敬他，

也可以试着爱他。

也可以试着爱他。

目录

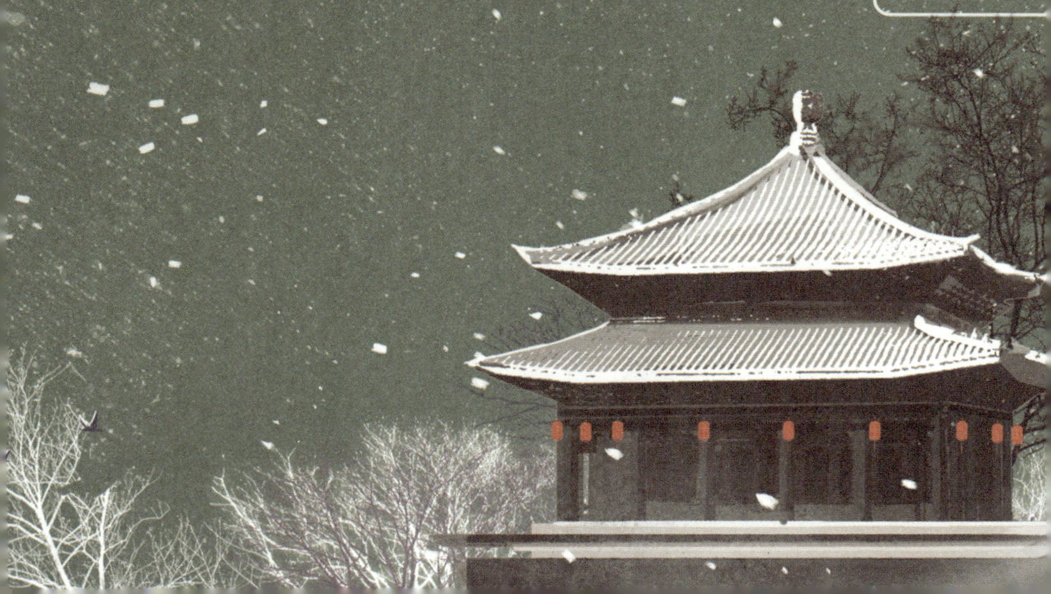

性纯如雪，不闻远香。

第八章

独住碧城

54

　　贞宁十三年的春天过得很快，几日晒下来，地上反出的热气儿就熏开了喜暖的花儿。

　　邓瑛之前设计安置在养心殿门前的吉祥缸，终于全部安置完成。

　　杨婉偶尔从养心殿的御路走过，见杏花照水，淡影绰绰，花落缸中也浮而不沉，即便是被几场阵雨打沉在缸底，也都如卧玉一般，安之若素地躺在青藓上。

　　整个明皇城的春天都像极了邓瑛的气质。

　　温暖、干净，弥漫着绸衣浆洗之后清冽又单薄的香气。

　　杨伦所撰写的《清田策》开始在江南推行。

　　但三月初，南方连降暴雨，荆江决口，导致云梦泽上游附近四个正在进行土地丈量的县，以及经淮阴清口与淮河交汇处的几个县几乎全部被淹，湖广巡抚余尚文上书贞宁帝，请求减免四县的赋税，贞宁帝听从了内阁的建议，下旨减免荆州四县一年的赋税。

　　谁知淮河泛滥区的州县，见湖北开了个头，也纷纷上书请求减免。

　　奏折一堆上来，贞宁帝为了名声，大笔一挥全批了。

　　户部却开始犯难。

　　贞宁年间的国库亏空一直很严重，各部早已经在寅吃卯粮，眼见着司堂官员们去年的过年银还没有发出来，哪里还经得起这种往外掏、不往里进的事？所以内阁但凡合议赈灾之事，户部都以无钱为由驳回。十几个遭灾的县民不聊生，地方自顾不暇，清田的工作逐渐变得举步维艰。

杨伦没有办法，只得奏请亲自前往南方总领清田事项。

然而何怡贤也趁机向贞宁帝建议暂停南方清田，并在工科里推荐了一个叫梁樊的人前往勘察灾情，并总领堵决口的工程。

邓瑛将这件事告诉杨伦的时候，杨伦差点没从椅子上跳起来。

"呵！这个梁樊去了南方指不定怎么攫工部的拨款呢，明明知道清田以后，户部要买田、要用钱，我们都恨不得从石头缝里抠银子。如今天灾人祸当头，那里头还贪！无法无天了！"

邓瑛前日夜里没睡好，此时被杨伦的声音震得脑门心疼。

因为是在杨伦的私宅里议事，众人都坐得很随意，只有邓瑛垂手而立，一站就是一个时辰。

他此时也着实有些难受，不得已按了按太阳穴，咳了两声，方对杨伦道："工部我可以给你们荐一个人，如果诸位大人肯信我的话。"

杨伦愤恨地重新坐下，示意他说名字。

邓瑛平声道："徐齐，太和殿的工程结束以后，此人就回到了工部的司堂上。"

杨伦没有出声，白焕忽然问道："你为何荐这个人？"

邓瑛转过身，朝白焕拱手道："此人与我一道督建太和殿，虽为人过于刚直，但甚是忠义，若杨大人要去南方督查清田，此人应该不会被何掌印辖制，借水患掣肘户部。"

他说完这句话，在场的所有人都沉默下来，有人露出怀疑的目光，有人压根儿就不屑。

快要入夏了，那日又是一个大晴天，杨府正堂的庭院被太阳晒了整整一日，泥巴地里逐渐逼出了又潮又闷的气味，户部一个吴姓的司官忍不住抹了一把脸，忽然站起来说道："今日是我私议，我不知道杨侍郎为什么会让邓厂督进来，我也不敢问，但我有一说一，徐齐也好，梁樊也好，都是司礼监的人荐的，能有多大的区别？别说掣肘了，我看他们司礼监现在杀人的心都有了吧。"

白焕提高声音喝道："吴大人！慎言。"

吴司官道："阁老，我肺腑之言，有何惧怕，即便出了门他东厂厂卫就将我拿了，我该说的，也得——"

"他今日若要拿人，就不会忍伤在你我面前站着！"

白焕提声打断了吴司官的话，邓瑛愣了愣，抬头看向白焕，他也有一丝侥幸，试图从这个不认他的老师眼里，看出一丝对他的怜悯。然而白焕没有看他，摆着手将声音收敛了回来，倦哑道："行了，接着议吧。"

杨伦朝邓瑛望去，见他今日穿的是常服，明明不是很热的天气，那身青缎质地的道袍却已经被汗水濡湿了。杨伦想起了他腿上的旧伤，即招手让仆人进来，吩咐道："再去搬一个凳子。"

"不必了。"

邓瑛低头向杨伦行了一礼："我今日过来，不是与诸位大人议事，只是希望明日御前，大人们有个准备，不至于措手不及，缉事厂内还有公务，这便要告辞了。"

杨伦起身道："来人，送一步。"

邓瑛垂手直起身："不敢，容我自便吧。"

他说完，低头又朝堂中众人行了一礼，直背后退了两步，方转身理着袖口踏下门阶。

杨伦看着邓瑛的背影消失在二门外，转身问白焕道："老师怎么想？"

白焕沉默了一阵，方道："徐齐可以举荐，但是最好不要由内阁推举，和工部那边说一声吧，让他们今日就上折子，我们明日票拟，御前议事的时候，一道递进去。"

杨伦应"是"。

白焕叹了一口气，颤巍巍地站起身。

"今儿就到这儿吧。"

杨伦忙上前搀扶，师生跨过二门，白焕忽然站住脚步："脚伤是怎么回事？"

"啊？"杨伦愣了愣，"谁的……脚伤？"

"邓瑛。"

杨伦没想到白焕会突然提起邓瑛的腿伤，有些愕然，但还是解释道："哦。听说前年在刑部受审的时候被刑具伤的，已经很久了。"

"嗯。"

白焕点了点头，继续朝前走，并没有再多问。

杨伦试探着道："老师，学生日后……可以与他相交吗？"

白焕站定脚步："你为什么会这样问我？"

杨伦道："他是我们在司礼监的眼睛。"

"那你把他当成眼睛就是了！"

"老师，做人怎可如此……"

白焕握住杨伦的手，郑重道："杨子汾啊……有了交情，便会念同门之谊，他获罪的时候，你就容易因为一念之差，与他一道万劫不复。你看看他……"

他说着，抬手朝外指去："你看看，他走的是一条什么路？他踩着桐嘉书院八十余人的性命入主东厂，朝廷上没有一个人不恨他。这世上谁护得了他？"

杨伦黯然："可是他没有……"

"只有皇帝护得了他！"

白焕深叹了一口气，沉重地摇了摇头："只有皇帝护得了他啊，可是他做的又是什么事，是奴婢该做的吗？他与我们私交消息，明日工部一旦举荐徐齐，何怡贤立即就会明白他在中间做了什么。你若当他是同门，你敢与他一道认这件事吗？你要撇清啊……"

杨伦不觉地捏紧了手："难道就眼看着他这样……"

白焕叹了一口气，眼眶渐烫，喉气难疏。

"你我都只能看着……"

杨伦道："可学生的妹妹，还跟他在一处。"

白焕仰起头，一群云中的飞鸟，俯冲而下，那架势如知死而赴死，他原本不愿意说出来的那番话，忽然就说出了口。

"子汾，即便亲子，不可为国弃之吗？"

此话说完，两人已经走到了正门口。大片大片的云影在地面上铺陈开来。

白焕仍然望着天际，却不再出声。

杨伦抬起头直接朝门外看去，眼见春道碧树，燕草绿丝，一派暖春盛景，而他却恍惚觉得，一路寒冰三尺，白骨载道。

邓瑛从杨宅出来，独自走在正街上，几个东厂的厂卫远远地就在人群里看见了他，一窝蜂地赶到他身边道："厂督，今儿天气这般好，您一个人逛啊。"

邓瑛见他们一个个面红耳赤，也没穿官服，油光满脸，一看就是吃了席面刚出来。

"你们喝酒去了吗？"

其中一个人回道："是，去喝了一杯喜酒，陈千户续弦，又办了新宅子，哟嗬，那场面可气派了，好多城里大户都去了，我们这才闹了出来。"

邓瑛点头道："上一个月是听说他在买宅子。"

"可不，那宅子大着呢，虽说只是个二进的院子，但看着极宽敞。厂督，照说，您也该置一个外宅了。"

邓瑛笑着拢了拢袖子，没接话。

那人接着说道："您老住在宫里有什么意思呢？我瞧着，好些京官都巴巴等着孝敬您，有些连房契都捧上来了，您就给个脸瞧瞧有什么要紧的？他们的钱不也都是搜刮来的吗？您拿了，就不用苦着自己了。"

邓瑛笑道："既然走的是你们的门路，你们就去瞧吧。"

"那怎么成？"

那人挑起眉来："我们还要不要脸了？督主啊，这半年来，您把什么都分给属下们了，自个儿里里外外啥也没添置。我们知道您清派，可是，您什么都不想，好歹也替杨女使想想啊。"

邓瑛站住脚步："不要说这样的话。"

这话说完，已经到了东华门门前。

几个厂卫见门后的人，一下子噤若寒蝉，跟见了菩萨似的，纷纷站住了脚步。

邓瑛一抬头，便见杨婉立在东华门后，穿着一身簇新的宫服，绾着松髻。

她原本就生得很好看，这半年来，她好像在妆容衣着上摸索出了些经验，越发明丽起来。

"你怎么在这儿？"

杨婉朝他走近几步："看得出来有什么不一样吗？"

邓瑛点了点头："升了掌籍？"

杨婉笑道："对，我今晚要请客，大家聚一聚。"

"好。"

"但是我没有地方，所以想借你和李鱼那儿。"

邓瑛迟疑道："我那个地方促狭，恐……"

"没事。"

杨婉跟着他朝前走，一面走一面道："如今天暖了，也不消在屋子里面吃锅子，我看你们平时也都是在外面动火的，这回人也不多，就你、我、李鱼，还有云轻和陈桦。我也不求什么，就求个热闹。你看前前后后，咱们说了多少次聚一聚，你身子一直不好，老没聚成。"

邓瑛点头应了一声："好。我先回一趟内厂衙，之后就过来。"

杨婉忽然问道："你今日出去，是不是去见我哥哥了？"

邓瑛一顿："你怎么知道？"

"猜的。"

她说着看向他的脚腕："看你这走路的样子，就知道你站了很久。在外面除了他，还有谁敢让你站这么久？"

她说完凑到邓瑛面前："邓瑛。"

"嗯？"

"你以后不要怕他，就坐着跟他说话，他要再对你凶，我就亲自上会极门去骂他。"

邓瑛笑出了声："今日阁老也在，我怎敢放肆？"

"哦。"

杨婉叹了一声："那位大人我也惹不起，唉……"

这一声叹得有些心酸："我今日也站了整整一日，我惹不起的人还真多。"

邓瑛忙道："你怎么了？"

杨婉抿了抿唇："蒋贤妃。"

她拖长了声音："忽然要看什么经籍，看便不说了，我担这项差事，也该尽心，可她看了不过一会儿，便命我诵读。我给读了大半日，她宫里的宫人差点没睡过去。唉，这不是摆明报复我吗！"

"是因为上次你检举延禧宫的事吗？"

杨婉耸肩："还能因为什么？我算是明白了，姜尚仪那次为何罚我了。"

55

护城河直房这边，李鱼正蹲在墙根底下，在炭火筐子里挑烧铜锅的炭。筐子里的柴炭个头大的少、小的多，下面的一层则几乎是碎的。

李鱼边挑边道："看着都没什么好的了。"

宋云轻提着水走过来，往炭筐子里看了一眼，对挽着袖子站在砧板边切菜的陈桦道："今年拨到二十四衙门的银钱是不是比往年少啊？"

陈桦暂时放下刀，抬头叹了一口气："说了要缩减内廷的开支，不过我让他们搬来的这一筐，还不是全碎的，大的也能挑几个吧，李鱼，你再仔细翻翻。"

李鱼拍着屁股上的灰站起身："都翻过了，就这几个能烧一会儿。"

他一边说一边拿给宋云轻看："姐，你看看，我觉得也够了。"

宋云轻道："够了就丢到锅子下面点起来吧，欸……算了，你还是让陈桦点，你毛躁得很，仔细烧着。"

陈桦听她这样说，便放下菜刀擦着手走过来："我很久不做这个事儿了。"

"我刚认识你的时候，你可是混司堂烧炉的。"

陈桦听她揭自己的底，无奈地笑了一声，点头认命道："对，是老本行。"

正说着，杨婉端着一盒糕点从承乾宫的方向走过来。

宋云轻冲她招了招手："邓督主呢，你不是上东华门寻他去了吗？"

杨婉放下糕点："他回厂衙了，过会儿才来，你们现在就开锅了吗？"

陈桦道："嗯，炭不好，怕一会儿煮得慢。"

杨婉听完随口打了个趣儿："陈掌印这不是害我吗？明的我今日请客，你掌管惜薪司，什么好炭没有，就给我这些。"

陈桦道："哎哟喂，杨掌籍，您可别在云轻面前乱说，如今这炭啊，都是衙门造册，依着数目采买的。以前宽裕的时候，外面的炭军①还能自个儿昧下些；如今可难了，就我拿来的这些，还是年初库里扒拉出来孝敬司礼监，结果老祖宗发慈悲，给赏回来的。我看今年冬天，怕是更难。"

宋云轻问道："怎么就缩减得这么厉害？"

陈桦摇头道："这谁知道？"

"户部紧。"

杨婉随口接了一句，打开点心盒子，挑了一块绿豆糕递给李鱼："小屁孩，给你先吃。"

陈桦倒是没太在意杨婉的话，宋云轻却道："户部紧？是什么说法？"

杨婉道："你当我没说，朝廷的事，咱们还是不议的好。"

宋云轻托着下巴："这也不单是朝廷的事，你没见咱们的俸禄也跟着缩减了吗？横竖我想知道为什么。"

陈桦道："那你也不能问杨掌籍啊，她也是尚仪局女官，怎能比你知道得多？我们这些天天往外面跑的人都不清楚的事儿，人杨掌籍能跟你说些什么？"

宋云轻道："你瞧不起谁呢？我是不行的，杨婉可比你和李鱼都要清醒。"

---

① 炭军：专门帮内廷采买炭火的人。

杨婉笑了一声："其实也不复杂，就是南方清田结束，户部要一笔银子来收官田，但是今年年初，因为封赏蒋贤妃一族，内廷亏空得厉害，户部又捏着银子不肯发补进来，这不就得缩节了吗？"

宋云轻听完，冲着陈桦扬了扬下巴："你瞧，比你清醒吧，你还敢说什么？"

陈桦赔笑道："不敢不敢……"

刚说完，正巧看见邓瑛从护城河边走过来，陈桦忙站起身行了个礼："督主，您可算来了，我被两位女官大人训斥得快没辙了。"

邓瑛听他说完，只是看着杨婉笑，没有跟陈桦搭话。

陈桦见此，捂着脑门道："哎哟，我忘了，您也是个不敢回嘴的。"

宋云轻起身向邓瑛行礼，杨婉也跟着站起来向邓瑛行了个女礼。

邓瑛忙作揖回礼："你们如此，我还如何坐呢？"

宋云轻道："督主，您只管坐，不用理会奴婢们，今儿是杨婉做的东，一应的吃食、碗碟、锅炭，都是要从她的俸禄里出的，奴婢们跟着作陪，自然要伺候起来。"

杨婉弯腰将邓瑛身后的凳子往桌前挪了挪："坐吧，云轻说话就这样。"

"好。"

邓瑛撩袍坐下，云轻等人也相继坐下。

陈桦翻着锅子底下的炭道："这炭也是不大好，烧这会儿了，汤水还没滚。"

宋云轻道："你别老去翻它，让它在底下自个儿醒一醒就旺了。"说完，又看向邓瑛问道："对了，督主，我今儿听说，司礼监要在东边奶子府①那儿给皇次子再挑几个乳母。"

李鱼吃了一口绿豆糕，含糊道："都已经有两个乳母在伺候了，还挑吗？"

宋云轻道："蒋贤妃怀孕的时候，奶子府那儿就备下了八十来个奶

---

① 奶子府：隶属锦衣卫，为皇嗣豢养奶妈的地方。

口[①]，光禄寺每天四两肉、八合米地养着，隔不了几日，地方上还给送物送钱，就为贤妃这一胎预备呢。我还记得，当年宁娘娘有孕，也不过备了五六个，真正使上的也就是一两个，后来皇长子殿下满了三周岁，宁娘娘就把乳母们都发放回去了。再看看如今延禧宫这架势，唉……"

她叹了一声："这宫里克扣咱们的钱，不就使到这些奶口身上去了吗？"

邓瑛将手握在膝上，有旁人在场，他坐得很端正，在杨婉眼中，看起来很乖。

宋云轻问他，他便轻咳了一声，认真回应："挑选乳母的事，是郑秉笔在负责，本来宫里也没有常例，宁娘娘简朴，所以只使了一两个，但蒋娘娘年轻，延禧宫多使几个乳母，也是皇后和太后的意思。"

杨婉听到郑月嘉在负责甄选乳母，忽然背后一阵恶寒，手里的筷子冷不防啪的一声落在地上。

李鱼忙叼着糕饼钻到桌子底下去替她捡起来："欸，自己请客还掉筷子，这不吉利的，好吧？"

宋云轻闻话，照着他的脑门就一敲："你瞎说什么，仔细我轰你下去！"

李鱼抱着头哦了一声，忙低下头继续咬他的糕饼。

杨婉抬头问邓瑛道："这些乳母都是附近州县挑选送上来的民妇吗？"

"是，不过军籍的也有。"

"哦……"

杨婉没再往下问，背后的那阵恶寒却一点都没消退。

好在锅里的汤此时开了，宋云轻为了缓解尴尬，便招呼杨婉佘羊肉。

羊肉一下锅，原本清亮的汤里就漂起了一层白色的血沫子，杨婉有些下不了手，比起将才掉筷子，她觉得这个腥膻的场景更加不祥。

邓瑛发觉了她神情当中的不安，放下筷子侧身问她："怎么了？"

杨婉看着沸腾的汤底，却不知道怎么跟邓瑛说。

---

① 奶口：奶妈。

她想起了春夏之交的那场"鹤居案"，那场为一个宫人而杀三百人的惨剧，也想起自己导师当年关于宁妃的猜测。

"鹤居案"并没有具体的年月日记载，大部分的文献都只给出了"春夏之交"这么一个模糊的时间。

杨婉起先比较认可主流观点，也就是《明史》上的记载，说是有一个宫女不堪苦役和责罚，铤而走险所为。

这个解释，简单来说就是一个"无知少女"报复社会，怎么听都不可信。

但是《明史》当中的好几个案子都充满了现实魔幻主义色彩，于是这个"无知少女"，也就被衬托得没有那么奇葩了。

然而不知道为什么，虽然这些事情此时并没有形成一个完整的推测闭环，但自从听到郑月嘉负责为皇次子挑选乳母这件事情开始，杨婉就有一种预感，郑月嘉似乎就是鹤居案的起因，或者也不能完全断定就是起因，但至少是其中的某一环。

"邓瑛，有没有办法让郑秉笔辞掉这门差事？"

邓瑛摇了摇头："这是皇后遣派的差事，无故是不能辞的。"

"哦……"

这一声"哦"几乎带着叹音。

宋云轻不解道："这是好差事，做了皇子的乳母，地方上也会有光的，哪一处地方官衙也不肯落后啊，都会争着给司礼监的公公银钱，虽然……郑秉笔好像不是那样的人，但也体面呀，你为什么叫他辞？"

李鱼忽然道："她觉得要出事儿呗。"

杨婉一怔，李鱼却不知道自己说了一句什么样的话，自顾自地在滚水里捞着羊肉，继续道："她刚刚不是筷子掉了吗？"

杨婉被锅气冲得有些迷眼，邓瑛见她伸手揉眼，便站起身："我坐你这边。"

杨婉摇了摇头，拽着他的袖子坐下，深深呼出一口气。

"哎，说好我请客，结果我自己搅得你们都吃不好。"

陈桦道："哪能啊，我们哪里停了筷子？其实云轻有时也这样，遇到些事，就容易想多。不过我觉得也挺好的，这是细致，未雨绸缪嘛，我和李鱼就没这脑子。"

邓瑛听陈桦说完，低头对杨婉道："我明日去和郑秉笔说一声，请他留心。"

杨婉点了点头，抬手拍了两下自己的脖子，鼓着嘴呼出一口气，忍不住抬头又道："要不，你还是让他辞了吧。"

李鱼顶她道："你也是，都说了是皇后娘娘指派的，你叫他辞了，那可是抗皇后娘娘的懿旨，拖出去打死都不为过，人郑秉笔菩萨似的一个人，你怎么跟他过不去啊……"

宋云轻打掉李鱼夹起的肉，严肃道："你别吃了，下去。"

陈桦忙道："算了算了，都是好心。来来来，这里还有一片肉，我见邓督主和掌籍都还没吃上呢，我给下了啊。"

杨婉捏着邓瑛的袖子低下头，抿了抿唇，说了一声："对不起，我这糊涂话也不知道是怎么说出口的。"

邓瑛低头看了一眼杨婉的手。

她一直很喜欢捏他的袖子，这样的接触发乎情，止乎礼，给了邓瑛在衣冠之下足够的尊重，但似乎不足以让邓瑛完全承受她的焦虑和恐惧。

邓瑛想着，便把手臂慢慢地垂了下去，好让她抓得舒服一些。

56

一晃到了四月末，杨伦南下江淮，总领清田事宜。工部的徐齐随行，奉旨勘察云梦泽上游的决口。

旨意下到工部的时候，内阁和户部都松了一大口气。户部这才把科部官员们去年的烤火银和年银发放了下去。

虽说已经快到夏天了，但京城里指望着这些俸禄过日子的小官们，还是个个欢天喜地凑到户部衙门口，眼巴巴地等着发放。

衙门口前面一时热闹得像过年一样，趁着等候的当儿，礼科几个没什么实务的给事中聚在一起议论。

其中一个坐在门口的条凳上喝着碗子茶道："年前还说，要拖过今年，等到明年过年的时候才补发得出来，怎么如今就有了呢？"

工科的一个官员在旁应声道："上月御前大议，工部徐大人上奏的荆江补决预款，比之前工部上奏的少了三分之一，这么一来，户部就有了余银，所以也就有了今日的事。"

另一个上了年纪的堂官道："今年是真正看到了银子，远比往年混着胡椒、盐、米那般发放体面多了。"

条凳上的官员放下茶碗，叹了口气："是啊，去年年关，家里的病妻连药都省下来了，说是要存点钱给母亲多做一床棉被，等明年我们补了俸禄，她再接着治病。唉，母亲倒是熬过来了，年初她却没了，如今我拿着这些钱……"

他说着说着，就没了声。

在场的也无人出声去宽慰他。

这毕竟是整个大明的积弊，沉重的赋税和愈演愈烈的土地兼并自相矛盾，寒门无田产，即便是个有品的官吏，要了"两袖清风"的名声，家里也就得有饿死冻死的人。

他这一番话在暖风和煦的暮春时节说出来，平白地减去了人们脸上好不容易才绽出来的笑容。

户部发俸禄的这一日，恰巧也是福庆长公主的生辰，钟鼓司在蕉园演宫廷戏。

福庆公主是贞宁帝的胞妹，贞宁元年被荆国公家求娶，下嫁荆国公长子。荆国公虽已归原籍颐养，但公主一直与驸马住在京城。

太后很疼爱自己这个小女儿，亲自在宫里为她过这个生日，皇帝为了让太后高兴，便带着皇后以及诸位嫔妃一道来观戏。原本这个时候，司礼监几个有头脸的太监，都会在左右伺候，今日却只有郑月嘉一个人服侍御前。

皇帝看了一回戏，见福庆公主意兴阑珊，便随口问道："怎么了，福庆？"

福庆公主怔怔地听着戏，并未应声。

太后伸手拍了拍她的手背："福庆？"

福庆公主这才回过神来，见皇帝和太后都看着她，忙起身回道："福庆失礼。"

皇帝摆了摆手："朕看你心神不宁，有什么事不妨直接对朕说。"

"是。"

福庆公主直起身："回皇兄的话，国公在南方病笃，药石无用，臣妹与驸马惶惧不已，臣妹方才听了戏文里的唱词，想起国公，一时出神，实有失礼，还请皇兄恕罪……"

太后问道："去年年底，不是奏报有渐愈之象吗？"

福庆公主听完太后这句话，索性横下心在皇帝面前跪下。

太后忙叫把戏停了，弯腰问道："这是做什么？快起来。"

福庆公主俯下身道："母后，女儿是愚钝的妇人，深知朝廷大政不可妄议，可是国公实在年迈，不堪清田吏的轮番问讯，驸马为此日夜忧心，福庆也于心不忍，还请母后和皇兄垂怜。"

太后见她说得凄楚，但事涉开年的大政，倒也没有贸然开口。

贞宁帝示意郑月嘉上前将福庆公主扶起，压低声音问了郑月嘉两句，方平声对福庆公主道："朕会让内阁查明后写一道条呈上来，今日是你的生辰，母后和朕都高兴，这件事就先不要提了。"

宁妃坐在皇后的下首，听完这一番言谈，心里渐渐有些不安定。

她借故起身辞出蕉园，往承乾宫走，恰在咸安宫前的宫道上，遇见了杨婉。

杨婉原是回尚仪局交差，眼见宁妃一行人过来，本不想耽搁，便与旁人一道退到道旁行礼，谁想宁妃却唤她道："婉儿，姐姐有话跟你说。"

杨婉这才起身上前道："蕉园的戏还没散呢，娘娘怎么就出来了？"

宁妃示意左右稍退，对杨婉道："婉儿，哥哥去了南边那么久，为何一丝消息都没有？"

杨婉听她这样问，想起杨伦临走前对她叮嘱过一句："无论我在南方情状如何，都不可让宁娘娘知晓。"又见宁妃神色担忧，她便勉强笑了笑，应道："没有消息便是一切平安，娘娘不要担忧。"

宁妃摇头："可是，我今日听福庆公主说，荆国公病重，是因江南清田而起的。"

杨婉欲言又止。

荆国公的爵位是先帝所封，其家族在南方根基深厚。

杨伦清田策的首要目的，就是要把这些世家地主漏税的隐田全部挖出来。然而这些世族要么像荆国公一样，与皇帝攀亲，要么就背倚京城高官。杨伦在南方的政治处境可想而知。

"等福庆公主出了宫，或许就好了。"

杨婉说了一句连自己都不信的宽慰之言，接着又道："娘娘，您万不能在陛下面前提到哥哥的事。"

"姐姐明白。"

宁妃掐着自己的手腕："可是姐姐心里不安，也不知道该做些什么。"

"娘娘什么都不要做，这几日一定要照看好殿下，还有，千万不要和延禧宫有任何来往。"

"延禧宫？"

"是，这几日延禧宫风头太盛了，咱们避一避吧。"

宁妃点头道："你不说姐姐也明白，哦……"

她想起自己只顾问杨婉，忘了她今日尚在当值，忙揾了揾自己的前额。

"姐姐是不是绊住你了？"

"倒没有，我今日差事了结得早，只差回去盖印了。"

宁妃道："行，那姐姐不耽搁你，你去做事吧，姐姐回承乾宫了。"

杨婉让到道旁送她，直到她转过咸安宫的宫墙角，方直起身继续朝尚仪局走去。

尚仪局里此时只有司宾和司赞两位女官及几个女使在，姜尚仪和司籍女官皆不在。

杨婉里里外外寻了一遍，没见得人，只好出来问道："姜尚仪她们呢？"

司赞女官抬头应道："胡司籍去经籍库点查去了，至于尚仪大人……应该是去司礼监了，今日做了糟菜，每回做糟菜，尚仪都会亲自给老祖宗送几罐过去，老祖宗牙口不好，别的克化不动，吃那个最受用了，你坐着等会儿吧。"

杨婉已经不止一次地从这些女官的话语中，听出她们对何怡贤的敬重。

今日刚好闲，她索性坐下来接了一句道："尚仪对老祖宗真好啊！"

两位司籍的女官相视一笑。

"老祖宗对我们这些人，是没话说的。大家刚入宫的时候，都跟没头苍蝇似的乱转，要不是老祖宗的恩待，还不知道要受多少罚。尚仪大人刚入宫的时候，家里的母亲病故，她父亲又不肯拿钱出来安葬，老祖宗听说以后，拿了十两银子给胡襄，让他亲自帮着发送，尚仪这才认老祖宗作干爹。"

杨婉道："我以前一直不明白，尚仪那样的人为何会对司礼监如此恭敬，现下才知有这样的缘故。"

司赞女官放下手中的公文："我们入宫来做女官，各有各的苦衷。相比我们，那些内侍就更可怜了，哪一层的主子对他们不是非打即骂的？要不是老祖宗明里暗里地护着，还不知道要惨死多少。"

她说完看向司宾女官道："所以，上回邓厂督在司礼监受杖，我们都挺诧异的。老祖宗虽然也责罚下面的人，但每次都是雷声大，雨点小，吓唬吓唬就算了，把人打成那样，还真是第一次。"

司宾接过话道："他定是做了乱了规矩的事，才受那样的责罚。老祖宗那个人，只要底下人不破他的规矩，他就把咱们当自个儿的子女担待，但要破了他的规矩，那他也是不饶人的。邓厂督……是太露锋芒了些，你们说，东缉事厂那个位置，哪里是他该坐的？"

杨婉静静地听着二人的对话，没有出声。

司赞女官见她低头沉默，也觉得她们在杨婉面前说得有些过了，便拍了拍她的肩膀。

"我们也不是故意当着你说这些，说给你听，也是希望你能劝劝邓厂督。头顶上有庇护，那就是天，干什么要去掀了天呢？到时候天塌下来压人，受苦的还是自己，是不是？"

杨婉听完，却连假意地点个头都觉得有些困难。

这无疑是何怡贤和整个内廷的宫人长期磨合出的相处之道，像一种扭曲的"亲子"关系，用"恩惠"强迫"子女"屈膝跪拜。但就是这样的行为，在那个年代的内廷，却得到了包括姜尚仪在内的几乎所有人的认可。更令杨婉难受的是，他们认为邓瑛是一个异类，所受之罪，皆属应当。

"我觉得邓瑛挺好的。"

她忍不住说了这么一句。

司宾女官叹道："那是他对你好，你才这么说。不过杨婉，你要是真维护他，就不应该说这样的话。他日后在陛下面前要真有个过错，老祖宗不担待他，他得死无葬身之地啊！"

杨婉没有再说话。

其实站在这两位女官的立场上，她们对杨婉说的话已经算是很诚恳的了，杨婉深知自己不应该在这个地方出言反驳，但她还是不愿意曲意逢迎，只得咳了一声，避开她们的目光，抬头朝窗外看去。

渐近正午，来往的宫人各自忙碌，如芸芸众生，也是万千蝼蚁。

她抿着唇叹了一口气，将双手叠放在案上，弯腰趴了下去。

司礼监这边堂门内闭。

姜尚仪走到混堂司的时候，就看见司礼监的正堂外头跪着一个人。

那人身着东缉事厂厂臣的锦袍，直背垂臂，垂在膝边的衣袖轻轻为风所鼓。

姜尚仪从他身旁行过，走到正堂门前。门前的内侍忙上前来道："尚仪，您来了，奴婢这就去跟老祖宗传话。"

姜尚仪道："不必着急，老祖宗若是在议事，我就等一等。"

内侍躬身道："老祖宗知道您今日过来送糟菜，旁人来了那是不行，但您来了，一定要进去通报，您略站站。"

姜尚仪点了点头，似随意地问了一句："厂督怎么了？"

内侍朝她身后瞄了一眼："哦……这奴婢哪敢说啊！都是祖宗，您一会儿进去问老祖宗吧。"

姜尚仪没再往下问，趁着等候的空当，转身朝邓瑛看去。

他一直没有抬头。

正是午时将过，司礼监来往回事的人很多，从他身边走过的时候，难免有人要窃语几句，但他始终沉默着。姜尚仪朝宫道旁看了一眼，两个缉事厂的百户站在不远处，呵斥着来往议论的宫人，但声音也压得很低。

57

"尚仪。"

通传的内侍出来，见她一直瞧着邓瑛所跪处，便走到她身边回话道："老祖宗让您去呢。"

姜尚仪收回目光，转身指了指身后的两个坛子："我这儿还有两坛子糟菜，你抱着跟我一道进去吧，我就不叫她们跟着了。"

那内侍忙接过来："欸，奴婢伺候您进去。"

司礼监正堂内，除了邓瑛和郑月嘉外的几个秉笔都在。

几人正吃晚饭。何怡贤肠胃不好，喜欢喝粥吃酱菜，其余几个秉笔也都上了年纪，乐得跟着掌印养身。

何怡贤这会儿刚喝完一碗肉糜粥，见姜尚仪进来，脸上便堆满了笑纹，抬手招呼她一道过来坐。

"算着日子，你该来瞧干爹了。"

众人都知道何怡贤很疼这个干女儿，听他这么一说，便附和道："尚仪一来啊，我们都不配和老祖宗坐着了。"

姜尚仪行了一个礼，方在何怡贤身旁坐下，接过内侍递来的筷子，还没等她看，便听何怡贤道："是你惯用的那一双。"

姜尚仪笑了笑，招手让那抱着坛子的内侍把坛子放到桌子上，亲手揭开坛盖儿，夹了一筷子糟肉放入何怡贤的碗中："上回干爹说肉皮子有些滋味，我这回就多烧了半个时辰，比之前的焖得还要烂些，干爹，您尝尝。"

说完，她又夹了几块分别放到几个秉笔碗中。

几个人都笑着看，不敢动筷。

何怡贤笑道："她孝敬你们，你们就尝尝吧。"

众人应"是"，这才纷纷下筷。

糟肉一夹即烂，浓郁的酱香气从坛子里冒了出来，肉质软烂流脂，送入口中之后，若凝脂一般化开，肉的香味流窜入口鼻，把这些个有些年头的五脏庙祭得服服帖帖的。

"还是我这女儿知道我的脾胃。"

说完，他就着筷子点向胡襄等人："你们都是跟着我享的福。"

胡襄道："是啊，每月就等着您分我们这一口呢，比御膳还有滋味。别的不说了，关键是这个体面，尚仪亲手孝敬过来的，旁人哪里想得到呢？"

姜尚仪放下筷子："女儿在想，是不是也得留下几块，孝敬外面的邓厂督和今日在御前伺候的郑秉笔。"

何怡贤顿了顿筷子，姜尚仪不动声色地倒了一杯茶递给他："一方面是我这个做女儿的孝敬干爹；另一方面，也是我们尚仪局对司礼监的礼数，几位秉笔都敬到了，没理由少了那两位啊。"

何怡贤笑了一声："你啊，进来之前就想好了要求情是吧？"

"干爹恕罪。"

她说着又起身行了个礼："干爹以前维护我们，我如今大了，也想学干爹一样，照顾着尚仪局的那些女孩子。"

何怡贤道："那个叫杨婉的姑娘？"

姜尚仪点了点头。

"我看在杨婉的分儿上求这个情，若不是太大的罪，干爹能不能看在我的分儿上开个恩？"

何怡贤笑而不语，慢慢地将碗里的肉吃完，方放筷道："你知道为什么罚他吗？"

"不知。"

"他一而再，再而三地坏干爹的规矩，咱们司礼监按在地底下的事，如今全部摆到了他内阁的直房里，内阁已经能赶在干爹的前面跟主子荐人了。"

姜尚仪点了点头："女儿明白，若干爹觉得恕不得，就当女儿刚才是不懂事。惹您不快，女儿跟您请罪。"

何怡贤摆了摆手："罢了，你是第一次对干爹开这个口，怎么样干爹也会给你这个面子，你出去的时候叫他起来吧。一并告诉他，他若不想再受这样的辱，就将工部那件事，好好对我交代清楚。"

"是。"

姜尚仪应了一声，低头又向何怡贤碗中夹了一块糟肉。

几个人又坐着说了一些宫里的闲话，不多时，天已擦黑。

姜尚仪从正堂内走出来，径直朝邓瑛走去。

"邓厂督，老祖宗让您起来。"

"是。"

邓瑛轻声应过，方撑地试图站起来，不远处的两个百户见状，忙赶过来搀扶。

邓瑛站直身子，松开两个百户的手向姜尚仪揖道："多谢尚仪解围。"

姜尚仪道："我并非为你解围，而是不希望我尚仪局的人因为你而与司礼监结怨过深。"

她说完，对邓瑛身旁的两个百户道："你们先退下。"

百户道："我们是督主的人，凭什么听你一个女官的？要听我们也听杨掌籍的。"

邓瑛侧身道："不要无礼，先退下。"

百户听他这样说，这才退到了宫道上。

邓瑛忍着疼朝后退了一步，再揖道："尚仪恕罪。"

姜尚仪蹲身回礼，而后方道："邓厂督，尚仪局在我手里，是一荣俱荣，一损俱损。司礼监在老祖宗手里也是一样的。宫中千百张口，除了要吃饭之外，也要经营家族。我们都是苦命的人，否则也不会把自己锁进来。既然进来，那便是要为外面的活人争一口气。你把司礼监的财路全部断掉，有没有想过，会有多少人恨你？"

邓瑛听完垂首应道："邓瑛明白。"

姜尚仪叹了一口气："我是一介女流，目光短浅，你若觉得我说的没有道理，就当我没有说过。但杨婉是个很聪明的人，她看事情看得很细，也很透，拿捏要害，招招精准。我很喜欢她，如今她还收敛着，但我仍然很担心，她日后也会跟你一样被自己的聪明害死。你要明白，宫里什么样的人都容得下，就是容不下过于聪明的人。"

这番话说到这里，才真正见到了底。

邓瑛和姜尚仪都不知道，所谓的"过于聪明"其实并不来自现有的文明，是后人对前人的综合性思考、批评性定性。这种"聪明"从一开始就是高高在上的。然而，它的优越性只存在于精神层面。事实上，它根本就"生不逢时"，只会带给杨婉独坐高台、与人结缘而终究无果无望之感。

她之所以收敛，是因为历史的厚重感还没有完全被人的鲜活掩盖。

而"活人"碾压"故纸"的契机在什么地方呢？

五月初一，杨婉一直在等待的"鹤居案"终于发生了。

这一日傍晚，杨婉正与邓瑛一道在内学堂里写字。

杨伦走后，他在内书堂的值日，便大部分转给了邓瑛。邓瑛虽然身兼秉笔和厂督两任，事务极其繁忙，但他还是很愿意抽出时间，给内学堂的阉童们多讲授一些。

此时内学堂已经散了学，除了两个留下来默书的阉童站在门廊下诵读外，堂内就只剩下杨婉和邓瑛两个人。杨婉这几日在替胡司籍编撰要拿给汉经厂重印的书录，胡司籍要得紧，她已经没日没夜地弄了三天。

邓瑛难得地在读内学堂的授本，偶尔提笔标注。杨婉就坐在他对面，埋着头一声不吭地奋笔疾书。

邓瑛忍不住放下书看她。

杨婉一旦埋首纸堆，就有一种开弓没有回头箭的架势，手边一杯茶，茶边放一把坚果，写一段时间之后，会习惯性地拿笔杆子戳戳自己的额头。

就在她戳额头的时候，李鱼突然从外面撞进来，一下子摔在门口，顿时把鼻子磕出了血。

杨婉受惊，额头上立刻被笔杆划出了一道红痕。

她忙抬头朝李鱼看去，一面掏自己的帕子给他，一面问道："你干什么？"

李鱼摁着鼻子爬起来道："出事了！出了要翻天的大事了！"

邓瑛起身道："慢慢说清楚。"

李鱼摁着自己的胸口道："二皇子将才差点被一个叫游桂春的乳母勒死！延禧宫没拿住人，而今这个游桂春不知道逃到什么地方去了。我姐姐让我过来找你，叫你先暂时别回南所，去承乾宫。北镇抚司已经抽调了一个卫的人进宫，南所已经封禁了。我过来的时候，四大门也全部戒严，连今日内阁会揖的官员们，也通通不能出宫。"

他的话音刚落，门外传来厂卫的声音。

"督主，您在里面吗？"

"我在。"

"陛下传召您即刻去养心殿。"

"知道了。"

邓瑛正要走，却见杨婉怔怔地坐在书案前，笔尖的墨水滴下来，把她刚写好的书录染黑了一大半。

"杨婉。"

邓瑛唤了她一声，她这才回神，手上的笔却当的一声落了地。

邓瑛蹲身替她捡起来，放到她手边的笔架上："你担心……"

"郑月嘉……"

她直呼出了郑月嘉的名字。

她的预感果然是对的，历史上那个模糊的"宫人"如今有了名字——游桂春，甚至有了来历，可以通过东安门外的奶子府查到她的年龄和籍贯。

邓瑛轻声道："你先不要慌，既然是乳母行凶，不光司礼监的令差太监，奶子府和挑送的地方都要接受审查。你让我先去看看，等我看清明一些之后，再跟你说，你回承乾宫去。"

杨婉抬起头道："你查到了始末一定要来告诉我，这件事情有可能不像表面上那么简单。"

"好。"

邓瑛站直身对外面道："覃千户，你送杨掌籍回承乾宫。"

58

暗淡的天幕下起了一阵大风，杨婉回到承乾宫时，合玉正带着承乾宫的宫人们四处合闭窗户，户枢的咿呀声和落锁的咔嗒声交错在一起，嘈嘈切切，令人心乱如麻。

杨婉站在明间的扇门前，门廊下瓷缸中蓄的水泛起了涟漪。

杨婉抬起头，豆大的雨水从天而降，砸向被夏阳烤得干裂的泥中，天色顿时暗得更厉害了。

宁妃坐在明间的绣架后面，对杨婉道："婉儿，进来坐，易琅过会儿就回来了。"

杨婉合上扇门，走到窗边将灯烛点上，搬了个墩子坐到宁妃对面："外面下雨了，灯火晃眼睛得很，娘娘要不别绣了吧。"

宁妃摇了摇头："就差几针了。"

刚说完，合玉便在外头道："娘娘，小殿下回来了。"

杨婉起身打开门，易琅浑身湿透地躲了进来："母妃，外面好大的雨。"

宁妃忙用自己的袖子替他擦了擦脸："闷了这么多天，早该下了，快去里面换一身衣服，母妃给你做了糖酥。"

她的这一番话说得有些刻意，声音甚至因此有些发颤。

杨婉明白她是想安抚易琅和宫里的人，无奈人对危祸总是比对福事敏感。

贞宁年间第一次搜宫，除了锦衣卫之外，羽林军和金吾卫也各自抽调了守卫参与搜查，各宫的宫人大多也是第一次经历这样骇人的搜宫，事关皇子性命，人人自危，但都忍不住伸长了脖子，眼巴巴地朝外面张望。

易琅换了衣裳出来，合玉等几个有些年纪的宫人早已聚到了明间外面的门廊下，廊下的雨声很大，却还是能听到宫道上凌乱的脚步声。

合玉道："那奶口还没找到吗？"

刚从外面打探回来的内侍回道："先头说是奔去了南所，如今南所已经被翻得底朝天了，也没能找到。听说，今儿要连夜一宫一宫地搜。"

"那岂不是也要搜我们这里？"

"看样子怕是会来。"

话音落下，明间内灯火一晃，宁妃手上的针刺错了针脚，扎到了手上，杨婉忙将灯移过去查看："娘娘心神不宁，还是别绣了。"

说完又对扇门外道："合玉，进来回话。"

门一开，大片大片潮湿的雨气便扑了进来，屋檐若百龙吐水，廊下水花四溅，寒意像返潮一般从地上腾起。合玉拢着褶子，哆哆嗦嗦地进来："奴婢看着外面情形不好，娘娘，您和掌籍还是避一避吧。"

宁妃搂着易琅道："如今二皇子怎么样了？"

合玉回道："还不知道呢，御药房当值的太医都过去了。会极门上现在已经乱成一团，很难问到消息。"

易琅抬头问杨婉："姨母，二弟怎么了，为什么要搜宫？"

杨婉刚要张口，却见宁妃冲着她摆手。

杨婉低头看向易琅，他的手虽然拢在袖子里，却已然握成了拳头。

"殿下总要知道的。"

这话她是对着宁妃说的，宁妃的目光流露出不忍，伴着一丝一闪而过的惊惶，她没说话，只是垂下眼睑点了点头。

杨婉蹲下身看着易琅道："二殿下在鹤居遇袭，行刺的宫人脱逃，如今还没有被锁拿。殿下明白是什么意思吗？"

易琅点了点头："我明白，之前大臣们与父皇辩论立储之事，如今二弟遇袭，父皇一定会对我和母妃生疑。"

杨婉与宁妃相视一怔。

杨婉原本只是想把事实告诉他，谁知他竟已经独自触及背后的暗涌，她索性追上一问。

"如果是这样，殿下要怎么办？"

易琅回头看向宁妃："我会向父皇陈情，母妃不会做这样的事。"

一声闷雷接替了易琅的话声在所有人头顶炸开，阴沉的天空被划开了一道暗透冷光的口子。

养心殿的明间内檀香流烟，张洛与邓瑛并立在鹤首香炉前，郑月嘉伏身跪在地上，双手被捆在膝前。

次间里不断传出女人的哭声。

贞宁帝不耐烦地敲了敲御案："何怡贤，进去跟她说，要哭回延禧宫哭去，不要在朕这里哭，翻来覆去就是那么几句没根的话。"

何怡贤躬身去了次间，不多时里面的哭声果然渐渐止住了。

何怡贤走出地罩，轻声在皇帝身边回道："娘娘别的没什么说的，只求陛下为她和二殿下做主。"

皇帝转过身看向郑月嘉："你是在朕面前说了，还是去诏狱里说？"

郑月嘉抬起头："奴婢奉旨为二殿下甄选奶口，却令二殿下受乳母谋害，险丧性命，奴婢自知罪当万死，不敢求陛下容情，但奴婢绝不敢生出戕害皇子之心，更从未与人合谋，求陛下明察。"

皇帝转身坐到御案后面，冷声道："你伺候了朕这么多年，朕不想鲜血淋淋地审你，但朕可以把你交给北镇抚司和东厂同审。朕就不信了，这么一个疯妇，平白地就能从地方上到内廷，其中究竟有哪些人的手伸到了朕的身边，朕必须知道确切。来人，把他身上的官服剥了，送北镇抚司受审。邓瑛。"

"奴婢在。"

"你以内东厂提督太监的身份与北镇抚司共同审理，记好了，朕要的是与此次袭案真正有关联的人，不是他受刑不过疯咬出来的，这一点，你要替锦衣卫拿捏好，朕不准刑杀，也不准他自尽，事关宫禁大事，朕不看无头案。"

邓瑛在郑月嘉身旁跪地伏身："奴婢领旨。"

几个厂卫入殿，解开郑月嘉手上的绑绳，脱下他秉笔太监的官服。郑月嘉趁着几个人脱手的空当，膝行至贞宁帝面前："陛下，奴婢实无话可说，但求一死，求陛下垂怜……"

皇帝照着他的心窝子就是一脚，沉声道："你跟着朕的时间不短，明白朕平生最恨什么，内廷乃朕卧榻之所，今日有人在鹤居伤朕的皇子，明日是不是就有人能上养心殿戕朕的性命？朕养着你们，宽恕你们，你们越发大胆，背着朕同歹人算计起朕来，你还敢让朕垂怜！简直无耻至极！来人，先拖出去打四十杖。"

厂卫应声将郑月嘉拖出了养心殿。

何怡贤奉上一盏茶，皇帝接过来喝了一口，这才缓和了一些，见邓瑛还跪着，便就着握盏的手朝外指了指："你起来，出去监刑。"

郑月嘉被厂卫一路拖到了养心殿门后，因为知道刑后就要把人交北镇抚司受审，因此没有架刑凳，就在他身下的地上铺了一张白布，以免玷污养心殿门。掌刑的厂卫问邓瑛道："督主，该怎么打？"

郑月嘉伏在地上抬头看向邓瑛，两个人虽然都没有说话，却各有各的隐言，希望对方与自己足够默契，得以在无声之间意会。

"不伤性命即可。"

邓瑛看着郑月嘉的脊背平声说这么一句。

郑月嘉肩膀应声松弛下来，摇头自顾自地笑了笑。

邓瑛收回目光，背身朝后走了几步，又抬手示意掌刑的厂卫近前："用完刑以后，让北镇抚司过来押送。"

"是。"

邓瑛这才转过身面向郑月嘉："打吧。"

四十杖，虽然伤筋动骨，却不过是皇帝剥掉郑月嘉秉笔身份的一种手段，也是作为主人弃掉奴仆的仪式。这一番皮开肉绽之后，诏狱就再也不会把他当司礼监的人看，甚至不必把他当人看。他完全沦为皇权之下尊严全无的鱼肉，连做半个人的资格都被剥夺了。

　　放眼整个明皇城，有成千上万的阉宦，乏智者诚惶诚恐，有心者则猜测着主子的喜好，拼命钻营。但无论如何，其行事的本质，都是害怕自己落到郑月嘉的下场。

　　是以，此时养心门前的内侍们都缩着脖子，心惊胆战地听着郑月嘉的惨叫之声。这无疑是震慑，令人魂抖魄颤，大部分的人到最后甚至不忍直视眼前的惨象。

　　只有邓瑛立在养心殿门的后面，沉默地看着郑月嘉。要说感同身受，他也曾被这样对待，然而正因为他不曾将这种刑罚当成主子的规训，所以此时此刻他才无法像其他内侍一样，对郑月嘉怀有无用的同情。

　　四十杖打完，郑月嘉身下的白布已经被喂饱了血，杖一移开，郑月嘉浑身痉挛不止。

　　邓瑛挡住要去拖他起来的厂卫："让他缓一下。"

　　厂卫这才退后了一步。

　　郑月嘉艰难地睁开眼睛，朝邓瑛伸出一只手，邓瑛蹲下身凑近他道："你有什么话，要我回禀陛下吗？"

　　郑月嘉的手脱了力，砸在白布上，他撑不起身子，只能仰面看向邓瑛："都不要……试图救我……"

　　邓瑛捏着膝上的衣料，半晌方说了三个字。

　　"知道了。"

　　他说完径直站起身，转头便见张洛站在他后面："是东缉事厂押送，还是我们接走？"

　　邓瑛往边上让了一步："你们接走，但我有一句话——北镇抚司不得动私刑，每一堂提审，都须通报缉事厂。"

　　张洛看了一眼郑月嘉，抬头对邓瑛冷声道："你这是要凌驾在我北镇抚司之上？"

"不敢。"

邓瑛说着向张洛揖了一礼，抬头正视他道："奴婢不会阻止大人刑讯，奴婢等人命若尘埃，不值一提，但此事一旦查明，即有无数牵连。人命非草芥，大人慎践之。"

他说完转身朝养心殿走，锦衣卫却抬刀拦住了他的去路。

背后张洛的声音寒冽异常："我问你，君威人命，孰重？"

邓瑛没有回答，站在他身后的厂卫一把挡掉锦衣卫的刀柄。

"督主，您先去向陛下复命。"

邓瑛望向养心殿的殿顶，黯眸应了一声"好"，由着厂卫将锦衣卫挡下，独自朝养心殿走去。

其实这一问，包括杨伦和邓瑛在内的很多人都自问过，只不过张洛内心已有答案，而杨伦等人则把它引为一道命题还在反复辩论。

邓瑛却没有立场参与那些人的辩论。

他必须选。

然而选哪一边，他都有罪。

59

北镇抚司诏狱的深夜，静得能听清每个牢室的每一声呻吟。

贞宁年间虽然大赦过天下，清空了天下大半的牢狱，但由于诏狱属司法之外，不在大赦之内，狱中羁押的人犯过多，有些人的案子拖的时间太长，以至于皇帝后来都忘了有那么个人还蹲在狱中。

贞宁三年，内阁首辅白焕与自己的儿子刑部尚书白玉阳曾一道上书，请贞宁帝厘清诏狱中的大案，那一次诏狱的清理，了结了百余人的案子，空掉了三分之一的牢室。但由于后来锦衣卫无孔不入，捕风捉影，大兴文字狱，不到一年的时间，诏狱中又人满为患，以至于桐嘉书院的人被锁拿进去以后，不得不十人挤在一间牢室里。

郑月嘉身份比较特殊，因此没有和其他人一起关押，他被单独锁在了离刑室最近的一间牢室中。

临近酉时，白日里的暑气渐渐退尽，石壁上反出的潮气凝结成了水珠，滴滴答答地落下来。郑月嘉伏在草席上，呼出的每一口气都带着血腥味。他刚想张口要一杯水，牢室外面的大门忽然被打开，掌狱的百户领着邓瑛踏下石梯，一面走一面道："您看怎么问，是把犯人提到刑室去，还是——"

"不必。"邓瑛打断他道，"我要问的话不多。"

"是。"

那人应声打开郑月嘉的牢门，一把将他从地上拽起来，硬摆成跪姿。

"督主，您问着，属下去给您搬一把椅子。"

郑月嘉撑着地面，忍着下身的疼痛抬起头看向邓瑛："你该坐就坐吧。"

"不必，我习惯了。"

郑月嘉笑了一声："我有些明白了，你当时为什么一定要和老祖宗的人争东缉事厂的这个位置……"

邓瑛低声道："你不用跪，受不住就趴下来。"

郑月嘉摇了摇头："你和我之间，谁都别可怜谁。"

他说完耸起肩膀一连咳了几声，直咳到塌下脊背，呕出的血痰顺着他的嘴角滴下来。他就着囚衣的袖子抹了一把，颤抖着双臂重新把身子撑了起来。

"趁着我还有点力气……我把该交代的都跟你交代了吧。"

"你说。"

郑月嘉缓了一口气，尽力稳住自己的声音："游桂春是京郊的军户属，当时奶子府替二殿下甄选奶口，我亲自查过她的出身和她夫家的籍史，皆身世清白，现在想来，好像是过于干净了。至于我……"

他说着揾了揾嘴角："我没有指使她做任何事，但事到如今我已经百口莫辩，所以你一定要撇干净。"

邓瑛道："陛下认定你背后一定有人指使，你百口莫辩，也必须辩，否则此案不会了结，还会牵连出更多的人。"

郑月嘉闻言，手臂轻轻一颤。

"有什么法子……"

他抬头看向邓瑛："让我速死。"

"郑月嘉。"

邓瑛提声唤了他的名字："陛下不准刑杀，也不准你自尽，速死你不要想，我甚至没有办法阻止北镇抚司对你刑讯——"

"我如今能做什么？"

郑月嘉打断邓瑛，抬头道："你说……我照着做。"

邓瑛蹲下身道："只有开始对你讯问，我才能试着去探，这件事的背后究竟是谁，还有他们究竟想让你认什么。"

郑月嘉的脊背颤了颤。

邓瑛虽有些不忍，却不得不说道："但是在这个过程中，你不能认任何事情，你要给我留时间。"

郑月嘉咳笑了一声："扛是吧？"

他说着吐出一口血沫子，叹吐二字："可以……"

次日，北镇抚司提审郑月嘉。

诏狱中不准探视，只有在提审过堂的时候才准亲人跪在堂下遥遥地见一面。

郑月嘉是散了家的人，只有叔父一家在京城中，靠着他的接济过活，如今听说他获了罪，便只身前来，想要给他送些药和吃的。

他原本是好意，但是见到郑月嘉被打得遍体鳞伤，着实心疼，不禁跪在堂下哭道："当初你非要入宫给我们挣条活路，如今，我们是靠着你活下来了，可谁能救你呢……"

郑月嘉在堂上呵斥他："这是什么地方，哪里是你能来的！快回去！"

他被郑月嘉一呵斥，心里反而委屈，说话越发没了章法。

"你别赶我走……家里的姑娘不敢抛头露面地来看你，就给你做了些吃的，你那里什么都递不进去，只有此时能见你一面。你从前对我这个叔父，对我们家里的姑娘，是千般好，万般好，如今见你这样，叫我怎么忍心……青天大老爷啊，我们家这个孩子人是真的好啊……"

他语无伦次，哭喊不止，一味地陈述郑月嘉的孝行，锦衣卫呵斥不止，最后索性将他一并拿下。

这一拿下不要紧，竟从他口中漏出了一件足以翻天的事。

张洛坐在司衙的正堂上，手底下压着郑月嘉叔父的供词，茶凉透了两巡，也一口未喝。

门口传来一阵他不熟悉的脚步声，他半抬眼低喝道："谁在外面？"

"是老奴。"

张洛辨出了何怡贤的声音，迅速将供词叠起，放到一边。

"进。"

何怡贤走进正堂，向张洛行礼。

"老奴今日来，是有一件事要对大人说。"

张洛冷声道："是陛下的话？"

何怡贤摇了摇头："事关二殿下遇袭的案子，陛下尚不知晓。"

"那就明日续审时，公堂上说。"

他说完起身便要朝外头走。

"张大人。"

何怡贤提声唤住他，慢声道："老奴要说的这件事情，关乎皇家清誉，不能放在公堂上说，只能你我私议之后，禀陛下处置。"

张洛站住脚步，转身道："什么意思？"

何怡贤撩袍走到他身边："大人想知道郑月嘉背后的人是谁，那我就给大人提一个人。"

张洛冷声道："直说，不要跟我绕弯子。"

何怡贤压低声音应道："宁妃。"

张洛的手在背后暗握成拳。

何怡贤见他暂未言语，又继续道："宁妃与郑月嘉早在入宫之前就已经是旧识，二人为了避嫌，从不曾在内廷相交。"

张洛闻言，联想起郑月嘉的叔父在供词中所说，郑月嘉读书时曾喜欢一个官家的姑娘，他家变销籍之后不久，那个姑娘就入了宫。

他的叔父说不出那个姑娘究竟是谁，如今在何怡贤处却有了印证。

张洛捏响了骨节，朝何怡贤逼近两步："此事还有谁知道？"

何怡贤摇了摇头："只你、我二人。"

"你为何不直接告诉东缉事厂？"

何怡贤笑了笑道："这是司礼监内部的问题，还望大人不要过问。但是，大人若要查证此事，可以审另外一个人。"

"住口！"

张洛厉声打断何怡贤，眼底忽若火燃。

"不用你跟我说。"

此时，宫内仍然没有缉拿到游桂春。

为了追查此人的下落，内廷六局正在各自清审局内的女官，杨婉和宋云轻站在尚宫局外面，等着问话。

宋云轻道："你说，这是不是很奇怪，一个活生生的人，还是个女人，就这么在宫里消失不见了。"

杨婉冲她摆了摆手："不要在这里说这些。"

宋云轻道："杨婉，我总觉得你知道什么，不然那次我们在邓督主那儿吃锅子的时候，你不会说那样的话。"

杨婉低声道："我说什么了？"

"你说，让郑秉笔辞了甄选奶口的差事，结果这个差事果然出事了。"

"我……"

杨婉刚想说话，却见一队锦衣卫拿着镣铐朝尚宫局门口走来。

姜尚仪和陈尚宫闻讯走出尚宫局。

陈尚宫看了一眼锦衣卫手上的刑具，正声道："我们六局内部清审，你们这是什么意思？"

校尉道："尚宫大人，我们此来，只为带杨掌籍一个女官回去问话，还请尚宫大人不要见怪。"

姜尚仪闻话，出声道："女官属内廷六局，即便有罪，也是由尚仪局审理处置，北镇抚司何时插过手？"

"既如此，那我们就直说了，说是问话已经是客气了，宁妃娘娘涉谋害皇子一案，我们北镇抚司奉旨审理此案，有权缉拿一切与此案相关的人回司受审。"

"你说什么？"

杨婉挤出人群，宋云轻试图将她拽回来，却被她甩手挣脱了。

"娘娘是皇妃，谋害皇子这样的罪名岂能这般颠扣？！"

校尉喝道："北镇抚司尚在审理，杨掌籍慌什么？"

杨婉掐住自己的虎口，强迫自己冷静下来。

她之前没有想过，这件事情会把她也牵扯进去。

但反过来一想，置身事外，她无法完全知道鹤居案的来龙去脉，身在其中也许会看得更清楚一些。

但是……北镇抚司的诏狱，张洛……

她没有办法深想这一处地方，也没有办法深想那个人。

姜尚仪见此时僵持，朝前走了几步，将杨婉挡在身后道："此事我们要上报皇后娘娘。"

"可以。"

校尉朝后退了几步："我们无非在此等候一会儿。"

"尚仪……"

杨婉轻轻牵了牵姜尚仪的衣袖："不必上报皇后娘娘。"

姜尚仪回过头："杨婉，你知不知道他们要带你去的是什么地方？"

杨婉点了点头："我知道。"

姜尚仪摇头道："知道你就不要出声！"

"没用的，尚仪。"

杨婉抬起头凝视姜尚仪，轻声道："事涉皇子案，皇后娘娘也不会容情。"

她说完，朝前走了几步，走到说话的校尉面前。

"你们没有惊扰承乾宫吧？"

校尉应道："不曾，此案未审清之前，没有人敢对宁娘娘无礼。"

"好。"

杨婉抬起手："我跟你们走。"

校尉见此，也向她揖了一礼："多谢掌籍体谅。"

说罢挥手喝道："来人，带走！"

60

当胃里的酸水涌到喉咙口，泛滥出食物腐烂、腥臭的气味之后，人才会从这种生理信号上意识到，自己的精神壁垒正遭受着残忍的侵蚀，感官永远比那种叫"灵"的东西更快一步。杨婉脑海中回忆起的关于诏狱的记载，几乎全是感官性的东西。

刑讯和肉体的尊严相关，关于它的历史研究，需要很强的抽离性和边界感。

然而杨婉此时却能感受到那一股恐惧的酸水不断地在她的喉咙里冲顶着，那种恐惧来自她对明朝酷刑的认识，也来自这副身体对疼痛的记忆，令她抑制不住地发抖。

"把她锁上去，张大人要亲审。"

杨婉环顾四周，为了审她，整个刑房里没有留下一个犯人，厚重的墙壁隔绝了外面所有的声音，静到里面的人听不见任何人间疾苦，只能专注地思考自身的处境。

两个校尉抓起杨婉的胳膊，将她从地上提起来，解开她手腕上的刑具。

刑房的中央立着一副泼过水的刑架，校尉毫不犹豫地将她绑了上去，其中一个道："腰用绳子绑上就行了，一个女人哪儿那么大劲儿？"

"行，勒得死一点。"

杨婉只觉腰上的绳子猛一收紧，顿时干呕起来。

站在刑架前的校尉道："稍微轻一点，她脸都白了。"刑架后的人探了半个头看了杨婉一眼："你是见她长得好，心软了是吧？"

那人没应声，说话的人这才看见，张洛不知道什么时候已经坐到了刑架前的高椅上。

"脖子。"

他抬手指向杨婉，校尉忙将铁链套在了杨婉的脖子上，杨婉被迫仰起头，呼吸瞬间变得很不通畅。她忍不住咳了几声，刑架晃动起来，束缚她的锁链碰撞在一起，寒冷的磕碰声一下子在安静的刑房里荡了几个来回。

"大人，备好了。"

"嗯。"

张洛抬头看向刑架上的杨婉。

她穿着灰白色的诏狱囚服，头发披散下来以后，被一根素带随意地系着，落在肩膀上，因为呼吸不顺畅，胸口上下起伏着。和其他人犯不一样的是，她似乎没有准备先开口，只是垂眼望着他，眼底的情绪并不是张洛熟悉的仇恨和惶恐。

"知道我要问什么吧？"

"我不知道。"

"好，那就先抽三鞭，见了血你会清醒一些。"

他说完将手边的一根羊皮质的鞭子抛给刑架前的校尉。

校尉接下鞭子几乎没有一丝犹豫，退后三步照着杨婉的腰腹就落了一鞭。

杨婉的第一声痛叫是全然哑在口中的，不是因为掌刑的人留了情，而是因为那种皮肉炸裂的疼痛在现代文明当中几乎已经消失。

封建时代覆灭以后，人们放弃了大部分肉体的训诫，转而用更人道的方式来规训世人。后来医学不断进步，又尽可能地缩减生理疼痛的时间和范围。活了快三十年，杨婉根本找不到任何一种声音来与此时的痛苦相配。一口气呼出，几乎抽干了整个肺，她甚至没有办法再吸一口气，只有眼泪自然而然地渗出，顺着她的脸颊，流入她颤抖的唇中。

接踵而至的第二鞭才逼出了杨婉的惨叫，刑架随着她身体的震颤剧烈地晃动着，谁都没有说话，除了鞭声和铁链声之外，杨婉只能听到自己的声音。就像一切都是虚的，只有实实在在的痛觉能让她清醒地感知到，她活在当下，如鱼肉一般，活在刀俎之下。

第三鞭落在她的腿上，她的脖子虽然被铁链束缚着，余光却能看见那道触目惊心的伤口撕裂了囚服的布料，鞭子抽离带出了一串极细的血珠子，直接落进了她的眼里。杨婉觉得自己的整个身子似乎都在被那三道鞭伤拉扯，从肺到鼻腔全是辛辣的味道。

校尉收起鞭子，让开刑架前的位置。

张洛径直站起身，伸手稳住晃动的刑架。

"我原本不想这样对你，但你是过于狡黠的女人，我不得不对你用刑。"

杨婉喘息着看向张洛："把……我的脖子……松开。"

"行。"

张洛伸手解开她脖子上的铁链，杨婉的头猛地垂下来，之前无法流进头顶的血液迅速回流，一下子撑红了她的脸和眼睛。

张洛抬起杨婉的头："听好，我要问的第一个问题是，郑月嘉与宁妃是不是旧识？"

"你……到底有几个问题，一起问了，我一并答你。"

张洛的手猛一用力，杨婉顿时痛得浑身发抖。

"你想玩什么花样？"

"我能做什么……我只想少挨几鞭子……"

她一边说一边咬着口腔壁，用这种细微的疼痛来对抗自己内心的恐惧。此时此刻，她还不能被张洛击破心防，她还得想办法，从对自己的这一场刑讯中，反推出鹤居案背后的真相。

张洛看着杨婉的眼睛，此时终于看到他想看到的情绪——恐惧。

从认识杨婉开始，他还是第一次从这个女子的面容里看到软弱无助的表情。

他没有再束缚她的下颌，甚至松手退了一步，留了些时间让她去缓和。

"可以，我一并问你，郑月嘉与宁妃是否曾有私情？郑月嘉指使奶口勒杀皇子这件事情，是不是宁妃授意？"

杨婉忍着痛，逼着自己留出精神，根据这三个问题反向去追溯鹤居案的源头。

最后一个问题的目的，是要把罪名安在宁妃身上。宁妃一旦获罪，那么杨伦就必须立即返京受审，他所总领的南方清田事宜也将直接搁置。这应该才是鹤居案最终的目的，至于前面的两个问题……

"张洛……"

杨婉抬头望向张洛："你的第一个问题，是谁让你问的？"

张洛听完这句话，接过校尉手中的羊皮鞭反手朝着杨婉的腹部便甩了过去。

杨婉的身子猛地向前一倾，手指和脚趾瞬间抠紧，却根本抑制不住喉咙里的惨叫。

"别再打了……求求你……我求求你了……"

张洛将鞭子放在杨婉的肩膀上，哪怕是如此轻的接触，杨婉还是不由自主地惊颤了一阵。

"是我在问你。"

"是……可是……你难道不想知道，你是被谁利用了吗？"

张洛的眼底闪过一丝不解，他不明白刑架上的女子明明很害怕，也确实痛得浑身乱颤，为什么还能与他在言语背后博弈？

"利用？什么意思？"

杨婉好不容易从那一鞭的疼痛中缓平呼吸："是何掌印……让你这么问的吗？"

张洛一愣，杨婉却捕捉到了他眼底转瞬即逝的那一丝慌乱。

"你就算会往郑秉笔受宁妃指使这个方向上去审问，但也绝对问不出宁妃与郑秉笔是否有私情这个问题。张洛，你想一想，为什么告诉你这件事的人，自己不去陛下面前告发，而要让你来审我？"

"……"

张洛没有回答，杨婉趁着这个空当，提声补充道："桐嘉书院那件事，过了不到一年，你就忘了吗？"

张洛脊背上生出一阵寒意，赫然见刑架上的杨婉正看着他，他被那道同情的眼神刺到了，对左右喝道："再抽她十鞭！"

杨婉听到他口中的这个数字，几乎绝望。

　　她的确害怕那种令她失态的疼痛，但她更怕自己受完十鞭以后会在张洛面前崩溃。

　　张洛这个人，真的可以令人背叛一辈子的精神信仰。

　　杨婉此时终于明白，"幽都官"这个称谓并不是调侃，而是真的有人赤身裸体地去炼狱走了一遭，出来之后，才给他起了这么一个诨号。

　　张洛回身走到高椅上坐下，眼看着杨婉身上的囚服被鞭子打烂。

　　四鞭过后，她就已经几乎哭喊不出声，耸动着肩膀从鼻腔里发出了一阵某种不似人类的声音，如幼兽惊惧，又像雏鸟的弱鸣。

　　"停。"

　　校尉应声让开。

　　"现在愿意说了吗？"

　　杨婉心肺欲裂，开口已经有些困难："张洛……让我吃点东西吧……"

　　这一句话是用气声说出来的："或者让我喝一口水……"

　　"你还想拖延到什么时候？！"

　　杨婉无力地咳了几声："求求你……"

　　张洛抬了抬手："让她喝一口水。"

　　校尉丢了鞭子，从木桶里舀了一瓢水递到杨婉嘴边。

　　杨婉顾不上肺痛，小口小口地将木瓢里的水全部喝完了。

　　她凭借着这一丝冰凉收拢起最后的一点点理智，断断续续地朝张洛说道："张洛，你将我刑讯至此……若我真的招认，宁妃……与郑秉笔有私，你……你敢向陛下呈报吗？这对陛下而言，是……奇耻大辱，宁妃和郑秉笔一定活不下来……至于你……你也未必能活下来。张洛……不要被司礼监利用，明白吗？"

　　她说完这句话，脑海中最后的那一根弦终于被浑身的痛楚扯断了。

　　再开口时，眼泪已夺眶而出，她终于显露了人本性中的脆弱。

　　"饶了我吧，不要这样对我好不好……"

　　她悲哀地看向张洛，泪水打湿了脸上的头发。

　　年轻而漂亮的皮囊，即便因为疼痛而显得有些扭曲，却依旧是动人的。

"把她放下来。"

"是。"

校尉应声解开她身上的绑缚，失去桎梏之后，她就像一片云一样，轻飘飘地落到了张洛脚边。

"你为什么对人这么残酷……"

她问了一个根本没有必要问出口的问题，张洛也没有回答。他蹲下身反问道："你为什么要对我说这些？你不恨我吗？"

"恨，但也不全是恨。"

"为什么？"

"因为……有人跟我说过，北镇抚司虽如地狱，但也未必不是无势之人的申冤之门、平民奴仆声达天听的一条路。在这一处上，他说……你应该做得还不错。"

61

张洛冷笑了一声："你想乞求我对你们手软吗？"

杨婉摇了摇头："你不会……我也没有期待过。"

张洛站起身："我听不清楚你在说什么。"

"那你就让我养几天……再问我。我太疼了……"

她说完这句话已经气力全无，鞭刑后的伤口不断地渗出血水，滴淌入地缝。

张洛低头看着杨婉身下的地缝。

先帝修立诏狱至今已有三十年，这里的每一块砖石、每一样刑具、每一个人，甚至包括张洛自己都对人身上的伤口已经没有任何感觉。伤口流血就让它流，实在太多了就提一桶水来冲洗掉，那原本就不是什么美好的东西，不过是撬开人嘴之前，先放出来让人清醒的污物而已。

张洛曾经不嫌弃它腥臭，有的时候，甚至能就着腥气喝上一杯。

可此时听她说她太疼了，张洛的心里却忽然掠过一丝惶然。

他有些不自觉地看向她的伤口。

但也只是一眼，他便立刻把自己的精神收拢了，重新犀利地审视地上的这个人，考量她说出来的话。

那到底是她痛到极致后吐出的真话，还是她发起的又一轮博弈。

张洛一时不能确定，但也正因为如此，他更不准自己就这么放过她。

"把她拽起来。"

"是。"

张洛的声音很冷，校尉也就没有对杨婉留情，架着她的胳膊，强迫她直起上半身。

杨婉的意识本就散了一半，此时只觉得眼皮沉重，想睁开却怎么也睁不开。

"泼醒。"

张洛给她的这一瓢冷水，帮她把意识一下子聚拢了，她轻轻地抿了抿嘴唇上的水，水混着唾液打湿了口腔，她终得吞咽了两口："你……还要问吗？"

"对。"

张洛低头看向她："你一个问题都没有回答。"

"你为什么……就心甘情愿地被司礼监利用啊？"

"你不必知道。"

"张洛……"

杨婉向前膝行了一步："我想知道……"

她说着试图挣脱校尉的桎梏，断断续续地问道："我想……知道你到底……你到底……是怎么想的？"

"我可以告诉你。"

张洛此时的声音已经听不出太多的情绪。

"但我告诉你之后，你还是会生不如死。"

他说完蹲下身凝视着杨婉的眼睛："陛下是大明天子，我身为北镇抚司使，要维护的只有天威。天威与人命，后者在我眼中根本不值一提，哪怕这条人命是我自己的。"

杨婉哑然。

张洛继续说道："宁妃若真与郑月嘉有私情，我定会将此事报与天听。你提醒我考虑自己如今的处境，无非是想要我放弃刑讯你和郑月嘉，替宁妃脱罪。那我问你，宁妃若脱了罪，陛下所受之欺，谁来偿？！若无人偿，天威又何在？"

这几句话如雷一般在杨婉耳边炸开。

杨婉咳笑了一声："我懂了。"

"你懂什么？"

杨婉一边点头，一边惨笑道："我懂你是怎么想的了。行吧……"

她说着伸出双手："你还要审是不是？那就用铁链子把我绑死，不要给我挣扎的余地。张洛，我受刑不住也许真的会胡言乱语，但我告诉你，只要我还活着，我就不会认，到了陛下面前，我一定翻供，除非你杀了我。"

张洛看着她伸在自己眼前的手，冷声道："在我手里，死是最难的。"

他说完正要起身，身后的校尉禀道："大人，东厂的人来了。"

张洛搭在膝上的手一顿："来做什么？"

"说是奉旨，要带这个女官走。"

"奉什么旨？！"

张洛猛地撑起身，径直朝刑房外走。

他这一走，杨婉拼命顶起的心气，一下子全泄了出来。

她大口大口地喘息着，肩背颤抖，四肢痉挛。校尉只好放开她，任凭她伏在地上啜泣。不多时，那啜泣声转而变成了哭声，在静可听针落的刑房里，显得格外凄楚。

两个校尉见她哭得可怜，相视一眼，其中一个忍不住道："要不，我们先把她锁好关到牢室里去吧。"

"能行吗？大人回来说不定还要接着审呢。"

两人说着又看了看她身上的伤。

先开口的那个人道："先锁回去吧，说不定大人回来，见人都关起来了，会开开恩呢，这哭得也太……唉，我见犹怜啊，这可是尚仪局的女官啊。"

刑房外面，东厂掌刑千户覃闻德朝张洛行了一个礼。

他以前是北镇抚司的人，但他这个人说话直，人也率真，总是说错话得罪人，于是后来被调到了金吾卫，没干几年，又被迁回了锦衣卫，年纪一把，四处不得志。但邓瑛改制东厂的时候，第一个拈的名就是他，从此他和张洛的关系就变得对立起来。

"张大人。"

他先礼后兵，行完礼后方将来意陈清。

"我们是奉旨前来，带尚仪局掌籍女官杨婉回东厂受审。"

张洛冷声道："你们厂督为何不在？"

覃闻德直身道："厂督今日当值秉笔，自然在陛下跟前伺候，带个犯人走这样的事，属下还是办得好的。"

张洛直问道："陛下什么时候给了东厂刑审之权？"

"回张大人的话，今日给的。张大人若不信，可以亲自面圣，我们无非多等一等。"

最后那一句话，他刻意说得阴阳怪气，目光落到张洛身后那日锁拿杨婉的校尉身上。那校尉哪里忍得住，上前喝道："你们东厂算什么东西？以前不都是锦衣卫出身，连皮都没有换，就做了太监的狗了，如今还敢在我们大人面前狂吠，简直无耻至极！"

覃闻德道："什么叫太监的狗？我们东厂和你们北镇抚司一样，都是陛下亲自辖制，你说这话，该割舌头。"

"覃闻德，你……"

"你什么你，赶紧放人，耽搁我们办陛下的差，你有几个脑袋，你全家有几个脑袋？"

"都住口！"

覃闻德这才住了口，朝张洛揖道："属下无意冒犯大人，还请大人速将人交给我们，我们好回宫覆旨。"

张洛道："我问你，为何陛下会突然下旨将这个人交给东厂？"

覃闻德垂下手："属下不知因由，但是我们督主有一句话，要属下带给大人。"

他说着压低声音："督主说了，内廷里的事要在内廷里审，但这不是他的意思，是陛下的意思。希望张大人，在审问郑秉笔的时候，也能想一想这句话。"

张洛听完这句话，负手沉默。

覃闻德见他不出声，索性抬手对身后的厂卫道："把杨掌籍带出来。"

校尉们见张洛没有发话，也不敢阻拦，不多时，杨婉便被两个厂卫架了出来。覃闻德看着她身上触目惊心的伤口，以及身上破碎的囚服，差点没骂娘。

"先……那什么！先去外面叫宋掌赞进来。"

宋云轻是被邓瑛请求后，跟着东厂的人出来的。她知道进了诏狱要受苦，可是没想到竟这样惨烈。她看见杨婉身上破碎的衣衫，忙脱下自己的褙子裹住杨婉："你们别碰她，我来扶她出去。"

杨婉睁开眼睛看了宋云轻一眼，无力地道："你怎么也来了？"

宋云轻道："邓督主让我来的，你先别说话……你……"

她说着说着，竟自己哭起来。

杨婉轻声说道："别哭了。"

宋云轻啜泣道："你还不是在哭？"

"我那是疼的，你哭什么……"

"我……我是从来没看过把尚仪局的人打成这样的，我见了都这样，邓督主，还有宁娘娘看见……还不知道会怎么样呢。"

杨婉咳了一声："邓瑛呢？……在哪里啊？"

宋云轻抹了一把眼泪。

"他今日在御前当值，你被带走之后，姜尚仪和我都没了主意，尚仪去求了皇后娘娘，娘娘说这件事既然已经交给了北镇抚司审理，她也不好再开恩。我只好在养心殿外等，还好等到了邓督主出来取内阁的票拟。我也不知道他在陛下面前说了什么，总之，东厂的厂卫过来找我的时候，说的是要接你回来。才多久工夫啊……"她的哭腔有些颤抖，"就折磨成这样了。"

杨婉拍了拍她的手背，暂时安抚住她，抬头对覃闻德道："覃千户，现在要带我去什么地方？"

覃闻德道："我们现在带你回内东厂，但是内东厂没有监禁之所，督主说，先将你安置在内东厂西面的直房里，但是你不能随意走动，因为陛下也许要亲审你。"

他说完，伏下身，亲自给杨婉当马车下的脚凳。

杨婉见他如此，便不肯上前。

覃闻德道："我们平日受督主的恩惠多，督主看重你，我们也就看重你。不敢冒犯你，当个脚垫子还是可以的，踩着上吧，宋掌赞，你扶稳当些。"

杨婉这才忍痛爬上马车，宋云轻用毯子垫在她身下，让她好躺下来。

覃闻德亲自驾车，为了不让杨婉受苦，行得比平时要慢。

大明京城的物影从车帘上闪过。

杨婉很庆幸，覃闻德给了她这样一段安静的时间，让她可以安心地去认知自己身上的这些伤。

刚刚来这个时代的时候，她还不习惯这副别人的身子，在南海子里走路摔跤，甚至嫌弃大明女性的文弱，可是如今，这一顿鞭刑让这副身子的五感和她的精神紧密地牵扯在了一起。她害怕，她痛得想死，她忍不住去向一个曾经对她来说不过是纸片的人求饶。

如果说，写笔记的时候，她还保持着一个现代人的边界感，把自己和这个时代的痛苦割裂开来，那么现在她好像做不到了。

她想要的东西，想要见到的人，此时都是具体的。

她想回到安静干净的居室，脱掉这一身屈辱的囚服，擦洗伤口，好好上药，然后睡觉、吃药、养伤。

她想见到邓瑛，即便同床而坐，她也不用再敬他了。

因为此时此刻，她想要这个人的温柔和悲悯。

62

内东厂在混堂司的北面，和司礼监一样，只是内廷的一个衙门。

邓瑛掌东厂的头一年，东厂只有监察和抓捕的权力，并不能对人犯进行关押和审讯。杨婉被关的地方是内东厂西面一处空置的直房。厂卫将杨婉带进去的时候，她已经起了高热，身上的伤口经过一路的颠簸渗血不止。然而直房里此时连一床干净的被褥都没有，宋云轻只能撑着杨婉暂时在榻上靠下，走出来对厂卫道："我回一趟直所，去给她取一身干净的衣裳，再抱一床被褥过来。"

覃闻德道："承乾宫将才使了人来问，这会儿已经回去替她取衣物了。"

宋云轻点了点头："那就好……"

覃闻德朝里面看了一眼："虽说这是我们东厂的地方，但她毕竟还是人犯，你也不该久留，以免给我们督主，还有你自己留下话柄。"

"我明白。"

宋云轻抬起头："容我帮她把身上的衣裳换了吧，也就这件事情，这里没人做得了。"

正说着，承乾宫的内侍抱了衣物和被褥过来，一脸情急地对宋云轻道："娘娘和小殿下不能过来，听说动了刑，都急得不行，奴婢得亲自问掌赞一句，杨掌籍伤得怎么样？"

宋云轻接过衣物，鼻腔便酸潮起来，但她毕竟入宫多年，知道不要火上浇油的道理，忍着哭腔答道："你就回娘娘，虽然伤得不轻，但好在都是皮外伤，如今不热不冷的，养起来快，请娘娘保重自身，切莫过于忧虑。"

那内侍松了一口气，点头道："得您这句话，奴婢便能去回话了。"

宋云轻摆手示意他去，背过身抹了一把眼泪，这才推门进去。

杨婉的伤全部在腰腹和腿上，宋云轻替她脱衣的时候，几乎不忍直视她的伤口。

"今晚就穿中衣吧，磨不得了。"

杨婉挣扎着用最后的一丝力气，尽力地配合着宋云轻的动作："有点……吓人是不是？"

宋云轻点头嗯了一声："我夜里留不下来，帮你换了衣裳就得走。这会儿也晚了，会极门不能再有响动，所以御医也不能请。宁娘娘给的伤药我一会儿先帮你涂一些，但明日就得靠你自己了。杨婉，你记着，不论怎么样，都不准许内侍碰你的身子，我们这样的人，他们还不配。听到没有？"

杨婉听完宋云轻这句话，忽然想起李鱼曾经说过，宋云轻虽然和陈桦对食多年，却从不准陈桦踏足她的居室。由此可见，明皇城中的这一群人有多卑贱，即便得到宫女的情，也得不到她们真正的尊重。

"云轻……"

"嗯？"

杨婉不太愿意直接回答宋云轻，索性换了一个话头。

"你帮我给宁娘娘带一句话吧。"

宋云轻压着床边的被褥，弯腰替她系好中衣的侧带："你说。"

"你告诉娘娘，让她千万……不要求情，最好别过问我。"

"我会去说的。"

宋云轻说着将她的腿挪到榻上，挪过被子拢住她的身子："我走了，你要自己珍重。"

"好……"

直房的门一开一合，直房里便没了声音，只剩下宋云轻临走前点燃的那盏灯还没有烧稳，偶尔噼啪地响一声。邓瑛站在直房外面，看着窗纱上的那一团暖光，一言未发。两轮厂卫在门前换值，邓瑛往旁边让了让，久站令他腿伤作痛，不禁轻绊了一下。覃闻德试图扶他，却见他摆了摆手："没事，你们接着交接。"

覃闻德道："督主来都来了，进去看看她吧。"

邓瑛没有应答这句话。

他已经站了快半个时辰，但他不敢进去。

他怕她养伤时无衣蔽体，屈辱不安。他怕他不论怎么放低自己，都没有办法托起她的尊严。虽然那些罪自己都受过，但是最后的那道腐刑把之前所有的痛苦都清算掉了，他不能再像周丛山那样，在死前说出"望吾血肉落地，为后继者铺良道；望吾骨成树，为后世人撑庇冠"这样的绝命之言。

一刀之后，他再也没有资格成为后继者的"先辈"。

他只能接受处置，从此放下写文章的笔，闭上为天下高呼的口，身着宫服，自称奴婢，然后沉默地活着。

他已经这样了，但杨婉不一样。

她几乎是这个世上，唯一怜悯邓瑛的人。

对邓瑛而言，她若有一丝裂纹，他就必须粉身碎骨，才能继续留在她身边。

"督主。"

覃闻德见邓瑛没有回应，又试探着唤了他一声："今日的确也晚了，不如您先回去，明日再讯问。"

"好……"

他刚低头应声，忽然听到门内的人唤他的名字。

"邓瑛。"

那声音很细弱，但他听得很清楚。

"邓瑛。"

她没说别的话，只是又叫了一声，不过尾声处有些颤抖，甚至牵扯出了几声咳嗽。

"在。"

他几乎是脱口而出。

她似乎叹息了一声，也像是松了一口气。

"见不见我都好，你千万不要傻里傻气地怪自己啊……我没事，也不是很疼，就是没什么力气，不然我就帮你开门了……"

她说完这句话，又断续地咳了几声。

"邓瑛，你能不能让他们给我一杯水？"

"去取一壶水给我。"

他说着，伸手解开自己罩在外面的官袍，递给一旁的厂卫。

厂卫有些不解："属下去把督主的常服取来。"

邓瑛亲手接过厂卫端来的水，轻声道："不必了，你们退几步，安静一些。"

"是。"

厂卫们应声后退了几步，窸窸窣窣的脚步声由近及远。

杨婉闭着眼睛，听到了门外的响声。外面似乎有人提着风灯在来回走动，比室内要亮堂好多。但只是那么一会儿，门就关上了，她的面前落下一个清瘦的影子。

杨婉忍着疼，慢慢地翻过身。

"做东厂的囚犯，比做诏狱的好多了。"

邓瑛将水壶放在桌上，沉默地倒了一杯水，走到杨婉床边。

他没有坐，半屈一膝蹲下身来，伸出手臂轻轻地托起杨婉的背，将水杯送到她的嘴边。

杨婉低下头，一点一点地抿着杯里的水，邓瑛就这么静静地举着杯子，一动也不动，一直等她移开嘴，才换了一条腿半蹲着。

杨婉抬头看着邓瑛："你这样腿不疼吗？坐吧。"

邓瑛托着茶杯摇了摇头："我不坐。"

"为什么？"

他不说话，只是摇头。

杨婉这才注意到，他没有穿外袍，青色的底衫勒出肩膀上的骨形，但那肩骨折拐之处，却并没锋利的棱角，那模样和寻常人家温和的男子没什么两样。

杨婉将手从被褥里伸了出来，轻轻拉住他的手腕，试图挽他起来。

邓瑛怕她牵扯到伤口，一刻也不敢犹豫，忙顺着她的力站起身，谁知她又压下了手腕，想要拽着他坐下。

"杨婉……你让我站着吧。"

"我不……"

她没有松手："你的心真的太细了，细到我都自愧不如，我要用很多的力气，才能让你离我近一些……"

她说着迎向邓瑛的目光："你不要这样站着好不好？要审我也明日再审，我今日真的没有什么力气了……"

"我审你什么？"

他说着忙顺着她的话坐下来。

"等杨大人回来，让他审我吧，你们一起。"

他说完，捏着袖口垂下了头："杨婉，我已经不知道应该怎么做才能让你好受一些。"

杨婉抿着唇，咬牙撑起半截身子。

邓瑛忙道："你要什么？我来取。"

"我不要什么，你帮我一把，我想往里面躺一些。"

"好……"

邓瑛有些无措："怎样帮你才能不拉扯到伤口？"

"抱一下我。"

邓瑛一怔。

"我……"

杨婉看着他微微有些发红的耳根，面色苍白地冲他笑了笑："算了，我自己来吧。"

她说着，试图抬起腿，却根本没有力气。

"你不要动，我来。"

他说完，轻轻握了握自己的手，这才起身弯下腰，将手伸入棉被中。

还好，她穿着完整的中衣。

因为在发烧，体温比他手上的温度要高很多。他在摸寻她的膝弯时触碰到了她的腿，她似乎也颤了颤，却什么都没有说。

邓瑛什么都不敢想，轻轻地托起杨婉的膝弯，一只手托着她的背，试着把她拢入怀中。

"躺这里……会好受些吗？"

"嗯，还想再往里躺一些。"

邓瑛听完，抬起一条腿，半跪在榻边，又将杨婉往里挪了一些。

"好了……"

邓瑛刚想要抽出手，杨婉却握住了他的手臂："邓瑛……我有一个不情之请。"

"你说。"

"在我这里待一晚好不好？"

她说着轻轻松开他的手臂："你是东厂的督主，跟我这个人犯关在一起好像也不是很好，但这是你的辖地，宋云轻她也不敢留下……"

"我也没想走。"他轻声打断杨婉，"我坐着守你。"

"你把官袍脱了，不冷吗？"

"不冷。"

杨婉抬起手臂，轻轻地撩开被褥的一角。

邓瑛退了一步："杨婉……不要这么对待我。"

杨婉将手从被褥里伸出来，镣铐留下的红痕还在，衬着她雪白的皮肤，看起来格外刺眼。

"邓瑛，你以前说你是一个有罪的人，我虽然没有讥讽过你，但那时我觉得可荒谬了，就是因为下过刑狱，受过刑伤，就有罪吗？但今日我懂了，我明白你为什么那样想，为什么会这么谦卑，连我自己，也不得不谦卑。皇朝设司法，君王设诏狱，是教化，也是让人心有畏惧，我今日很害怕……邓瑛，当日在南海子里，你也很害怕吧……"

她说完哽咽了一声："对不起啊邓瑛，我那时根本不识他人之痛，还以为自己已经很慎重，很有分寸……如今想来真是自诩聪明。是我冒犯你良多，你却一直在退后，保护着我的自尊。邓瑛……真的很对不起，但你要相信我，我对你说过的话，都不会改变，我要帮你，我一定要帮你……"

她说到最后哽咽难言，邓瑛无措地看着她，不知应该如何安抚她。

"不是，婉婉……你不要这样说。"

杨婉并没有听清他情急之下叫了她什么，只是重复着说"对不起"。

邓瑛弯腰脱掉自己的鞋袜，挨着床沿坐下，他也不知道应该说什么，只能像当日在刑房里一样，剖开自己的内心去安慰她："我那日其实什么都没有想……我是个有过去，但不敢奢望将来的人，是因为你和我拉钩，说要来找我，我才有了那么点妄想。所以没事的，婉婉，没事……"

也不知道是不是"没事"这两个字安抚了杨婉，她慢慢地平复下来，呼吸也逐渐安稳。

邓瑛不敢再动，轻轻掖了掖两人之间的被褥。

那日夜里，邓瑛一直靠坐在杨婉身边。

杨婉的手覆在他的手背上，也不知是因为梦惊还是疼痛，时不时地就会握一下。

邓瑛不再试图躲避，由着她触摸抓捏。

她不是第一次摸他，可这次邓瑛的感觉却不一样。

不再是给予，而是想要向他索取什么。

他曾经对杨婉说过，希望她给自己的是一份对奴婢的怜悯。

而此时这句话他却没有办法再说出口了。

他并不知道其中具体的原因是什么。

事实上有些事随着年月改变，裂缝渐生，无声无息。

过去隔纸而望，杨婉可以敬他，却不能爱他。

如今同床而坐，她终于可以敬他，也可以试着爱他。

第九章

天翠如翡

63

第二日，御药房遣了医官过来。

因为杨婉是女官，内廷的规矩是要隔帐问病。

东厂的人又盯得厉害，一个个恨不得把医官的眼睛蒙起来。医官气儿不打一处来，掷下药箱道："这要怎么看？叫她自个儿养得了。"

他说得吹胡子瞪眼。

杨婉靠在榻上有些无奈，却也只能劝道："大人别气，就留些药吧。"

医官揾了揾自己的太阳穴，这才打开药箱，拿出一堆瓶瓶罐罐，一边确认一边道："要紧的是不能沾水，不能再磨损，起坐要格外留心。"

他说着环顾四周，见都是男人，又个个站得远，不由得叹了一声："伤成这样，再没个人服侍着，好得了吗！"

厂卫听他这样说，忍不住道："大人知道什么，就胡说！"

医官翻了个白眼："我知道什么？"他说着收拾好药箱，走到门前回头损了一句："你们能进去服侍吗？"

他没有看前面的路，这话刚说完，便和邓瑛撞了个满怀。

"哎哟，厂督这……"

毕竟是东厂的地界上，他纵然心气儿高，撞上了邓瑛还是难免生怯。

邓瑛却拱手向他行了一礼："邓瑛失礼。"

医官见他如此谦恭，反而不好意思了，忙回礼道："无妨无妨。"

邓瑛垂手直起身，朝直房处看了一眼，这才恭声询问道："请问大人，杨掌籍伤势如何？"

"哦。"医官放平声音道，"不敢冒犯，所以并没有看得太真切，不过既然是皮外伤，也就急不得。"

邓瑛应声点了点头，又问道："她夜里烧得很厉害，不知什么时候能退下去？"

医官听了这句话倒是反应过来，他刚刚调侃杨婉无人服侍的时候，厂卫为什么会对他说"你知道什么"。敢情就是眼前这个东缉事厂的厂臣，亲自在服侍里面的人。他想到这里，再细看邓瑛，见他此时身着常服，半挽着袖子，丝毫不避讳地当着众人的面去照看炉上即将烧滚的水，说话的声音也很平和："她好像也吃不下什么东西，就能喝些水。"

"能喝水算是好的。"

医官说到这里，看了一眼他身后的厂卫，见邓瑛在，他们暂时不敢出声，索性壮胆，照着平时嘱咐宫里奴婢的话对邓瑛说道："伤口有炎症，必然要起热，该敷的药一日三次好生敷，该吃的药也不要落下。她的伤口不浅，能不擦磨就不要擦磨。照顾得好的话，后日吧……后日应该就会退烧。"

"是，邓瑛明白。多谢医官大人。"

他说完又行了一礼，这才侧身为医官让道。

覃闻德待邓瑛直起身后，方在他身后回话。

"督主，司礼监的胡秉笔今日来过了。"

邓瑛转过身："是说钦审的事吗？"

"是。"

"什么时候？"

"说的是后日。"

邓瑛闻言，垂下眼沉默须臾，弯腰提起炉上的水，轻声道："行，我知道了。你们照司礼监的意思安排。"

覃闻德跟了一步问道："督主，这件案子，是不是就从北镇抚司过到我们手里了？"

邓瑛点头："是这个说法，不过这只是一个内廷的特案，东缉事厂仍无审讯的权力。"

"属下明白。"

此时直房内的杨婉刚披上褙子，撑着榻面坐起来，撩开一半的被褥，把绸裤褪到膝弯处，想要替自己上药。

比起腰腹上的伤口，腿上的伤口虽然严重，但是杨婉自己能看见，上起药来也要顺手一些。她正要伸手去拿医官放在桌上的药瓶，门上的锁却响了，杨婉抬起头朝门口看了一眼，慌忙要缩回被褥，谁知却牵扯到了伤口，疼得失了力，身子向下一翻，便从榻上摔了下来。

邓瑛一把将门合上，上前蹲下身将杨婉从地上抱起，朝外道："把门锁上。"

说完又道："扶我肩膀。"

杨婉疼得厉害，却还是下意识地伸手去抓快要滑下膝弯的绸裤。

邓瑛低头看了一眼她的手："等一下我帮你。"

杨婉耳根通红，却也不敢再乱动，悄悄地把手缩回来，抓着邓瑛腰上的系带："看到了吗？"

"什么？"

杨婉抬起头，见他轻轻地抿着唇。

"我……看到了。"

他怕她说出来后会自辱，忙应下她的话，说完将杨婉轻轻地抱回榻上，托着她的腰帮她抬起下半身，将几乎滑至她脚腕上的绸裤提回。绸料摩擦着伤口，杨婉忍不住皱眉，邓瑛见她难受，只得放轻手上的动作："是不是疼？"

"你快一点就没有那么疼。"

邓瑛收回手，僵硬地站在杨婉面前："我不能让宋云轻过来——"

"我知道，其实她不能来也好。她没你脾气好，见我这样，指不定怎么骂我呢。"

杨婉打断他，也有开解他的意思。

邓瑛也就没有再说下去，伸手拿起医官留下的药瓶，看着瓶身上的标签沉默不言。

"在想什么？"

杨婉靠在榻上看他。

她还在发烧，脸色潮红，眼眶也有些湿润。

"我刚才……"

"别道歉，邓瑛。"

她再次打断他，望着他的侧脸，轻声说道："我虽然觉得羞，但我并不难堪，我将才问你，是不想你一直搁在心里，然后又自己一个人去想你在杨伦面前说过的那些吓人的话。"

她温和地点破了邓瑛的心事，邓瑛无言以对，只能沉默地点了点头。

杨婉看着他手里的药瓶："腿上的伤我可以自己上药，但腰上和肋上的伤我不是都能看见。对不起，我知道你不愿意，但是我也求不到别的人了。"

此处的确无人能帮杨婉。

宫人不能私自与杨婉接触，外面看守的厂卫都是男子，只有邓瑛自己是内侍。

一切好像是安排好了一样，让他藏匿于心底的"觊觎"得以暴露，但也好像是为他筑起了高高的刑台，杨伦、宁妃、易琅，还有白焕和张展春，所有人都站在刑台下看他。他的羞愧无处遁形。

活到现在，他对大多人都问心无愧，但在杨婉面前，他却觉得，好像只有问心有愧，才能继续活下去。

"婉婉。"

邓瑛唤了杨婉一声，他的手在膝上捏了捏，俯下身撩起她腰腹上的中衣，用手腕轻轻地压住。

杨婉感觉到了他温热的呼吸，扑在她的皮肤上，她刚想答应，却又听邓瑛道："这几日我会记在心里，但你出去以后，就把它忘了吧。"

"为什么要忘啊？"

邓瑛将药在自己手掌上压热，轻轻涂在她的伤处。

"你不忘，我如何自处？"

杨婉听完没再出声，却看着邓瑛摇了摇头。

十几道鞭伤，短的两三寸，长的从肋骨延伸到肚脐。

杨婉望着床架，尽量将自己的神思散出去，抿唇忍着。

邓瑛直起身，替她拢好被褥的时候，她才松开唇长吐了一口气。

邓瑛背身站在桌边收拾药瓶和沾染上血污的帕子。覃闻德立在窗下道："督主，北镇抚司的人来了，今日堂审，要请督主过去。"

邓瑛看了一眼手边触目惊心的血污，忽然沉声道："让北镇抚司等着。"

覃闻德很少听邓瑛说这样的话，先是愣了愣，过后却气爽起来。

"是，属下这就让他们好好等着。"

"郑秉笔还好吗？"

杨婉缓过神，靠在榻上，轻声问邓瑛。

邓瑛应道："你不要想那么多。"

杨婉摇了摇头："这是第几次堂审了？"

"第三次了。"

"前几次……动刑了吗？"

她说到"刑"字，肩膀不由自主地颤了颤。

"第一次没有，第二次……伤得不算重。你先不要想他的事，明日陛下会钦审你，你说的话关系到你自己和整个承乾宫，还有在南方，包括杨大人在内的一百多个清田吏。"

杨婉吞咽了一口唾沫，垂头道："我明白，我有分寸。"

她说完，抬头看向邓瑛："邓瑛，你是不是想利用这一次机会，分去北镇抚司的审讯和羁押之权。"

"我想过这件事，但我还没有想清楚。"

"没事……"

杨婉将两只手交握在被褥中："我会仔细想想，明日如何应答陛下。"

邓瑛道："陛下和张洛不一样，他不会刑讯你，但是……他掌握着所有人的性命。不过，你拿捏陛下的心思一向比我准，我此时也没有任何话能嘱咐你，只有一句，珍重自身，不要想着去救谁。"

杨婉闻话，追问道："郑秉笔跟你说了什么吗？"

邓瑛垂目不言。

"说啊……"

杨婉挣扎着坐起身，邓瑛忙扶住她："鹤居案从你入诏狱那一刻开始，就已经不单纯了。宁娘娘获罪，杨伦就要立即被押解回京，南方清田则必须搁置。你和承乾宫现在要做的，是撇开郑秉笔，一点救他的念头都不能动。"

"我知道，我不会莽撞，可是宁娘娘……"

杨婉捏住被褥："宁娘娘会痛死。"

邓瑛叹了口气，低头看着杨婉，迟疑了一阵，还是低声问了出来。

"那件事是真的吗？"

"什么……"

"宁娘娘和郑秉笔曾是旧识。"

杨婉点了点头。

"是真的，我曾在养心殿外帮娘娘救过他一次，你记得他曾来谢过我吧？"

"嗯。"

"我也是那一次才知道娘娘和郑秉笔的事。他们不仅是旧识，年少时还曾彼此倾心。后来在宫中这么多年，他们虽然相见却从不言语，都是为了让对方平安。养心殿那一次，陛下要杖毙郑秉笔，娘娘险些失态。这一次，事关杨伦，她或许会忍，可是……"

杨婉喉咙处一阵哽咽，无法再往下说。

邓瑛陪她一道坐着。

窗外暖阳融融，树影透过窗纱落在杨婉的鞋边，而后渐渐地爬上邓瑛的膝盖。

邓瑛从这一片树影里看到了自己和郑月嘉一样的报应，但他不想对杨婉说。

64

　　杨婉又是一夜未入睡。

　　她忍着要命的伤痛，躺在被褥里试着在心中推演明日御前受审的情形。

　　大明皇朝至此虽不足百年，但由于先祖是草莽出身，每一代的皇帝都致力于谨铸天威，严酷的刑罚制约着内廷众人和百官们的言行，但也时常因为过于严苛，而遭反噬。

　　壬寅宫变①中，宫人们不堪压迫，差点合谋杀死先帝，以至于先帝不得不搬出寝宫，移居西苑，从此几乎断绝了生死之念，终日修道。

　　贞宁帝吸取了君父的教训，登基以后就命宫正司严厉地规训后宫，除了皇后之外，嫔妃们在皇帝面前无不战战兢兢。

　　由于嫔妃们畏惧，不敢进言，贞宁帝越发刚愎自用，自然是喜欢像蒋贤妃这样宫女出身、没什么见识，却事事遵他、时时求怜的女人。

　　宁妃虽然生得极好，但性子淡，并不似蒋贤妃那般会奉承贞宁帝。

　　她时常因为"应答不及"这样的错处，而遭申斥，再加上她有自己的气度和清傲，即便受罚，也很少会向皇帝求赦。贞宁帝对宁妃的这个性情一直是又爱又恨。

　　心情好时，觉得宁妃像一件名匠精雕的艺术品；心情不好时又觉得她令人厌恶。

　　历史上的宁妃并没有一个确切的死因和死期。

　　大多数的史料只是用一句"遭厌弃"轻飘飘地带过。

　　然而一个容貌姣好的女子，为什么会无缘无故地遭到皇帝的厌弃呢？

　　杨婉闭着眼睛，回想所有相关的文献，结合当下的情形，她基本上可以推定，贞宁十二年的春夏之交，就是宁妃失宠的时候。原因

---

① 壬寅宫变：发生在明朝嘉靖年间，是妃嫔和宫女们意图杀死明世宗朱厚熜的一次事件。

无外乎是鹤居一案，暴露了她与郑月嘉的私情。至于后来贞宁帝残杀三百宫女，了结鹤居案，应该是为了抹掉这一段对自己来说羞耻万分的事情。

杨婉厘清了所有的经过，也预料到了结果，心中却仍然荡动不止。

明日皇帝要亲自讯问她。那么，在没有她的历史中，皇帝明日讯问的又是谁？那个人说了什么？杨婉皆不得而知。如果这是一段确切的史料，那她现在就可以有预见性地规避掉错误，从而做更好的应对。但是大明几百年，日夜无数，人事间的繁盛和衰落时常在一念之间做千百次转变，而一部《明史》能有多少个字？大段叙事，小段评人，字里行间皆无人情，对此时的杨婉而言，这像一堆看似逻辑严密的论文骨架，动笔写时，就会发现处处都是错误，根本无处下笔。

她内心纠缠，实在睡不着，后半夜时，听到了下雨的声音。

忍不住撑起身子翻了个身，不留意压到了邓瑛的手臂。

杨婉原本以为他会出声，但他只是在夜色里轻咳了一声，慢慢地将手臂抽出，顺手拢了拢她肩上的被子。

檐下雨声如敲琴，砖面儿上大片大片地返潮。

第二日卯时，雨才刚停，司礼监秉笔太监胡襄便带着金吾卫的人等在了门口。

邓瑛从直房内走出，朝胡襄行礼。

胡襄低头道："她自己能走吗？"

邓瑛直起身应道："尚需人搀扶。"

胡襄道："陛下的意思是，就在东缉事厂的堂内问她，你可以在场。"

"是。"

雨水伶仃地滴进屋檐下的水函子里。

简单的几句对话，交代了审讯的安排，邓瑛和胡襄便皆没了言语。这一次对杨婉的审问，虽然是在内廷，却没有任何人能从中斡旋。

杨婉被厂卫从直房内带了出来，她仍然只穿着中衣，没有梳发髻，人还在发烧，脸虽然红得厉害，嘴唇却是惨白的。

胡襄道："今日主子亲自审你，有几句话我要先交代。"

杨婉颔首道："胡公公请说。"

"内东厂是内廷衙门，陛下将你从北镇抚司诏狱召回，原意是赦免你，但你若欺君，则罪无可恕，这宫里没有任何人救得了你的性命。你才十九岁，还年轻，能为自己着想，就应该为自己着想，陛下仁慈，会宽恕你。"

这一番话，是为了击破杨婉的心防。

杨婉抬起头看向胡襄："奴婢不敢欺瞒陛下。"

"好，既然明白，那就走吧。"

东厂的厂卫都知道她刑伤疼痛，因此走得很慢，好在西直房和内东厂相距不过几百米。杨婉被带到内东厂正堂前的时候，圣驾还没有来。厂卫搀着杨婉跪下，杨婉撑着地面伏下身，喘息了一阵，倒比站着要好受一些。

邓瑛蹲下身："你什么都没有吃，撑得住吗？"

杨婉点了点头："吃了反而不清醒，我没事。"

正说着，站在甬道上的厂卫全部跪了下来，邓瑛也不再出声，撩袍在杨婉身边跪下行礼。

"都起来。"

一个高瘦的人从杨婉身边走过，说话的声音听起来倒并不是很年老。

除了杨婉之外，其余人都应声站了起来。

"邓瑛。"

皇帝在前面唤了一声。

"奴婢在。"

"你把她带进来。"

"是。"

邓瑛搀着杨婉的胳膊站起身，走进正堂。

"合上门。"

"是。"

内东厂的正堂只有一扇朝西而开的窗，门一关上，堂内便漆黑无光。

邓瑛挽着杨婉跪下，替贞宁帝点燃手边的铜灯，铜灯的光落在杨婉面前，也把贞宁帝的身影投到了她的膝边。

她下意识地想要看一眼贞宁帝，却听邓瑛道："杨掌籍，不得抬头。"

"是……"

贞宁帝道："无妨，抬起头让朕看看。"

杨婉应声抬起头，贞宁帝扫了一眼她中衣上渗出的血，对邓瑛道："北镇抚司审过她几次？"

邓瑛道："回陛下，只有一次。"

贞宁帝点了点头："你禀告得算是及时。"说完，低头看向杨婉："你叫杨婉是吧？"

"是。"

贞宁帝抚额回想了一阵："贞宁七年的时候，宁妃曾请太后做主，将你许配给了张家，这事儿朕没过问，但如今倒还记得，你后来为何没有成亲？"

杨婉低头道："奴婢失足落崖，久未归家，张家疑奴婢贞洁已失，是以未成婚。"

贞宁帝点了点头："哦，朕想起来了，因为这事，去年朕还责备过张洛。"

"奴婢谢陛下当时为奴婢做主。"

贞宁帝冷笑了一声："知道谢恩，尚算不愚。"

他说完，手指在茶案上不重不轻地敲了敲，转话切入要害。

"朕问你，宁妃与郑月嘉何时相识的？"

"郑家与杨家的确是旧识，奴婢与姐姐，也的确见过郑秉笔。"

她会这样回答，贞宁帝倒是有些意外。

"你在北镇抚司也是这般说的吗？"

杨婉摇了摇头："不是……"

"那你是如何说的？"

"奴婢在诏狱受刑……怕自己受刑不过，胡言乱语，所以一直在求饶，什么也没有说。"

贞宁帝站起身："好，在朕面前你可以说了。朕不会对你动刑，无非你说得朕不满意，朕直接杀了你。"

杨婉咳了几声，撑着地面抬起头："陛下杀了奴婢，若能将此谣言遏制，保姐姐清誉，维护陛下与皇家名声，那奴婢甘愿受死。"

贞宁帝负手走到杨婉面前，低头沉默地看了她一会儿，沉声道："朕没明白，你怎么就甘愿受死？"

杨婉握住有些颤抖的手："陛下若不杀奴婢，还会把奴婢送回诏狱吗？"

贞宁帝不置可否。

杨婉抿了抿疼得发白的嘴唇。

"陛下可知为何张大人会比陛下先知道姐姐与郑秉笔是旧识？"

贞宁帝闻话一愣，负于背后的手不自觉地攥成了拳。

杨婉已经有些跪不住了，身上的高热令她有些眩晕，胃里也是翻江倒海，她索性狠心在自己腿上的伤口上掐了一把，凭借疼痛来让自己清醒，张口继续道："他们根本不顾陛下的名声，他们只是要……让姐姐担下谋害皇子的罪名……北镇抚司刑讯我和郑秉笔，不论我和郑秉笔谁人受刑不过，屈打成招……第二日，陛下的御台上就会摆着罢黜姐姐妃位的奏折……姐姐冤屈，陛下又何尝不受屈……好在陛下让邓厂督协审此案，奴婢才有幸能在陛下面前陈述。如若不然……奴婢在诏狱疯口胡言，那便死一万次，也赎不了罪了。"

杨婉说完这一席话，几乎用尽了全部的力气，眼前发黑，伸手抓住身旁的椅腿，才能勉强在皇帝面前跪住。

她心神紧绷，屏息等待着贞宁帝的反应。

这是杨婉能想到的唯一的应对之法。

在这个过程中，她必须把握住自己此时的身份，不能狂妄地谈杨伦和政治，也不能谈鹤居案，只管利用一个君王敏感自负的本性，用言语不轻不重地扎了那么一刀。

其余的事，就留给这个多疑的贞宁帝自己去怀疑。

皇帝会做出什么样的决定，她并没有把握。但至此她已经竭尽了自己的心力，去理解贞宁帝这个君王，去寻找皇权与北镇抚司之间细微的裂痕，给宁妃和自己一线生机，也给东厂分取北镇抚司的权力创造机会。

只不过，她并不敢像当初救郑月嘉时那般自信，因为自己的生死，此时也在贞宁帝的一念之间。

"杨婉，你这话，在朕这里算是诚恳的。"

65

杨婉伏身叩首："奴婢谢陛下。"

她说完这句话，已经精疲力竭，手肘撑在地上，一时竟直不起身来。

皇帝看着她身上的伤，随口问道："御医看过了吗？"

杨婉轻声道："谢陛下关怀，已经看过了。"

贞宁帝点了点头："你很明白什么该说什么不该说。心呢，也是向着宫里的，朕做主，今日赦了你。你受了委屈，朕会让皇后下懿旨亲自宽慰，你还想要什么赏赐，现在朕在这里，你可以跟朕说。"

这句话听起来很温和，却是一道暗沟，是贞宁帝对杨婉心思的试探，但凡她答得有一点错处，都会前功尽弃。

邓瑛捏着手看向杨婉，见她似乎吐了一口气，缓声道："奴婢不敢要赏赐，只求陛下，让奴婢歇息两日。"

皇帝听了这句话，终于露出了笑容："才说了你明白，这会儿又这样糊涂，看来是被打疼了，朕看着也怪可怜的。"

杨婉本就支撑起身来，索性抬了抬头，又叩了一首。

"陛下垂怜，奴婢惶恐。"

贞宁帝摆了摆手："罢了，邓瑛。"

"奴婢在。"

"你亲自去一趟尚仪局，告诉姜尚仪，就说是朕的意思，让她在承乾宫养半个月。"

"是。"

贞宁帝看了一眼窗外的天色："什么时辰了？"

"快辰时了。"

"内阁的票拟递进来了吗？"

邓瑛道："奴婢去司礼监替陛下过问。"

贞宁帝站起身抖了抖袖子："不用了，朕回养心殿等着，你这个地方……"说着四下看了看，"也太局促了，既然西面的那些直房都是空着的，就都并到内东厂吧。邓瑛啊，日后内东厂巡查时，若巡见要案，可直接入养心殿禀告。不用经北镇抚司，你们可以先缉拿人犯，看守审讯。此事，朕会下一道文书，经内阁发出去，让司、厂二衙都知晓。"

邓瑛跪下应"是"，而后又抬头道："陛下，郑月嘉是否可以交由东厂内审？"

贞宁帝抬头朝窗外看去，沉默了一阵道："带回来吧，他服侍了朕一场，朕也不想他在外面。"

他说完似乎叹了一口气："你亲自去接吧，接回来也不用见朕了，怎么处置他……朕想一想，你不用和他说什么，让他等着。"

"带回来吧。"

这句话在杨婉听来，就像主人决定让自己抛弃的狗回来一样，居高临下，令人胆寒。

她不由得侧头看向跪在自己身边的邓瑛。他低垂着眼，伏身拜向贞宁帝："奴婢替郑月嘉谢陛下恩典。"

恩典？

哪门子的恩典啊？

杨婉看着邓瑛摁在地上的那双手，地上的灰尘沾染了他的袍袖口，这个人远比他面前站立的男人干净温和，杨婉看着看着，眼眶竟渐渐红了起来。

"胡襄在外面吗？"

贞宁帝低头理了理袖口，朝外提声说。

胡襄忙打开门答应。

"回养心殿。"

里外皆行跪恭送。

覃闻德待御驾行远，便起身合上了正门。

天光再度收敛，杨婉再也支撑不住，身子一歪便倒了下去。

邓瑛忙挪膝过去，托起她的背，让她靠在自己怀里。

两天的将养，全部废在了这一倒上。杨婉低下头，眼见腿上的伤口又渗出了血，瞬间染红了裤腿。

"我今日尽力了……"

她抬头望着邓瑛，邓瑛沉默地冲着她点头。

"邓瑛……如果以后你身在困境，我也会像今日这样，拼命帮你。"

"我并不需要，我只希望你不要像我一样。"

他说着低头试图挽起她的裤腿，杨婉咳笑了一声："别挽了，就是伤口裂开了，你从下面挽是看不到的。"

邓瑛垂下手："我一会儿送你回承乾宫，回了宫里就能传女医好好疗伤，我这几日没有照顾好你。"

杨婉摇了摇头："陛下如今把西面的直房都给了东厂，也给了你们羁押审讯的权力，你后面几日，有的忙了……不用管我，我好好歇几天就没事了。"

邓瑛伸手理顺她被冷汗沾湿的头发："我在你面前原本就罪无可恕，如今，我还欠你恩情。"

杨婉笑了一声，抬手轻抚邓瑛的脖子，手掌一半按在领上，一半接触到他露在外面的皮肤。

邓瑛脊背僵直，手指缓缓地在自己的膝上捏了起来。

"我没有骗你吧，我说了我要帮你，就一定能帮你。"

"嗯。"

他点了点头。

"邓瑛。"

"你说。"

"你就继续做你想要做的事，不管别人怎么想，我都看在眼里，只要我能活着，我就一定会让你活下来，哪怕是我太天真……我最终做不到，那我也要做你的身后名。"

她说着，手指在邓瑛的脖子上轻轻地摩挲着。

这种温柔的抚摩令邓瑛牙关处泛起一阵酸热。

他从前以为，衣冠之下，皮肉之上，他的每一局都要输。

可是此时此刻，他却清晰地感知到，杨婉不想让他输。

对于杨婉而言，她终于可以抚摩这个曾经活在纸堆里的男子，不再带着后世的审视和悲悯，而是饱含温热的情意。

"我背你回承乾宫吧。"

"不用的……"

"你怕小殿下为难我吗？"

杨婉没有回答。

"婉婉别怕，能够照顾你，我什么都可以受着。"

他说完轻轻托起杨婉的身子，让她暂时靠在椅腿边，自己起身走到杨婉面前蹲下。

"来。"

杨婉看着邓瑛的脊背说："你一会儿要走慢一点，我之前都是骗你的，我伤养得不好，真的很痛。"

"好，我慢慢走。你先上来。"

杨婉咳了一声："还有，我不是很轻，你要是——"

"婉婉。"

他打断杨婉的声音，又温和地重复了一句："你先上来。"

五月的早晨，洒扫的宫人们刚刚把昨夜被雨水打落的树叶扫成一堆一堆的，堆在墙根处。

杨婉搂着邓瑛的脖子，安静地伏在他的肩上。

他曾经为皇帝修建皇城，对皇城内的每一条宫道、每一处殿宇都了然于心，但他明白，这些砖石和草木都不属于他。唯有此时，他被杨婉搂着脖子，一步一步地行在皇城的初夏里，他才忽然觉得，那些出自他手的风致，与他有了真实的联系。

邓瑛侧头，看了一眼杨婉靠在他肩膀上的脸。

她似乎因为太累而睡着了，又因为太疼，一直无法睡安稳，但她的面容依旧松弛而柔和。

邓瑛抬起头，朝宫墙上的花枝看去，忽然轻声问了她一句。

"婉婉，你要不要花？"

谁知背上的人竟含糊地答了一声："要一朵厂花。"

厂花是什么，邓瑛不知道。

可是看着她说完这句话之后憨甜的笑容，竟也跟着笑了。

承乾宫的宫人们此时已经得到了杨婉被开释的消息，簇拥着宁妃守在宫门前，御药房的彭御医带着两个女医，也一道候在承乾门前。

易琅牵着宁妃的袖子，轻声问道："母妃，为什么女医也来了？"

宁妃叹道："你姨母受了伤，这几日，你都要轻一些，不要打扰你姨母养伤。"

"谁伤的姨母？"

宁妃看着易琅严肃的面容，沉默地摇了摇头。

合玉道："娘娘，还是把西配殿给掌籍住吧，东面虽然宽敞些，但奴婢们离得远，怕照顾不好。"

宁妃道："不用再去收拾配殿，横竖也来不及了，等她回来，就让她住我的寝阁。"

"那娘娘呢？"

"我照顾她几日再说，她一定吓坏了，心里也有委屈。"

合玉忙道："杨掌籍是娘娘的妹妹，又待我们小殿下那般好，如今遭这样的罪，我们谁不心疼啊？"

宁妃点了点头："我知道你们都好，只是我心里不安，还是让她跟着我吧。"

说完，弯腰摸了摸易琅的脸："你姨母回来，你不要一直问她，让她好好休息，知道吗？"

易琅道："母妃，姨母是不是因为二弟被谋害的事才被带走的？"

宁妃还没来得及回答，合玉便已经迎下了台阶。

"邓厂督，您慢一些，让我们扶稳。"

宁妃直身朝承乾门看去，见邓瑛正半跪着，反手护着杨婉的腰，让合玉等人将杨婉搀下来。

杨婉的衣服上全是血痕，从腰腹到大腿触目惊心。

宁妃忙提裙迎下去，也不敢贸然碰杨婉："怎么……怎么会伤成这样？"

杨婉听见宁妃的声音，勉强睁开眼睛："娘娘……"

"没事，难受就别出声，姐姐带你进去。"

"不难受……就是看着吓人。"

她说着朝易琅看去："您带小殿下回去，省得吓着他。"

易琅道："我不害怕。"

杨婉苍白地笑了笑："那你一会儿可不许吓得哭啊。"

"不哭。"

他说完看了一眼邓瑛，又仰起头朝杨婉看去："我都替姨母记着。"

邓瑛并没有起身，低头对易琅与宁妃道："奴婢向娘娘和殿下请罪。"

宁妃还未开口，却听易琅道："是你救的姨母吗？"

邓瑛直起背："奴婢不敢这么说。"

"是就是，不是就不是。邓厂督直说。"

邓瑛抬头看向杨婉，易琅的声音一提："你不用看我姨母，她不想我为难你。我问你话，也不是为难你，我只是想问清楚，你究竟做了什么。"

邓瑛再伏身道："奴婢没有照顾好掌籍，请殿下责罚。"

易琅低头道："你不必顾及我的体面，请你不该请的罪，你先起来。"

66

"让你起来你就起来呀。"

杨婉靠在合玉怀中催了他一句。

邓瑛被她催得一愣，忙谢恩起身："是，奴婢谢殿下。"

说完侧身朝宁妃又行了一礼："奴婢还有厂务，先行告退。"

"邓厂督请留步。"

邓瑛直起身："娘娘还有吩咐吗？"

宁妃冲他点了点头，弯腰对易琅道："你先扶着你姨母进去，母妃一会儿就跟过来。"

"是。"

易琅恭顺地应下，轻轻牵起杨婉的手："姨母，我们进去。"

杨婉牵着易琅的手一边走一边回头看宁妃。

她大概猜到宁妃要向邓瑛问什么，但宁妃一直没有回头看她。

邓瑛目送杨婉走到地屏①后面，这才收回目光，向宁妃揖礼："娘娘有话请问。"

宁妃在阶上侧身让了一步："此处有人来往，请邓厂督借一步。"

"是。"

邓瑛随着宁妃走进承乾宫的前殿，此时前殿内除了他们二人之外，并无旁人。

宁妃亲自合上门，转身对他道："厂督请坐。"

"奴婢不敢，娘娘有话直说。"

宁妃侧过身，锦窗上的叶影渐渐地移到了她的脸上，她比杨婉生得还要白一些，那灰褐色的叶影在她皮肤上，竟有些像是血痂一般。她将手交叠在腹前，向邓瑛走近两步，屈膝朝邓瑛跪下，伏身就要行叩礼。

邓瑛忙跪下扶住宁妃的胳膊："娘娘不可。"

宁妃抬起头："我也知道这样不合宫规，会让你为难，但我今日此举，已经是把自己的身家性命全部交付与你了，请你一定要听我说完。"

邓瑛试图扶她起身："奴婢扶娘娘起来说。"

宁妃摇了摇头，将手臂慢慢地从邓瑛的手中抽了出来，仰起脸望

---

① 地屏：落地的大型屏风。

向邓瑛。

"我很感谢你救了婉儿，我也明白，郑月嘉活不下来了……我虽然不如婉儿灵慧，但也不是愚蠢之人，你放心，我对厂督没有过分的期许，对陛下也不敢有妄求，我只是想……如果可以，能不能让我最后见他一面？"

邓瑛垂下头："奴婢明日会接他回内东厂看守，但是为了娘娘和殿下，奴婢不能让您见他。"

宁妃道："就一面，我想跟他说一句话。"

邓瑛沉默须臾，仍是摇头。

"即便只是见一面，仍然对娘娘不好。"

"好……"

宁妃目光一暗，咳叹了一声，朝后跪坐下来，脸色苍白地望着地上的叶影。

"你就当我……没有提过此事。"

邓瑛伏身叩首："奴婢对不起娘娘。"

宁妃看着邓瑛的脊背，轻轻摇了摇头："你和婉儿已经尽力了，你们没有对不起任何人，只是我这个活下来的人，心有不甘而已。但是……"

她说着看向锦窗："我的确不能让你们，还有哥哥和易琅犯险。"

邓瑛直起身："娘娘放心，娘娘今日对奴婢说的话，奴婢出去就会忘掉。"

宁妃抿着唇笑了笑："你不用忘记，这件事我和郑月嘉放在心里快十年了，除了婉儿，我没有对人说过，至于月嘉，我不知道他有没有跟你提过。"

邓瑛摇了摇头。

宁妃叹道："是的……他为我进宫的这件事，当初……只有何怡贤知道。十年了……"

她的声音哽咽起来："邓厂督，我把这件事情告诉你，是希望你能明白婉儿心里的想法，不要像月嘉那样，因为不能和我说话，一辈子都不明白我在想什么。"

她说着抬起手背摁了摁眼角，怅声道："我少年时就喜欢他，收藏他写的字帖，也读过他写的诗文。后来年岁大些，与他相识，晓得他是一个很好很得体的男子。如果不是父亲将我送入宫中，我与他也许就不是今日的下场。不过事到如今，我并没有后悔，宫中相顾十年，我虽然从来没有对他说过一句话，可只要看见他，我就觉得，我可以生活得很平静，不去想陛下对我的态度，也不和其他的妃嫔纠缠。我从不觉得，喜欢月嘉是一件羞耻的事，如果只惩罚我一个人的话，我真的很想把心中的话对世人说出来。我想成为他的尊严，而不是他强加给自己的罪孽，可是我做不到……"

她说至此处一顿，手指在膝上渐渐握紧："所以，我希望他后悔，后悔为了我受那么大的罪，后悔为了我落到这般下场。若有来世，恳请他好好在阎君面前陈述此生不幸，好好过奈何桥，喝掉孟婆汤，下一辈子，把我这个人忘干净。"

邓瑛望着宁妃的面容，她和杨婉很像，并不喜欢哭，难过的时候会红眼，但总会将眼泪忍在眼眶里。可她的话一直说得比杨婉悲戚。

邓瑛垂下眼，轻声道："奴婢帮娘娘见他一面。"

宁妃一愣。

"可以吗？"

"嗯。明日午时，东厂厂卫会带他进宫，走东安门，然后经东华门，过文华殿，小殿下在文华殿受讲，娘娘可以立于文华殿西面看一眼他，不能说话。他有刑伤在身，不会走得太快，但厂卫不能停留，请娘娘不要怪责奴婢。"

"好……谢谢你。"

她说着不顾邓瑛阻止，愣是朝他行了一拜。

邓瑛搀扶着她站起身，退后揖道："还望娘娘无论如何，不要在陛下面前露悲。南方清田还没有结束，生死一线间，娘娘请珍重。"

宁妃忍泪点了点头。

邓瑛不忍再与她相对，直身辞了出去。

宁妃独自立在门前仰头平复了一阵，这才朝后殿走去。

后殿的寝阁内，杨婉刚刚上过药，合玉正端着一碗粥喂她。易琅坐在一个墩子上翻书。

宁妃揉了揉有些发肿的眼睛，尽量让自己的声音听起来自然些："易琅在做什么呢？"

杨婉轻轻挡开合玉手中的粥碗："上完药那会儿疼得有些厉害，殿下拿着那本《幽梦影》给奴婢念呢。"

宁妃接过合玉手中的粥碗，坐到杨婉身旁。

"姐姐没有保护好你，这几日你安心养伤，姐姐服侍你。"

杨婉忙道："娘娘，您不能一直守着我，您要去见一见陛下。"

宁妃放下粥碗："怎么见呢……"

她说着垂下眼，望着粥碗边沿结出的米皮："见了又能说什么呢？"

"什么都不说，就是和陛下好好地处一两日。"

"为了以后吗？"

"……"

杨婉失语。

宁妃看了一眼旁边的易琅，示意合玉带他出去吃些东西，而后方轻声对杨婉说道："如果你是姐姐，你做得到吗？"

杨婉的心被这句话猛地一刺，忙握住宁妃的手道："对不起姐姐，我太自以为是了，我不该说这样的话，我……"

宁妃反握住她的手："别动别动，仔细又伤着。"

"我不疼。"

"唉……"

宁妃轻轻地叹了一声："你为姐姐好，姐姐都明白，只是人非草木，都有不忍去的地方。"

她说着，摸了摸杨婉的脸颊："你能不能答应姐姐一件事情？"

"您说。"

宁妃挪了挪腿，坐得离杨婉更近一些，床帐的阴影刚好落在她身上，将她整个人都拢了进去。

"我们杨家虽然有哥哥在阁，但陛下忌讳外戚，易琅与哥哥这么多年见得很少。哥哥这个人，你我明白，一生刚直，身心皆在朝廷和百姓的身上，即便易琅是他的亲人，他也只是把易琅当成一个皇子来规训。文华殿虽有先生、讲官、侍读，对易琅也一直尽心尽责，但他们毕竟是外臣，不知幼子冷暖病痛，也见不得他的眼泪。这个孩子，担心他的先生们失望，也担心他的父亲不相信他。虽然他不会说什么，但他其实过得比寻常人家的孩子不知道苦多少——"

"姐姐，你想说什么？"

杨婉打断她："易琅是您的儿子，他的苦只有您能心疼。"

宁妃摇了摇头："你也可以。"

"我不可以……姐姐，我不可以。"

她摇晃间拉扯到了伤口，疼得大喘了一口气，然而她顾不上别的，一把拽住宁妃的袖子。

"我承受不起，他是大明朝的皇子，我只是一个……不对……姐姐，我什么都不是。"

宁妃搂住杨婉："别怕，婉儿，姐姐没有胡思乱想，姐姐只是怕陛下多疑记恨，姐姐会连累到易琅，还有你。"

杨婉摇头道："他要记恨就让他记恨，但姐姐你要活着！"

"婉儿，你慎言。"

杨婉没有回应她，提声继续说道："他也就是个男人，男人记恨一个女人，就让他记恨好了，辗转反侧的是他，心神不宁的也是他。姐姐，你跟我们一起安安心心地活着，管他死活做什么！"

"婉儿！"

这一番话说出口，杨婉有些喘不上气，胸口闷疼，令她有些眩晕。

她明白这些话在这个时代听起来有多么荒唐，多么放肆，可她就是对着宁妃说出口了，即便她明白，几百年后的观念，根本无法真正地扎入宁妃的心里。而且，那个人也不仅仅是一个男人，天子的"记恨"可以造一座牢笼、一副枷锁，把眼前这个柔弱的女子，一辈子关在里面。

"姐姐……"

"嗯。"

杨婉搂住宁妃的腰："我答应你，不管怎么样，我都会照顾好殿下，但你也答应我，好好地生活，不要想那么多。我们总有一日，可以从这里走出去。"

67

郑月嘉从马车上下来，东华门已经在他的眼前了。

大明皇城的规矩是从外四门开始，除了皇帝和妃嫔，所有的宫内人都要步行。

内东厂的厂卫上前架起郑月嘉的胳膊，只是这么一下，他浑身上下所有的血便全部涌向翻了皮的伤口。

"慢一点。"

他忍不住恳求。

邓瑛回过头朝覃闻德看了一眼，覃闻德脸上立即堆起了歉意。

"慢一点。"

"是，督主。"

一行人慢慢地走在安静的宫道上。

应季而开的花藏在重重叠叠的宫墙后面，随风卷起万重蕊浪，声如密雨。

郑月嘉问邓瑛："不是要带我去内东厂吗？为什么还要往会极门走？"

"先去御药房。"

郑月嘉没有立即应声，踉跄地跟在邓瑛身后，半晌才叹了一口气。

"有这个必要吗？"

他抬起头："我又不受后人瞻仰祭奠，要一副完整的皮囊无用，就这样走，我也觉得没什么。"

邓瑛抬头朝会极门看去，再走几步，过了会极门便是文华殿了。

这一日，是张琮领衔的日讲，虽不比经筵的春讲大，但因为是内阁点的新题，因此翰林院几个编修，以及国子监祭酒都在列。

"邓瑛。"

"在。"

"里面讲的是什么？"

这个地方算是除司礼监和养心殿外，郑月嘉最熟悉的一处。

他常年伺候贞宁帝笔墨，也随他出席一年两轮的经筵，虽然后来贞宁帝倦怠讲学，但自从易琅出阁读书之后，每一年的春、秋两讲，都是他在案前伺书。换作从前，哪怕只听到零星的几个字，他也能分辨出讲官讲的是什么。

如今刑伤太痛，他耳边阵阵嗡鸣，竟一个字都听不清楚。

邓瑛听他那么问，便停下脚步，闭眼听了片刻，道："《贞观政要》。"

"哦……"

郑月嘉笑了一声："春讲的最后几日，我不在，司礼监派的谁在文华殿伺书啊？"

邓瑛应道："胡襄。"

"他啊……"

郑月嘉笑咳了一声，看着自己的脚步道："可别把大殿下脚底下的地儿踩脏咯。"

"郑秉笔慎言。"

"没事。"

郑月嘉笑着摇了摇头："隔那么远，他听不见的。我今日很高兴，看着殿下仍在文华殿受讲，就知道那些人也没有得逞。"

他说完，垂下头看着自己面前的影子，再也没有抬头。

文华殿的月台上，宁妃独自一人站在白玉栏杆后面。

不远处，郑月嘉被架着，穿过会极门，正朝南面的御药房走去。

或者不能说是走吧，重伤难行，他几乎是被一路拖行。

身上的衣裳是换过的，此时却完全被血水浸透了。

宁妃无法想象在诏狱的几日，郑月嘉到底为了她熬过什么样的刑讯。她想问，想认真地记住这份温柔的恩情，可是他听不见。

他们一生当中说过的话并不多，几乎全在少年的时候。

她是大家闺秀，而他为人处世又过于得体，即便坐在一起，言语也从未逾越过人欲的界限。入宫之后，倒是常常能见到，但除了行礼请安之外，再也没说过别的话。

岁月更迭，人们各自纺织内心的锦绣。

她却不能告诉郑月嘉，她后来仍然读书习字，也不落女红和羹汤，性情温和，内里丰盈，修炼得比少年时还要好。

十年相顾，十年沉默。

此时此刻，她也只能望着那个不愿意再抬头的人，继续往漫无边际的沉默里坠去……

邓瑛在文华殿下看到了玉栏后的人影，回头对郑月嘉道："每一年的春讲和秋讲，都是你在文华殿为陛下和殿下伺书，你不想再看一眼这里吗？"

郑月嘉摇头道："我不是你，我没有营建过皇城，对这些殿宇没什么眷顾，不看也不会有遗憾。"

他说完，又叹了一声："邓瑛，我内心真正的遗憾比天还要大，而且活得越久，越难以弥补。就这样吧……"

他咳出一口血痰，身子在厂卫的手中一震。

"陛下说了怎么处置我吗？"

邓瑛摇头："还没有明旨。"

"只要不是杖毙就好。"

他边说边笑："自古阉宦，难得善终，像我这样的，已是不错了。我原本想死在外面的话，我叔父和家里那侄女替我收尸的时候还要遭人白眼，如今好了，宫里替我收尸，简简单单地埋了，大家都好。"

说着，就已经快走过文华殿了。

邓瑛忍不住道："再走慢一点。"

覃闻德道："督主，走得越慢，郑秉笔遭的罪越多啊。"

郑月嘉冲邓瑛招了招手："你过来。"

邓瑛走到他身边，搀住他的一只手："有什么话你说。"

郑月嘉缓缓地吐出一口气，低声道："我知道……谁在那儿。"

"……"

邓瑛僵背，一时无言。

"生死我自负，遥祝她珍重。"

贞宁十三年六月底，鹤居一案的处置，全部从北镇抚司的诏狱，收拢到了内廷当中。

宫正司并东缉事厂，将在鹤居服侍的宫人全部清查了一遍，而后内廷六宫，包括二十四衙门和女官们的六局，都经历一次残酷的清洗。宫人们人心惶惶，平日里有私怨更是相互举发，一时间，牵扯近三百人。

皇后原本想对这些人开些恩，皇帝却不准许，甚至斥责皇后："朕卧榻之侧，怎容得半分狼子野心！"是以这些获罪的宫女和内侍，包括郑月嘉在内，全部赐了杖毙。皇帝命东厂掌刑，司礼监监刑。

郑月嘉在内东厂听到这个旨意的时候，只对邓瑛说一句："陛下……还是恨我们这些人啊。"

"不是恨，是怕。"

郑月嘉笑道："你是看我快要死了，以后不会揭发你，才敢说这样的话吧。"

他说完，收住笑："连拴着绳子的狗都害怕，呵……难怪忌讳张洛那些没拴着绳子的了。你这个东厂的厂督，算是真的和北镇抚司并上肩了。"

他临死前谈笑风生，反而令人心寒胆战。

邓瑛没有与他再说下去。

直房外面，覃闻德来寻他，两三句之间，把内阁上本为宫人求情的事说了一遍。

邓瑛一面往厂衙走一面问："你是见了司礼监的谁吗？"

"是，属下去见胡秉笔，明日是他监刑。"

"他怎么说？"

"唉。"覃闻德叹了一口气。

"陛下前面驳了内阁的折子,他就接着说,这次处置这些人,是要震慑内廷,所以,百棍之内,不能索命。"

邓瑛停下脚步:"这是什么意思?"

覃闻德叹道:"百棍不杖要害,让这些人生不如死,过后再取性命。既是处死,也是折磨。我们从前在锦衣卫倒也都练过这些把式。"

邓瑛应道:"你申时来见我一次,我这会儿先回一趟司礼监。"

"是。"

此时养心殿的批红刚刚完毕,司礼监的正堂内在摆饭。

胡襄和何怡贤从养心殿回来之后,并没有直接进去,而是站在内府供用库前面说话。

胡襄见邓瑛过来,也不等他见礼,便径直道:"若是明日的事,就不要提了。"

邓瑛没有应他,越过他走到何怡贤面前:"奴婢有话,想单独对老祖宗说。"

何怡贤笑了笑,冲胡襄摆手:"你把饭端到外面来吃。"

"老祖宗……"

"让你端你就端,哪那么多话!"

他说完对邓瑛道:"有话进去说。"

正堂的饭刚摆好,上的是十二碟,有烧的肉,也有清炒的素菜,还有一坛子糟肉放在地上。

何怡贤蹲下身,揭开坛盖子闻了闻:"嗯,焖得好,夹两块出来。"

内侍忙端了碗筷上来,夹出两块递给何怡贤,何怡贤却笑了一声:"邓督主的碗筷呢?你们啊,真是越来越听不明白话了。"

那内侍忙又拿了一副碗筷来,恭敬地递给邓瑛。

何怡贤见他把碗端稳了,便将自己碗里的肉夹了一块放到他碗里。

"坐吧。"

他说着坐到正位上,指着一碗饭对内侍说:"给胡秉笔端出去。"

说完又看向邓瑛,轻声道:"你是不是觉得,在这里坐着吃饭不习惯？"

"是。"

他低头看向手里的碗筷："奴婢惶恐。"

何怡贤咬了一口肉，咀嚼了十几下才吞咽下去。

他举筷抬头道："司礼监里，除了替皇上批些无关紧要的红，不就是大家坐着一道吃碗饭吗？能坐到这里面的人，都是端御前这碗饭的。如今东厂得了羁押审讯之权，你就是司礼监第二个端饭碗的人，你不坐，剩下的人就都不能坐。"

邓瑛听完，撩袍坐下。

"这就对了，吃花生米。"

他说着，低头吃了一口饭，夹着菜随口问了一句："为了月嘉的事来的吧？"

"是。"

邓瑛夹了一筷子青菜，却没吃："还请老祖宗垂怜他。"

"呵呵……"

何怡贤放下筷子："他刚入宫的时候，年轻得很，人呢，和和气气的，话不多，但做起事来，一个钉子一个眼，扎实得很。前面几年，他也喊我一声干爹，我是真把他当孩子，但他后来不知道怎么的，心就不在这儿，啧……"

他叹了口气："着实可恨得很。不过，让我看着他受折磨，我心里也不好受。人人都道我狠，谁又明白，我这个年纪，失了一个儿子的痛。"

"奴婢明白。"

"你明白？你明白什么？你这个人啊，我如今也不能不怕。何况，我也老了，自顾不暇了，家里的一亩三分地，眼看就要被搜刮了，老而无子、无家，说不定，等杨侍郎回来，我还要披枷戴锁地跪在你面前受审呢。想来啊，活着也没多大的意思。"

邓瑛垂下头："您说的是杭州的那一片学田吗？"

何怡贤道："你知道江南清田清到什么地方了吗？"

"是。杭州滁山书院和湖澹书院有近百亩的学田，分别租赁给了常平、淮篱二县的农户耕种，但其实只是挂了学田之名的私田。"

何怡贤点了点头："那你知道这些田是谁的吗？"

邓瑛抬起头："是您的。"

"哈哈……"

何怡贤搁筷而笑："贞宁四年，陛下想做一件道衣，因为是临时起的意，其价不在户部给针宫局的年银之内。内阁那些人啊，就为了那么件衣裳，恨不得写一万个字来指摘主子。后来这衣裳怎么来的呢？"

他抬起筷子点了点外头："就是那田上来的。你说那是我的田，呵……倒也是。只是陛下是我看着长大的，我虽然是大大的不敬，但还是忍不住去心疼主子。可惜内阁这些大人，非要连这么一丁点余地，都不给我留着。"

"既如此，"邓瑛站起身，"老祖宗把杭州的学田交给我吧，就当是我的私田，等杨侍郎来清。"

何怡贤低头凝望邓瑛："我听听你后面的话。"

"宁娘娘与郑秉笔的事，请您烂于心。明日行刑，求您垂怜。"

68

邓瑛从司礼监回到护城河旁的直房，正午的太阳直刺得人眼迷，河边大片大片的柳影在干白的地面上摩挲着。李鱼刚好要出去，看见邓瑛回来又退回来道："陈掌印给了我一些去火的茶，我也不知是什么，也给你泡了一壶，放你房里了。"

邓瑛看他绑着袖子，脚上的鞋子也换成了布鞋，不禁问道："你去什么地方？"

李鱼翻了个白眼："你这几日怕是真的散神了，连今日是六月六，一年一度的翻经节都忘了。"

"哦……"

邓瑛摁了摁自己的眉心："我是有些晃神。"

李鱼道："以前翻经节，尚仪局和汉、番两个经厂晒伏晒不过来的时候，都是从内廷六宫里抽那些伺候娘娘的宫人去帮衬，而且那些人也乐意。今年六宫是暂时抽不出人了，只能从外四门和内四门上调人，我原本不想去的，可我干爹说，明日宫里要处死人，翻经是功德，做得好了能回向，我想……给郑秉笔回一些。"

他说完又问道："对了，你这么早回来，不去东缉事厂吗？明日就要……"

他说到此处喉咙哽了一下，最后没说下去。

"我回来睡一会儿。"

"哦，也是。"

李鱼面上悻悻地，提了提肩上松垮下来的绑带："你歇吧，我去经厂了。"

他走了几步又回头道："要不要……我也替你回个向？"

邓瑛摇头笑了笑："回给我怕白费了，替你姐姐回吧。"

"哦，行。"

李鱼走后，邓瑛走回居室内洗了一把脸，脱掉宫服挂在木椸上，他没有立即躺下，而是屈膝靠在榻上重看杨伦写的《清田策》。

虽然南方实际上的清田进程比杨伦预计中要慢，但是看杨伦递回来的奏折，邓瑛发觉湖北一带已经快被杨伦翻出底子了。再南下，即要入浙江。

浙江和湖北的情况不大一样。

湖北虽然有荆国公这样的国亲在，但这些人只是场面吓人，实际上是没有实在官权的太平富贵门户。

浙江的则更为复杂。

何怡贤虽然不是浙江人，但时任浙江巡抚的陆通，当年入仕的时候，被白焕等人鄙弃人品和学识，一怒之下，走了何怡贤的门路，没想到还真的走通了，后来一路官运亨通，成了要害之地的封疆大吏。

而杨家自己的根基虽然在浙江，但杨家的老爷子一直在观里修炼，早就不理家务了，由着几个不读书的纨绔子弟，仗着杨伦在内阁的地位和官门做棉布生意。杨伦离得远，一年到头过问不到几次，家业之下，到底有没有吊诡的隐田，杨伦自己也不知道。

他要动其余人的吊诡田[①]，便要先办自己家的。

这已经很难了，再加上有地方大吏的掣肘，稍不留意连性命都有可能被坑害掉。

邓瑛记得，五月底的时候，南方曾传来一个消息，说杨伦在南下浙江的船上失足落水，后因惊风，病了一场。后来杨伦亲自上书皇帝，说只是谣传。

对杨伦而言，清田是一鼓作气的事，再而衰，三而竭。

他无论如何也不肯因病被调回京，但他未必不知道，此次落水是有人蓄意谋害，就像邓瑛和杨婉皆深知，鹤居案背后的人，也像何怡贤一样，盯紧了这一本就要写到底的《清田策》。杨伦不会对这些人留余地，他的道理是光明正大的，放在司法道上，也绝对说得通。

大明百年，无数年轻干净的文人，像杨伦一样，前赴后继地做着政治清明的虚梦。

可那终究是虚梦。

不挨上那么一刀，钻入泥淖里，如何知道明暗之间的灰浪有多么汹涌，翻天不过在君父的一念之间。

邓瑛闭上眼睛，这几日他的确有些累，夏日炎热，又少睡眠，陡然松弛下来，眼皮竟沉得厉害。他放下书，抱着胳膊在床上侧躺下来。

天气太热，邓瑛不愿意盖被，甚至开着窗。

水波的影子映在窗扇上。

邓瑛不自觉地蜷起双腿，裤腿与床上的褥子摩擦，半卷到了膝盖上。脚腕上的陈伤暴露在风里，微微有些痛，但他实在困乏，也不想动了。

这一觉是无梦的，醒来的时候，日已西照。

---

① 吊诡田：归属不明确的田地，明面属于公田，实际属于私田。

邓瑛低头，见自己的脚腕上松松地裹着一张绢子，他忙坐起身将它拿下来。

丝绸质地，暗绣芙蓉，带着淡淡的女香，一看就知道是谁来了。

邓瑛穿鞋刚要下地，便见杨婉端着两碗面狼狈地跑进来，蹾下碗后，急忙忙将两只手捏到了耳垂上："烫死我了，烫死我了。"

邓瑛见此，顾不上穿鞋，赤脚走到杨婉身边："我看看。"

杨婉忙说："没有烫着。"

她一边说一边摊开手："看看，就有点红了。"

说完又低下头看着邓瑛的脚："你就这样踩地上啊？"

"哦……"

邓瑛有些尴尬："我马上穿鞋。"

杨婉扶着桌面坐下："穿好了来吃面。"

她说着弯腰闻了闻汤气："我还是做这个厉害。"

邓瑛一面穿鞋，一面看她。

她今日穿着掌籍的宫服，也像李鱼一样，绑着大袖，妆容精致，然而因为伤还没有痊愈，脸色还是有些发白。

她见邓瑛看着她，便翻了翻邓瑛的面："快一点，要坨了。"

邓瑛坐在榻边穿上鞋，在门前的盆架边洗净手，走到桌边坐下，接过杨婉手里的筷子，将面挑起来翻了一圈。底下的葱花被搅了上来，漂在浮着猪油花的汤面上，扑面而来一阵清香。

"香吧？"

"香，好久没有吃上了。"

杨婉托着腮看向他："我不来，你今晚就不吃东西了？"

"嗯。"

邓瑛吃着面，鼻腔里诚恳地应了一声，忽又觉得答得不对，忙放下筷子改口道："不是，我会吃。"

杨婉倒是没揭穿他，小心地端起面，喝了一口面汤："明日行刑，你会在吗？"

邓瑛咬着面摇了摇头："我让覃闻德去了。"

"哦。"

杨婉挑起一筷面，却没往嘴里送。

邓瑛抬头看向她："你要去吗？"

"是，六局都在，我也要去。"

"要不我……"

"不用，邓瑛。"

杨婉绾了绾耳发，低头吃了一口面，轻声道："放心，我不是那个闻到血腥味就会吐的人了。而且……"

她说着顿了顿，拌着碗里的面，沉声道："我再也不会吐了。"

说完，又夹了一大口面送入口中。

"婉婉。"

"嗯？"

邓瑛将手臂叠在桌上，起了一个杨婉没有想到的话头。

"我想……买一处外宅。"

"为什么？"

"你不要误会，我不是想敛什么私财。房子不用太大，有个一进的院落就好，新旧不论，我自己能动一些手。我想买了……把它放那儿。"

杨婉停下筷子："你怎么突然这么想？"

邓瑛垂下头，没有对杨婉说实话。

他怕什么呢？他怕像郑月嘉一样，什么都不能给宁妃留下。

所以他想给杨婉留一处房子，这对他来说是最容易，也是最在行的。

庭院，他可以自己设计修建，箱奁柜扆也可以亲手造。

不管杨婉以后有没有自己的家，都可以偶尔去看看，就像去看他一样。

那间房子就像是没有经受过这一切的邓瑛。

不曾受刑，没有做厂督，没有什么罪名，就是修了很多房子的一个年轻人，足可怀念。

"干吗不说话？"

杨婉的目光有些担忧。

邓瑛收回思绪，笑着抬起手，拈掉她嘴边沾着的葱花。

"我没有后代，也没有亲人了，但也得有家吧。万一以后我老了，陛下肯开恩，赦我出宫，那我也有一个地方住着。"

杨婉听完点了点头："那就买，找覃闻德他们替你相看去。"

邓瑛笑着看她："婉婉喜欢哪里？"

杨婉还真是凝神想了一会儿："广济寺附近最好，那里热闹，离哥哥家也近。"

"好。"

"欸……不行不行，那里的院子都贵得很。"

"没有关系。朝西面的好吗？"

"好啊，朝西暖和，你的脚怕冷，老了以后肯定更严重……"

她说起"老"这个字忽然哽咽。

诚然，杨婉也在悄悄地骗邓瑛。

史料记载，邓瑛被处死的时候仍然年轻，上苍并没有给他老去的资格。

"就要朝西面的，定了。"

杨婉吞咽了一口面条，忍住喉咙里的酸热："冬季的时候，我们挂特别厚的棉帘子，我还可以给你做脚腕的暖套子。"

邓瑛忍不住笑了一声："你会做吗？"

"学啊。"

杨婉抿着唇："又不难。我手笨，但你厉害啊！我还可以给你画图纸，让你给我造箱子、柜子什么的。还有，院子里还能扎个秋千，秋千你会扎吧？"

"会。"

"看吧，多好。"

她说着双手合十，尽力让自己笑得自然一些。

邓瑛笑着看向她："说得你要跟我一块住一样。"

杨婉道："就是要跟你一块住。"

她说着背过身去揉了揉眼睛，转身吐了一口气。

"邓瑛，你老了以后，肯定是个没什么脾气的小老头，会把家务活都做完。估计你还有点钱，我就每天闲着，跟着你到处吃吃喝喝，最多帮你剥几个坚果子。我跟你说，你必须老啊，我一定要看到你老了的样子。"

"好。"

69

两个人一道吃完面，邓瑛看了看时辰，起身站在门前穿袍。

杨婉也跟着站起身："你这会儿要回厂衙吗？"

"是。"

邓瑛低头系侧带："要再见一面覃闻德。"

"哦……是为了郑秉笔他们吗？"

"嗯。"

他这么应了一声，杨婉也没再开口。

邓瑛系好衣带推开门，转身对杨婉道："我今日夜里就在厂衙那边歇几个时辰，明日一早要去司礼监当值。你早些回去吧，看天……黄昏的时候要下雨。"

"好，你去吧，我把碗收了就回去。"

邓瑛看了一眼桌面："放着我明日收，你不要再沾水了。"

杨婉耸了耸肩："让你包家务，又没说是现在。"

她说着摆了摆手："去吧。"

邓瑛走后，杨婉收好碗筷关上门，独自一人沿着护城河往承乾宫走。

天果然渐渐阴了下来，河边的垂柳枝条婆娑，河面上的风带着凉气直往人衣袖里钻，杨婉加快了些步子，走到承乾宫时，却见宫门深闭。门前的内侍替她开了侧门，跟着她一面朝里走一面道："娘娘奉召去养心殿侍寝了，合玉姑娘也跟着去服侍了。我们看这天像是要下雨，这才提早关了门窗。"

杨婉站住脚步道："今日侍寝吗？"

"哎哟，掌籍这说的，侍寝还分什么今日明日的，那都是恩典。"

"娘娘信期不是还未过吗？"

内侍道："掌籍是在榻上养得久了不知道，娘娘昨儿就不见红了。今日召幸，是陛下跟前的人亲自来传的话，还不让我们这边拾掇，直接就接去了的。"

杨婉想起宁妃那句"人非草木，总有不愿意去的地方"，不禁抿住了唇。

"小殿下呢？"

"小殿下温书呢。"

杨婉点了点头："你们都精神点候着，夜里好接娘娘。"

"是，奴婢们知道。"

然而那夜，杨婉在承乾门守到丑时，宁妃却仍然没有回来。

承乾宫的宫人们不明就里，反而异常欢喜。

大明嫔妃侍寝，除了皇后之外，按礼是不能宿在养心殿的，只有皇帝特别恩准，才能在龙榻上伴驾至天明。

夜里大雨滂沱，宫道上的水花像碎玉一般炸开。

杨婉抱着手臂，怔怔地望着眼前黑漆漆的雨道。

身后的内侍们缩着脖子，轻声议论着："陛下还是心疼咱们娘娘啊，舍不得娘娘受雨水的寒气儿，这就赐了伴——"

"闭嘴！"

说话的内侍被杨婉的声音吓了一跳，不敢再说话，龟缩到了角落里。

杨婉抬起头，望着摇曳在雨中的灯笼，攥紧了拳头。

养心殿的次间寝阁，贞宁帝仰面躺在榻上，宁妃和衣躺在皇帝身旁。

"你不脱是吧？"

烛火噼啪响了一声，宁妃的肩膀随声一颤。

贞宁帝侧头，看了一眼她的脊背，陡然提声道："朕问你，你是不是不脱？"

宁妃仍然没有出声，只是伸手抱紧了自己的肩膀。

贞宁帝抓住她的手臂，一把把她的身子翻了过来："朕让你侍寝，你来了一句话也不说，朕碰你一下，你就跟被针扎了似的，你到底什么意思……"

"妾不敢。"

宁妃哑着喉咙应了一声。

一阵闷雷降顶，窗外的闪电将屋子照亮的那一瞬，贞宁帝忽然觉得，枕边那张姣好的容颜，此时竟然有些狰狞。他猛地翻身坐起，将榻边的灯移到宁妃的面前。

"杨姁。"

他看着宁妃的脸，低唤了一声宁妃的名讳。

"朕怎么你了，你今日这般扫朕的兴？"

宁妃睁开眼："妾什么都没有做，是陛下忘了，妾从前侍寝一直都是这样，陛下从未让妾自己解过衣裳，陛下从前碰妾的时候，妾也如今日一般惶恐。陛下问妾怎么了，不如问问陛下自己，今日究竟是怎么了？"

"你是说朕对你多心了？"

"如若不是，陛下为何要羞辱妾？"

"朕羞辱你？"

皇帝逼视宁妃："朕让你侍寝是羞辱你？杨姁，朕忍了你十年了，由你是什么冷淡性子，朕都没说什么，你今日对朕说出这样的话，是半分情意都不想要了吗？"

"不敢要了。"

宁妃仰起脖子："疑心即可定罪，妾的妹妹当年如是，妾今日亦如是。"

她先发制人，把贞宁帝不愿意提起的事剖了出来。

贞宁帝听完这句话，胸口上下起伏，颤手指向榻边："你……你……给朕跪下！"

宁妃依言站起身，在榻前向贞宁帝行了一大拜。

那副柔弱的美人骨，入眼仍然令人疼惜，然而因为姿态过于决绝，反露出杀情断义的锋芒。

贞宁帝不由得一怔。

"宁妃……朕……"

宁妃没有让他再说下去。

"陛下，妾知道您是一个什么样的人。这世上人欲似天般大，即便您是君父，也同样困于凡人之境。您今日这样对待妾，已经算是很有恩情了。但妾入宫十年，从未行过逾越宫规之事，身清心明，宁可受死，也不愿受辱。诬蔑之语，已伤及妾与陛下的根本，妾恳求陛下罢黜妾的妃位，与三百宫人同罪。"

贞宁帝拍榻喝道："宁妃！你对着朕说这样的疯话，你想过你的儿子吗？"

宁妃抬头："身为陛下的儿子，易琅有一日辜负过陛下吗？"

"……"

贞宁帝肩膀猛地颓塌下来。

儿臂粗的灯烛烧出了层层烛泪，暴雨不断地推搡窗栓，宁妃将手交叠在膝前，继续说道："内阁希望他读的书他都读了，陛下要他识的孝道他也识了，他还不到十岁，却在君臣之间战战兢兢，如履薄冰。有人对妾说过，不论他会不会继承大统，他都是国之将来，所以，妾没有将自己心里的怨怼告诉他一分，平时除了饮食和起居之外，妾什么都没有教过他。他没有妇人之仁，也从不陷于内廷斗争，他是个磊落的孩子，他无愧于大明皇长子这个身份。"

"朕知道！"

皇帝站起身几步跨到宁妃面前，急切地道："他是朕的儿子，朕怎么会不心疼？"

宁妃摇了摇头。

"陛下，武英殿囚禁一事，他虽然没有在妾面前再提起，但是他一直都记在心里，时时忧惧。是……为人臣的忧惧，是他该有的，可是为人子的忧惧呢……"

她说着偏头忍泪："陛下也要逼他有。"

"朕最后不是赦了他吗？你还提这个做什么！"

"是您提的！"

"你说什么？"

"是您提的……"

宁妃直起双腿，迎上皇帝的目光："是您问的我，有没有想过我和您的儿子？陛下，妾也想问问您，如果妾与您这么龃龉一生，易琅该如何自处？"

贞宁帝一把拽起宁妃的胳膊："你知道你今日说话有多决绝吗？朕不过是让你脱件衣服，你就跟朕求死。是！北镇抚司审你妹妹的时候，朕是疑过你，可是即便朕疑你，朕责问过你吗？啊？朕让你受辱了吗？这么多年，你对朕不冷不热，朕哪一次真正处置过你？今日这么一下，你就要翻朕的天了。怎么，朕是皇帝，朕还疑不得你了？你竟然拿朕的孩子来威胁朕，朕看你是真的疯魔了，想死还不容易，朕现在就废了你，明日赐死。"

宁妃挣开皇帝的手，含笑伏身："妾谢陛下成全。"

"你……"

贞宁帝被她的姿态彻底伤了自尊，他蹲下喝道："杨姁，你给朕求饶！"

"妾不会求饶，请陛下成全。"

"呵……"

贞宁帝阴声道："朕赐死了你，易琅会怎么想朕？你清白地死，要朕来背骂名，你觉得朕会这么蠢，朕会答应你？"

宁妃摁在地上的手指颤了颤："那陛下要如何？"

贞宁帝扳起宁妃的脸："朕再给你一次机会，跟朕求饶，说你错了，脱了衣服侍寝，回承乾宫继续做你的宁妃，今日之事，就朕和你二人知晓。"

宁妃的脸被捏握得有些扭曲，然而，她听完这句话，似乎笑了一下。不知为何，这一丝笑，却令贞宁帝心生寒意。

"陛下……杀了妾吧。"

"哼！"

贞宁帝笑了一声，顺手将宁妃的脸往边上一撇，径直起身道："谁在外面？"

胡襄忙在门外应道："奴婢在。"

"传旨，宁妃有疯疾，即刻送蕉园静养，无旨，任何人不得搅扰。"

胡襄应了一声"是"，又迟疑道："主子……是……是现在就送走吗？"

"即刻送走！"

他说完，低头看向跪伏在地的宁妃："还有话说吗？"

宁妃撑着地面直起背。

"有一句。"

"说。"

"于国而言，我不过一无知妇人，但我儿子是个清白的孩子，陛下若真疼爱他，就不要让他毁于愚妇之手。"

雨渐渐小了下来。

立在承乾宫门前候着的宫人大多已经撑不住了，偏殿处的宫人也起了身，端水掌灯准备服侍易琅起身去读书。

杨婉身后的内侍道："要不咱们去里面候着吧，都这个时辰了，怕是要等到辰时，咱们娘娘才回得来了。"

"等不得就回去。"

她这句话一说，宫人们赶紧揉眼掐臀地站好。

渐明的宫道上终于传来一阵脚步声，合玉冒雨奔来，见了杨婉便扑跪下来。

"掌籍……娘娘……娘娘被带去蕉园了。"

"什么……"

"司礼监说，我们娘娘有疯疾，冒犯了陛下，连承乾宫也不能回，连夜送去蕉园了。"

她说完这句话，承乾宫的宫人立即慌了神。

合玉拽着杨婉的胳膊哭道："掌籍，我们娘娘怎么会突然得了疯疾呢？"

杨婉怔怔地立在阶上，一时之间什么话也说不出来。

"我要见母妃。"

背后忽然传来易琅的声音，接着一个人影便从杨婉身边晃了过去，杨婉试图拽住他，却抓了个空，宫人们忙撑伞追了过去。

"易琅，回来！"

易琅一脸眼泪地回过头："姨母，我不信母妃有疯疾。"

杨婉站在阶上颤声道："如果陛下要殿下信呢？"

易琅愣了愣，忽然抬起手拼命地抹眼泪。

之后他什么都没再问，抹干净眼泪慢慢地蹲了下去，将头埋入膝间。

少年的敏锐像一把刀一样，扎在杨婉心上。杨婉忙奔下石阶，一把将易琅搂入怀中。

"不要怕，殿下，姨母在，姨母在啊。"

70

天亮之后，宁妃被连夜送囚蕉园的事便传遍了六宫。

蒋贤妃辰时入养心殿，不到一盏茶的时间便被斥责了出来。后来皇后派人问了贞宁帝一次，要不要把易琅暂接到中宫安置。这件事很快传到承乾宫，所有的宫人都惶恐不已。

宁妃之后，到底是谁在抚育易琅，正史没有记载，但野史中有好几个说法。

因为宁妃被皇帝厌弃的时间不详，所以后面其他人抚育易琅的年限也不详。一个说法是，易琅在出阁读书后，就一直是皇帝亲自抚养；还有一个说法是，从贞宁十三年起，易琅便交由了皇后抚养。

这两个说法几乎都没有相关的史料可以佐证，也没有什么研究价值。

但对于杨婉而言，此事却关乎宁妃和杨伦的生死存亡。

易琅听了皇后要接他到中宫安置的事以后，虽然什么都没有说，却坐在榻上，不吃药，也不肯睡觉。

合玉哄不了他，出来对杨婉道："若皇后娘娘接了殿下去，那我们娘娘，恐怕不死也得死。"

杨婉的手猛地握紧。

诚如合玉所言，易琅一旦去了中宫，那宁妃……当真是不死也得死。

合玉见杨婉不说话，正想再问，门上的内侍忽奔来禀道："杨掌籍，陛下召您去养心殿问话。"

杨婉靠在屏风上冷冷地应道："我知道了。"

合玉皱眉道："这个时候让您去养心殿，是凶……还是吉啊？"

杨婉松开手站直身："管他凶吉，最后都得给我吉，我去换身衣裳。"

她说着朝外走，走了几步忽然想起什么，又折返问道："今日养心殿是不是也传了太医？"

"像是……"

合玉回忆道："今儿一早御药房就不安定，先是陛下，后是我们这儿，后来听说贤妃也磕着了……"

"好。合玉，你去找一根竹条来。"

"竹条……什么竹条？"

"找来，我也不知道行不行，先试试。"

杨婉在西时被带入了养心殿。

夜雨初霁。

杨婉跪在次间书房的御案前，香炉的流烟静静地从她眼前穿过，御医立在杨婉身边，轻声劝道："陛下，这碗药已经迟了一个时辰了。"

皇帝摆了摆手："放着，你去承乾宫看看皇长子，回来禀朕。"

"是。"

御医将药碗递给内侍，躬身从杨婉身边退了出去。

皇帝这才抬头朝杨婉看去："皇长子今日饮食如何？"

杨婉回道："午时进了一碗粥。"

"进得如何。"

"吞咽稍徐，但还是进完了。"

"好。"

皇帝抬了抬手："你起来吧。"

杨婉行了谢恩礼，依言站起身。

屋内的药香有些刺鼻，皇帝自己也觉得不大受用，朝外唤道："胡襄，进来把药端出去，朕现在不喝。"

"等一下。"

皇帝看了杨婉一眼。

"你要说什么？"

杨婉屈膝道："陛下不喝药，皇长子殿下也不敢喝。"

皇帝一怔，耳红渐渐生潮。

"是真话吗？"

"是……殿下曾训诫奴婢只怜家姐，不思陛下痛楚，实为不忠。"

她说着朝贞宁帝伸出手掌。

贞宁帝低头看了一眼："易琅责罚的？"

"是。"

"你怎么想？"

杨婉收回手，低头道："奴婢是愚人，受了罚就记着教训……"

她说着抬手抹了一把眼泪。

皇帝叹了一口气："宁妃教这个孩子，教得是很好。"

他说着，指了指胡襄捧在手中的药，对杨婉道："把药给朕端过来。"

"是。"

贞宁帝接过药，抬头饮尽，搁碗挥开呈送果脯的内侍，对杨婉道："你姐姐以前好的时候，对朕说过，你对易琅很好，易琅也愿意与你亲近，如今朕陡然把宁妃送走，恐怕易琅心里不安，你就不用回尚仪局了，留在承乾宫，服侍皇长子。"

"是，奴婢谢陛下恩典。"

贞宁帝低头又道："但你要记着，你不是嫔妃，只能服侍他，像今日这样受他的管束，不能教养他。"

"奴婢明白。"

贞宁帝点了点头："回去吧，告诉易琅，朕已服过药，让他安寝。"

"是。"

杨婉起身从养心殿退出来，抬起手把自己在贞宁帝面前硬逼出来的眼泪一把抹了去。

她端着双手走下月台，合玉等人迎上来道："陛下怎么说？"

杨婉摇了摇头："你们一会儿回去，好好照顾殿下。告诉他放心，陛下没有让他迁宫，请他好好吃药，早些安寝。"

合玉看着杨婉的手："回去奴婢给您上些药吧。"

杨婉道："拿些薄荷草揉一下就行了。这事谁也不能说，要说也只能说是殿下让打的，明白吗？"

第二日，贞宁帝驳斥了中宫的请求，亲自手书御旨，宽慰易琅。

来传旨的人是邓瑛，是时易琅还没有醒，杨婉独自一个人坐在地壁后的石阶上，撑着额头发呆。

"杨婉。"

"在。"

从昨日到现在，她一直精神紧绷，听人唤她的名字，下意识地就要站起来。

"慢一点。"

邓瑛伸手搀住她。

杨婉听出是邓瑛的声音，这才松了一口气。

"哦，是你啊……"

"是啊，你怎么坐在这里？"

杨婉摁了摁太阳穴："昨儿承乾宫里的人，心都不安定，我就没叫合玉她们上夜，我在里面守了一会儿，后来心里闷得慌，又出来了，你怎么来承乾宫了？"

"我来传旨。"

杨婉挣扎着又要站起来："什么旨？"

邓瑛蹲身道："别慌，是陛下宽慰小殿下的手书。"

"哦……"

杨婉呼了一口气，绾了绾有些凌乱的鬓发："那我去带易琅过来，让他领受。"

"不必的。"

邓瑛将御旨交给一道前来的内侍，示意他们先退到地壁另一面去。

"陛下有口谕，不必让殿下行礼。殿下既然未起身，我在此候着便是。"

杨婉看着蹲在他面前的邓瑛："要不要跟我一块坐会儿？"

邓瑛笑笑："让我站着吧。"

"我想找个人靠一会儿。"

"被小殿下看见该如何？"

"让他骂我。"

邓瑛看着她的样子，没有再拒绝。

他起身走到杨婉身边坐下。

杨婉顺势偏头，将脸轻轻地枕到了邓瑛的肩上。

邓瑛任由她靠着自己，抬头望向前殿屋脊上的镇瓦兽，轻声道："以后会有很多人看着这里，你和我要更加留心。"

杨婉顺着邓瑛的目光望去。

"你也知道，陛下驳斥皇后的事了吗？"

"是。听说陛下昨日召问了你，你说了什么吗？"

杨婉摇头："什么也没说。"

她说完暂时没有再出声，靠在邓瑛肩上安静地调息。

风带着雨气扑在脸上，凉丝丝的，很舒服。

"你昨日干什么去了？"

"西面坟岗上葬人，我去看了一下。"

杨婉沉默了一阵，方又问道："郑秉笔葬了吗？"

"还没有，他的叔父给他备了一口棺材，我今日才能接进来。"

杨婉抿了抿唇："我昨日看着他死的，他死前也看着我。我现在回想起那个眼神，就怎么也睡不着。"

邓瑛侧头看着杨婉。

她脸上的皮肤有些湿润，不知是因为流过泪，还是被雨打湿了。

邓瑛抬起手用自己的袖，轻轻替她擦拭，她也不躲，肩膀不自觉地颤了颤。

邓瑛垂下袖，轻声问道："是不是哭了？"

杨婉摇了摇头："我哪有什么资格哭啊？"

她说完了一口气："邓瑛。"

"嗯？"

"陛下审我的时候，我以为我可以扭转些什么，我可以帮你，帮姐姐，帮郑秉笔，然而最后我谁也没有帮到，我觉得我就跟个自以为是的傻子一样……"

"你怎么知道你没有帮到他们？"

杨婉笑了一声。

"郑秉笔死了，姐姐被囚禁，我帮了他们什么？"

邓瑛摇了摇头："如果不是你，郑秉笔会被北镇抚司凌迟处死，宁娘娘会被秘而不宣地赐死，小殿下会永失圣心，被交予其他妃嫔抚育。看起来结局是一样的，但其惨烈的程度，以及人心中受到的创伤其实是不一样的。"

他说着低头看着杨婉的手："就好比，当年在南海子的刑房里，如果不是你跟我拉钩，对我说你会来找我，让我等你，我这一生可能会活得更难一些。"

杨婉吸了吸鼻子："你真的觉得我改变了什么吗？"

"嗯。"

邓瑛点了点头："大明朝至今已近百年，一百年的皇朝，人才辈出，风流人物数之不尽，然而从来没有任何一个人，能够凭一己之力，清除政治沉疴，救万民百姓。他们无非是像杨子勾那样，知难而上，力求能治沉疴一层。至于我这样的人……"

他看向杨婉，温和地笑了笑："我以前对你说过，我不想让为国者惨死，但事实上，婉婉，我做得尚不如你。你知道朝廷的根结缠在什么地方，而且不需要大刀阔斧，你就可以把它挑开。如果这样你仍然责怪自己，那我如何自处？"

他说完也轻轻地呼了一口气："等杨大人回来，陛下应该会嘉奖他。你如果想出宫，就让他请旨，带你回家吧。"

"我没有家。"

她忽然应了一句，反应过来后，又忙道："我答应了姐姐，要照顾好易琅，我一定会守着他，还有你。"

邓瑛抬手托着杨婉的下巴，让她靠得更放松一些。

"不用守着我，让我守着你和小殿下。"

杨婉听完这句话，握紧了手指。

"邓瑛，我守着他，只是一个宫人照顾皇子的饮食起居。但你守着他，在旁人眼中，你就和何怡贤一样，要涉下一朝的党争了。"

"是，我明白。"

"邓瑛！"

杨婉打断他，径直站了起来："即便你是为了易琅涉党争，易琅也不会善待你。张琮、黄然那些人，从很小的时候起，就一直在教他避宦祸，严律内廷太监，他不是当今的陛下，他长大以后不会给你留余地的！"

邓瑛抬起头看向杨婉："我知道。"

杨婉目光一软："那为什么……"

"司礼监是不愿意眼看着小殿下登基的，而陛下与何怡贤关联过深，何怡贤会不会左右圣意，谁也不好说。这个时候如果我再退避，小殿下、杨子兮那些人，还会遭更深的迫害。"

杨婉颤声道："你说的这些我都懂，可是……"

"你担心别人不懂吗？"

"不是。"

杨婉有些急："他们其实都明白，但他们自以为高你一等，不会低头来认可你。"

"不需要的，婉婉。"

他冲着杨婉温和地笑了笑："我一直都认同，政治若想要清明，就应该严苛地规训奴婢，不得让其干预政治。只是如今政治并不清明，我才顾不上这些。我想先做，做完之后，我就把这一身"皮"交出去，你不是不喜欢看我穿这一身官服吗？"

71

杨婉觉得，他说到的那张"皮"太有具象性了，具象到好像他的身形马上就要在她面前灰飞烟灭一般。她心里一阵悸痛，几乎顾不得别的，一把将这个人的身子扎实地搂入了怀里。

邓瑛被她这么一扯，忙伸出一只手撑住阶面，另一只手却惶然地悬在半空。

"婉婉，你……"

杨婉将脸埋在他的肩膀上："什么皮不皮的，不要再说了。"

邓瑛慢慢地放松肩膀，试探着将手掌覆在她的背上："好，我不说了，你别这样。"

杨婉没有听邓瑛的话，反而搂紧了他的腰。

他人虽然高，但一直很瘦，哪怕是穿着好几层讲究的官服，依旧给人一种单薄见骨的感觉。在杨婉从前对男性的审美认知中，"骨相风流"无疑是最高级的。但这样的人大多存在于书中，经岁月、命运打磨，摧残薄了皮相，才将骨相诚实地暴露出来。读者只需临书嗟叹便好，不需要承担他真实的人生。

所以那只是一种志趣。

那不是爱。

而在爱和志趣之上，还有一种叫"情欲"的东西。

它不止于如今的拥抱，甚至不止于居室内的抚摸，而是想要这个人那层单薄的皮肤贴着自己，轻轻地摩挲，在无边的夜色中深品其骨相。

杨婉想着这些，竟然很想哭。

邓瑛受刑之后，她就坐在他的榻边，那时为了养伤，他周身无遮，只在伤处盖着一张棉布。那时她是那般矜持地守着自己和邓瑛之间的边界，避开他最"丑陋"的伤，避开他即将开始的"残生"，可是此时，她很想让邓瑛在她的居室里躺下来，亲手去掉遮蔽，再挪开他试图遮挡的手，一句话都不说，安静地凝视他身上最大的一道伤口。

她从来不是一个抱残守缺的人，她对"残缺"没有兴趣。

但她对邓瑛的身子有一种可以品出酸涩的情欲，对他的人生有一种与时光无关的爱意。

可是这些想法，要怎么样才能说给这个谦卑的人听呢？

"你之前跟我说过买宅子的事儿，你在看了吗？"

她一面说一面轻轻地松开邓瑛，揉了揉自己的眉心，平息五感内的酸潮。

邓瑛不知道杨婉的内心此时翻涌着什么，仍然平和地回答她的话。

"在看，已经看好了两三处，想你帮我再看看。"

"我……很难出宫吧，怎么看？"

"没事，过两日，等我闲一些，我就去把那几个园子摹成图，拿回来给你看。"

杨婉笑了笑："都忘了你以前是做什么的了。"

正说着，合玉过来说易琅已经醒了。邓瑛便站了起来，和内侍一道在地壁后等候。

杨婉也跟着站起身。

是时，雨霁云开，天光熹微。

邓瑛见杨婉的目光仍然追着他，便抬头冲她笑了笑。

杨婉抬起头，朝无边的天幕望去，云中鸟声辽远，风过树冠摇动枝叶，与鸟声齐鸣。

贞宁十三年六月。

邓瑛还活着，人生尚在。

如若能买下邓瑛的残生，杨婉愿倾尽所有。

　　一晃，夏季便过去了。

　　几阵秋雨迅速冲凉了京城的天气，秋叶卷在风里，不论宫人们怎么清扫都扫不干净。

　　杨伦回京的时候，正好错过了白焕的大寿。

　　听说阖府热闹了好几日，但也劳了这位阁老的心神，入秋后就大病了一场，病势汹涌。贞宁帝不仅赐药，还命易琅亲自过府问疾。

　　白玉阳和张琮等人都劝白焕好生休养，但白焕最后还是自己挣扎起了身，每日和其余阁臣入阁议事，甚至比平时还要早些。

　　为了照顾白焕的病体，皇帝命惜薪司提前向会极门的内阁直房供炭。

　　杨伦走到会极门前的时候，刚好看见邓瑛正和惜薪司的陈桦说话。

　　陈桦面色看起来有些为难，抓着后脑勺低头说道："厂督，今年户部确实收得紧，就这些，也是陛下赏才有。我实在是给您匀不出来了，但您若是不嫌弃的话，每日供混堂司的那几筐子，我还能克下一些，到时候让人拣好了，给您送过去。"

　　邓瑛点了点头："那就多谢你了。"

　　"您哪儿的话，给您做事那不是该的？还有，您上回说的银子，我也给您备好了，您看……

　　"什么银子？"

　　杨伦的声音打断了二人的对话。

　　陈桦回头见是杨伦，忙行了一个礼："杨大人回来了。"

　　杨伦朝前走了两步，看着邓瑛的眼睛道："你贪得还不够多吗？"

　　邓瑛侧身对陈桦道："你先回去吧。"

　　陈桦应"是"，一声也不敢吭地从杨伦身边走了过去。

　　杨伦回头看了陈桦一眼，冷声道："你看没看见傅百年被押解进京的样子，看没看见李朝被刑部锁走时的样子？这两个人，一个是荆州的知州，宋王的舅子；一个是福清公主的驸马，如今都下了刑部大狱，等着过堂。"

"是。"

邓瑛点了点头："我看见了。"

杨伦咳了一声，谁知这一咳竟牵到了肺伤，咳得越发厉害起来。

自从五月在江上酒后落水，他到现在还没有好全，话说得多了，喉咙就难受，这会儿对着邓瑛，情绪又不好，五脏沸滚，冲得脸色也开始发红，好不容易缓过来，话声比将才还要冲。

"这里面也该有你！"

他说完这句话，没有再往下延伸，甩袖大步朝直房走。

这一日虽然不是会揖，但是因为杨伦要牵头议吊诡田案，所以除了几个阁臣之外，刑部的白玉阳，以及户部的两三个司官都在。

邓瑛跟在杨伦身后走近直房。户部的一个梁姓司官，因为曾经被东厂的厂卫查过饿死外室娘子的事，心里头惧怕东厂得很。

但他并没有见过东厂厂督邓瑛，今日陡然听见外面的内侍唤他的官职，下意识地就从座位上站了起来："邓厂督，您坐。"

邓瑛正在向白焕行礼，听到这么一声倒有些错愕，转身看是一个不大认识的司官，也没说什么，躬身向他作揖，像是没听到一般，把将才那句有损他和内阁颜面的话盖了过去，直身站到了门前。

"大人们议吧，奴婢候着票拟。"

张琮等人已经习惯了邓瑛的谦卑，就着茶润喉，寒暄开头，而后直接切入了政治主题。

"杨大人过问过宁妃娘娘的病吗？"

杨伦道："还不曾。"

张琮叹道："其实还是该上一道折子问一问的。"

"张阁老，您有话请直说。"

张琮笑着摆了摆手："我哪里有什么言外之意，只是担忧娘娘的身体和我的学生。"

内阁议事不言私，这话到此处就打住了，张琮端起茶喝了一口，再开口时，已经转了话题。

"其实，照我的意思，傅百年这个人是可以议重罪的，毕竟宋王已经不怎么开口了。但是李朝……要再斟酌一下，荆国公病故，如果李朝再被治重罪的话，福清长公主一脉就算是灭了，这样着实不好。"

白焕撑起靠在案边的身子："如今倒不是治罪的问题，这些人都和宗亲们攀亲，要赦，陛下一句话就赦了。刑部现在要做的，是让他们把田吐干净。"

白玉阳道："刑部是有办法让他们吐的，就这个傅百年，昨日并未用刑，他已经吓得没魂了，但他也有不服的地方。江浙一带的学田众多，学田私耕的情形屡见不鲜，他提了杭州的一个……什么书院，我一下记不得，得回去翻一翻卷宗。"

杨伦道："学田和民田不一样，那本就是朝廷资助各州学政的，书院靠着这些田营生，大多没有空田。若是有吊诡田，查出来就要纳入户部一并清算，不能即时拿给州县分种。我回来的时候，各个书院都在准备今年的秋闱，年生本来就不好，学生们已经诚惶诚恐，我不主张动学田。"

他说完看了邓瑛一眼，邓瑛垂头侍立，却并没有看他。

白玉阳驳道："杨侍郎，你的《清田策》最初可不是这么写的。"

杨伦也没犹豫，径直顶道："你也没南下过，知道那里是什么情形吗？你我都是读书人出身，难道不明白科举取士对那些学生意味着什么？这个时候收学田，不就是关书院吗？"

白玉阳一下子站了起来："你什么意思？刑部审案审到这一步了，不能质询你们户部？"

杨伦也站了起来："可以质询，但我们户部要兼顾六部民政和学政，不是你们一根筋地摸，我们就要把什么都捧出来。同朝这么多年了，这话虽然难听，但我敢说。"

"你……"

"玉阳。"

白焕制止白玉阳，冲杨伦压了压手掌："坐下坐下，你的话我听明白了，也有道理。"

白玉阳听自己父亲这么说，也没再多说什么。

白焕摆手道："行了，杭州学田的事情议到这里，邓秉笔。"

"奴婢在。"

"翻折吧，我们行票拟。"

"是。"

辰时过了，直房里的炭已经烧完一盆。

邓瑛亲手将夹好票拟的奏本收叠好，交给少监捧回司礼监，自己理了理官袍，正要往内东厂走。

"你站着。"

邓瑛回头，杨伦已经走到了他的身后。

邓瑛朝他看了一眼："这里不是说话的地方，去厂衙吧。"

杨伦喝道："你少放肆，我为什么要跟你去那个地方？"

邓瑛转过身："那你想在这个地方审我吗？杨子兮——"

"住口！"

"是。"

邓瑛躬身揖礼："你如果不想去内东厂，那就去我的居室，我别的不敢求，求大人不要当众斥责，给奴婢留些体面。"

72

护城河上堆叠着无数的枯叶。

杨伦跟着邓瑛走到河边，河风一吹，他便忍不住又咳嗽了好几声。邓瑛听到身后的声音，停下步子不再往前走，回头对杨伦道："你的身子——"

"少问这些。"

杨伦疾言打断他。

邓瑛悻悻地点了点头："你想问我什么？问吧。"

杨伦敛起神色："滁山书院和湖澹书院这两个地方的学田的产出，什么时候成了你的私产？"

邓瑛应道："你下杭州以前。"

"那些田是谁给你的？"

邓瑛沉默不语。

"说啊！"

杨伦朝前逼近几步："你不说实话，我心里不平！"

邓瑛抬起头问道："你为什么不平？"

"呵……"

杨伦冷笑一声，指着邓瑛的鼻梁道："你以为我不清学田是因为怕祸及书院学子吗？邓厂督，滁山书院和湖澹书院加起来有七千余亩的学田，然而从贞宁四年起，就一直靠着几个归乡的东林人接济，如此捉襟见肘的处境，有没有这些田根本不重要！我弹劾你的奏疏已经写好了，但我还是想亲口问你一句，到底为什么？"

邓瑛安静地受下杨伦这一番混着情绪的话，反问道："你真的写了弹劾我的奏疏吗？"

"……"

杨伦失语。

邓瑛背对着河风，朝杨伦深揖："谢子兮救命之恩。"

杨伦看着他弯曲的脊背，双手握拳，恨不得直接砸在这个人背上。

他的确是救了邓瑛，甚至不惜编瞎话与白玉阳当场争执。他也知道，相识十多年，邓瑛未必看不出来他在做什么。说白了，这不过是政治纷争当中，阁臣和宦官一次普通的博弈。然而，邓瑛唤他子兮，谢他救命之恩的这幅场景，竟令杨伦一时有了光阴反溯、岁月回首之感。

可是，他不能像当年那样回士礼，他一旦回礼，就要与这个人为伍了。

"既然你不说，那我就让白玉阳接审傅百年，我对你也没什么好说的了。"

他说完转身便走，背后的声音追道："子兮，再容我多活几年。"

杨伦回头："我是官学出身，但我深知私学的艰难，如今能真心为了学生，开坛讲学的有几个人？开坛之后，能将书院撑下来的，大多把自己掏干净了。若我容忍学政上的贪墨，我还敢要自己的学名吗？"

他情绪激烈，几乎握紧了拳头。

邓瑛没有立即回应他，一直等到他情绪稍稍平复，才反问道："你不弃学名，那自己的性命呢？"

杨伦一怔。

邓瑛的语气仍然平和："杭州地界上已经有人对你下过杀手，你知道这只手是谁摁下来的吗？"

"谁？"

杨伦的肩背处恶寒一阵一阵地腾起。

"何怡贤。"

杨伦一怔，将邓瑛前后的话一关联，忽然想明白了什么。

"你将才说了什么？那些学田的粮产，是今年几月归到你名下的？"

"六月初。"

杨伦接着追问道："这些之前在谁名下，何怡贤吗？"

"你先——"

"所以是你替他担下那几千亩私田？"

杨伦没有让他说完，打断邓瑛后一把拎住他的衣襟："下南方去做这种事的，哪个是惜命的人？就连国子监那些个十几岁的监生，也是敢写生死状的。在你邓瑛眼中，我杨伦就是这么个懦夫，要你担着骂名来救？"

邓瑛摁住他的手腕："松开。"

杨伦气极，哪里听到了他的话，几步便将邓瑛逼到了垂柳旁。邓瑛反手撑住树干，抬头望着杨伦几乎起焰的目光。

"杨子兮，你到底想对我怎么样？我已经担了！"

杨伦一拳砸在树干上。

邓瑛被拳风逼得闭上了眼睛，头顶落叶簌簌。

他索性不看杨伦，忍下情绪道："你写的《清田策》，我一字一句，从头到尾已经读了十遍有余。你写'还田于民'，并不是个空论，有具体'丈量之法、清还之期'，试图实实在在地剔除弊病，扼制皇族宗亲和贵族大户对田地的兼并。你写得那般好，我读之自愧。杨子兮啊，如果我还是个人，我也可以写生死状，拿命去与当今朝廷搏一搏，可我已经算不得一个人了，你能做的事情，我都没有资格做，我唯一能做的，就是不让你，还有跟你一起南下的那些人去写生死状。子兮……我求你，把这条路让给我走。"

杨伦听完这一番话，肩骨悚栗。

比起邓瑛谦卑地在他面前谢恩情，他更受不了的是对这个人的亏欠，而且不仅仅是他一人对邓瑛的亏欠，是整个喧闹不自知的政坛，是混浊、党同伐异、不断倾轧的官场对这个宦官的亏欠。

这种"亏欠"摆不上清白的台面，没有人会承认，甚至杨伦自己，也说不出那个"谢"字。

"你就那么信我，会让你多活几年？"

"我……"

"他不是信你。"

杨婉的声音从背后传来，接着一只冰冷的手就捏住了杨伦的虎口，毫不客气地一掐，杨伦吃痛，立时松开了邓瑛。

杨婉朝邓瑛伸出一只手："过来。"

邓瑛看了杨伦一眼，有些迟疑。杨婉索性拉住他的手，将他拽到了自己身后。

"你先走，我有几句话想跟哥哥说。"

杨伦不得不在杨婉面前压下气焰。

早在浙江的时候，他就听说张洛在诏狱里刑讯过杨婉，如今看着她面色苍白地站在自己面前，一时愧恨交加。他调整了一下语气，尽量让自己的声音平和一些。

"你……身上的伤好了吗？"

"早就好了，本来也不重。"

杨婉的声音淡淡的，人的气质似乎也沉静了不少。

从南海子里接回她以后，杨伦曾觉得，她像变了一个人一样，冷漠又坚硬。然而数月未见，她身上似乎又显出了一层年幼时的脆弱。

"我现在已经不是尚仪局的女官了，是小殿下身边的宫人，以后见你会更难，所以，趁着今日，我想跟你说一些事。"

杨伦点了点头："你说，哥哥听着。"

"谢谢你愿意救邓瑛。"

杨伦闻言苦笑了："你就想说这个吗？你知不知道，哥最不想听的，就是你对我说这句话。"

"我知道。"

杨婉抬手压住快要被河风吹散的鬓发："关于鹤居一案，我不知你听了多少，不过，我也不想再多提。姐姐如今一个人在蕉园，易琅独自居于承乾宫。我，还有姐姐，几乎拼上了性命，才保下了你们的学生。至于邓瑛，为了保下你们，他已经声名狼藉了。我希望你们也能珍重，不要丢下易琅，也不要辜负我们。"

谈及宁妃，杨伦不禁哽咽。

"娘娘……还好吗？"

"不知道，我不能去看她，易琅也不能，也许你上一道折子还能问一问，但我知道你不会。"

"你胡说什么？"

杨婉笑了笑："哥哥，我到如今才慢慢明白你是一个什么样的人。"

她要给杨伦下定言。

在后面的话说出来之前，杨伦竟然有些紧张。

"姐姐成为皇妃之前，你还当她是妹妹，可当她做了皇妃之后，你就当她是个外人了。同样的道理，如果张洛在诏狱外面对我动手，我信你会冲上去和他打一架，但是他在诏狱里刑讯我，你就什么都不能做。你将法度和原则看得很重，洁身自好，从不沾染私情私利，却为百姓疾苦，奋不顾身。你值得青史留名，可是我们这些人……"

她声色一转，甚至带着些哽咽："我们也不坏吧。"

她说着朝河岸边走了几步："我私底下问过陈桦，为了买广济寺边上的那个一进院落，邓瑛在跟他借银两。一个东厂的厂督，司礼监的秉笔太监，如果像你们刚才所说的那样，他有千亩良田，他买不起一个院子？你知道他的钱都去哪儿了吗？"

杨伦沉默不言。

杨婉抿了抿唇："你可以去问问覃闻德，今年杭州那两个书院学田上的产出，他一粒都没有收，全部发还给了书院，甚至贴上了自己的年俸。哥哥，你要学名，只要让他下狱受审，你就是为南方学政激浊扬清之人。可他也曾是读书人，他现在没有学名了，受他恩惠的人，也不知道他是谁，过几百年，你被万人赞颂，他却还在罪人的名录里，忍受一代又一代的人，对着他的名字千刀万剐……那时候我也死了，谁能为他正名？"

杨伦咳了一声："他为什么不跟我说这件事？"

杨婉道："他若是说了，你如何在他面前自处？"

杨伦再一次失语。

杨婉切中了他不愿意直面的要害。

如何在邓瑛面前自处？

杨伦想了快两年了，依旧没能纠缠出泾渭。

杨婉望着杨伦，继续说道："东厂在很多人眼里，是一个可怕的地方，我在殿下身边，已经不止听他说过一次，他的师傅们教他，为了肃清政坛恐怖，君父要慎用三司之外的刑狱。可是如今，东厂已经有了刑讯之权，甚至获准与北镇抚司一样修建内狱。从你和殿下的政治眼光来看，邓瑛这个人，能得善终吗？"

杨伦轻声道："他可以退的，现在也不晚。"

"但是他跟我说过，如果他再退避，你和小殿下会遭到更多的迫害。"

"……"

杨伦哑然。

杨婉紧接道："新政艰难，你也在南方推出第一步了，所有的功绩都属于你。姐姐、邓瑛，还有我，我们都替你高兴，替南方受苦的百姓们念安，至于你们期盼的政治清明，待得贤君，也不是不能有。为了好一些的时代，哪怕我是一个无名之人，也会尽我所能，护住你们看重的孩子，我和邓瑛一样，绝对不会再退避。"

杨伦叹出一口滚烫的浊气道："婉儿，哥哥只希望你嫁得好人家，哥哥不希望你牵扯进来。"

"可我已经进来了，如果我不自救，我就是那被杖毙的三百宫人之一。"

杨伦心中一阵抽痛："对不起，婉儿，哥哥——"

杨婉打断他的话："你不用说对不起。"

说着，她不自觉地仰起了脖子："承乾宫只剩我一个人是易琅的亲人，但是还好，皇城里还有邓瑛。邓瑛愿涉党争，我也不怕陷内廷斗争。"

"婉儿……"

"我这么做并不仅仅是为了邓瑛，也为了我自己，我想做一个勇敢的姑娘，认真地活在这里。我要把贞宁年间的事全部看尽。记住，你们不肯为我们留一个字，那我就自己写、自己说。"

第十章

蒿里清风

73

一个历史的旁观者，要脱下外面这一层学者的外衣，穿戴好大明衣冠，在贞宁年间落笔张口，谈何容易，何况她还是一个在历史中寂寂无名的女子。不过，无论在哪一个时代，好的观念永远先行于世道，每一个人都奋力地抗争，邓瑛如此，杨伦如此，就连易琅也是如此。

自从宁妃被囚禁蕉园以后，易琅逐渐变得有些沉默，但在功课上越发地勤奋，每日不到卯时，便出阁读书，伤寒发烧也从不停学。

即便是回到承乾宫，也总是温书温到很晚，杨婉让他多休息一会儿，他听多了甚至会训斥杨婉。

杨婉有些无奈。

皇帝不准许皇后和其他嫔妃抚育易琅，她便开始学着从前宁妃的样子，笨拙地照顾起易琅的饮食起居。她最初以为，就是把这个孩子喂饱，不让他冷着便好了。

然而真正做起来，才发现这件事情并没有那么简单。

从前宁妃是承乾宫的主位娘娘，掌一宫之事，如今她不在了，杨婉照料易琅的同时，也就必须将承乾宫一并挑起。

宫内的事毕竟和尚仪局的事是不一样的，杨婉不是嫔妃，也不识宫务，除了易琅，承乾宫里还住着两个没什么存在感的美人，虽然不得宠，但到底是人，平日里头疼脑热了要传御医，各个节日，要吃要喝，时时都有她们自己的诉求。杨婉面对这两个人时，身份很尴尬，起初应付的时候，着实焦头烂额。

邓瑛时常会过来，倒也不做什么，就是坐一坐，看看杨婉就走。

然而他对承乾宫的态度，倒成了内廷二十四衙门对承乾宫的态度，各司的掌印太监知道杨婉狼狈，做事的时候，纷纷用心替承乾宫多想一层。

杨婉毕竟不蠢，半个月下来，各处的事务逐渐理顺，合玉这些人，也跟着放下心来。

不过她们也有私心，合玉不止一次对杨婉说过："督主护着我们承乾宫，延禧宫那边也不敢有什么话了，我看二十四衙门也对我们客气起来，不似我们娘娘刚病那会儿，这些人势利得跟什么似的。"

杨婉并不喜欢听合玉等人说这样的话。

她明白，邓瑛这样做，无疑是正面迎向了司礼监。

比起何怡贤放弃易琅这个被文华殿教"废"的皇子，转而投向延禧宫，邓瑛却对一个最恨宦官的皇子好，求的也不是这个皇子在下一朝对他的庇护。

事实上，再过几年，这个被他护下的孩子，会亲手为他写《百罪录》，送他下诏狱，上刑场。

杨婉看着邓瑛和易琅的时候，总是不断地想起"农夫与蛇"的故事，但同时她又觉得不合适，觉得过于粗陋简单，经不起推敲。易琅与邓瑛之间，君父与阉奴之间，其中的人情、政情之复杂，完全不是"农夫与蛇"这个是非分明的词可以概括的。

就在当下，这层复杂性也存在。

易琅开始不那么排斥见到邓瑛，但是他对邓瑛的态度依旧没有变。

他会让邓瑛对他行礼，受礼过后才会让他站起来。

有的时候他在书房温书，杨婉坐在一旁陪他，他倒也准许邓瑛进书房，但是他不允许邓瑛坐，只准邓瑛和其他的内侍一样，在地罩前侍立。杨婉每次见邓瑛侍立，自己也就跟着起来，站到邓瑛身边去。邓瑛见她如此，在易琅面前也不好说什么，只能对她摆手。

易琅偶尔甚至会就书中的不明之处询问邓瑛。

杨婉记得，有一回他就"南汉王室刘氏的三代四主"这一史料，询问邓瑛的看法。

杨婉依稀记得，"南汉王室刘氏的三代四主"说的是南汉历史上有名的宦祸，导致南汉由兴盛至全面衰亡。

邓瑛跪地而答，在易琅面前说了一番令杨婉身魂皆颤的话。

他教易琅学太祖，遵《太祖内训》，立铁牌。若有内侍干政，当以最严厉的刑罚处置，以震慑内廷。

易琅问他："身为君王，可不可以容情？"

邓瑛答："不可。"

易琅抬起头朝杨婉看了一眼，目光之中有一丝淡淡的怀疑。

但他没有询问杨婉，而是选择直接对邓瑛问道："你是宦官，但对我说的话，和讲官们对我说的话很像。可是，你言行不一，在我眼中，仍然是《太祖内训》之中不可恕之人。"

说完，便从高椅上下来，放下笔朝明间里去了。

杨婉弯腰去扶邓瑛。

邓瑛跪答了很久，站起来的时候有些勉强。

"殿下什么时候读的南汉史？"

杨婉没理邓瑛的话，看着他的脚腕道："你这几日是不是顾不上用药水泡脚了？"

"是。"

他老实地回答杨婉。

杨婉道："我以后从南所搬出来，就能盯着你了。"

邓瑛问杨婉："你要搬出南所了吗？"

"嗯。"

杨婉点了点头："也挺好的，以前在南所，离你那儿远，如今就近了。"

"这是谁的意思？"

杨婉应道："陛下的意思。"

邓瑛听完点了点头："婉婉，等你安顿好，我带你去看我买的宅子。"

说起邓瑛的宅子，杨婉顿时笑开："可以吗？但如今宁娘娘不在了，我怎么出宫啊？"

邓瑛笑了笑："有我就可以。"

杨婉搬离南所，也就正式卸下了女官的身份。

尚仪局将她除名的那一日，宋云轻为她觉得可惜。

"这以后就真的出不去了。"

杨婉在南所里收拾衣物，覃闻德带着东厂的厂卫守在门口，预备着当苦力，听见宋云轻的话，一时没忍住回了她一句："我们厂督在这里，还怕以后不能带着杨姑娘出去？督主宅子都买好了，等交了冬，我们就要去给督主置办坐卧的家具。"

宋云轻叉着腰走到门口，冲他喝了一句："你们懂什么？"

说完砰的一声关上了门，走到杨婉身边替她收拾摞在床上的衣物，一面道："你别在意啊，你知道我说话直接，没别的意思，也不是说邓督主人不好，我就是替你不值得。"

杨婉抱起叠好的衣物装入木箱中，回头笑着应了一句："知道。"

宋云轻坐在榻上，看着空了一半的屋子道："跟你住了快两年了，刚看你进来的时候，我还羡慕你，想着你是宁娘娘的亲妹妹，一入宫便入了尚仪局，姜尚仪和陆尚宫她们也看重你，自然是和我不一样，以后等着恩典下来，就能出宫和家人团聚……你知道的，宫里的女人，只有做女官的才能守到这一天。如今，你要去承乾宫了，这女官的身份也没了，要想出去，恐怕真的要等到陛下……"

后面那句话是忌讳，尚仪局的人识礼，是绝对不会轻易说出口的。

宋云轻抿了抿唇，继续帮着杨婉叠衣。

杨婉走到她身边坐下："你还有擦手的油膏吗？"

"还有一些，你要吗？"

"要。"

宋云轻拿来油膏，杨婉剜了一块涂抹在手腕上，褪下自己的一只玉镯子递给宋云轻。

"送给你了。"

宋云轻忙道："不行不行，你们杨家的玉都是稀世珍宝，我不能要。"

杨婉拉过她的手："那你就当帮我收着，若我以后落魄了，说不定，这还是一笔救命的钱呢。"

宋云轻迟疑地接过镯子："你……会落魄？"

杨婉笑笑。

"这种事谁说得准？"

她说完替宋云轻扶了扶发髻上的银簪子，正色道："云轻，在宫中做女官虽然体面，但你我都知道，办差有多么辛劳，忙的时候我帮不上你了，你要照顾好自己。"

宋云轻听完拥住杨婉的身子："你也是，自从在诏狱里受了刑，你的气色就没以前那样好了。邓督主有了势力，有了钱，你也别亏待自己啊，他如今进出内廷比陈桦还自由，外面的那些什么人参、雪蛤，你想吃多少都有，让他给你买。"

杨婉听宋云轻这么说，便知道邓瑛向陈桦借钱买宅子的事情，宋云轻还不知道。

"还人参、雪蛤呢，他没有钱的。恐怕还不如我呢。"

宋云轻松开杨婉，挑眉道："怎么可能？我听陈桦说，东缉事厂在正阳门北面那块地上动土开建东厂狱了。别的不说，就土木砖石这一项便是好几万的银子。"

宋云轻说的倒也是实情。

鹤居案以后，皇帝对北镇抚司的态度发生了微妙的转变。

但这种转变发生的次数很多，每一次的程度都不一样，甚至会因为局势的不同而即时反转，所以历史上是没有具体记载的。但是历代史学家通过对大量史料的分析，大致定出了几段时期，其中有一段，便是贞宁十三年秋，贞宁帝下了明旨，准东缉事厂在正阳门修建东厂自己的监狱，这个监狱后来也被称为"厂狱"。

这一座大狱的修建，逐渐开始改变三司之外的司法格局，东厂的势力慢慢与北镇抚司持平。研究者们分析，鹤居案以后，贞宁帝对自己的人身安全产生了怀疑，认为锦衣卫虽然隶属皇权，但到底都是外官，关键时候也有自己的原则，很难完全理解他的心意，更难以一心一意地保全他的性命，于是逐步放权给东缉事厂，默许东厂朝锦衣卫渗透，其标志就是厂狱的修建。

通过厂狱对刑法的介入，邓瑛的人生也翻开了参政涉政的新篇章。

除了杨婉之外，大多数的历史研究者都对这座监狱的修建持否定态度，甚至有很多人认为，这是一个比锦衣卫诏狱还要不堪的地方。

关于这一点，就连杨婉也不能辩驳。

因为在易琅和邓瑛死后，东厂厂狱在一众宦官的不断改制和发展当中，确实变成了一个有史可查的"人间地狱"。文人们回溯这座牢狱的历史，自然对修建人恨之入骨。

"杨婉，你怎么不说话？"

杨婉还沉浸在自己的思绪里，宋云轻却发觉她眼眶似乎有些红。

"想什么，想得你整个人都愣了？"

"哦……"

杨婉摁了摁眉心："没有，可能夜里没睡好，这会儿有些散神。"

宋云轻站起身道："那你坐着休息，剩下的我帮你规整起来，叫外面那些人一口气就搬过去，也不用再跑第二次了。"

她说完利落地扣上箱扣，扎好包袱，打开门对覃闻德道："行了，你们进来搬吧。我先说好，杨姑娘的东西都很金贵，你们要有一分不小心，你们督主饶不了你们。"

"知道知道，我们督主就在承乾宫等着呢。"

74

覃闻德抬着箱子跟杨婉一路往承乾宫走。

他为人耿直，平时话就多，这会儿插科打诨的，逗得杨婉一路发笑。

覃闻德趁着杨婉开心，便寻思替邓瑛说几句好话。

"杨姑娘。"

"嗯？"

覃闻德把肩上的箱子一顶："您啊，去瞧过咱们督主那宅子没？"

杨婉边走边应道："还没呢，听说是您去给办的。"

覃闻德笑道："可不！那地方，朝向都不错，就是咱们觉得小了一点，想着督主怎么也得给自己办一个二进院落的，这一进啊……也不是说不好，就是局促了些。"

杨婉笑道："一进的好，通透，打扫起来也不费劲儿。"

覃闻德忙道："哪能让姑娘打扫，以后您和我们督主住过去了，还不得买些人放着？"

杨婉回过头，笑道："你们让他买人，如今买一个人放着要多少银子？"

"哎哟，这可得十几两，还得看模样怎么样。"

杨婉笑道："你们督主一个月到底多少俸银啊？"

"啊？"

覃闻德听到这句话险些自己把自己绊倒："这个……"

他拖着话，犹豫着要不要在杨婉面前揭邓瑛的短。

邓瑛规训这些人只有一个底线，就是不能随意戕害人的性命，平时并不会阻止底下厂卫收官民的"办事银"，但是自己好像从来没要过，即便收着，事后也拿给厂卫们分了。都说司礼监得的赏赐不少，但覃闻德看邓瑛平时的吃穿用度，却也着实不像是有钱人的模样。这几日，他和几个厂卫帮着他置办家具和陈设，厂卫们想着是他出钱，手脚都放不大开。

"欸……督主的俸银是内廷出的，我们不大知道……"

杨婉接道："他没什么钱，而且，他也不会去买人当奴婢使唤。"

"我是没什么钱。"

杨婉和覃闻德听到这么一句，都愣了，抬头见邓瑛正朝他们走来。

他今日没穿官服，像外头的生员一样，穿着一身玉色的襕衫，头顶结发髻，没有饰冠巾。

覃闻德有些尴尬，硬着头皮问道："我不是说督主您穷，我就是——"

"我如今是挺穷的。"

"不是，您这说的……"

覃闻德被邓瑛的实诚弄蒙了，只得硬转道："您不是在承乾宫吗？怎么过来了？"

邓瑛应声挽袖："我过来看看能不能搭把手。"

覃闻德身后的厂卫忙齐声道："哪能劳动您啊？"

杨婉笑道："你今儿穿得也不像干活的。"

邓瑛扽住袖口，笑着看向杨婉："那像什么？"

杨婉道："像要进秋闱的考场。"

邓瑛笑出了声："顺天府正在搭乡试的考棚，想不想去看看？"

"考棚？"

杨婉疑道："怎么只搭考棚啊，难道没有修号子吗？"

邓瑛听后点头道："原是该修的，但皇城和周围城垣还没有完全修建好，财政有限，现只能用木板和苇席等搭考棚，四周用荆棘围墙。人们都说，一个京师的贡院建得还没它周围的书局好。"

这倒令杨婉起了兴致："那儿附近的书局有哪些啊，今日能去看看吗？"

邓瑛应道："我取了牙牌，可以带你出去。"

杨婉回头看了一眼自己的行李，面露犹豫。

覃闻德见此忙道："您就跟我们督主出去吧，这些我们会交给合玉姑娘，保证完好无损。"

杨婉露笑道："那行……你们仔细些。"

说完便走到邓瑛身后杵了杵他的背："快走快走。"

邓瑛回头望了杨婉一眼，她面色明朗，目光轻盈。

说来，鹤居案至今，他已经很久没有见过杨婉这样笑了。

顺天府衙门在北城鼓楼东大街的东公街内，鼓楼附近有好几家坊刻①的书局，其中最有名的是周氏的宽勤堂和齐氏的清波馆。这两个书局都已经传承经营了上百年，不仅呈堂大，自己的印刻规模也很大。

明朝的出版行业十分繁荣，虽然管理漏洞很大，但相对也很自由。出版行业分为官刻、私刻和坊刻。邓瑛是喜欢买书的人，尤爱在私人书局里淘一些无名文人的私版。

但杨婉没去过这些私办书局，下了马车之后，就拉着邓瑛直奔清波馆。邓瑛腿伤前两日刚发作过一次，如今走起来有些勉强，但又不愿意对杨婉说"慢些"，只能无可奈何地看着她的背影苦笑。书市中的行人看到这幅场景，无不笑议："这官人脾性可真好，倒肯顺着小娘子。"

邓瑛听着这话，有些耳热，忍不住唤了杨婉一声。

"婉婉。"

"啊？"

杨婉回头看他脸色有些发白，忙道："是不是脚腕又疼了？"

"有一点。"

杨婉站住脚步："怎么不说啊？"

邓瑛道："看你兴致那样好。"

杨婉扶住邓瑛的胳膊："这样走吧，你靠着我。"

"你不累吗？"

杨婉摇了摇头："不累，真的，你别顾我，靠过来。你那么瘦，我撑得住你。"

邓瑛低头看着杨婉的侧脸："婉婉。"

"你说。"

"你怎么会对清波馆这么有兴趣？"

杨婉没有立即回答邓瑛的问题，但她回想起了自己对邓瑛说过的那句话："要为他计较，为他在笔墨里战一场。"

笔墨是什么？

---

① 坊刻：指书坊刻书。书坊是古代卖书兼刻书的店铺，是一种具有商业性质的私人出版发行单位，由书坊刻印的书称为坊刻本、书坊本或书棚本。

在大明朝，笔墨和军队一样，都是利刃。它是文士的喉舌，是天下的舆论，是皇权不断绞杀却怎么也杀不尽的生命。

"清波馆有没有刊刻过你的文章？"

邓瑛点了点头。

"有，过去的。"

"哪一篇？"

"《癸丑岁末寄子汾书》。"

他说完抬头看向清波馆的匾额："那个时候，我与子汾交游甚多，往来有好些诗文，不过，后来我入刑部大狱，我的文章就不能再传播了。之前的刻板，如今可能已经烧了。"

杨婉怔了怔。

其实清波馆保存了《癸丑岁末寄子汾书》的刻板，后来清波馆迁至广州，那块刻板也被带去了广州。后来这个刻板几经易手，流落到了国外，但杨婉曾在广州博物馆里，看到过它的照片。

"说不定没烧呢。"

杨婉挽着邓瑛的胳膊，冲他露出了一个明朗的笑容："去看看。"

邓瑛点了点头，笑应了一个"好"字。

清波馆是前店后厂的形制，店前是科举前临时摆的考摊，热闹非凡。邓瑛驻足，扫了一眼摊面上的书。杨婉抬头问他道："你和我哥，谁读书比较厉害？"邓瑛笑而不答。

正说着，前店里的掌柜迎了出来，见杨婉与邓瑛站得离考摊远，便道："两位客官，不是来瞧科考的书吧？"

邓瑛应道："是，想带……"

他一时不知道该如何称呼杨婉，谁知杨婉却接道："夫君想带我进来逛逛。"

掌柜只当他二人是有学问的风雅夫妻："夫人也读书吗？"

"是，略认识几个字。"

"您这么说就是谦虚了，您请进。"

杨婉挽着邓瑛的手走进呈书堂，看到了清波馆编刻的《西游记》

《列国志传》《三国志传评林》《水浒志传评林》《东西晋演义》《西汉志传》等书籍，有些版本甚至保存到了现代。

杨婉拿起一本《西游记》翻开，随口问道："这本书的刻板，你们厂里还有吗？"

掌柜道："夫人这么问，可是要跟我们做生意啊？"

杨婉绾了绾耳发，看了一眼邓瑛，笑而不语。

掌柜以为杨婉持重，要等自己先附上去，便殷勤地道："这一本的刻板我们东家已经毁了，不过，还有另外一个版本的，刻板现下还存着。我们东家存板子，那得看板子他喜欢不喜欢。有些书虽卖得好，但板子奈何我们东家看不上，那也得烧。"

"哦？那你们东家一定是个讲究的人。"

"那可不！"

掌柜自豪地道："我们清波馆是怎么比过宽勤堂的？就因为我们东家是举人出身，真正的读书人。"

杨婉合上书："那《癸丑岁末寄子兮书》的板子还在吗？"

掌柜道："哎哟，您问这篇文章的板子，我就知道您是有见识的。我们东家很喜欢这一篇文章，那刻板当时是他亲自监着刻的。虽然写这篇文章的人是个罪人，而今这篇文章不能再印刻了，但东家一直都留着当年的刻板。"

"我们能看看吗？"

"这个……"

掌柜有些犹豫。

杨婉道："您别误会，既然是你们东家亲自监刻，那自然是最好的，我就是想看看你们书局最好的刻面儿是什么样。"

掌柜听她这么说，这才松开了脸。

"可以，您先坐坐，我们厂里在招待贵人，怕冲撞着，我进去给您瞧瞧，若是不妨碍，我再带您进去。"

"好。"

杨婉扶着邓瑛坐下，自己却挽起裙摆蹲下身。

邓瑛忙道："做什么？"

杨婉伸手撩起他的衣衫脚："趁着这会儿闲，帮你焐焐吧。"

邓瑛赶忙弯腰捂住自己的脚踝，杨婉捏着他手背上的一层皮，硬是把他的手提溜了起来。

"听话，邓瑛。"

邓瑛一怔。

"我不能……"

"装夫妻就要装得像一点。"

她打断邓瑛，说完用双手合握住邓瑛的脚踝，一面用掌心的温度帮他抵御寒痛，一面含笑道："今日过来真是有收获。"

邓瑛看着杨婉轻按在他脚腕上的手，抿了抿唇："为什么……要看那个刻板？"

杨婉低着头温声道："想要你知道，虽然你不能再写文章，但你的过去并没有被抹杀掉。你有迹可循，后世也有人循迹。"

她说完抬起头："邓瑛，你以后想写文章就写，写了我抄。"

邓瑛笑道："你抄了也只有你看。"

杨婉正要回话，忽然听到背后的屏风后面传来一个熟悉的声音。

"你们东家不在，这事儿我们就只能谈到这里，剩下的，等你们东家回来，我还会再过来一趟，与他细谈。"

杨婉站起身，侧躲在屏风后面，朝后堂的通门看了一眼。

邓瑛轻问道："是谁？"

杨婉道："蒋贤妃身边的太监庞凌。"

她刚说完，又听书局的人道："这个其实我们掌柜的也能做主，只是要在《五贤传》后面再添一贤，这本册子，我们和宽勤堂都还没有定板，倒不难。"

杨婉听到《五贤传》，不由得一愣。

这本册子是明朝一个叫杜恒的文人写的，记录了历史上五位贤德的后妃，并不是一本很有名的书。这本书也并没有流传下来，原因不明。杨婉曾在零碎的史料里晃眼看过这本书的名字。

"邓瑛。"

"嗯？"

"这个庞凌，你让厂卫盯住他。"

"为何？"

杨婉抿住唇："我还说不清楚，但我想清楚以后，也许就跟郑秉笔的事一样，晚了。"

75

邓瑛站起身走到杨婉背后，顺着她的目光朝屏后看去："这个写《五贤传》的人我认识。"

杨婉回头道："谁啊？"

邓瑛低头看向她："你也认识，你弟弟杨菁。"

"什么？"

杨婉听到杨菁这个名字，险些没压住自己的声音："不是杜恒写的吗？"

邓瑛低头看向她："你说的是翰林院编修杜恒？"

杨婉疑道："还有别的杜恒吗？"

邓瑛摇了摇头："此人病重，已经离院一月有余了，但《五贤传》是上月月底写的，全篇不长，执笔者大概写了十日。你为什么会提起杜恒这个人？"

怎么回答？

告诉他史料与事实不符吗？

杨婉心里大骇，下意识地抠住了屏风的边沿。

历史研究十分困难，她浸淫其中十年，早已吃尽苦头。

开始写贞宁年间的笔记时，她曾为笔记搭建框架，然而短短两年的时光，框架中却漏洞百出，被当时的上位者抹杀掉的，被后世人执笔修改过的地方数不胜数。如此看来，流传至现代的那一堆文献，虽然珍贵至极，可信的字竟然也不多。

126

"欸……这位夫人。"

掌柜的送了人回来，见杨婉站在屏风前出神，正试图上前唤她，却被邓瑛拦下："有话与我说。"

"哦……是是，和官人您说也是一样的。我去找过夫人将才说的那个刻板了，还在，我这就让人取出来，给夫人看看。"

"好。"

邓瑛朝门口看了一眼，顺势将话题旁引："我将才恍惚听到你们清波馆要印制《五贤传》？"

掌柜听他这么问，略有些迟疑："这个……"

杨婉在旁接下邓瑛的话："宽勤堂也印制《五贤传》，你们虽不同版，却是同时贩售，有什么赚头呢？"

掌柜听她这么问，也不敢再答了，退了几步，审慎地上下打量着二人。

"你们……到底是什么……人啊？"

杨婉将手抱入怀中，挑眉道："北镇抚司的人。"

"什什什……么？"

掌柜的脸唰地白了。

杨婉对于自己张口说瞎话这件事完全不以为意："你不信是吗？"

她说着抬手往外一指："你现在就可以跨出去，不过，你出了这个门，也是换一个地方受审罢了。"

掌柜听完她的话，颤巍巍地朝外面看去。

顺天府秋闱的书市此时正热闹非凡，杨婉敲了敲屏风面儿，冷笑一声，抬脚就往外走。

掌柜忙扑通一声跪下来："求二位上差给条活路，我们东家南下探亲还没有回来，小人……实在是惶恐啊！"

杨婉停下脚步，邓瑛顺势道："带我们去里面说话。"

"是……我这就带二位上差进去。"

清波馆后面就是印厂，掌柜带着杨婉与邓瑛走入印厂中的内后堂，亲自合上堂门，也不敢站着了，跪在地上颤声道："两位上差有话请问。"

杨婉道："将才从这里出去的那个人是谁？"

"哦，我看过他的牙牌，他是宫里的人。"

"哪个宫的？"

"说是承乾宫。"

杨婉眉心一蹙："承乾宫？"

掌柜吓得肩膀都颤了起来："是啊……他他……他就是这么说的。"

邓瑛问道："他与你商议什么？"

掌柜的忙道："小人不敢欺瞒，他说承乾宫娘娘近日身子不安，在蕉园调养，发心要做些功德，教化世间妇人，所以要为《五贤传》写一篇序。上差，您将才不是问我们清波馆赚什么吗？这可是宫里的金贵娘娘亲自写序啊，那宽勤堂的比得上我们清波馆的这一版吗？有了娘娘的序，这就是有第六位贤妃的《六贤传》啊。我们还怕卖不过宽勤堂？！"

邓瑛道："把那篇序取过来。"

掌柜的一刻也不敢怠慢，慌里慌张地取来了序文。

邓瑛接过摊开，低声对杨婉道："看一眼字迹。"

杨婉快速地扫了一遍邓瑛手上的序文，字句工整，但字迹并不是宁妃的。

杨婉收回目光，抿住唇，掐着虎口朝后退了一步，尽可能快地将这件事的头和尾在心中过了一遍。

表面上看起来，杨菁写《五贤传》，歌颂后妃的贤德事迹，宁妃在囚中作序，一旦这个版本的《五贤传》在京城流传，朝廷舆论会是一个什么走向？

杨婉想起前朝胡姓大臣上书请求先帝，善待当时因患病而被冷落的皇后的事，不觉脊背一凉。

但宁妃和那位真正患病的皇后还不一样。

蕉园虽名为宁妃疗养之所，事实上却是贞宁帝囚禁弃妃的牢狱。既然是牢狱，宁妃就绝对无法将这篇序言递出宫去。这一点别人不明白，但贞宁帝本人清楚。

所以，在贞宁帝眼中，这就是一篇假序。

谁会在宁妃被囚的这个时候，有立场替宁妃写这样的序言，并将它与《五贤传》关联在一起刊印呢？

只有杨伦。

这一招用心之险恶，思虑之周全，也令杨婉百思不得其解，蒋贤妃那个人，什么时候有了这样的脑子？

掌柜见杨婉一直不说话，吓得赶紧滕行了几步。

"该说的，我都说了，求上差不要带小人去北镇抚司……小人上有老，下有小，一家十几口人，全仰仗着小人吃饭呢。"

杨婉松开唇笑了一声，伸手将掌柜的扶起："掌柜的莫慌，这就是误会了，宫里娘娘发了这般贤德之心，是好事。您把将才说的那块板子找出来我们看看，接着安心做生意吧。"

掌柜惊魂未定，听了这句话顿时如蒙大赦，连滚带爬地站起来，替杨婉找板子去了。

杨婉扶着邓瑛走出清波馆，邓瑛脚腕上的伤此时有些撑不住了。

杨婉撑着邓瑛上了马车，他已经疼得脸色发白。

杨婉用自己的袖子替邓瑛擦了擦汗："对不起，我一味地想弄明白那件事，没想到你疼得这么厉害。"

邓瑛摇头道："婉婉，你真大胆。"

"什么？"

邓瑛笑了笑："冒充锦衣卫这种事，说做就做。"

杨婉也低头笑笑，说道："邓瑛，我差不多想明白了。"

邓瑛点头："我也是。"

杨婉道："但有一件事，还想问问你。"

"你问。"

"为什么我弟弟会在此时写《五贤传》？"

邓瑛低头沉默了一阵，方应杨婉道："他是殿下的侍读，事涉文华殿，我需要从张次辅查起。"

杨婉道："张琮？"

邓瑛没有否认："张琮是小殿下的师傅，子兮是小殿下的舅舅，二人政见并不相同，殿下日后必要做一个取舍。"

这句话倒是提醒了杨婉。

"如果这件事和张次辅有关，那我就能理解，蒋贤妃的心计为什么有这样的进益了。"

"怎么说？"

"张琮与蒋贤妃合谋构陷姐姐，但实则是张琮利用蒋贤妃构陷杨伦。"

"应该还不止。"

邓瑛回头朝清波馆看了一眼："这也是蒋贤妃的罪名，在杨伦被陛下放逐以后，他亦可以举发蒋氏，替小殿下除去二殿下这一碍。"

杨婉垂眸道："我想利用张洛。"

"婉婉……"

"我知道有点险。"

杨婉打断他："但将才在清波馆里面的时候，我就想好了。"

她说着抬起头："邓瑛，你只需要让人盯住庞凌，必要时护下他，千万不能让他被灭口，除此之外，不要让东厂沾染上这件事情。"

"你要做什么？"

杨婉道："试着反杀，我不想把姐姐的孩子一直放在张琮手里。"

她说完这句话，却没来由地一阵寒战。

她无法告诉邓瑛，她想在易琅身上为眼前这个人求得一线生机。但是，这个孩子的精神壁垒被张琮塑造得太完好了，她尚不知道从什么地方撕开这个口子。

这次是一个机会，不过杨婉依旧没有把握，甚至有可能彻底惹怒张洛，把自己也赔进去，但她想试一试。

"我怎么帮你？"

邓瑛这个问题，问得杨婉有些错愕，忙道："这里也不是说话的地方，你的脚伤也发作得厉害，我们回去再细说吧。"

深秋天变得很快，等杨婉与邓瑛走进玄武门时，已是风起云压，眼看就要下雨。

李鱼抱着换洗的衣衫蹲在邓瑛的直房门口，似乎是等得有些久了，脸都被风吹白了，看着邓瑛与杨婉一道过来，便利索地翻了个白眼。

"邓督主，不是说好了，今日要一道去混司堂吗？我在你门口蹲到现在……结果……"

他看了一眼杨婉："你们俩以后的话我都不信了。"

杨婉笑道："你不信他还好说，不信我是什么意思？"

李鱼站起身："我姐姐说，你今日要搬离南所，结果她过去找你，也没见你人。承乾宫的宫人如今人手不足，那些个厂卫又是粗人，弄得乱七八糟的，我姐姐看不过，下了值去承乾宫替你照看去了。她让我告诉你，你那儿今日是住不得了！"

"哦。"

杨婉边笑边应了一声。

李鱼蹦起来道："你'哦'啥？你又回不了南所，我看你晚上睡什么地方。"

他将才实在是等得烦，冲着杨婉好一通撒气，这会儿撒完倒也好了，转身对邓瑛道："走吧。"

"好，我去取衣。"

邓瑛说完忍着疼往里走，然而脚腕上的伤着实太疼，他刚走了一步，便不得不停下来扶住门框。

李鱼看出了邓瑛行走有异，忙跟到门口问杨婉："他脚伤又发作了吗？"

杨婉扶住邓瑛的胳膊，嗯了一声，对邓瑛道："要不今日别去了。"

邓瑛摇了摇头："没事。"

李鱼道："你别劝他。他教我们的，做人一定要洁净。我是知道他向来不错过沐浴洗澡的日子，才一直蹲在门口等的。"

他说完又抱着衣服蹲下来，嘟着嘴道："督主，你快一点啊。"

邓瑛倒还真的应了他一个"好"。

杨婉扶着邓瑛走进直房。

邓瑛松开杨婉的手："你坐吧，等一会儿我让厂卫送你回去。"

"我之前的话还没说完呢。"

邓瑛打开木柜："那你等我回来吧。"

杨婉看着邓瑛从木柜里取出白绸制的中衣，忽然轻声道："承乾宫今日住不得，你能不能，让我在你这里躺一晚上？"

76

"能。"

他说这个字的时候，肩膀不太明显地颤抖了一下。

杨婉看着邓瑛的背影，清癯地映在古朴的箱柜之间。

柜子里是他贴身的衣物，数件浆洗得很薄的中衣整齐地叠在一起，几乎全是绸制的，像他的皮肤泛着并不算太干冽的冷光。

邓瑛之前说，他要买一间外宅，杨婉觉得很好。

但比起外宅，护城河边的这一间居室，才是最令杨婉心安的地方。

它就像邓瑛那个人一样，一尘不染，朝向背着天光，无人的时候，满地物影，却一点都不会令人觉得晦暗。

他居住于此，杨婉的魂就能在这个六百年前的人间里栖息。

哪怕这方寸之外的人和事，都与她前三十年的三观背离，但只要邓瑛还能从柜子里取出一件不带血痕的衣衫，还能在秋夜里点燃一盏灯，还能和她坐在一起吃一碗阳春面，她就不算存在主义当中，那一粒偶然的尘埃。

"那……我能穿你的亵衣吗？"

她突然张口提了这么一个要求。

邓瑛怔了怔。

"能穿吗？"

她又问了一遍。

"能。"

他说完这个字，慌忙蹲下身，从箱柜里取出另外一套绸制的亵衣，放到杨婉手边。

门外的李鱼又在出声催促了，邓瑛不敢再看杨婉，一把抱起自己的衣物，推门走了出去。

杨婉低头抖开邓瑛留给她的褒衣，侧腰系带的上衫和下裤，宽松肥大。

她弯腰脱掉自己的鞋子，抱着膝盖缩进床角。

室内十分冷清，墙壁的缝隙里也渗着淡淡寒意。

杨婉几乎能感觉到护城河上的寒气从四面八方丝丝缕缕地渗过来。

杨婉忍不住咳了一两声，反手探向自己后背，轻轻地解开了小衣的系带。

这是她第一次在邓瑛的地方除去衣冠庇护，当手臂从衣袖里完全褪出的时候，寒瑟的秋风便透过窗隙撩起了皮肤上的绒毛。她继续脱掉小衣，又屈起双腿，解开罗裙，将腿也从绣裤里褪了出来。

臀面贴在邓瑛的床褥上，床褥是棉布遮罩的，接触皮肤的时候，甚至会令人觉得有些凉。

但杨婉觉得很舒服，就像周末洗完澡，刚刚缩进自己被褥里裸睡的那一刻一样。

风吹帘动，窗边淅淅沥沥地响起了雨声。

杨婉受着风，抱着胳膊坐好。

她没有立即穿上邓瑛的褒衣，也没有马上将自己捂入邓瑛的被褥里。

她安静地坐了下来，借着烛火的灯光，静静地看着自己的身体。

这是一副原本死在贞宁十二年冬天的身子。

曾经年轻、白皙，如玉石一般光滑无瑕，然而此时，却在腰腹和大腿上分别留下了几道淡褐色的刑伤。而这些伤也是这副身子上，唯一属于杨婉的东西。

杨婉伸手摸了摸腿上的伤疤。

即便已经过去很久了，但触碰之时，痛觉仍在。

死了一了百了，活着遍体鳞伤，屈辱不堪。

大明朝的女子是如何认知自己身体的呢？

在女性身体意识还没有觉醒的时代，封建的审美会接受这些在诏狱里留下的"罪痕"吗？

这和邓瑛身上那道伤是不是一样的？

她突然想起了福柯在《规训与惩罚》里写到的那一段话："在人们看来，残酷的惩罚方式，其野蛮程度不亚于，甚至超过犯罪本身，它使观众习惯于本来想让他们厌恶的暴行。它经常向他们展示犯罪，使刽子手变得像罪犯，使法官变得像谋杀犯，从而在最后一刻调换了各种角色，使受刑的罪犯变成怜悯或赞颂的对象。"

这样的人性在大明朝也是有的。

桐嘉书院师生惨死的刑场上，有无数人怜悯赞颂这些读书人。

然而，这种怜悯不会对阉人，也不会对女人。

所以，杨婉才想要"反杀"这个时代。

但其实这根本说不上"反杀"，只是一个现代人，卑微地想要在自己身边划开那么一道口子，让那段惨烈的历史能够以一种温和的方式，收束在她的笔记里。结局不需要多圆满，只要邓瑛还能像将才那样，在不过方寸的陋室里取出换洗的衣服，按着月日时辰去沐浴更衣，然后回来，喝一杯热一点的水，焐好脚腕，不忧明日地睡下。

这便够了。

可是，杨婉不知道，为了这样一个结局，自己要付出些什么。

如果说她是这一朝的先知，那么改变结局之前，她首先要做的就是杀掉自己这个先知。

她害怕。

所以她也想要一方居室，给她像绸缎裹身般柔和的遮蔽感。

天光将尽，将她的影子淡淡地描绘在地上。

杨婉伸手摸到邓瑛的衣衫，穿好上衣，又将褒裤拢入双腿。

光滑的绸缎遮蔽住腰腹上的伤痕。

杨婉系好所有的系带，抱着肩膀慢慢地缩入被中。

邓瑛的衣衫贴在她的皮肤上，很久很久都焐不热。

窗外雨声潺潺，黄昏迟暮，无数的叶影摇曳在窗上。

数点秋声侵短梦啊。

杨婉闭上眼睛，不知怎的忽然就想起了后面那一句："檐下芭蕉雨。"

邓瑛从混堂司回来的时候，直房内的灯依然亮着。

李鱼打开自己的房门，见邓瑛撑着伞立在门前半天没进去，便凑过来问一句："她还没走？"

邓瑛点了点头。

李鱼吸了吸鼻子："她和姐姐真的不一样。"

邓瑛原本不想接这句话，可是手触碰到门闩的时候，却不自觉地问道："有什么不一样？"

李鱼道："姐姐虽然与陈掌印对食，但她从来不去掌印的屋子里，也不让掌印进她和杨婉的屋子。姐姐跟我说过，一定要把日子想方设法地过下去，但过不下去的地方，也不能闭着眼睛跨。"

能把这话对着同为内侍的亲弟弟说出来，宋云轻的刚烈之中也着实带着一丝狠绝。

"但她太好了。"

李鱼噘起嘴朝着窗上的灯光扬了扬下巴，由衷地道："她有的时候，好像比姐姐还好。她好像……完全没把我们当成奴婢看，但是，就像姐姐说的，她不该这样。我们是什么人啊，对吧？"

说完，他推开房门走了进去。

门闩落下的声音像是直接打在了邓瑛的背上。

我们是什么人啊，对吧？

这句话，此时不是侮辱，也不是自嘲，反而是一种救赎。

他是什么人啊，他又能对杨婉做什么呢？

杨婉曾经问过他，在她面前，他是不是自认有罪，才会好过一点。

他回答："是。"

事实上的确如此。

爱一个人，如同自囚牢狱，但从此身心皆有所依，毕竟……她实在太好了。

邓瑛想着，轻轻推开了房门。

杨婉安静地躺在他的床上，发髻已经松开，一头乌缎般的长发散于肩头。

她面朝外躺着，一只手压着被褥露在外面，看得出来已经换上了他的底衣。

邓瑛轻轻地走过去，撩袍在榻边坐下，脱去自己的鞋子，又弯腰将杨婉的绣鞋也捡起，放在床边。而后，他就一直在犹豫。

只是躺在她身边，不触碰她，应该就不算冒犯吧。他想着，终于贴着床沿，背朝杨婉侧身躺了下来。然而人就是不能过于亲近，即便隔被而躺，她的体温仍然像一块温炭一样烘着邓瑛的背。

"邓瑛。"

身后的人轻声唤他。

"我在。"

"进来吧。"

这三个字听得邓瑛浑身一颤。

"婉婉，你就让我这样躺吧。"

杨婉呼了一口气，那淡淡的鼻息仿佛扑到邓瑛的脸上。

"你不是说，在我面前你是一个有罪的人吗？"

这句话的温度和她的鼻息是一样的。

这个世上其实没有人有天赋能准确地找到一个具体的人"哀伤"的根源。

但杨婉可以找到邓瑛的。而且，她从不自以为是地去伤害邓瑛的"哀伤"，她只是温柔地将它捧出来，捧到她和邓瑛面前，她让邓瑛试着表达，然后，一切情绪中的伤意，她来承受，她来消解，她来安抚。

"我一直都是。"

"对啊。"

杨婉接过他的话，伸手撩开被褥："所以邓瑛，进来吧。你不要害怕，不是别人，是我啊。"

邓瑛的鼻腔中蹿入一阵又酸又烫的浊气。

"你怎么知道我害怕？"

"你的手……快把我的头发揪断了。"

邓瑛这才发现，自己不知道什么时候攥住了杨婉的头发，慌忙松开。

杨婉撑起上半身，将满头长发向背后一抛，淡影绘于墙，在邓瑛眼前展开一幅模糊却凄艳的画面。

"邓瑛，你听话。"

她说这句话的时候，面上似乎有笑容。

"一直都听我的话，你在我面前，就不会那么难过了。"

有罪之人，的确应该听话。

她总是知道，怎么劝他。

邓瑛抿住唇，捏住被褥的一角，盖住自己的肩膀。

杨婉却用手肘撑着榻面，侧挺起身，把自己身后的被褥向邓瑛拥去，继而拽着被角，轻轻地替他掖好。

这么一来，她的手臂就越过了邓瑛的肩膀，两人相近，她的胳膊就在邓瑛的身前。邓瑛虽然看不见，但他感受到了来自另外一副躯体的温度，比他温暖，也比他诚实。

"这样不冷吧。"

"我不冷……"

"不冷就好。"

杨婉松开手肘，面对着邓瑛躺下，轻声道："这一日的夫妻，我们装全了。"

她说出了邓瑛心里的妄念，他却不得不在她面前否认。

"婉婉，不要这样说。我们不是夫妻。"

"听话。"

她说着，伸手摸着邓瑛的额头，一下一下，从额顶至眉骨。

邓瑛浑身抑制不住地一阵颤抖，杨婉的手却没有停，她放平了声音，在他耳边道："别害怕，你只要想，摸你的人是我就好。"

她说着，轻轻地笑了笑："其实我也害怕。"

邓瑛哽咽道："婉婉会怕什么？"

"怕输。"

她说完又说道："怕输了以后再也抚摩不到你。"

她的不安在邓瑛听来像是一颗将碎不碎的玉石珠子。他若有力收纳，一定买椟藏之，但此时他无力收藏，只能剖开内心，像她安抚自己一样，试着去安抚杨婉。

"婉婉。"

"在呢。"

"我对你自认有罪，但你从来没有惩罚过我，所以婉婉啊，只要我还活着，你就可以对我做任何事情，但请你不要为我不平，也不要替我着想。"

他说着，朝下躺了一些，把自己的头放到了杨婉的颔下。

"我没有家，我也不敢有家。婉婉，你随时都可以把我带走，也可以在任何时候让我回去。"

77

他还是和从前一样，渴望触碰，却又不爱自身。

杨婉听着邓瑛的话，手慢慢落向他的腰间。

他身上的中衣也是绸制的，因为洗得过旧，与手掌接触的时候，带着纤维的滞涩感。

"躺过来些。"

杨婉轻声说道。

邓瑛却僵着脊背一动不动。

杨婉的手指在他的腰上蜷起，一面手肘使力，朝邓瑛挪近了几寸。

"我才是没有家的人。"

她说完，把自己的身子慢慢地蜷缩进了邓瑛的怀中。

深秋的冷雨虽然无情，却还是被这一方陋室阻挡在外。

室内床帐垂落，帐后的床被，散发着澡豆的清香。

杨婉睡熟以后，无意识地蜷紧了双腿，膝盖轻轻地靠在邓瑛的腹下，若再朝下一些，便是那令邓瑛不堪启齿之处。

他受刑的时候早已成年，按照明朝的规矩，内廷阉割成年男性，为了减少阉人死亡，可以留势。

然而邓瑛受刑时，是一个罪囚，因此内廷并没有给他这一份仁慈。

邓瑛至今都还记得，伤好以后，礼部来领人的情形。当时，他和其他的阉人一道，在礼部接受入宫前的验身。

验身的人冷漠地评述着当场每一个阉人的伤口。

"他这个下刀少了半寸，你来看看，以后里面的软骨会不会凸出来？"

"这不好说。"

说完抬头看了一眼名册，又道："哦，他年纪不小了，掌刑的人怕担人命，这么割也是有的。"

"啧……这不好办啊。"

"怎么，难道还要再让他刷一次'茌'？"

这一番话是对着邓瑛说的，他并不想听，却没有资格回避，只能尽可能地把自己的思绪放出去。

那时郑月嘉是司礼监遣来盯礼部差事的人，他原本没有进来，听到里面的对话，才在门前看了一眼邓瑛，见他握拳垂头，便侧面问道："里面验完了吗？"

"哦，差不多了，就这一个，还要您给看看，我们拿不定。"

那人说着，又看了一眼手里的名录，而后抬头直接唤出了邓瑛的姓名："邓瑛。"

"在。"

那人朝郑月嘉所立之处指了指："站过去，让司礼监祖宗掌一眼。"

邓瑛转过身看向郑月嘉，郑月嘉却没有看邓瑛。

他接过名录翻了两页，随口应道："我这会儿不看了，等明年再说吧，若是不好就再刷一次，若是好，没必要让人现在就受苦。"

邓瑛垂手站在郑月嘉面前，周身皮肤全部曝露在早春的薄寒里。

郑月嘉合上名录，双手击掌，对室内接受验身的众人道："你们穿衣吧。"

说完，转身便走了出去。

邓瑛穿好衣衫，和其余受验的人一道走出礼部的后堂。

人们轻声地说着刑余后的疗养——少食辛辣之物，勤洗，修身养性，不要再妄想还能和女人在一起，以后有了钱，只管买人放着服侍起居，也是一样能过好的。

道理大家都明白，可是阴阳之欲这种东西，它就不像"道理"。

它不是拿来"立"的，它是拿来"破"的。

杨婉的那双膝盖此时轻轻地抵着邓瑛的腹部，没有欲望，却令他再一次想起了自己下身的破败。也许"自卑"和"自厌"本来就是一种扭曲的框框，邓瑛躺在杨婉身旁，背后渐渐起了一层薄汗。

受刑之后，他一直都是畏寒的人，除了疼痛之外，平时几乎都不会流汗。

且他本身不喜欢身上的黏腻，因为那样不洁净，可是如今，五感皆无声地破了他平时的界限。

邓瑛不得已地闭上眼睛，一遍又一遍地回想他在杨伦面前发过的那个誓言。

然而被中混沌之处，那双膝盖却剐蹭到了他身下的绸料，邓瑛肺里猛然呕出一大口气，浑身像被瞬间抽干了血液一般，僵如湿透了的柴火。

他说不上哪里疼，但就是疼得连动都动不了一下。

"婉婉……"

他下意识地叫杨婉。

那只原本放在他腰上的手竟慢慢地放到了双腿间，隔着绸质的亵裤，温暖地包裹住他的陈伤。

那些被"抽干"的血液迅速回流入四肢，他浑身颤抖，身上的疼痛却逐渐平复了下来。

"邓瑛，慢慢就好了。"

杨婉说完这句话，抿着唇闭上眼睛。

好在窗外雨声不止，寒秋灭人欲，她才不至于脸红鼻热。

事实上，她不需要邓瑛忍，但自己一定要忍。

这是她对邓瑛的分寸，也是她对这个朝代的分寸。

深秋至底，京城的秋闱接近尾声。

秋闱的最后一日，天下细雨，地面时干时润。

杨婉亲自撑伞，送易琅去文华殿读书。

易琅进殿以后，杨婉倒也没走，站在门廊上静静地看着殿外的雨幕。

不多时，杨菁从殿内走出，向杨婉作了个揖。

杨婉转过身："今日不在殿下跟前当值吗？"

"是，姐姐为何不走？"

杨婉转过身朝殿内看了一眼："左右宫里无事，我索性等着殿下下学。"

杨菁道："姐姐冷吗？我去给姐姐取一件衣来。"

"不必，我不冷。"

她说着抬头朝杨菁看去。

杨菁和杨伦长得不像，杨伦高大魁梧，杨菁却瘦弱白皙，通体的气质，倒有一分像邓瑛。

"听说你之前连着几日受了张次辅的责骂。"她用家常音调，起了这么一个话头。

"是。"

杨菁垂下头："是我进退无度，惹了张次辅不悦，好在有殿下替我说情。"

杨婉道："能跟我说说缘由吗？"

杨菁点了点头："《五贤传》的内府本，想必姐姐已经看过了。"

他说的内府本，即皇家刻本，由经厂刻版翻印，是所谓的官方书籍。

杨婉没有打断他，靠在高柱前，认真地听他往下说。

杨菁叹续道："宁娘娘患疾不久，我本不想执笔这本书，所以几次向张次辅请辞，希望能让国子监或者翰林院代差，最终被次辅斥责。我只好动笔，但所写之文非出自我本心，文辞刻意，行文凝滞，虽已送经厂刻印，但仍是令次辅不悦。"

杨婉拍了拍他的肩膀。

"你很在意吗？"

"是。"

杨菁又叹了一口气："这是官印的书册，张次辅让我执笔，实为抬举，但我内心不平……"

他说着抿住了唇，半晌方松开："既对不起姐姐，也辜负文墨。"

杨婉听他说完，淡淡地笑了笑："小小年纪，就思虑这么多。"

杨菁道："姐姐，我不小了。"

"好，不小。那如果……你会因为这一册书受些苦……"

杨菁怔了怔："姐姐何意？"

他刚说完这句话，便见一个内侍从阶下奔来道："杨侍读，锦衣卫的人有话要问你。"

杨菁与杨婉一道低头朝月台下看去。

张洛身着玄色常服，带着数十个锦衣卫，立在离御道十步之外的地方。

文华殿是皇子读书的地方，即便是锦衣卫，无皇帝明诏，也不能随意闯禁冒犯。

"又是这些幽鬼。"

杨菁说着对杨婉拱手："姐姐稍候，我去去就回。"

说完便撩袍朝阶下走，杨婉忙撑开伞跟上他："撑伞，别淋着。"

张洛看都没有看杨婉，直接对身后的校尉道："把杨菁带走。"

"等一下。"

张洛转身面向杨婉："你如果多说一句话，我连你一起带走。"

杨婉朝张洛走近几步："你要带我弟弟走，我连问都不能问？"

张洛抬手一挥，两个校尉立即一左一右架住了杨菁。

"你们把他带回去，先不审，等我回去。"

"是。"

"等等。"

杨菁挣开锦衣卫的手："我把伞留给姐姐，我自己会走。"

他说着，把伞递向杨婉。

杨婉接过伞，轻声对杨菁道："说实话就好，不要害怕。"

张洛待杨菁走后，方示意众人退后，低头看向杨婉。

"想问什么，现在问。"

杨婉笑笑："我骗你的。"

"什么？"

"我什么都不想问，我甚至知道，你为什么要带走我弟弟。"

"你说什么？"

杨婉抬起头："清波馆的东家，是不是去北镇抚司找过你？"

张洛一怔，随即一把摁住了杨婉的手腕："你是如何知道的？"

杨婉吃痛声颤，却并没有畏惧他："因为是我想让你查你现在手上这个案子的。"

"是你在清波馆冒充锦衣卫？"

"是。"

"拿下她。"

他冷漠地下了一道令，几个校尉立即上前，押住了杨婉的肩膀，将她摁跪在地上，膝盖接触到地面那一刻，痛得她险些呼出声，但她没有挣扎，反而抿着唇笑了一声，抬头看着张洛的眼睛道："你还想再对我用一次刑吗？什么理由呢，冒充锦衣卫？然后呢？我攫取了钱财，还是荼毒了人命？你怎么判我的罪？再有，你有人证吗？"

张洛打断杨婉的话："你到底要做什么？"

"不做什么。"

杨婉平声应道："让你做你想做的事。张大人，你手上现在应该已经拿到了姐姐写的那一篇序了吧，也应该上奏了陛下。接下来，就是顺着这一篇序言往下查。张大人，我一直都记得，你对我说过，你不会让陛下受任何的蒙蔽，所以你会一查到底的。我只愿大人，触及真相时，还能像当初对待我那样，对待有罪之人。"

张洛寒声道："就凭你这一番话，我就可以从你查起。"

杨婉摇头笑道："从前我是尚仪局女官，你要带我走，不必知会任何人，如今我虽仍为奴婢，却担着照抚皇子之责，理一宫事务，你带我走之前，须向陛下请旨。无凭无证收押我，你置殿下于何处？"

她说完这句话，月台上忽然传来易琅的声音。

"张副使。"

张洛抬头，易琅扶着栏杆立在台边，他并没有走下来，低头居高临下地扫了一眼月台下的众人，最后将目光落到张洛身上："为何这样对待我姨母？"

张洛行过礼刚要回禀，却又听他道："你是欺我年幼，姨母柔弱，才在文华殿前如此狂妄。"

张洛听完这句话，改行跪礼道："臣不敢。"

"不敢你就放开我姨母，否则我立即禀告父皇，治你狂喧文华殿之罪。"

张洛不能起身，只能抬手示意身后的人退下。

杨婉撑着地面站起身，抬头看向易琅。

易琅面上没有明显的表情："姨母到我这里来。"

他说完指着张洛道："在我禀明父皇之前，你不得起身。"

张洛跪在地上没有应答。

易琅望着他，又添了一句："父皇立北镇抚司是用来震慑奸佞的，你对我姨母这般，我很是不齿。"

78

杨婉是第一次看着易琅独自走在她的前面。

少年人的个子一旦开始抽长，就像雨后的竹笋一样。

杨婉一直在他身边，尚觉不明显，但回想起自己刚刚入宫的时候，他还是一个抱着她大腿嚷着要看变纸人的孩子。如今他抽了条，瘦削了身形，舒展开肩膀和脊背，那晃眼之间的成长，外化于形，内化于心，着实令人惊异。

"姨母。"

"嗯？"

"你将才是不是磕着了？"

他说着看向杨婉的膝盖，对身旁的内侍道："扶着她走。"

说完自己也退回来几步，与杨婉并行。

杨婉看着易琅被雨水淋湿的肩膀，心中怅然。

如果他不是皇子，或者说不是后来的靖和帝，他这样的孩子，是让人喜欢的。

早熟，独立，有不合年纪的担当，不屑被养于钗裙之下。

不过正因为如此，他也绝不会有杨婉所希求的那一份仁慈。

"真的要去禀奏陛下吗？"

"是。"

易琅抬起头看向杨婉："北镇抚司带走了我的侍读，欺辱姨母，其中如有缘由，我必无话，若因由不当，我要奏请父皇惩戒张副使。"

杨婉低下头："为什么要帮姨母？殿下不是觉得，姨母做错过很多事吗？"

易琅顿了一步，所有的人也都跟着他停下来。

雨水打在伞面上噼啪作响，满地的流水如同秋海潮生。

易琅抬起头看着杨婉的眼睛："姨母，你是做错了事，但是我不想看你太难过，所以我不会明斥邓瑛。但是姨母，我只能对你一个人这样。"

"我明白。"

杨婉不想他再往下说，低头笑了笑："谢殿下。"

养心殿前，这一日的票拟才刚刚送进来。

雨势有些大，内阁过来的内侍，为了护着票拟和折子，个个都很狼狈。

胡襄盘着檀珠，站在邓瑛身旁冷声道："今儿都该打死，时辰慢了不说，还湿了陛下的东西。"

送票拟的内侍们不敢在养心殿外喧哗求饶，听了这话，只得跪着给胡襄磕头。

有一两个吓得厉害的，知道胡襄是个不会施恩的人，转而跪到了邓瑛面前。

邓瑛举了一盏烛，掀开遮罩奏折和票拟的黄油布，翻看了几层道："都先起来。"

说完便朝内殿走去。

胡襄在他背后喝道："邓瑛，今儿这些人都要打，这是我说的。"

邓瑛站住脚步："是司礼监掌刑，还是东厂掌刑？"

跪在地上的内侍听到这句话，忙道："奴婢们求督主垂怜。"

邓瑛低头道："那你们便自去吧。"

"是……"

几个人都不敢看胡襄，忙不迭往月台下退。

胡襄看着这些人狼狈的背影，忽道："你现在是司礼监的二祖宗了。"

邓瑛顿了一步，却没应这句话。

他挽起袖子在门前净过手，亲自捧着呈盘朝殿内走去。

殿内，何怡贤正伺候着贞宁帝的笔墨，深秋墨质凝涩，走笔不顺，御案后面架着一个小炉，正烤着墨碟子。邓瑛在御案前行礼，贞宁帝并没有抬头："等朕把这个字写完。"

何怡贤在旁道："主子，您今日写了一上午字儿了，是不是歇一歇，用些点心？"

贞宁帝抬起笔："将才外面在闹什么？"

邓瑛应道："回陛下，送来的奏折和票拟沾了雨水，奴婢与胡秉笔在议责罚的事。"

"哦。"

贞宁帝朝外面看去："下雨了吗？"

何怡贤将奏折从邓瑛手中的呈盘上取出，小心地放到皇帝的手边："今儿一早，这天色就阴，吹的风也冷，这会儿下了雨就更冷了。"

贞宁帝示意邓瑛翻开奏本，看了一眼，随口道："也不见得湿了多少，怎么就议上责罚了？"

邓瑛躬身道："陛下仁慈，奴婢惭愧。"

贞宁帝抽出票拟："罢了，责就责吧，这几日朕精神短，过问不了这些。"

何怡贤在旁道："主子可得把精神养好，但凡主子能过问一句，奴婢们就升天了。主子，您是菩萨心肠，我们都靠主子的慈悲活着呢。"

贞宁帝听了这话，不禁笑了一声："大伴说话总是捧着朕，这一点不好。"

他说完顿笔："今儿文华殿是大讲还是小讲？"

邓瑛回道："小讲，但题是内阁拟的，所以张次辅在。"

贞宁帝嗯了一声，指了指自个儿身后夹着兽毛的袍子："把朕的这件衣裳给易琅送去，让他不必谢恩。"

"是。"

何怡贤亲自将袍子掸平整，交给内侍，回头走到皇帝身旁道："主子疼惜皇长子殿下，看得奴婢们也心热，入了秋，这天眼看着就凉了，皇子们年幼，恐怕要遭一些罪，听彭御医说，二殿下——"

"你心热什么？"

他的话尚未说完，却被贞宁帝硬生生地打断。

且贞宁帝问完，还真提着笔等他回答。

然而这一问牵扯宫中大礼，以及人伦和人情，着实不好答，何怡贤一时竟愣住了。

贞宁帝看着他的样子，笑了一声，低头道："底下那么多人，指望着你疼，他们唤你一声祖宗，你也没少替他们升天。"

何怡贤听了这话，忙跪地俯身，一声也不敢出。

皇帝低头看了他一眼："朕这话就是在殿内说说罢了，你一辈子不容易，临老有了些不入宗谱的子孙孝敬，朕还苛责什么？朕也有年纪了，想疼疼自己的儿子，也想儿子念念朕这个父皇的好，只是总有那么些人不乐意看朕父慈子孝。"

这句话出口，殿中众人包括邓瑛在内跪了一地。

贞宁帝敲了敲御案面儿，平声道："起来，朕要用印。"

邓瑛见何怡贤仍然不敢起身，便挽袖服侍贞宁帝用玺。

殿内的一番对话，看似家常，但最后那一段话，隐射的是《五贤传》一事。不过，此事何怡贤尚且不知，仍以为是自己将才失言，提及二皇子，惹了贞宁帝不悦，伏身在地，身子渐渐颤抖起来。

"主子，奴婢有事禀告。"

胡襄站在地罩前，见何怡贤没有起来，愣是半天不敢进来。

贞宁帝道："说吧，朕看你已经站了一会儿了。"

"是。"

胡襄这才走进殿内："回主子，大殿下请见。"

贞宁帝朝外看了一眼："朕不是说了，不必谢恩吗？"

"哪能那么快呢？送衣的人还没走到太和殿呢，就遇见殿下了，如今殿下已在外面站了一会儿了，奴婢看陛下用印……"

"朕用印的时候，他也能进来，传吧。"

说完低头看了一眼何怡贤道："起吧。"

易琅带着杨婉走进内殿。

殿内灯烛煌煌，照得每一件物影都像撕出了毛边儿。

易琅跪在御案前，向贞宁帝行叩礼。

贞宁帝今日看起来兴致倒不错，示意二人起身，随口问易琅道："文华殿今儿讲的什么？"

易琅站起身道："张先生还在讲《贞观政要》。"

"哦，来。"

贞宁帝伸出手臂，示意易琅去他身边："听得明白吗？"

"回父皇，儿臣都听得明白。"

"好。"

贞宁帝抬袖，亲自替易琅擦了擦额上的雨水。

"淋着了。"

杨婉感觉贞宁帝的目光落到了自己身上，忙请罪道："是奴婢没伺候好殿下。"

贞宁帝还没说话，易琅已经开了口："父皇，姨母为了护着儿臣，自个儿都淋湿了。"

邓瑛看向杨婉，她看起来尚算齐整，但肩头几乎湿透了。杨婉知道邓瑛在看她，下意识地绾了绾湿发。

贞宁帝松开易琅的肩膀："这么看来，你对皇长子算是尽心。"

杨婉垂眼应道："奴婢惭愧。"

皇帝没有再对杨婉多言，低头问易琅："这么大的雨，怎么想着过来了？"

易琅走出御案，走到贞宁帝面前拱手一揖："儿臣有话想请问父皇。"

"说吧。"

易琅直起身："今日，北镇抚司指挥使张洛，在文华殿带走了儿臣的侍读杨菁，儿臣不明缘由，故来此求问父皇。"

御案上的线香烧断了一截，香灰落在贞宁帝的手背上。

"哎哟……"

何怡贤忙弯腰替贞宁帝吹去。

贞宁帝收回手，偏头看向易琅，不重不轻地说了一句："放肆。"

殿内只有何怡贤敢在此时，出声相劝。

"主子，殿下年幼……"

"放肆。"

这两个字却是从易琅口中说出来的，语气几乎和贞宁帝一模一样。

"君父有责，为臣为子，当受则受，无须一奴婢多言。"

他说完，撩袍跪下："父皇，文华殿杨菁是儿臣的侍读，也是儿臣的舅舅，若他当真有罪，那儿臣就已受他蛊惑多日。儿臣心内惶恐，求父皇明示。"

贞宁帝沉默了半晌，低声道："你今日过来，是想为你的母舅开脱吗？"

易琅直起身："不是，儿臣自幼受教，先生们都说，国之司法，是要将功、罪昭明于天下，但北镇抚司行事无名，不曾昭明功罪，儿臣认为这样不对。"

杨婉立在易琅身后，一字不漏地听完了这一段话。

她抬起头与邓瑛目光相迎。

邓瑛没有出声，面容上却含着一丝笑容。

此刻杨婉才真正有些明白，邓瑛为什么这么珍视这个孩子。

武将渴求天下太平，文人所望无非"政治清明"。

天下太平可以依赖名将，"政治清明"却必须有一位明君。

他不需要有多仁慈，他只需要杀伐得当，不暴虐，但也绝不能对任何人手软。

"易琅。"

"儿臣在。"

皇帝声哑："你知道你对朕说了什么吗？"

"儿臣明白，儿臣冒犯父皇，请父皇责罚，但也请父皇明示儿臣。儿臣已经长大了，儿臣要明明白白地做人。"

贞宁帝低下头，沉默地看着跪伏在地的易琅，须臾之后，方道："既然如此，朕准你召问北镇抚司。"

"儿臣谢父皇。"

"退下吧。"

杨婉跟着易琅走出养心殿，刚走下月台，易琅就牵起了杨婉的手。

"姨母，我以后一定不会让你再被欺辱。"

杨婉牵着他朝承乾宫走，一边走一边道："你还小，姨母要好好护着你。"

易琅抬头道："姨母不信易琅吗？"

杨婉停下脚步："姨母是怕你过得不开心。"

易琅道："你从诏狱回来的时候，母妃跟我说过，你救了我还有她的性命。我也一直都记得，我被父皇锁禁武英殿的那一段时间，一直都是姨母在照顾我。姨母，我没有护好母妃，但我一定会护住你，姨母，等我长大了，一定不再让你做奴婢。"

杨婉笑了笑，伸手理好易琅的衣襟。

她内心无比矛盾，一方面，她希望他快点长大，实现邓瑛和杨伦的愿望。

另一方面，又希望他不要长大，让那个人活着。

79

秋闱结束以后，京城一连下了好几天的雨，顺天府书市却没有随着秋考的结束冷清下来，等着放榜的考生趁着天气转晴，三三两两地结伴出来在书市上闲逛。

东大街上一时车马如织，热闹得很。

清波馆却大门紧闭，门上贴着的封条引得好些人驻足议论。

"怎么单单就清波馆被封了呢？"

一个考生看着门上的封条诧异地问道。

他身旁的人应道："听说还是北镇抚司带人来封的，不仅封了店，连里面的人也带走了。"

"怕不是又要闹文狱了。"

两人一面说，一面走入东公街口的面摊子，放下包袱，倒了两杯茶，暖烘烘的茶烟熏湿了两人的鼻尖儿。两人捧着茶望着地上的干霜，其中一个忽道："还有好几日才放榜，你的棉衣带够了吗？"

"就担忧不够呢。这天啊，有日头都冷。"

"是啊，还干得厉害，今年冬天也不知道怎么样呢。"

"唉！"

两个人合叹了一声。

其中一个放下茶杯说道："连年年生都不好，我们南边的书院个个都撑不下去了，如今连这京城里的书馆都说封就封，也不知道，拨给地方学政的钱，进了哪些狗的嘴……"

"嘘！"

对座的人连忙打住他的话："行了，考个功名不容易，防着嘴祸啊。"

两人不再说话，向摊主各自要了一碗清汤面。

覃闻德坐在最靠近火炉的位置上，风卷残云般地吃完面，转头对摊主道："再来一碗，不要浇头了。"

清汤面刚刚下锅，面摊上的人都守着摊主舀浇头。

摊主趁着挑面前的空当看了覃闻德一眼："覃千户，您今儿吃第四碗了。"

这个称谓一出来，将才那两个说话的人抓起包袱拔腿就跑。

"欸欸欸，面不吃了？"

摊主追人未果，甩着抹布回来："也是晦气。"

覃闻德把钱往桌上一拍，爽快道："他们那两碗给我。"

摊主无奈地笑笑："您照顾我生意我开心，但您别一直坐这儿吃啊，您上前面转转去，也像是在办差的样儿啊。"

覃闻德道："您老得了吧，我现在这身份，还用得着自己办差？"

摊主笑着点头，端了两碗没浇头的清汤面上桌："吃吧吃吧。"

覃闻德刚要动筷子，忽见面前落下一道人影，他抬头看了一眼，忙不迭地站起来，架在碗上的筷子应声掉到了地上。

"哎哟，督主。"

邓瑛弯腰捡起地上的筷子，放到他手边："坐吧。"

覃闻德见邓瑛怀里抱着一摞书，便用手擦了擦桌上的油污："督主，您放这儿。"

"好。"

邓瑛放下书，挽袖倒了一碗茶。

覃闻德道："督主买这么多书啊。"

"嗯，顺便买的。"

他说着低头喝了一口茶，覃闻德看着自己面前的两碗面，忙推了一碗给邓瑛："您吃碗面吧。"

邓瑛笑道："既然端来了你就吃吧。"

覃闻德道："属下跟这儿守着，已经吃四碗了。"

说完打了一个嗝。

邓瑛见此摇头笑了一声，将碗挪到自己面前，起身去邻桌取了一双筷子回来。

那边摊主舀来一大瓢浇头："厂督啊，您吃，若不够，我再给您盛。"

覃闻德吸着面偷偷笑了一声，压低声音道："督主，您这性子好的，连这些人都没个惧怕。"

邓瑛和面上的浇头："人盯得如何？"

"哦。"

覃闻德忙放下筷子正色回道："庞凌那个人，昨儿就出了一趟宫，哪儿也没去，就来了清波馆，眼看着北镇抚司拿人封店，人吓得跟喝了狗尿一样，骑个马也险些摔下去。今儿辰时他又来瞧了一次，混在人堆里不敢到馆前去。督主，这清波馆被北镇抚司那些人围得跟铁桶一样，里面到底有什么啊？"

邓瑛轻声道："你们只管看好庞凌，不要因为清波馆的事与北镇抚司接触。"

覃闻德道："照理，我们东厂是该监察他们的。这回查封清波馆，您让我们避着，北镇抚司那伙人还真当我们是怕他们，得意得跟什么一样。"

邓瑛笑笑："吃面吧，吃了回内厂。"

覃闻德扒拉着面道："您这么急着回去啊，属下们可把家具给您搬进宅子里去了，您不趁着早去看看？"

邓瑛看了一眼天色。

"今儿不早了。"

覃闻德想破头也想不到，邓瑛着急回宫，是为了替杨婉修屋顶。

次日，承乾宫这边刚过午时，天虽冷，日头却很大。

合玉站在树冠下面，用手搭棚朝硬山顶上看去。

邓瑛穿着灰色的短衣，绑着袖口，正与下瓦的工匠说话。

承乾宫的内侍领炭回来，见合玉仰着头站在庭中，也跟着抬头看了一眼。

"啧……玉姐姐，这是……邓厂督？"

合玉脖子已经有点僵了，也懒得说话，怔怔地点了点头。

那内侍放下炭筐子凑到合玉耳边道："我听说，司礼监的那些随堂太监，如今都不敢在厂督面前造次，咱们婉姑姑，这是让人厂督来我们这儿修屋顶啊？"

合玉继续点头。

她最初见是邓瑛带着宫殿司的人过来，也有些诧异，但杨婉接易琅下学去了，她也不好说什么，只得自己在庭中看着。谁知他们上了硬山顶就没再下来，她也跟着站了半个时辰。

"哎哟，我们这里可真是金佛罩着了。"

他说完竟念了一声"阿弥陀佛"。

"玉姐姐，您不知道，我今儿去惜薪司那边，那儿的掌印都对我客气着呢。"

合玉这才道："别胡说，婉姑姑又不爱听这些，再说，那陈掌印一直都是个老好人，从来不拜高踩低的。"

"谁拜高踩低？"

庭中的人一愣，转身忙行礼。

易琅牵着杨婉的手走进庭中，抬头朝偏殿的硬山顶上看了一眼，转身对杨婉道："姨母，我去更衣。"

"好。"

杨婉示意合玉等人跟过去，自己走到廊柱下抬头看着邓瑛道："站上面不敢行礼了吧。"

"动砖木时不行礼，这也是规矩。"

高处有风，邓瑛没有戴唐巾①，只用一根石灰色的布带束发，立在重楼之间，从容优雅。

杨婉很喜欢这一幕，不禁由衷道："你一直这样就好了，居高临下地看着我们。"

邓瑛听完，弯腰扶稳架在斗拱上的梯子。

"想不想上来看看？"

_____

① 唐巾：明朝的一种帽子。

"不会摔吧？"

她问是这么问，人已经迫不及待地爬了上去。

"慢一点，踩稳。"

匠人们也跟着过来扶梯子。

杨婉踩上最后一梯，没了再借力的地方，难免有些错愕："还有些……高啊，我踩得上来吗？"

邓瑛半屈一膝，向杨婉伸出手："你抬手臂，我挽你的胳膊，你试着借力，慢一点。"

和他的慢性子一样，邓瑛时不时地就会对杨婉说："慢一点。"

殊不知，她才是最想"慢一点"的人。

"来，踩上来。"

杨婉一只手拽着邓瑛的手臂，另一只手用力撑了一把屋顶，终于爬上了硬山顶。

邓瑛弯腰拍去她膝盖上的灰尘："一会儿下去可能还要难一些。"

杨婉试着蹲下身："你是自己爬上来的吗？"

邓瑛笑道："不然呢。"

"你爬高这么厉害。"

邓瑛听着这句话笑出了声，略有些尴尬地看了看周围的几个匠人。

"扶你坐着吧。"

"嗯。"

杨婉在垂脊旁坐下，对邓瑛道："昨儿漏雨的时候，我还以为我做梦呢，想着宫里的房子怎么还有漏雨的。"

邓瑛应道："至我离开时止，皇城共有千余处屋室，并不是每一个地方，都能像我们修建的太和殿那般面面俱到，好比琉璃瓦片，三大殿的顶瓦大多是京郊琉璃厂烧制的，但承乾宫这处偏殿的瓦片……"

他说着弯腰从碎瓦里捡起一片递到杨婉手中。

杨婉低头一看，见上面赫然写着——贞宁元年平州元虎吴厂贡制。

"这家烧瓦厂姓吴啊。"

"是，我也是今天才知道。这里是皇家的居所，是一个历时很长，也极其复杂的工程，我只参与其中十年，哪怕是老师，也是在对各处宫室进行修缮的同时，才逐渐知道，当年的砖瓦来自何处，工匠们又是怎么想的。"

杨婉抱着膝盖，迎着高处的风闭上眼睛。

"砖石土木也能教人，是这个意思吗？"

"嗯，类似的话，老师也对我讲过。"

杨婉睁开眼，点了点头："张先生真好，如果他还在的话，我一定会好好侍奉他，求他放心地把他的好学生交给我。"

她说完，拍了拍有些发酸的膝盖，腰上的芙蓉玉坠磕叩在一起，丁零地响了两声。

她说，要去求张展春把邓瑛交给她。

邓瑛顺着这句话，猛地想起广济寺中白焕交给他的那一枚翡翠雕芙蓉的玉佩来。

张展春死后，他一直不敢看那枚玉佩，那是张展春对他的希望，可是他不敢接受。

"邓瑛。"

"嗯？"

"你是不是当张先生是你的父亲？"

"是。"

"嗯，好的。"

杨婉说着，抿起嘴冲他笑弯了眼睛。

邓瑛不禁问道："怎么就好？"

杨婉道："不管，以后你得带我去拜他。"

二人正说着，忽听合玉在下面唤道："婉姑姑，您怎么也上去了？"

"哦……"

杨婉探了个头道："我上来吹吹风。"

合玉有些无奈地冲她招了招手："您下来吧，摆饭了。"

杨婉颤巍巍地站起身："你伺候殿下先吃啊。"

"殿下不肯，等着您一道。"

"哦，那我马上下来。"

邓瑛忙扶住杨婉，温声问了一句："殿下准你与他一道用膳吗？"

杨婉站在檐边回想了一阵："以前是不准的，后来……不知道怎么就准了。"

邓瑛点头笑笑，却没再说什么。

杨婉拍了拍邓瑛鼻上的灰："邓小瑛，你别在我的屋顶上乱想啊。"

"我什么也没想。"

"不可能，你看起来一点也不开心。"

邓瑛低头避开杨婉的目光："婉婉，你以后会是很尊贵的女子。"

"那我也敬你。"

她说完，没有给他细想这句话的余地，挑高声音道："今儿在我这儿吃饭吧，别回司礼监折腾了。"

"等一下……婉婉，我中午吃了面……"

说完，又觉得这句话会让杨婉误会，忙道："不过我还是想吃面。"

杨婉看着他的样子，捂着嘴背身笑得停不下来。

邓瑛却有些不知所措。

"婉婉……"

杨婉转过身摆手道："放心，不吃面，你去我屋里坐着等我一会儿，我叫厨房煮些粥。"

80

杨婉陪易琅用过晚膳，小厨房里的粥刚煮好，杨婉端着碗走到偏殿前，却见邓瑛站在阶下，并没有进去。

"干吗不进去啊？"

"哦。"

邓瑛将手背向身后，在衣摆上擦了擦："我刚从屋脊上下来，身上有些脏。"

杨婉走到他面前："你是不是听李鱼说过什么？"

其实即便邓瑛没有承认，杨婉也大概明白邓瑛此时在忌讳什么，但邓瑛不想说，杨婉也就没有再问，端着粥碗朝庭中的石桌走去："我们坐这儿吃吧，反正粥也烫，正好吹一会儿。"

邓瑛跟来道："你不是已经吃过了吗？"

杨婉转身笑道："是吃过了，但没有吃饱，还能陪你再吃一碗。"

邓瑛端起粥碗："和殿下吃饭也会吃不饱吗？"

杨婉低头笑了笑："我现在……有些畏惧他。"

她说完吹了一口粥，有些出神地望着粥面儿上的米油："也不知道是为什么。"

邓瑛道："只要你像殿下约束我那样来对待我，殿下就会好好待你。"

杨婉抬起头："我那样对待你，你还会帮我修屋顶吗？"

"会啊。"

杨婉撑着下巴凑近他："邓瑛。"

"嗯。"

"你比易琅还气人。"

邓瑛听完怔了怔，杨婉却又往他的碗中添了一勺粥："吃饭。"

晚时的庭风很快吹凉了粥，两人坐在庭中，就着一道腌黄瓜，边吃边说话。

过了酉时，内廷忽然出了一件事。

承乾门的内侍进来说，东华门护城河边有宫人跳河。

内廷各宫的灯火顿时都亮了起来。

杨婉让合玉服侍易琅温书，自己转身出来，见邓瑛迎风立在承乾宫门前，静静地望着门外。

风灯的焰影落在他的侧脸上，遮暗了他的五官。

"怎么了？"

邓瑛抬起下巴，朝着护城河的方向道："延禧宫在寻人。"

话刚说完，从承乾门那边忽然奔来几个人，杨婉下意识地朝后退了一步。

"没事，婉婉，是东厂执事赵琪。"

他说完撩袍走下门阶："出了什么事？"

赵琪禀道："督主，延禧宫的庞凌出事了。"

杨婉忙道："人活着吗？"

"还活着，被咱们救起来了。"

承乾门的内侍不明就里，随口感叹了一句："这年头还有活不下去跳河的人，延禧宫是什么活地狱啊，也是可怜。"

赵琪道："什么跳河？你见跳河脚腕上绑大石头的？而且，不是沉的护城河，是东华门边上的粪池。督主，我们还拿住了延禧宫的两个人，已经带到内东厂去了。"

杨婉道："不要带他们去内东厂，带到承乾宫来。"

赵琪这才注意到杨婉站在邓瑛身后，梗着脖子道："我们东厂拿的人，怎么能带到承乾宫来？"

"放在东厂不好。"

赵琪有些犹豫地朝邓瑛看去。

邓瑛没说什么，点了点头，示意他照做。

杨婉反身就朝门内走，一面走一面对承乾宫的宫人道："把其他的宫门关上，只留前殿的侧门。"

承乾宫的人很少见到杨婉这般严肃，忙各自做事。

不多时，赵琪便带着内厂卫把庞凌从侧门拖了进来。

入夜很冷，风在地屏前呼啦啦地刮着，吹得四处的窗门咿呀作响。

庞凌肺里呛了脏水，浑身湿透，又受了一路的风，被赵琪等人松开来，便趴伏在地上咳得肩背耸震。

杨婉看着他呕出的污秽，胃里也有些翻江倒海。

"给他拿个盆子过来。"

说完又对庞凌道："尽量咳，不要忍着，把肺里的水呛出来。"

承乾宫的人此时都捂着鼻子围拢了过来，合玉拢了一盏灯出来，替杨婉照亮，低头瞅了一眼地上浑身污秽的人，骇道："这……这不是贤娘娘身边的庞公公吗？怎么这么狼狈，难道之前跳河的人是他？"

杨婉忍着心里的呕意："你看这像跳河吗？"

合玉摇头道："是……不太像。"

正说着，内侍们拿来了盆子，架着庞凌趴上去。

庞凌扒着盆子的边沿一阵呕咳，直呕得眼珠凸出，脖子通红。

杨婉低头看着他，轻声问合玉道："殿下呢？"

"殿下还在后殿温书。"

"嗯，你过去守着殿下，不要让他到前殿来，若他寻我，就说我去中宫回皇后娘娘的话了。"

"是。"

"把灯给我，你仔细些。"

合玉依言将灯递给杨婉，自己快步朝后殿走去。

此时伏在木盆上的庞凌才终于缓了过来，慢慢地翻下木盆，挣扎了好一会儿，终于撑着地面跪起来，朝邓瑛膝行了几步。

"邓督主，救我……"

"邓瑛，你往后退几步。"

说话间庞凌已经一把拽住邓瑛的衣摆："邓督主，您一定要救奴婢……"

杨婉将邓瑛朝身后一拽，回头对邓瑛道："别让他摸你。"

庞凌这才真正回过神来，抬头看向杨婉："你是……你是大殿下身边的杨婉……"

杨婉道："嗯，你应该不是第一次见我。"

庞凌声音有些发抖，却仍然在反问杨婉："为什么……要把我带到承乾宫来？"

"因为如今只有承乾宫能庇护你。"

杨婉说着蹲下身："我其实不会审案，也不想再伤害你，我救你是为了我姐姐。所以，你如果愿意对我说真话，现在就说，如果你不愿意，也没关系，我只希望你不要吵闹，安安静静地留在承乾宫。"

庞凌错愕地道："你将我带到这里，什么都不问吗？"

"我说了，我不会审案。"

杨婉绾起耳发："不过我大概都知道。"

"你……知道什么？"

庞凌的声音有些发怯："你休想——"

"我没必要骗你。"

杨婉说着站起身，低头望着庞凌道："你们贤娘娘私自命人替我姐姐代笔，为《五贤传》写序，又让你冒充承乾宫的内侍，交由清波馆，与《五贤传》一道刻印。谁知清波馆尚未刻印这带序的《五贤传》，就被北镇抚司的人查封了。你们娘娘慌了神，遣你去查看，然而北镇抚司不仅封了书厂，还带走了馆内的人。贤娘娘这几日也许听到了一些风声，怕事情败露，这才对你生了灭口的想法吧？"

庞凌听完杨婉的话，不禁缩起腿朝后挪了半个身子。

"你……你是怎么知道的？"

杨婉道："因为那日我在清波馆看见你了，北镇抚司查封清波馆是我设计的。东厂的人之所以会救你，也是我指使的。所以你向邓瑛求救没有用，你得求我。"

"呵呵……咯……"

庞凌咳笑了一声，抹了一把脸，试图抹掉脸上的脏污。

"既然你那日就已经发觉，为什么不直接让东厂的人将我捉拿讯问？反而一直放着我。"

"我又不傻。"

"什么？"

"东厂的人捉拿你，万一审得不好，你不肯说，或者你被人灭口，那东厂岂不是要为承乾宫背上一个陷害皇妃的罪名？让北镇抚司去做这件事最好，你们娘娘畏惧，你们娘娘背后的人也畏惧。"

她说这话的时候，仍然挡着邓瑛。

庞凌身上的气味的确不好闻，但其实在邓瑛眼中，庞凌身上的污秽也并不算什么，那都是身外的东西，一瓢水就可以洗干净。而他身上的污秽比这要脏得多，且是洗不掉的，无论他走到哪里人们都看得见，所以连他自己都不愿意刻意去想。

介意邓瑛身披污名的人，一直只有杨婉。

她说她要反杀，但即便如此艰难，她还是在替邓瑛着想，她没有理所当然地去利用邓瑛，她把他从这件事中择了出去，护在身后。这一份情感和智慧，像是已经修炼沉淀了很多年。

"你把我留在承乾宫……到底要干什么？"

"我想让你们娘娘来见我。"

她此话刚说完，承乾门上就响起了敲门声，声音很轻。

前殿的人纷纷朝门上看去。

门口的内侍奔来道："婉姑姑，是延禧宫的人。"

杨婉看了一眼承乾门："转告他们，今日晚了，不能打扰殿下安歇，贤娘娘若有事，请明日来询。"

此话说完，门外忽然传来一个女人的声音，像是被掐住喉咙的猫吟："杨婉，是本宫。"

杨婉看向邓瑛："你想不想避一避啊？"

邓瑛摇了摇头："不用。"

杨婉道："你不避不好。"

邓瑛笑了笑："你让我避到哪里去？"

夜已渐深，宫人们把前殿庭中的石灯全部点亮后，又举来了四五盏风灯，照得蒋贤妃的面容越发惨白。她原本也是一个容貌艳丽的女人，浓眉、杏眼、唇丰齿白，如今狰狞起来，看着就像是画皮鬼一般，身上只穿着单衣，发髻散乱，眼见是失了方寸，匆忙奔来的。

她看见伏在地上的庞凌，仿若遇鬼，一下子退了好几步，若不是宫人扶着，人已经栽倒了。

"杨婉……本宫错了，你不要揭发本宫……"

杨婉朝贤妃走近几步："那我姐姐怎么办？"

"我……我不知道，我不让他们印那本书了！"

"可是晚了。"

杨婉站定在她面前："我弟弟已经被北镇抚司带走了，我不知有没有刑讯，如果有——"

"不会的！本宫去求张次辅……"

她说到此处，牙关一阵乱咬。

杨婉接道："求张次辅有用吗？"

蒋贤妃闻声跌坐在地上，金钗落地，长发失去束缚，散了一肩。

宫人们忙去扶，她却根本站不起来，惊恐地看着杨婉道："本宫不识张次辅，你……你究竟要怎么样才肯放过本宫？"

说完竟然翻身朝着杨婉跪下："本宫跪下来求你，只要你肯放过本宫，你让本宫做什么都可以。"

杨婉低头看着披头散发的蒋贤妃："鹤居案是怎么回事？"

"什么……鹤居案？"

"娘娘还敢说，是我姐姐和郑秉笔合谋，想要谋害二殿下吗？"

"不敢，不是。"

"那是什么？"

"是……是……"

蒋贤妃抿紧了发乌的嘴唇，伏下身哭得泣不成声。

杨婉撑着膝盖站起身，对门前的人道："把我们承乾宫的门打开。"

蒋贤妃听了这话再也顾不上什么，扑跪到杨婉面前："不要开门，不要开门！我告诉你，我全告诉你。"

"你说。"

"是何掌印，都是他安排的，那个奶口也没有死，连夜就被他送出宫了。我也是奴婢出身，宫里朝内都无依无靠，我当时一时迷了心，想为我的儿子争个前途。我知道错了，我向宁娘娘请罪，求你放过我，易珏还小……"

杨婉沉默了良久，才抿着唇哼笑了一声："郑秉笔惨死，三百人被杖毙，娘娘却在自己活不下去的时候才肯告知真相。"

81

蒋贤妃仰起头，纤细白皙的脖子上青筋暴突："你也知道我是糊涂人，陛下临幸我以后，我就这么一路被人拽着上来了。太后娘娘、陛下和皇后娘娘，哪个不是我的主子？就连司礼监和内阁的话，我也不敢不听啊！"

她说着，颓肩跪坐下，素绸衣铺在地上，像一朵开到极致后不得不凋零的花。

杨婉举着灯照亮蒋贤妃的脸，蒋贤妃忙抬袖遮挡。

"别躲，娘娘将才说，您会去求张次辅是什么意思？"

"我……我没说。"

蒋贤妃说着说着，瑟瑟发抖地将身子背了过去，不敢面对杨婉手中的灯盏。

杨婉轻握住蒋贤妃的手腕，拿下她遮目的手："杀人杀得多了，总有一日刀会落在自己身上。您现在躲已经没有用了，郑秉笔和姐姐不会原谅娘娘，我也不会。"

蒋贤妃含泪颤声问道："你是要把我和庞凌，带到陛下面前去吗？本宫不去，本宫死也不去！"

杨婉摇了摇头："我虽然不会原谅娘娘，但我不想让娘娘这样一个糊涂人，死在那些聪明人的前面。"

蒋贤妃闻言忙转过身，眼中惊惧未消："你还能给本宫活路吗？"

"还能，不过只有一条。"

蒋贤妃忙拉住杨婉的手臂："你说。"

杨婉掰开她的手，直起身："娘娘脱簪面圣，向陛下举发清波馆一案背后之人，求陛下将功折罪，赦了您的死罪。"

蒋贤妃听完此话，双腿顿时软了："我……"

"娘娘不举发他，他便要举发你了，这是娘娘唯一的活路。我不逼娘娘，娘娘在这里自己想，若明日卯时之前，我没有看见娘娘在养心殿前跪席，那我就带庞凌面圣。"

"杨婉……杨婉……杨婉！"

蒋贤妃的声音凄厉而尖锐。

杨婉没有再理她，但那声音却一路追向了她。

从贞宁十二年一路过来，还是第一次有人，这样唤杨婉的名字。

杨婉从前一直觉得自己的这个名字很普通，甚至有点弱，大多数人听一遍很难记住，但她这个人吧，在现代社会的存在感实在太强烈了，强烈到她父母，甚至她哥的注意力都不由自主地放到了她身上。其他的人一提起她，便总会把诸如"不谈恋爱的秃头女博士"之类的犀利标签贴她一身。

相反，在贞宁年间，她是一个不堪记载的人。

她一直在旁观，什么都没有做过，自然也不会有人撕心裂肺地唤她的名字，把她这个人和其他人的命运联系在一起。

所以此时，蒋氏凄惨地唤出"杨婉"这两个字，求她饶恕、救命时，杨婉内心忽然抑制不住地震颤起来。

手握历史，会不会被反噬，她还没有那个学术背景支撑她去思考。

她只是单纯地觉得，一个历史中的人，其命运，跟她关联起来的时候，也将她这个偶然飘落的尘埃，狠狠地压死在了大明贞宁年间，然而她好像还没有完全做好准备。

其实身为一个研究者，不论文笔如何，对史料的掌握程度如何，所持有的历史观如何，所采用的方法论如何，都不会真正地改变历史。

不管对一个历史人物的评价是对是错，对一段历史事件的复原是否精准，他们都只是一群没有杀伐力的后人，他们虽然对无数亡人的"身后名"负责，却永远不必对历史上真正的"生死"负责。

杨婉如今已经背离这一个她习惯多年的身份。

这也意味着，她与大明朝表面的割裂彻底结束，她永远、永远、永远不能回家了。

可是，这并不是说她从此可以不矛盾，可以心安理得地在贞宁年间生活下去。

事实上，比起那十几道鞭刑的切肤之痛，此时她心头的割裂之痛有过之而无不及。

不过她什么也不想表达，只想和邓瑛平和地说一会儿话。

她下意识地回头去找邓瑛。

地屏的阴影下，邓瑛平静地在与赵琪说话。

蒋贤妃已经被等在殿外的延禧宫宫人扶回去了。

赵琪在灯下问邓瑛，把庞凌关在什么地方。

"锁到东偏殿的耳房吧。"

邓瑛说着看向杨婉："我让赵琪留下。"

"你呢？"

这两个字杨婉几乎没有过脑。

"我回直房，身上太脏了，我想去护城河舀些水冲一冲。"

"深秋冲凉，你不想要你的腿了吗？"

她语气莫名地有些冲，说完眼眶竟然也发烫起来。

她知道自己此时情绪不太受控，忙仰起头，抹了一把脸，忍住泪往自己住处走。

"婉婉。"

邓瑛追了杨婉几步："婉婉，对不起。"

"没事。"

杨婉顿了顿："是我心里有点慌，对你说话也跟着冲起来了。"

她说着吸了吸鼻子，转身道："你的外宅可以住了吗？"

"快了。"

"快了是多久？"

邓瑛怔了怔："怎么了？"

"没什么，我就突然有一点想家。"

"过两日我带你出宫，你回家看看吧。"

"不是那个家！"

杨婉抿着唇，拼命地忍泪。她不想在邓瑛面前暴露出这样的情绪，但她最终没有收住。

邓瑛忽然想起，杨婉曾含糊地对她说过一次，她已经没有家了。

"婉婉。"

"……"

杨婉还在尽力平复，并没有应邓瑛。

邓瑛的手却伸到了杨婉面前："你把我带进去吧。"

166

"去哪儿？"

"你的屋子，但是你不要告诉别人，否则殿下会将我杖毙。"

杨婉握住邓瑛的手："你什么都没有对我做过，你只是陪我躺着，殿下凭什么将你杖毙？"

"我——"

"你为什么不做？"

她打断邓瑛，抬起头又问了一遍。

"邓瑛，你明明有感觉的，我碰到你下身伤处的时候，你发抖叫了我，我摸着你的时候，你就安定下来了，可你还是不愿意对我——"

"婉婉！"

他忽然也打断了杨婉，之后的声音却又带着颤，低得令杨婉几乎心痛。

"婉婉，我不会……"

他怎么会呢，他怎么可能容许自己像那些折磨女人的太监一样，去摧残杨婉。

"没有那么难的，邓瑛。"

杨婉望着邓瑛的眼睛："没有那么难，真的。"

是啊，其实也没有那么难的。

杨婉对两性的理解，最初就不是从实践开始的。

她在严肃阅读中，读到的第一个"性"故事是关于快感女神莉比多特娜的神话。

最初的人间没有"性"的快感，因此莉比多特娜的神庙在人间没有人祭祀，她非常不甘心，于是她决定把欲火焚身的快感带给人间。智慧之神得知这个消息之后，赶去劝阻她，谁知她却在智慧之神身上施了法。于是，理性的智慧之神雅典娜脱光了衣服，在奥林匹斯山上裸奔，和每一个遇见的男神做爱。就在这个时候，莉比多特娜让一阵大风刮起，把快感的种子撒向人间。奥林匹斯山上的众神对此十分愤怒。作为惩罚，莉比多特娜被像普罗米修斯那样锁在丘岗的路边，承受羞辱，不得反抗。

这个故事杨婉并不喜欢，但她可以用解构主义历史观去看待它。

原初的性欲是被神灵拴上锁链的东西，拥有它的时候，人就会像雅典娜那样失智，所以人在欲火焚身之后，也应该被锁起来，像莉比多特娜那样接受惩罚。这和"偷尝禁果"的故事是一个逻辑。

然而令杨婉觉得神奇的是，邓瑛的性欲，竟然也有和莉比多特娜一样的困境——被锁在丘岗的路边，承受羞辱，不得反抗。

以至于他对杨婉说出"我不会"那三个字的时候，下意识地把双手扣到了一起。

那是自我捆绑的动作。

杨婉用力掰开他扣在一起的手，牵着邓瑛往自己的居所走。

邓瑛似乎也愿意承受来自杨婉的牵引，虽然像锁链，却一样给予他救赎般的慰藉。

"我教你好不好？"

"教我什么？"

"教你怎么和我在一起。"

欲火焚身会怎样，杨婉从来没有想过。

杨婉甚至不觉得她需要另外一个温柔的身体。

"邓瑛，你穿着亵衣，不要脱。"

杨婉说完，弯腰吹灭了最后一盏灯，室内暗了下来，但邓瑛仍然能看见那个在窗光下的影子。

她褪掉上衣，又反手解掉小衣，然后弯下腰，褪去下衣。

"邓瑛，你过来，把我抱到桌上去。"

红木质的桌面着实冰冷，杨婉赤裸的臀面一接触到桌面，便忍不住浑身一颤。

邓瑛忙问道："怎么了？"

"没事，有点冷。"

她说着，曲肘撑着桌面，朝后慢慢地躺了下去。

"邓瑛，手给我。"

邓瑛几乎是本能地朝后退了一步。

"邓瑛，你听话，把手给我。"

邓瑛低头看着自己的手，多年与砖石打交道，他手上有很多陈年的伤，这让他联想起了自己下半身那个丑陋的地方。

"婉婉，你为什么愿意……要我这样的人？"

"我不是要你，我是想你能要我，你也许不能明白，但我……真的是一个一无所有的人，说得好听一些，我鄙夷张洛，揶揄杨伦，看不起蒋贤妃，甚至不齿君王。可事实上我明白，是我不配活着，除非你在。"

她说完，伸手拉起邓瑛的手："邓瑛，你放心，不脱你的亵衣，你可以衣冠完整地看着我，你不是说你在我面前是有罪之人吗？那你当我的手是镣铐，邓瑛，我牵着你，来。"

杨婉的手是镣铐。

如此残酷的一句话，他却被温暖了，顺从地将手交了出去。

手指触碰到杨婉的小腹，她因为裸露了太久，而微微有些发抖，但她的皮肤是热的，一贯比邓瑛温暖。他逐渐摸到了杨婉的刑伤，疤痕微微地鼓起，温度比其他地方要更烫一些。

"还疼吗？"

"你的伤还疼吗？"

"不疼了。"

"你骗人，你要用那个伤惩罚自己一辈子。"

"那是我该受的。"

"我也是……"

杨婉的声音哽咽："那也是我该受的，邓瑛，你知道吗？我以前不敢抚摩你，但有了这些伤以后，我终于敢了。"

她说着，伸出一只手托起邓瑛的下巴。

"我哪怕身无寸缕，也依然会保护你，所以邓瑛别害怕。"

在他触碰到杨婉的那一瞬，杨婉的身子忽然颤了颤，但她还是拽住了邓瑛试图缩回去的手。

"不要躲，拇指往上去一点。"

这句话指引着邓瑛，杨婉猛地绷紧了身子，喉里倒吸了一大口气。

"邓瑛，轻一点。"

她几乎带着哭腔在说这一句话，身上的细颤也逐渐变得明显起来，握着他手腕的手指瞬间抠紧。

杨婉用另外一只手，掰开了邓瑛的食指。

"婉婉……"

"不怕，邓瑛。"

杨婉的鼻腔中发出了啜泣的声音。

她太想哭了。

贞宁十三年，深秋，人在大明，距她的人生六百余年。

无家可归，在一方冰冷的桌面上，与一个温柔的人，做一场残缺的爱，饱尝情欲的酸楚与美好。

爱一个人，便会爱他的皮肤，他的骨形，他站在面前穿单衣的模样。哪怕在他面前赤身裸体，也不会觉得屈辱和卑微，因为那也是在救他。

杨婉啊，你一定要救他。

第二日，杨婉醒来的时候，邓瑛已经走了。

杨婉从床上坐起来，她的鞋整整齐齐地摆在地上，地面一尘不染。

杨婉披着衣裳下床，一把推开窗。

外面仍然是深秋的大晴日，天高云淡，鸟影清晰，尘埃在清冷的阳光里沉浮，杨婉闭上眼睛深吸了一口气。

宋云轻端着水推门进来。

杨婉忙转身道："怎么是你啊？"

宋云轻放下水盆："我今日不当值，过来看看你。还有一件事，我们尚仪局都不太心安，我也想问问你。"

"什么？"

宋云轻道："今日卯时，延禧宫的蒋贤妃，去了养心殿外脱簪跪席，他们都说是为了昨晚跳河的那个奴婢，你们这儿离护城河近，昨晚听到什么了吗？"

杨婉摇了摇头："昨儿殿下温书温得本来就晚，服侍他睡下以后，我也就睡了，你知道的，承乾宫一直都躲是非的。你听来的是什么？"

宋云轻应道："听说出事的是贴身伺候贤妃的庞公公，还能是什么事啊？最先说是跳河，后来又说是跳粪池，外面猜他是受不了蒋贤妃的虐待，才找地方自戕的。闹闹腾腾地找了一晚上，结果人还没找着，想着也可怜，内侍虽然卑微，但也是人啊。"

杨婉颔首应道："也是。"

宋云轻叹了一口气："才太平了几日，又闹起来了。你还好吧？我这些日子也忙，你这里不比南所，我不好贸然来看你。姜尚仪还有下面的女使们都挺想你的。你走了以后，尚仪一直在说，我们这些人，有一个算一个，都不如你。"

杨婉笑了一声："我也挺想你们的。"

正说着，合玉进来道："多谢宋掌赞帮我们姑姑端水，您坐一会儿，奴婢给您沏茶来。"

"合玉。"

杨婉唤住她。

"殿下去上学了吗？"

"去了。"

"他昨晚睡得安稳吧。"

"嗯。安稳，不过……听伴他上学的清蒙说，殿下出了承乾门，面色就一直不大好，问殿下呢……殿下也没说什么。"

"好，知道了，等殿下回来我再过问。你去倒茶吧。"

宋云轻见杨婉低头揉眉心，不禁拍了拍她的手背，笑道："你一个人照顾小殿下，还要顺带名不正言不顺地理着承乾宫的事，也是真辛苦。想着，小殿下也真可怜。唉，这一说，二殿下也可怜，自己身体弱，还摊上那么一个母妃。"

82

　　杨婉拧了帕子洗脸，随口问道："二殿下怎么了？"

　　"身子弱。"

　　宋云轻端茶喝了一口："都快一岁的小人儿了，听说还是呆的。上个月染了风寒，烧了好些天。据说退烧以后，对着人笑也不笑哭也不哭，活像是那被阴差勾了魂。御药局的人不敢说，一直糊弄着贤妃和皇后，说等孩子大些，自然就灵光了。但彭御医没忍住跟我们尚仪说了一嘴。"

　　"什么？"

　　宋云轻起身凑到杨婉耳边道："说是不中用了。"

　　杨婉听完，只是嗯了一声。

　　水声稀里哗啦的，几乎遮住了她的声音。

　　宋云轻见她没什么反应，不由得提了些声："杨婉，你现在还能看淡啊？"

　　"看淡什么？"

　　"少装糊涂，二殿下不中用，大殿下如今却是阖宫满朝都在称颂。等他再大些，议定成了储君，你这个养育他的功臣，会比尚仪还尊贵。"

　　杨婉拢起头发："你怎么了？平时你都很慎重的，今儿怎么'养育'这两个字都出口了啊？"

　　宋云轻道："虽说你没有身份，但你是大殿下的亲姨母。孩子都是一样的，您看陛下，何掌印从小把他抱大，虽和我们一样是奴婢，但陛下看他和看我们是万万不一样的。"

　　杨婉擦干手，边走边笑："你这话想让我怎么答？"

　　宋云轻道："谁让你答，是要让你小心，没有倚靠的众矢之的最难，宁娘娘不在，唉！"

　　她忽然长叹了一声，转而提起了邓瑛："我以前总觉得，邓厂督人虽好，对你来讲终究不是好的倚靠，现在看来，好在你们有这一层关联，虽然只是对食，但也……"

杨婉回过头："云轻啊，我跟他在一块了。"

"在一块？"

宋云轻一下子没反应过来："什么叫在一块了？"

杨婉低下头："就是在一块了。"

"杨婉！"

宋云轻噌地站了起来，头上钗环摇晃："你是疯了吗？你怎么能让他折磨你？"

她用到了"折磨"这个词。

杨婉的头皮轻轻地跳了两下。

如果把宋云轻当成一个样本，那么在大明的大众语境下，昨晚的杨婉应该是受尽了侮辱，被糟蹋得乱七八糟。

杨婉的第一个反应，是对宋云轻解释，不是她想的那样。但如果要解释，那就必须描述。

然而如何描述呢？把邓瑛描绘成一个干净的人，那自己就是一个淫荡纵欲的女人；把自己描述得干净，那邓瑛就是一个龌龊无耻的阉人。

没有"男女天和"庇护的"性"，总要有一个人去做变态。

杨婉看了一眼昨晚撑托她身体的那张桌子，宋云轻的手此时就按在上面，她下意识地说道："云轻，你过来一点，别站那儿。"

宋云轻以为她避重就轻，顿时有些急了："尚仪也教了你一年多，说深宫孤独，是可以寻些慰藉，但绝不能糟蹋自身，我们正是因为读了书习了礼，才知道洁身自好，才能做女官，被阖宫尊敬。这些话那般真切，句句都是为了我们好，你怎么就——"

"对不起。"杨婉打断她，"我知道我让你和尚仪她们失望了。"

她说这话的时候心里哀伤，眼底也有伤意。

宋云轻看着她的模样，责备的话有些说不下去。她松下肩膀，调整了一下语气："其实……我和尚仪都知道你的难处。"

杨婉笑了笑："你觉得我是为了承乾宫和小殿下才跟邓瑛在一块的吗？"

宋云轻轻轻搂住杨婉："我没有这样说，你也别这样想。"

杨婉抿了抿唇："云轻，不要这样想我。"

"好，我不说这些话了。"

宋云轻不愿意她难受，改口劝道："你好好的，不开心了就来南所找我们，我们还是像从前一样的。"

杨婉靠在宋云轻肩上："你会觉得我不干净吗？"

宋云轻摇头："不会，真的不会。杨婉，我急也是怕你被伤害，说的那些话不中听，你千万别往心里去。"

她说着低头看着杨婉，手指在杨婉的背上迟疑地捏了捏："厂督……他人好吗？"

"你一直都说他好啊。"

"我问的是……他对你好吗？你……跟他的时候……疼不疼？"

"不疼。"

"不疼就好。"

宋云轻拍着杨婉的背，长叹了一口气。

两人衣料摩挲，杨婉发觉宋云轻问那个问题的时候，身上也在发抖。

那言语之间的怜惜，像是在安抚杨婉，也像是在可怜自己。

"我不能再耽搁了，要回去了。"

"不喝茶了吗？"

"不喝了。"

她说着揉了揉眼睛，松开杨婉站起身："你和邓厂督这件事你对别人说过吗？"

杨婉摇了摇头："没有。"

"谁也别说，以后就算有人问也绝对不能认。"

杨婉坐着安静地点了点头："我懂。"

宋云轻叹道："其实，宫里以前就有关于你和邓瑛的风言风语，只是那时你还在尚仪局，他们只敢在下面偷偷说，如今你在承乾宫，那些话也越发难听起来。你知道的，宫里虽不禁对食，但禁淫乱，一旦沾染上这两个字，会死无葬身之地的。"

"嗯。我知道，谢谢你，云轻。"

宋云轻替杨婉拢了拢头发，直身道："那我走了。"

"我穿衣送你。"

日渐中天，养心殿的月台上，蒋贤妃已经跪了两个时辰，眼前一阵一阵发黑，眼见胡襄从殿内出来，忙问道："胡秉笔，本宫递给陛下的罪书，陛下看了吗？"

胡襄低头看着她道："看了，这会儿还没话。"

"是，那您……"

正说话间，忽见邓瑛引着白焕与户部尚书二人从内阁直房过来，蒋贤妃待罪时，散了发髻，脱了鞋履，陡然看见外臣，忙止住声音，羞愧地抬起袖子，试图遮住脸面。

邓瑛一面走，一面侧头对身边的内侍轻声道："过去，替娘娘挡着。"

胡襄看了一眼天色，还不到递票拟的时辰，便问邓瑛道："今儿要行宫议？"

邓瑛垂手应"是"。

胡襄压低声问邓瑛道："怎么今日行宫议啊？这贤娘娘——"

白焕咳了一声，胡襄忙止了话。

邓瑛侧身让到一边，躬身引道："阁老请。"

三人刚进内殿，便听贞宁帝在御案后道："邓瑛，召张洛过来。"

说完抬手直接免了白焕的君臣礼："给阁老赐坐。"

白焕谢恩坐下。

贞宁帝喝了一口茶："杨伦那个革赋税的新政，你们议得怎么样了？"

户部尚书应道："户部会同内阁的几位阁老开了三次部议，最后的策论还没能写上来，请陛下恕罪。"

"无妨，议的什么，就在这儿跟朕说说。"

"是。"

户部尚书抬手正好官帽："原本拟定在杭州和荆州这两个地方，施行计亩征银，一年为期。这两处地方的清田事务，都是杨伦亲自主持的，户部已将现有的田亩与地方户籍核定，督促地方放田之后，便可以推行改制。只不过，去年荆州溃堤，十几个县被淹，这些县的赋税陛下施恩免去了不少。"

"那就不议荆州，说杭州吧。"

"是。"

户部尚书续禀道："杭州倒还好，但是有几个州县的学田……尚没有清算。"

皇帝屈臂撑着下颔："为何不清算学田？"

户部尚书看了白焕一眼："这几年的地方学政一直在亏空，户部虽连年补亏，奈何仍然捉襟见肘。这几处的学田，不是官办下的，而是之前为了支撑私学，恩赏给几大书院的土地。杨伦在杭州的时候，见书院清苦，又逢乡试在即，学生们也诚惶诚恐，实在不忍收田，所以就搁置了。"

贞宁帝道："你们没有人提出异议吗？"

"有，当时白尚书是反对的。"

"张次辅呢？"

此问一出，白焕不禁抬了头。

贞宁帝端起茶杯道："他怎么说？"

户部尚书虽然不解皇帝为何会刻意问起张琮，但也嗅到了一丝不太寻常的气息，声音跟着慎重起来。

"张次辅……当时倒没说什么，但不知后来的阁议……"

"陛下，老臣来回禀吧。"

贞宁帝就着茶盏一举："阁老请讲。"

白焕站起身，他年岁毕竟大了，坐久了陡一起身，头便有些发晕。

"阁老坐着说便是。"

"老臣无妨。"

他说完喘了一口气："杨伦是老臣学生，老臣明白他对地方学政一直有心，所以当时老臣也赞同暂时搁置学田。至于张琮，他对于新政一直有疑虑，这一两年又担着文华殿的事，老臣与他在新政上议得不多。"

贞宁帝搁下茶盏："你们二人之间，这是有隔阂啊。"

"是，老臣有罪。"

贞宁帝笑了一声："这样于国事不好。"

说完顿了顿又道："你们内阁下去议，从翰林院的讲官里提一个人上来，充张琼在文华殿的职。"

"陛下。"

"说。"

"老臣能问一句'为何'吗？"

贞宁帝看了一眼就放在手边的蒋氏罪书："朕的儿子还小，书嘛，朕觉得读得纯粹些好。"

"是，老臣受教。"

贞宁帝摆了摆手，对户部尚书道："该写的策论继续写，荆州就不说了。如今秋闱也快放榜了，杭州的学田该清就清。"

正说着，胡襄禀道："陛下，张副使到了。"

贞宁帝抬起头："你们散吧。"

"臣等告退。"

白焕与张洛在蒋贤妃所跪之处擦身而过。

张洛走进内殿，还未行礼，便听贞宁帝道："你过来，把这个拿下去看看。"

"是。"

"跪着看。"

"是。"

张洛抖开蒋贤妃的罪书，在他看的时候，贞宁帝并没有说话，直到张洛错愕地抬起头，才对他说道："清波馆封了这么多日，你查的是什么？"

张洛伏身道："清波馆的人招认，是承乾宫的宫人将序送到馆厂刻印的。"

"既然如此，你为何没有拿问承乾宫的人？"

张洛直身道："回陛下，因为臣尚有疑虑。"

"说。"

"宁妃娘娘身在蕉园，由锦衣卫守卫，除非承乾宫与锦衣卫私下有交，否则，娘娘的东西，是递不出来的。所以臣以为，这是一篇假序。"

"你认为是杨伦所写？"

"臣最初，是这么认为的。"

"呵呵。"

贞宁帝冷笑了一声，赫然提声道："那现在呢？"

张洛重叩头："臣定将此事查清！"

贞宁帝摇头道："朕也想看看，朕还能信谁。"

"臣不敢辜负陛下。"

贞宁帝低头看着他道："朕准了皇长子就清波馆一事问讯你，查明之后，你自己去向他禀告吧。"

第十一章　山月浮屠

83

　　杨婉前一晚很累，没有刻意梳洗，便整整一日都待在承乾宫。

　　近黄昏时，中宫的人来传话，说是御药局在皇后处拟各宫秋冬进补的方子，召杨婉也过去。这是内廷的规矩，每到换季的时候，御药局都会根据脉案给六宫拟新的补方。但皇子贵重，每回拟方，皇后都会亲自过问，必要时，御药局还要与贴身照顾皇子的人相谈之后，方能最终定下。

　　宫人引着杨婉直入坤宁宫后殿，内殿焚着不浓不淡的寿阳香。皇后是个一丝不苟的人，即便是过了酉时，妆容依旧很妥当。

　　御药局的四位御医正站在皇后面前回话，皇后问一句，他们就各自答一句。皇后一面听一面点头，等宫人寻到空当回话的时候，外面的天色已经有些暗了。皇后示意杨婉进去，受过她的礼，又让她在身旁站了。

　　"接着说吧。"

　　彭御医道："既然承乾宫的姑姑来了，那臣就先问一问大殿下的身况如何吧。"

　　"是。"

　　杨婉屈膝行了礼："太医请问。"

　　彭御医道："殿下自入秋起便有肝气上涌之状，如今可见平复？"

　　杨婉应道："一直照着您给的方子，用饮食纾解，桔梗茶也没断过，殿下从前唇干、眼燥的症状，已好了大半。"

　　彭御医续问道："耳鸣之症，可有缓解？"

"是，已不再听殿下说起这个症了。"

"殿下夜起得多吗？"

"不多，不过殿下近日温书温得越发晚。"

彭御医闻话，向皇后禀道："这还是得殿下身边的人才清楚。娘娘，殿下的补方可以定了。"

皇后抬手，将御医给易琅开的补方递给杨婉："以前宁妃在的时候，她看这些比本宫还强些，有时甚至能同御医们一道斟酌斟酌。如今，陛下把皇长子交给了你，你就替她看吧，有什么不妥的大可直说。"

说完了揉额，朝外面问道："蒋氏那边怎么样了，陛下有恩赦吗？"

内侍听皇后询问，忙进来小声道："回娘娘，这……蒋娘娘还在养心殿外跪着呢。"

"唉！"

皇后叹了一口气，把易珏的方子也递给了杨婉："你把这两个方子一并念念吧，本宫听听，若没什么，就交御药局办吧。"

杨婉接过方子道："贤娘娘不能来，那便召二殿下的奶口来问问吧。"

"别起这个心。"

皇后摆了摆手："你忘了鹤居案的事儿？眼看着那孩子长是长大了，但也不知道是不是那时被吓住了。本宫以前听宁妃说，易琅像易珏那么大的时候，见了陛下就笑，可易珏……唉！"

她说着叹了一声："别说笑了，连哭声都没有。"

四个御医听了这话面面相觑，却没有人应声。

皇后摁着眉心："杨婉。"

"奴婢在。"

"本宫说这话，你也听着，陛下子嗣单薄，丝毫损伤不起。陛下信任你，你要尽一万分心，才对得起陛下。"

"奴婢明白。"

这一番对答下来，该说的说了，该敲打的敲打了，皇后精神也浅了："行了，会极门要落锁了，你们去吧。"

御医们行礼退下，皇后又过问了几句承乾宫的宫务，杨婉正答着，养心殿忽然传话过来，说是蒋氏被褫夺了封号，禁足延禧宫。

皇后应了一句："知道了。"忽又唤住传唤的人问道："陛下说罪由了吗？"

"回娘娘，说了，说蒋氏诽谤宁妃，苛责内侍。"

皇后挑眉："这是原话吗？"

"是。"

皇后看了杨婉一眼："她什么时候诽谤宁妃了？"

杨婉躬身应道："延禧宫平日里是有一些不太好听的话，只是杨婉是奴婢，只能护着殿下，不敢过问主子们的事。"

皇后笑了笑："所以姜尚仪夸你，你这就是聪明的人。看吧，凭她怎么闹呢，陛下心里都有数。"

说完又问道："那个跳河的内侍呢？"

"陛下让杖杀。"

"哦。"

皇后应着，双手合十念了一声"阿弥陀佛"："也罢了，在内廷自戕也是重罪，本宫这就去看看易珏。"

"娘娘，您还得备着接旨，胡秉笔已经在过来的路上了。"

皇后没说什么，传话命人来替她整鬓。

对于这个旨意，其实皇后并不意外，蒋氏获罪自然不能再养育易珏，皇帝起心让中宫照料易珏，也是理所当然。但是说到底，她一点都不想养育这个没什么天赋的孩子。

杨婉借皇后预备接旨的故，辞出坤宁宫后殿。

外面秋风瑟瑟，各处点灯的宫人护着火小心地行走。

深秋天干，这一个月皇城里已经起了好几场火事，各处点灯的宫人们越发小心。

杨婉听着耳边慎重的脚步声，一面走一面梳理如今的形势。

蒋贤妃和宁妃一样，都是连名姓都不曾留下的嫔妃，杨婉虽然令她落到了这样的境地，但这依旧不能让杨婉确定，在清波馆这一局里，她真正赢到什么了。

剩下的还得看张洛，看他会不会真正对张琮动手。

还有，如果他动手，会是在什么时候动手。

毕竟《明史》记载，贞宁十三年冬天，张琮曾起头，联名包括白焕在内的多名阁臣上书弹劾邓瑛侵占杭州两大书院学田。这一场弹劾持续了整整两个月，其间有两位阁臣退阁，白焕甚至一度被剥去官服，投入东厂大狱。然而在贞宁十四年春，激愤的春闱考生会集在白焕家门前跪哭申述，贞宁帝不堪学怨，下令将邓瑛押入诏狱。

这一段牢狱之灾，明史上只有短短二十几个字的记载，但杨婉后来在杨伦的私集里读到过这样一段文字。

"别后数月再逢，人面虽如昨，魂已削七分，然文心犹在，凝血铸骨。"

此文是一篇京郊游记，杨伦写于贞宁十四年秋。

杨婉读到这话的时候，曾很想流泪。

杨伦写的这个人是谁，一直无据可考，可杨婉就是觉得，那就是初出诏狱的邓瑛。

杨婉想着，不禁希望张洛可以比她想象之中更狠一些。虽然这无疑是在逼张洛弑父，但是除张洛外，杨婉也想不到第二个人，能够对张琮下手。

不过，在这之后张洛会对她做什么，她一直不敢具体地去猜。

一阵惊颤流窜浑身，牵出了胃部的抽痛。她有大半日没有吃东西了，正想着去护城河直房那边和邓瑛一道煮两碗面吃，谁知刚走出坤宁宫的侧门，便见合玉上气不接下气地朝杨婉奔来。

"姑姑，快回去。"

"怎么了？"

杨婉下意识道："殿下出事了吗？"

"不是殿下，是邓督主。"

"啊？"

杨婉下意识地加快了步子，合玉追着她道："我们也不知道是怎么回事，殿下今日从文华殿回来就什么都不肯吃，奴婢探了探殿下的额头，竟烫得很，但殿下不准传御医，还摔了奴婢递的茶。我们原本是想来找姑姑的，可是又怕贸然来寻姑姑，让皇后娘娘知道，反而给姑姑添错处，结果那糊涂心的清蒙，便去内东厂寻了督主过来……"

杨婉脚下一绊，险些摔倒："然后呢？"

合玉慌忙去扶她，声音也越发急切起来："然后殿下就命督主进了书房，说了些奴婢们没有听懂的话，不知为何，督主就惹恼了殿下，殿下传了杖，姑姑，奴婢也劝了，但没劝住……"

后面的话杨婉没有听太清。

她回想起今早合玉对她说的话，以及昨日邓瑛那一句："殿下会将我杖毙。"大概猜到易琅为何会突然动怒。然而，当她赶至承乾宫时，却见宫门紧闭。

合玉上前道："为什么闭门？"

内侍歉疚地看着杨婉："是殿下的命令，奴婢不敢不从，请姑姑恕罪。殿下说他是为了姑姑好，若姑姑不想督主受重责，就请在此等候。"

杨婉抬头朝宫门上看去，榆阳树的树冠已经秃了一大半，如果说草木关情，这就像在昭示人命一般。人能够在刑罚下活多久呢？活不长吧。杨婉想起邓瑛的身体，即便有衣裳的遮蔽，仍然能够窥见残意。她的心一阵抽痛，不防咬破了下唇。

"姑姑，怎么办啊？"

怎么办？什么都不能做。

易琅知道，杨婉绝不会因为一个太监在承乾宫门前哭闹，所以这道宫门一关，该受的人受，该忍的人忍，该行"杀伐"的行"杀伐"，门里门外，人人内心雪亮，竟有些"痛"快。

承乾宫的书房内，邓瑛还跪着。易琅站在他面前，喉咙虽然已经烧得有些发哑，人却立得笔直。

"我饶了你很多次，但这一次我不能宽恕你。"

"是，奴婢也不想求宽恕。"

易琅低下头："你曾对我说过，对阉宦不可容情。"

"是。"

"可是我不懂，你身为阉宦，为什么要这么说，你不怕刑罚吗？或者你不怕死吗？"

邓瑛伏下身，青色的衣袖铺于地面，额头便触在易琅的脚边。

"殿下，奴婢原本就是戴罪之身，蒙陛下恩赦，方有残生，再重的刑罚对奴婢来讲，都并不过分。但既然活下来了，奴婢不想死得过早。"

"为什么？当年和你一起获罪的罪臣后人，都在南海子里绝食自尽，你是如何吞下那些饭食的？"

邓瑛咳了一声。

"三大殿尚未完工，奴婢放不下心。"

易琅追问道："这句话我信，可是后来呢？桐嘉书院案以后，为何要掌东厂？抬起头来答。"

邓瑛依言抬起头："奴婢能问问殿下，殿下的老师是如何解答此问的吗？"

易琅沉默了须臾，方道："你贪慕权势，混乱司法，但是——"

易琅转过话锋，凝视邓瑛的眼睛："我年纪尚小，朝堂上还没有我说话的余地，很多事情我也看不全，想不明白，但是我不想偏听，等我再大一点，等君父准我议政以后，我便能看全、看明白。"

他说完朝后退了一步，径直唤邓瑛的名字。

"邓瑛。"

"奴婢在。"

"知道自己今日为何要受责吗？"

邓瑛点头："奴婢知道，今日晨间殿下在偏殿前唤住奴婢的时候，奴婢就一直在等殿下的处置。"

"那你有话要说吗？"

"有。"

"说。"

"请殿下容情，少打。"

易琅冷声道："你这是在求情吗？你之前不是说，不可对阉宦容情吗？难道只是说说而已？"

"不是……奴婢身子已经不好了，请殿下不要在此时取奴婢的性命，奴婢还有未完之事。"

易琅听完这句话，忽然莫名一阵悚动。

他以前十分痛恨阉宦在主子面前乞怜，可眼前的人虽然是在求饶，他却好像有些恨不起来。

84

"殿下，慎行司的人来了，奴婢们带他出去吧。"

易琅抬头朝外面看了一眼，低头道："不必，就在这里。"

书房局促，慎行司只进来了一个人，也没有提刑凳，内侍只能架着邓瑛的胳膊，让他趴伏在地上。为了避免他挣扎，两个内侍一左一右地摁住了他的肩，其中一个忍不住小声对他说道："督主，您千万忍一忍啊。"

这句话并没有什么作用，倒也算得上是安抚。

但事实上，对于邓瑛而言，除了割在他下身的那一刀之外，之后所有的刑责，邓瑛都不曾觉得屈辱。这一次他甚至愿意承受，他把这当成他"伤害"杨婉的后果。比起千刀万剐，这已经算得上仁慈了。

"打吧。"

掌刑人迟疑了一下，却没有立即落杖，试图等一个关乎"轻重"的暗示。

谁知却被易琅呵斥道："等什么？"

掌刑人听了这话，便猜这一顿没有情可容。

内廷责打内侍是有学问的，主要看主子留不留情。易琅还太小，这也是第一次对奴婢动刑责，他并不明白自己的话会给邓瑛带来什么。

第一杖落下的时候，邓瑛的上半身几乎是不受控地向后一仰，摁他肩的人连忙用力将他按下。邓瑛试图在地上找一个可以抓握的东西，好在书案的案腿就在他手边，他挣扎着朝前挪了挪，掌刑的人以为他试图躲避，为了警示他，打得比第一板还重，几乎将他的身子摁死在了地上。

邓瑛喉咙里升腾起一口带着腥味的气，他知道这是气血上涌，一旦急火攻心就险了。

他放弃了所有的挣扎，逼自己尽可能安静地趴着。

掌刑人见他姿态配合，这才收了一分力。

内侍们见他双手紧握，身子虽然没有再挪动，却一直在细颤，甚至有些痉挛。想着自从宁妃去蕉园以后，承乾宫上下全仰仗东厂，才没有在二十四衙门里遭白眼，这份恩情不小，邓瑛也不需要他们报答，此时见这般，心里都很难受。

伺候易琅的清蒙忍不住求道："殿下，您开点恩吧……你看在婉姑姑的分儿上……饶过邓督主吧。"

易琅并没有唤停，只是低头看着邓瑛。

十杖之后，邓瑛身下的绸裤已经见了血，板子的声音也没有最初那般沉闷，听来有一些炸裂感。邓瑛死死地咬着自己的衣袖，起初还能咬住，后来咬不住，每受一杖，牙关都要乱颤一阵。

"殿下……"

"说。"

他原本想求饶，可是想起这一顿杖刑是为了赎他昨夜在杨婉房中的罪孽，他又逼着自己趴好。然而掌刑的人并没有因为他内心的"悔过"而对他稍加仁慈，肿胀之处被打破，鲜血顿时浸透了衣裳，顺着他的身子流到地上。

易琅看着他身下的血，想起的却不是他在史书传记里读到的那些贤君灭宦祸、惩戒阉人的描述，反而想起了周丛山、黄然……

这些人被《大明律》如此对待的时候是不是也像他这样？虽是以一种不要命的方式对抗天威，却又在受刑之时，以一种近乎虔诚的姿态，维护律法和君王的尊严。

"先停下。"

"是。"

杖责停下，邓瑛的身子却痉挛得厉害，他此时才终于有了喘息的机会，伸手一把抓住书案的案腿。

"你知错吗？"

"知错。"

"剩下的就免了。"

邓瑛咳了几声："谢殿下……宽恕。"

易琅抬起头："带他出去。"

清蒙等人忙架起邓瑛的胳膊，邓瑛已经完全走不得路了，他们也不敢拖他，只得将邓瑛的手臂挂到肩膀上，慢慢地往外挪。

宫门口的人见邓瑛被带出来，便打开了侧门。

杨婉转过身，便听见清蒙的哭声："婉姑姑……对不起，是奴婢害了厂督。"

这一腔悲意洞穿了杨婉的心肺。

她有些手足无措地看着邓瑛，想要搀扶他，却又怕弄疼他。

"杨婉，别哭啊。"

杨婉这才发觉，自己虽然没有哭出声，眼泪却不知道什么时候失了禁制。

"对不起，邓瑛，对不起，对不起，对不起……"

此时她说不出别的话，只能一味地跟他道歉。

"杨婉，"他艰难地唤她的名字，"记着啊，我罪有应得，你不要与殿下争执。"

他说完，不得已闭目忍痛。

清蒙道："婉姑姑，怎么办啊？这个时候会极门已经落锁了。"

杨婉道："你先不要慌，你们把他带回护城河那边的直房，交给李鱼。让李鱼先别碰他，等我回来。"

说着又看向邓瑛："你别睡着。"

"好……我不睡。"

杨婉轻轻握住邓瑛垂下的手："我会听你的，不与殿下争执，但你也要听我的，不准再说你罪有应得，否则我就跟你一样，再也不原谅自己。"

她说完松开邓瑛的手便径直朝后殿走去。

承乾宫的宫人见了杨婉都不敢说话，连跪在书房中擦拭血污的内侍见她进来都慌忙退了出去。易琅在书案后看书，灯火把他的影子映在博古架上，竟有些狰狞。

杨婉走到易琅面前，屈膝跪下。

"姨母。"

"我的错，为什么要责罚他？"

易琅抬起头："我对姨母说过，我可以原谅姨母，但只能对姨母一个人这样。"

杨婉忍泪一笑，口中的气息滚烫："易琅，姨母真的很恨你。"

易琅放下书站起身："姨母，你不要放肆。"

杨婉直直地看向易琅的眼睛："你是奴婢的外甥，是先生们的好学生，也是大明的皇长子，你的所作所为都没有错，正直、聪慧，训斥姨母的时候，时常令姨母羞愧。身在大明，我愿意拼尽一切护住你，易琅，姨母什么都不求，但求你对邓瑛仁慈一些，姨母什么都没有，姨母只有他。"

易琅走到杨婉身旁，试图搀她起来："姨母，你在说什么，你还有易琅啊，你不要易琅了吗？"

他声音有些颤抖，似乎是被杨婉的话骇住了。

杨婉看着易琅扶在她胳膊上的手："姨母还是会护着殿下的。"

易琅含泪摇晃着杨婉的胳膊："姨母，你为什么要这样？我今日去文华殿前，看见他从姨母的房中出来，他对姨母你不敬，易琅只是惩戒他，易琅对他已经很仁慈了！只要他以后不再对姨母不敬，我就不会那样责罚他！"

杨婉听着易琅的话，却没有再出声。

易琅却真的被这一阵沉默吓住了，蹲下身不断去抓杨婉摁在地上的手："姨母……姨母，你别不说话好不好？"

杨婉静静地看着他。

"你想让姨母说什么？"

"对不起，姨母，你别不理我，我已经看不见母亲了……姨母，你不理易琅，易琅就是一个人了。"

他说着说着，便逐渐失去了平日里不合年纪的那份稳重，眼泪夺眶而出，在杨婉面前哭得泣不成声。

"姨母，对不起……其实易琅也很后悔，罚他罚得太重了。可是姨母，我真的不想看到姨母和他在一块，我以后长大了，要让姨母出宫，给姨母求诰命，让姨母一辈子都风风光光的。姨母……你不要不理易琅……"

他哭得不断抽泣，人本来就在发烧，此时烧得更厉害了，额头滚烫，呼出的气也烫得吓人。

杨婉伸手摸了摸他的背，摸到了一摊已经冷了半天的汗。

"什么时候发烧的？"

"易琅不知道。"

他边说边哭。

杨婉抬起袖子擦去他的眼泪。

"难受吗？"

易琅摇头："不难受。"

杨婉解下自己的褙子裹住易琅的身子："走，起来跟合玉姑姑去休息，明日，姨母替你去文华殿向先生告假。"

易琅却拽住了杨婉。

"姨母。"

"嗯。"

"你禀告皇后娘娘，替我传御医吧。"

杨婉蹲下身："告诉姨母，你是不是很难受？不要骗姨母。"

易琅红着眼道："替我传御医，会极门就会开，姨母才能去取药。对不起，姨母，我没有想到会把他打成那样，我心里一直很难受，只是我不愿意说。"

杨婉轻声问他："这是你第一次对人动刑罚吗？"

"嗯。"易琅点了点头，"易琅以后会慎重刑罚，对下施仁慈，不残虐。姨母，你原谅易琅好不好？”

杨婉听完这句话，弯腰将易琅搂入怀中。易琅靠在杨婉怀里哭得比刚才还要厉害。

杨婉搂着这个瑟瑟发抖的孩子，却说不出温言。

在这个朝代，一群人用性命托着他，包括邓瑛。

但他也握着一群人的性命。

"家天下"的社会制度之所以崩塌，就是因为不公平。

人活一世可以为天下大义，但天下大义，不该有一个具象的人。

直房这边，李鱼束手无策，慌张地站在邓瑛的门前，转身看见杨婉双眼通红地走进来，他问："你哭了啊？"

"嗯。"

"你也别哭，也不是第一次，我比这惨的时候都有，现在不也好好的吗？就是没有药，这晚上发起烧来，人会很难受。"

杨婉从怀里取出伤药："我带来了。"

李鱼抓起药看了一眼："阿弥陀佛，我这就进去给他上药。"

杨婉拿过药就要推门。

李鱼忙拦住她："你以前不是说病人有隐私的吗？你这会儿要干什么？你还是站着等吧。"

杨婉被他一把推到了窗下，但她却没有站住，反而朝李鱼走了几步。

"李鱼。"

"啊？"

"谢谢你帮我照顾他，但今晚不必了。"

李鱼抓了抓头："杨婉，这样不好。"

"没事，药给我。"

李鱼只得将药还给杨婉。

"水我烧好了，搁桌上了，还很烫，你自己小心些。"

"好。"

杨婉推门走进去，灯火把她的影子一下子投在邓瑛的背上。

"没睡着吧？"

"没有。"

邓瑛的声音很轻。

杨婉走到床边坐下："第二次了。"

邓瑛咳笑了一声："什么第二次？"

"第二次看见你这样。"

"是啊，婉婉，我真狼狈。"

杨婉揭开盖在他身上的被褥，一片血色映入眼中。

"你的衣服在哪里，我帮你换掉。"

"在你后面的柜子里，你拿一件旧的吧，浆得厉害反而软一些。"

"好。"

杨婉趁着背身过去的空当儿，狠狠地忍住眼泪。

"我跟你说啊，我虽然两次看见你这样，但是我没照顾过这样的伤，可能一会儿会把你弄痛，你不许闹，知道吗？"

邓瑛笑了一声："我不会吭声的。"

"那就好。"

杨婉伸手去翻邓瑛的衣服，背后的人却继续说道："杨婉，我昨夜有没有弄伤你？"

杨婉脊背一僵。

"没有，一点都没有，这对女人来讲，是最好的方式。"

她说着转过身："它不会带来一点伤害，而且邓瑛，你真的很温柔，也很克制，你虽然不太懂，但一直都看着我，怕我难受、不舒服，以我的感受为先。邓瑛，我问你啊，这世上除了你之外，还有谁会这般对我？"

85

杨婉说着，挽起袖子在邓瑛榻边坐下。

"换了衣服，帮你上药吧。"

她说完这句话，便等着他拒绝，谁知道他却把头埋入枕中，瓮声瓮气地说了一个"好"字。

　　他决定把自己交付给杨婉。

　　身心交付，一点余地都不给自己留。

　　"你看了不要难过。"

　　杨婉仰起头，哽咽道："我不难过。"

　　说着，掀开他下身的被褥，血块粘连住裤子，无法用手剥离。

　　杨婉起身找来剪刀，小心地拈起邓瑛的裤子，一点一点剪开粘连处，每剪一下，邓瑛的肩膀都会跟着向上一耸。

　　"邓瑛。"

　　杨婉轻声叫邓瑛，邓瑛却痛得说不出话来。

　　杨婉抿了抿唇，放下剪刀，顺着抚邓瑛的脊背，慢慢地安抚他身上的震颤。

　　"邓瑛，你猜，六百年以后，《大明律》会变成什么样子？"

　　邓瑛仍然没有吭声。

　　杨婉抬起头，看向清冷的窗影，轻声道："我觉得几百年以后，就不会再有杖责这种刑罚，也不会再有腐刑。每一个人的罪行都在自己身上了结，不会牵连家族。修建楼宇的人，可以把自己的名字刻在楼墙上，让每一个走过的人都看见。"

　　她的声音很轻柔，邓瑛逐渐被她安抚。

　　"会吗？"

　　"会啊。"

　　杨婉低下头，撩开邓瑛面上的湿发，弯腰趴在他耳边。

　　"邓瑛，我不喜欢男人要求女人遵守的'妇德'，所以跟你在一块，我真的很开心。"

　　她说着顿了顿："只是我不知道，我给自己的自由，在这里也会杀人。"

　　她说完摁了摁眉心。

　　"但我还是要自由，也想把自由给你、给姐姐。虽然我知道你和姐姐可能都不想再相信我了。"

"没有。"

邓瑛咳了一声，轻轻握住杨婉的手："我信你。"

杨婉低头望着邓瑛的手："你说的啊，你一定要信我到底。"

"嗯。"

邓瑛点了点头。

"婉婉，我没那么痛了。"

"那我帮你上药。"

那一晚，杨婉没有在邓瑛的直房里停留，等邓瑛睡熟之后，她便回了承乾宫。

她也没有去看易琅，取了钥匙径直打开了从前宁妃居住的宫室。

宁妃去蕉园以后，易琅几乎不进后正殿，杨婉便将宁妃从前的衣物和金银全部封存到了后殿的次间里，大大小小有数十只箱子。

杨婉点起灯，将这些箱子一一打开。

宁妃半生的积累不过千余两银，还有两箱金玉玛瑙。杨婉抱着膝盖在箱后蹲下，低头自语道："姐姐，我要动你的东西了，但我一定会还给你。"

陪邓瑛养伤的日子，杨婉过得很平静。

邓瑛是一个特别配合的病人，端药来了他就喝，杨婉要他下地走走，他就披着衣裳在直房内来回走。除了李鱼和陈桦之外，内学堂的几个阉童也来看过他。他们在榻边跪着给邓瑛磕头，起来以后叽叽喳喳地给邓瑛说他们近来读的书。

邓瑛自从做了东厂的厂督以后，去内学堂的时候不多。

也许因为他是所有讲官里唯一的宦官，阉童们对着他的时候觉得亲近，没有那么惧怕，所以即便多日不见，仍然彼此亲近。

邓瑛靠在榻上听他们说话，杨婉便拿坚果与他们吃，自己也坐在一边，听他们问邓瑛书本里的问题。

邓瑛虽然不舒服，却依旧忍着疼，细致地回答他们。

杨婉听着邓瑛说话的声音，不禁想起，两年以来，她认识的很多人都变了，只有邓瑛还和从前一样，一直都愿意认真地和每一个人说话。

和阉童们说话算得上是片刻悠然，东厂来看他的人则都是和他说事的。

临近正月，厂狱快要竣工了，邓瑛请旨，从诏狱当中抽调了两名掌刑千户和百余校尉。如此一来，厂狱和司狱的规制几乎持平。

覃闻德过来禀告这件事的时候，杨婉正在外面煮面。邓瑛侧卧在榻上看书，覃闻德进去的时候，问了杨婉一嘴："小殿下的气性怎么那么大？我们督主那天到底说了什么不敬的话啊？"

杨婉摇了摇头，把面碗端给他："你端进去给他吧，让他好好吃，别剩。我去把衣裳洗了。"

覃闻德见柳枝上晾着邓瑛的衣衫，有两件还有淡淡的血色。

"哎，你说，督主过得清苦就罢了，杨姑娘，这种事你让承乾宫的人来做不就行了吗？"

杨婉用棉绳绑起自己的袖子道："我就没有使唤人的习惯。"

说着，又朝直房内看了一眼。"对了，你帮我一件事。"

"你说。"

杨婉收回目光："清波馆现在如何了？"

"关着，不过我前两日去看的时候封条已经撤了。"

杨婉点了点头。

"他们东家应该回不来了，宽勤堂和其他几个坊刻书局可能想要接手，你帮我看好它，不准它买卖。"

覃闻德道："姑娘要做什么啊？"

杨婉抿了抿唇："我要买下它。"

买下清波馆其实并不需要多少银钱，但是不仅要买下它，还要将它经营下去，所需的费用却不少。

邓瑛下得床以后，杨婉抽了半日，让合玉去将宋云轻请到承乾宫。

宋云轻跟着杨婉走进后殿的次间，一边走一边道："我听到了一件大事。"

"什么事？"

宋云轻打了个谜："儿子抓老子，这可是本朝头一件。"

杨婉听了这话，抿着唇推开了窗："细说说。"

宋云轻道："快入冬了，陈桦这两日天天在外面办炭差，我是听他说的，说是张洛亲自从家里锁拿了张次辅，关到诏狱里去了。京城里为这事都炸开了，你说这幽都官，也太狠了吧。"

杨婉听完这句话，忙转身问道："是今日的事吗？"

"今日一早，陈桦就在西华门上看着呢。"

杨婉肩膀猛然一松。

宋云轻继续说道："这张次辅是两朝元老，说拿就拿了，也不知道会怎么样。不过，应该是不能回内阁，也不能再做小殿下的老师了吧。欸，这么一说，翰林院会举谁啊？"

杨婉怔怔地点了点头，却没顾上回答她的问题。

历史上的张琮是靖和朝的辅臣，如果宋云轻的话成真，那么，她所知道的那段历史，就算是真正被她扒出口子来了。

"对了，喀喀……"

宋云轻被次间里的灰尘呛得咳了几声，挥袖扇着灰道："你把我带到这里做什么？"

杨婉弯腰打开箱子，宋云轻顿时被箱中的金银晃了眼睛。

"你……的啊？"

"不是，是以前宁娘娘留下的。我想整理整理，把它们清算出来，但邓瑛受了伤，我这几日实在太忙了，所以找你来帮个忙。"

宋云轻蹲下身道："怎么想起整理这些？"

杨婉应道："预备给小殿下，眼看着就要翻年了。"

宋云轻笑道："行，帮你清算，好久没跟你一块做事了。"

杨婉笑笑："想没想想过，以后出宫，也跟我一块做事？"

宋云轻笑道："我攒了一些钱，够一辈子清贫地过。等出了宫，我就找一个地方住下来，自己一个人清清静静的。"

杨婉点了点头，笑了笑说道："也好。"

说完，取了一支笔递给她。

两人各自点算，黄昏时才点算了不到一半。

杨婉看了看天色，估摸着易琅下学快回来了。

宋云轻直起身道："你去照看殿下吧，这一时半会儿算不完，我再点一会儿，后日不当值，过来帮你一道算完。"

杨婉点了点头，出来刚走到中庭，合玉便迎上来道："督主把小殿下接回来了。"

杨婉一怔，忙要往书房去，合玉拽住她道："姑姑别急，清蒙说，殿下是在路上遇见督主的，一路说着话回来，并没有争执。"

杨婉听了这话，才稍安下来。

"他们在哪儿？"

"殿下让督主去书房了。"

杨婉放轻了步子，悄悄走到书房外面。

里面的炭烧得很暖，一阵一阵的暖风从门隙里扑出来。

易琅与邓瑛一道立在灯下，易琅仰头望着邓瑛。

"我今日讯问了张副使，知晓了清波馆一案，可是我不明白，老师为什么要那样做？"

邓瑛蹲下身。

他身上的伤还没好全，身子不稳，便顺手扶着窗台。

他抬头凝视易琅："殿下看过杨大人写的《清田策》吗？"

易琅点了点头："看过，舅舅要还田于民，在南方推行新的税制。"

"嗯。殿下怎么看呢？"

易琅沉默了一阵："我觉得还田于民和赋税归田都是益民之策。"

"张大人怎么想？"

"先生……"

易琅垂下头："先生一直不太认可这个新政，他说祖制不能轻易违背。"

邓瑛咳了一声："所以殿下明白了吗？"

易琅眼眶一红，沉默地点了点头，抬头又道："这是不是……就是党争？"

"是。"

邓瑛闭眼缓了一口气："古往今来的官场，党争都是不可避的，不过殿下不必害怕，只需要从他们的政见里选择于国于民都有利的见地。"

易琅听完虽然在点头，眼眶却越来越红，他抬起袖子抹了一把眼睛，接着便一直抿着唇忍泪。

邓瑛问道："奴婢能问殿下为何难过吗？"

易琅摇了摇头："我觉得我以前学的道理都是假的。"

"不是。"

邓瑛换了一条支撑的腿，另一只手也撑向了地面："殿下要明白，《贞观政要》《资治通鉴》、"四书"、"五经"都是古贤人呕心沥血之作，他们教殿下立身，也曾教奴婢处世，谁把这些书本放到殿下面前并不重要，重要的是殿下的心性能否与古贤共鸣。"

灯烛一晃，熄灭了两盏，邓瑛的面上落下一片阴影。

"邓瑛。"

易琅唤了他一声。

邓瑛抬头应道："奴婢在。"

"我对你如此严苛，你为何还肯与我说这些？"

邓瑛含笑道："殿下不惑，吾等才能不惑。殿下清明，天下人才能清明。"

易琅听完，垂头沉默了良久。

"我以前……从来没有对人动过刑罚，我不知道会——"

"殿下没有做错。"

邓瑛打断他道："殿下惩戒的是奴婢对殿下姨母的不敬，奴婢受之于身，慎记于心。但望殿下能知刑罚残酷，行用慎之。"

198

86

杨婉一直站在门外听二人的对谈。

邓瑛讲到了《贞观政要》第五卷当中的《仁恻》篇，谈及贞观七年，唐太宗不避辰日哀悼襄州都督张公谨，以及贞观十五年，唐太宗下诏安抚病卒的故事。易琅安静地听邓瑛说话，偶尔询问。

邓瑛走出书房的时候，天幕阴沉，承乾宫已灯火通明。

杨婉站在阶下等他，抱着手臂冲他笑了笑："你真厉害。"

邓瑛行走仍然有一些不稳，踏阶时不得不扶着门廊柱。

杨婉伸手给邓瑛借力，一面替他看着脚下的台阶，一面轻声继续道："我自愧不如。"

邓瑛低头看着杨婉笑了笑："听说你要买清波馆。"

"覃闻德跟你说的吗？"

"嗯，为什么要买？"

杨婉抬起头："因为那是大明喉舌，虽然它强极便易折，但我很喜欢。"

大明喉舌。

邓瑛第一次听人用"喉舌"二字来形容天下流行的文章，很生动。但是过于贴切，令人有了画面感之后，反显得残忍。

"买下了还要经营，钱够吗？"

"不够问你要也没用啊。"

她说完挽住邓瑛的手臂："钱是姐姐和易琅的，我借来用，日后要还，你这个东厂的厂督就帮我护着它，让它赚钱。"

邓瑛笑着点头，应了一声"好"。

二人在宫道上走，邓瑛重伤初愈，一步一步走得有些吃力。

杨婉边走边抬头看天上的月亮，忽然说道："这个月月底，你带我出宫吧。"

邓瑛道："你想去哪儿？"

"想带你回家吃饭。"

邓瑛站住脚步，欲言又止。

杨婉回过头："你怕杨子兮吗？"

"是。"

邓瑛顺着杨婉的目光朝宫墙上看去："也许过不了多久，他就要亲自审我了。"

"为何？"

"明年杭州要试行赋税新政，杭州遗留的学田，户部已经开始清算了。"

杨婉捏了捏手指："你要如何应对？"

邓瑛摇了摇头："一旦滁山书院和湖澹书院被查，司礼监会保我。"

杨婉听后却蹙紧了眉，随即转身面对着邓瑛："司礼监若要保你，弹劾你的人会如何？"

邓瑛沉默不语。

杨婉望着邓瑛，半问半答："你要保他们。"

邓瑛抬起手抚上杨婉的脸颊："婉婉，等我的伤再好一点，好到能久坐的时候，我跟你回家吃饭。"

杨婉低下头，脸上的皮肤在邓瑛的手掌中摩挲。

"你还很痛吗？"

邓瑛抚摩着杨婉的眼角，摇了摇头："结痂很久了，你给我的药都很好。"

结痂之后掉痂，然后消肿，邓瑛的这一场伤病持续到了贞宁十三年的深冬。

在这期间，易琅愿意留邓瑛在自己的书房，偶尔也准许站不住的邓瑛在他面前坐一会儿。

从十二月初起，翰林院推举了一位老翰林汪临江充任皇子师，带着易琅从头开始精辩《贞观政要》，易琅受讲回来以后，习惯与邓瑛一道温故。

邓瑛在的时候，杨婉很少进去，即便进去也只是给两人送些饮食。

有一回，她煮了面给这两个人，邓瑛不能在易琅面前吃，便端着面坐在门廊下吃。

为了不沾上汤水，他小心地挽掖袖口，在寒夜里露出一截手臂，一口一口，吃得慢而认真。

书房内的易琅偶尔会抬头看邓瑛一眼，却也不说什么。

杨婉独自站在侧窗下，看着这两个在她面前各自沉默吃面的人，虽在冷窗下，心里却有些暖意。

性纯如雪，不闻远香，邓瑛是一个需要接近之后，才能洞悉真心的人。

杨婉在他身上看到了一种献祭般的凄美，像极了物哀美学的内核。

冬日卷帘，眼前大雪满地，知道不久之后便会化为泥泞，但仍然感动于它耗尽自身，献于眼前的这片纯净。他没有远香，在漆黑的夜里不为人知，只有提灯卷帘，才能得幸邂逅。

"万物谦卑无邪，所以寺内寿太郎才会说：'生而为人，我很抱歉吧。'"

杨婉在笔记上写下了这一句话。

那一日，易琅赏赐了邓瑛一件冬衣。

月白色的绫缎夹着不知名的兽绒，杨婉记得，那是邓瑛唯一的亮色衣袍。

邓瑛穿着这件冬衣，带杨婉出宫。

那日是腊月二十四，民间祭灶神，各处高门都挂上了接福的红袋，用来接"飞帖"。

广济寺门前在架鳌山灯，灯高十二丈，上悬金玉彩灯百余盏。杨婉边走边抬头看那架了一大半的灯架："我看宫中也在架鳌山灯，最高的那一个比这个还要高。"

邓瑛点头："今年宫内一共架了八盏，你看到的那盏最大，在太和殿，是杭州的几个官员送来的。广济寺门前的这一盏也是内廷制的，从除夕起，一共燃八日，供百姓游赏。"

杨婉低头道："鳌山一盏千金价啊。"

正说着，便听见鳌山灯下传来杨伦的声音："'宣和彩山，与民同乐'，礼部也是会拟，户部的堂官打饥荒的年份，我都恨不得在衙门口下跪，试问谁同乐得起来？"

站在他身后的萧雯忙拉住他的胳膊："这话我听着就吓人，陛下想与民同乐，造这鳌山灯，咱们跟着看就成了。今日菁儿出狱，婉儿也要回来，我知道你在户部做事，看这铺张场面你心里不顺，可再怎么气不顺，今日好歹也忍一忍。婉儿秋天在诏狱受那么重的伤，你在杭州，我们什么都没过问到，你不愧疚，我心里愧疚。我什么都不管，今儿的戏酒钱花下去，我得让婉儿开开心心地在家里乐一日。"

提起杨婉，杨伦才换了一副脸色："她说什么时候来？"

萧雯道："说的辰时之前……欸？"

她说着，已经看见了街市中的杨婉，忙提裙与丫鬟一道迎了过来。走到面前时，见邓瑛站在杨婉身旁，忙蹲身欲向邓瑛行妇礼，杨伦跟过来一把搀住萧雯："你是有诰命的。"

萧雯有些尴尬。

邓瑛向后退了一步，弯腰向杨伦行揖礼："杨大人。"而后又向萧雯回礼，"邓瑛见过夫人。"

杨婉见他行礼，自己也跟着向杨伦和萧雯见礼。

萧雯忙搀起杨婉："不是说辰时吗？怎这般早？"

杨婉道："今儿宫里祭灶神，小殿下不受讲，一早被中宫接去吃灶糖了。我左右无事，就求邓瑛早些把我带了出来。"

萧雯拉着杨婉不肯松手："我快两年没见到你了，自从我们娘娘不好了，老太太哭垮了身子，如今人不清醒，每日都念你和娘娘的名字，我们跟她说娘娘的名字不能念，她后来就一直念叨你。一日一日地问我，你过门了没，张家……"

杨伦咳了一声。

萧雯自悔失言："唉，我这糊涂人，连话也不会说了。"

杨婉握着萧雯的手笑了笑："我在宫里很好。"

"好便好。"

萧雯按了按眼角："外面冷得很，咱们进去吧。"

杨婉应了一声，回头看向邓瑛："走啊。"

邓瑛笑着冲杨婉点头，却没有跟紧她，慢了几步，与杨伦一道跟在仆婢的后面走进府门。

杨伦负手问邓瑛："我问你一件事。"

"嗯。"

杨伦咳了一声："昨日刑部去北镇抚司提卷，内阁一道看了，张琮的罪名拟的是私交内廷。为什么会突然拟出这么一个罪？"

邓瑛反问："你为何问我？"

杨伦站住脚步："内阁只有他不同意新政施行，在这个时候他突然下狱，你让我怎么想？且这个罪拟得真是好，私交内廷，一下子就成了定罪死案，呵……连东林人都没什么下口之处。"

邓瑛看着前面正与萧雯喋喋不休的杨婉："是杨婉做的。"

杨伦挑眉："婉儿？"

他说着诧异地朝杨婉看去："她这是把大明官政当儿戏！"

"杨子兮。"

邓瑛忽然正声唤出了杨伦的名字。

杨伦一愣，还没来得及开口，便听邓瑛追问道："你什么时候自负得连自己的亲妹妹都容不下了？"

杨伦驳道："我什么时候容不下她？我是不想她玩火自焚。"

"她若不如此，冒充宁妃写序的《五贤传》便会在清波馆刻印，到时候陛下震怒，北镇抚司锁拿的人就是杨菁和你。"

杨伦无话错愕。

邓瑛却不顾他沉默，继续问："杨子兮，如果这是儿戏，你还能在杭州试推新政吗？"

两个人站在中庭的雪地里，呵出的气瞬化白烟。

杨伦拍了拍身上的残雪，冷哼了一声："邓符灵，你今日气性格外大。"

邓瑛退了一步躬身作揖："请大人恕罪。"

杨伦低头看着邓瑛："这句话过几日再说吧，户部遣往杭州清学田的人已经回来了，最多开年，内阁弹劾你的本子就要递上去了，我没有立场再替你拖延，你好自为之。"

"你会与内阁联名上那本折子吗？"

"我不联！"

他的声音陡然提高："等你被定罪，我亲自抄你的家，让人看看，你这个家徒四壁的东厂厂督有多可笑。"

邓瑛笑了一声，朝杨伦走近一步："子分，对不起，我并非故意对你无礼。"

"你是听不得我说杨婉。"

他说完低下头，忍不住也笑了一声。

"我们一家人团聚吃饭，她非要把你带回来，弄得跟回门似——"

他说到"回门"两个字恨不得给自己一巴掌。

邓瑛看着杨伦的窘样，低头笑笑："我有三年没有在你家中吃过饭了。"

杨伦听完，转身就往跨门走，边走边对家仆道："去搬酒！"

87

筵席摆在小花厅，杨伦的两个姨娘跟着萧雯一道摆席。

杨菁在诏狱中染了风寒，身子看起来有些单薄，裹着一件厚厚的狐狸毛斗篷，在门前向杨婉见礼。

杨婉问他道："什么时候再进文华殿？"

杨菁笑了笑道："杨菁辜负了姐姐，进不去了。"

杨婉点了点头，从带来的包袱里取出一本清波馆刻印的《五贤传》递给杨菁。

杨菁接过来一看，却见著书人上写的是"杜恒"。

"杜恒？"

"嗯。"

杨菁抬起头："为什么是杜恒？他上个月已经病死了。"

杨婉拍了拍杨菁的肩膀："杨菁，听姐姐说，进不去文华殿也好，在外面干干净净地读书，考明年的春闱。"

杨菁看着书面儿，半晌方抬起头："多谢姐姐。"

杨婉示意他坐着休息，自己挽起袖子帮着两个姨娘摆席。

萧雯看着席面儿面露犹豫，将杨婉携到一旁道："我今儿倒惑起座次来了。"

她说着朝跨门外看了一眼："是不是得将尊位给邓督主让出来？"

杨婉笑道："嫂嫂叫人拿一个厚实些的垫子给我吧。"

萧雯回头对丫鬟道："去拿一个垫子。"又问杨婉道："身上不好吗？"

杨婉摇了摇头正要应话，杨伦已经跨进了花厅，脱下披风递给萧雯，又问道："点戏了没有？"

萧雯道："等厂督点吧。"

杨伦看了一眼跟在他身后的邓瑛："《千金记》①腻了吗？"

邓瑛跨进门内笑了笑："《鸣凤记》②更好一些。"

杨伦看向杨婉："你想听什么？"

杨婉抱着软垫道："有没有《伯牙鼓琴》？"

杨伦白了杨婉一眼："《吕氏春秋》那样的书又不是消遣，这里没有！"说完朝戏台上提高声音道："唱《千金记》里《拜将》那一出！"

《拜将》说的是韩信拜将，是《千金记》五十出里的《穷韩信登

①《千金记》：明代传奇，沈采撰。以韩信及其妻高氏为主线，写楚汉相争故事。包括漂母进食、胯下受辱、鸿门宴、追韩信、登坛拜将、灭项羽、封齐王等50出，有关项羽的诸出，刻画了项羽刚愎自用、勇而无谋的性格。

②《鸣凤记》：传奇剧本，明代人作。描写明嘉靖时杨继盛、邹应龙等八人，先后向皇帝弹劾权臣严嵩，受到迫害，最后斗倒严嵩，清算严党罪行。是明代传奇以当时政治斗争为题材的代表作。

坛拜将》，在《淮阴县韩信乞食》的后面。

杨伦在三巡酒后，发了性情，红眼击箸，立在厅上附唱了一段《劈破玉歌》：

> 韩元帅未得时来至，
> 在淮阴受袴下，曾被人欺。
> 河边把钓为活计，
> 漂母曾怜悯，送饭与充饥。
> "拜将封侯，拜将封侯，
> 千金来谢你，千金来谢你。"

歌后，杨伦烂醉，却一直不肯离桌。

杨婉让萧雯和杨菁等人都去休息，遣散了伺候的仆婢，撑下巴守着杯盘狼藉的两个人。

邓瑛并没有醉，却一直沉默。

杨婉看着杨伦道："醉成这样，还不如好好哭一场。"

"我没醉！"

杨伦一把掀翻了杨婉面前的冷汤，撑起身对着邓瑛胡言乱语："邓符灵，你说你怎么就当了太监……"

邓瑛伸手撑住杨伦的胳膊："因为我邓家有罪。"

"邓家有罪，关你屁事！"

杨伦说着摇摇晃晃地站起来，邓瑛为了扶他，牵扯到了伤处，不禁道："杨子兮，你坐好行吗？"

杨伦甩开邓瑛的手，啐了一口："你少管我！"

杨婉一把将杨伦扯回座上，杨伦的头咚的一声磕到了椅背上，磕得他更加晕头转向。

"他不管你，你就死江上了！"

"死江上就死江上！凭什么我要欠他？！"

他说完抬起袖子遮住眼睛："我杨伦这辈子无愧天地百姓，好不干净，为什么非要欠他邓符灵……"

邓瑛抬头看了一眼杨伦，端起桌上的冷酒喝了一口："我没让你欠我。"

"欠就是欠了！欠得我连我妹妹都保不住！你这么毁她，我这个做哥哥的不能手刃你，连骂都骂不出口，我杨伦就是个——"

他说着，响亮地甩了自己一个巴掌。

杨婉忙伸手拽住他的胳膊："你疯了？"

杨伦顶着巴掌印醉眼迷离地看向杨婉，忽然惨声道："你们都在保我，可是你们两个我却一个都保不住。"

杨婉怔了怔，张口哑然。

邓瑛的声音从杨婉对面传来。

"子分，在朝为官，能做好眼下那一隅已是很好，官场不能事事周全，你得过你心里的坎。"

说完又端开他面前的酒盏。

"以后少喝点酒，保养身子。"

"滚开。"

杨伦低骂了一句："你少管我！"

邓瑛笑了笑："子分，我们两个总得留一个人为老师写碑吧，你的字比我的好。"

杨伦咳笑，整个身子都瘫到了椅子上："老师只看得上你的字，你又不是不知道。"

他说完这句话，终于歪着头缩在椅子里醉迷了。

杨婉把杨伦交给萧雯安置好，这才跟着邓瑛一道出来，往东华门走。

大雪若鹅毛，落在邓瑛撑开的伞上，轻盈无声。

临近年关，街市上的行人来来往往，灶糖的甜香直往人鼻子里钻。杨婉背着手，望着满城炊烟，道："真希望今年这个年不要过去。"

邓瑛侧头："为什么？"

杨婉面向邓瑛站住："因为现在挺好的。不过，我也不害怕明年，邓小瑛——"

邓瑛笑了笑："婉婉，我一直想问你，在我的名字中间加一个'小'字，是什么意思？"

杨婉抬起头："是爱称。"

"邓小瑛，我看不开了，再难我也要跟你一起上。管他以后怎么样呢。我就不信了，我们不能好好地看着我们维护的这些人开创一片新的天地。"

她说完仰头望向落雪的天幕。

张琮退阁，历史的裂痕摆在了杨婉面前。

对于杨婉来讲，这是她的个人英雄主义。

即便她不是漏网之鱼，也要拼命地从这张网里游出去。

历史学教人综合地看待一个王朝盛衰的规律，把所有人的行为和生死囊括其中。

而杨婉要看的是"人"。

易琅的恻隐、杨伦的矛盾，以及自己的沉沦。

来到大明朝两年，她忽然有些明白，她存在的意义是什么。

不是自我崩溃，也不是狂妄地打碎他人观念，是作为一个鲜活的人活下去，遍体鳞伤地活下去，活着爱人、敬人，为人立命，或者为人立碑。哪怕一切都改变不了，也不要放弃成为他人真实的记忆。

"邓小瑛。"

"嗯？"

"笑一个。"

邓瑛立在伞下，望着杨婉摇头笑出了声。

"过来，婉婉。"

杨婉听完这一声，想也没想，便一头扑入他的怀中。

邓瑛轻轻地抚摩着杨婉的鬓角："我原本并不想活得太久，但我现在开始奢求一个善终，我怕我活得太短，不够赎完我对你的罪行。"

杨婉搂住邓瑛的腰。

"我让你笑一个，你非让我哭，你现在得对着我笑十个，不然你今天就睡我床底下。"

话刚说完，她的脸就被捧了起来。

邓瑛的笑容映入眼帘，贞宁十四年最后一场干净的雪就这么下完了。

贞宁十五年正月。

过了年十五，户部被催要年银的科部小官们闹得焦头烂额，杨伦一大早走进户部衙门，户部尚书便把他召入了正堂。正堂里摆着散碗茶，白玉阳以及齐淮阳都在，三个人已经喝过一轮茶，白玉阳身旁摆着一张椅子，显然是留给杨伦的。

户部尚书示意杨伦坐下，对齐淮阳道："齐大人，你接着说。"

齐淮阳道："其实我也没什么好说的了，就是这个弹劾本子该不该写的问题。"

白玉阳道："我们户部和刑部不写，你以为都察院下不了这个笔吗？"

他说着站起来："自从张琮私交内廷被下狱，六科恨不得把内阁挂到城楼上去唾骂，弹劾邓瑛的折子如果出自都察院，你们想想……"

"白尚书先不要急。"

齐淮阳看了一眼杨伦，出声打圆场："就算写也得想想，谁来起这个头，阁老如今在病中，杭州新政千头万绪，他老人家已精疲力竭，万不能再让他劳神。"

"你们想让我写。"

杨伦打断齐淮阳的话，抬头朝白玉阳看去。

"白玉阳，我告诉你，这个折子我杨伦不写，连名我也不会署。"

白玉阳几步跨到杨伦面前："傅百年揭发杭州学田的时候你就挡着，你现在连自清都不屑吗？"

杨伦道："你们要弹劾他我无话可说，杭州的学田该清得清，杭州的那几个蠹虫，该拿得拿。邓瑛下狱，我亲自请旨抄他的家，这样可以自证清白了吧？"

齐淮阳道："杨伦，气性不要那么大。我今日在部堂这里公议，就是还没有议定，大人们得把自己的想法和顾忌说出来。邓瑛如今是东厂厂督，不是一般的秉笔太监，陛下近几年来越发信任东厂，这个弹劾的折子递上去了，就得一击到底，否则，让他趁势反扑，我们这些人，都在危局之中。"

杨伦放下茶盏："好，我问问诸位大人，你们觉得，陛下会处置邓瑛吗？"

齐淮阳没有出声。

白玉阳道："你的意思是，陛下不处置他，就让他在我们眼底下贪？"

"他没贪！"

"你怎么知道？！"

两个人剑拔弩张，杨伦捏紧了拳头，却说不出话来。

白玉阳逼道："杭州新政是你和父亲的心血，我们排除万难，才推行到这一步，百姓眼巴巴儿地望着，今年能吃一碗饱饭。眼下地方上处处掣肘，官面比内阁还大，他们仗的是什么，还不是司礼监和东厂，一个个做了太监的儿子，早把君父忘了。身为臣子，不为君父拨云见雾，反为阉宦不平。杨伦，你此举，非循吏，非清流，直与那阉宦沆瀣一气，简直无耻至极！"

88

白玉阳这一番话说完，已经是气血上涌，青筋暴起，整个人也有些站不稳。

杨伦抬头看着他，对峙须臾后，突然拍案而起。他本就是宽肩长臂之人，身材挺拔，背一直就压了白玉阳半个头。齐淮阳以为两个人要起冲突，跟着杨伦就站了起来，谁知杨伦却什么都没说，狠剜白玉阳一眼，甩袖跨出了户部正堂。

白玉阳恨道："若不是父亲看重他，就他今日这几句话，连同去年秋阻清学田，弹劾的奏本上也该留个地方去写他的名字！"

齐淮阳劝道："罢了，白老病中再三叮嘱，让我们都压着脾性，好好相商，这本弹劾奏折，势必要写，但一定得拿捏好言辞。"

"哼！"

白玉阳坐回椅中，指着前门煞性般地喝道："怎么商讨？人都走了！"

户部尚书摁了摁眉心，冲白玉阳压手掌："他也没走，外头各部的司官和堂官们在闹空头饷，他出去还勉强弹压得住，让他去吧，他不在，咱们还能心平气和地说。"

白玉阳喝了一口冷茶，勉强把性子压了下来。

齐淮阳道："如今杨伦不肯起头，这本折子谁来写？"

白玉阳扫了一眼户部尚书，尚书低头喝茶，并不言语。

齐淮阳看他们皆不言语，也坐下无话。

良久，白玉阳才出声道："我再问一问白老的意思。"

齐淮阳道："阁老的病见起色了吧？"

白玉阳摇了摇头："开春尚未见好，恐要等天气再暖和些。"

齐淮阳叹了口气："人上了年纪，当真遭不得罪。听说张次辅在诏狱里也不好，年底时像是不大行了。"

白玉阳道："倒是，他那个儿子，狠哪！"

话至此处，三人心里都各自不稳，过了辰时，各部皆有事，便自散了。

这一日，御药房给易琅进补汤，杨婉顺道跟着彭御医去替邓瑛取药。

彭御医道："厂督的伤好得差不多了吧？"

"是，您的药一向好，就是最近老见他走得不舒服，恐是腿伤又犯了。"

彭御医道："那本就难治，他一旦一段时间顾不上内服和外用，之前的功夫就会白费。"

杨婉低头："是，还要请您再费些心，我日后一定盯着他，好好在您手底下治病。"

彭御医笑了一声："姑娘操的心多，自己也要注意调养。冬春之交，旧伤易发，杨姑娘若有不适之处，可与内女医相谈，询一些保养之法。"

杨婉点头应"是"。

趁着给邓瑛配药的空当，两人又说了一会儿冬春之交，调理小儿肺热的饮食之法。

待取药出来时，日已在西山。

杨婉抱着药往内东厂走，却忽然看见一个身着玄袍的人迎面向她走来。

杨婉一眼认出那人是张洛。

她没有试图避开他，沉默地停下脚步，等着他走到自己面前。

"谢谢你没有对我弟弟动刑。"

她说完屈膝行了一个礼。

她直起身迎向张洛的目光："清波馆一案，大人不曾迁怒任何人，我很感怀，如今我就在这里，你要对我如何，我都不会说什么。"

张洛的面色有些发白，下颌的胡楂儿泛着淡淡的青色，人站得笔直，面上也像箍着一层面具一样，僵硬得很。他才从诏狱里出来，临出刑室前，他的父亲跪在刑架前亲口向他告饶，他什么也没说，只命人把对方身上那件打烂了的囚服换下来。

清波馆的案子快要审结了，他终于回想起杨婉在文华殿前对他说的那一句："我只愿大人触及真相时，还能像当初对待我那样，对待有罪之人。"

"那人是我父亲，你利用我来对付他，就不怕我杀了你吗？"

杨婉摇了摇头："就是赌而已，赌你心里那本《大明律》。"

一个女人，算到人心并不稀奇，难的是将制度和人心算到一起。

张洛如鹰隼盯食一般地看着杨婉："《大明律》何曾准奴婢干政？杨婉，你是自寻死路。"

杨婉抬起头："我明白，但我没有别的路。我不谋害任何无辜之人，我只为受冤之人申冤。《大明律》的确不允许女人来做这件事，但我想问，如果我不做，谁来做？"

她说着朝张洛走近两步："桐嘉书院八十余人被你虐杀，张展春惨死，郑秉笔被杖毙，我姐姐被囚，哥哥差点死在寒江上，皇长子终日惶恐于承乾宫，既要尊君父，又要明大政。我不说我作为一个女人应该怎么样，作为一个没有失去心智的人，我救不了他们，但我不能什么都不做吧？"

张洛一把攥住杨婉的手腕，杨婉怀中的药瞬间摔散在地。"你这般狂妄，置我大明官政于何地！"

"那你做啊。"

杨婉目光一软："张副使，你救救有冤之人……如果你能救他们，我甘愿被处置；如果你救不了他们，那就求你放过我。"

她说完，一点一点把自己的手腕从张洛的手中抽了出来，她深吸了一口气，挽起袖子去捡地上的草药。草药太碎了，又被张洛踩踏过，怎么捡都捡不完。她索性跪伏下来，放下袖子去拢。

张洛低头看着杨婉的手。

杨婉在他眼中，一直很矛盾。

和所有诏狱的因犯一样，囚服裹身后，杨婉就是一个手无缚鸡之力、浑身发抖的女囚。如今跪在地上捡药材的模样，也是和其他的宫人一样卑微无措。但不管她有多害怕、多恐惧，她仍然可以在言语上挟制住他，张洛甚至觉得，那不是言语上的挟制，是一种气节对另外一种气节的碾压。

至于他为什么会把"气节"这个词用在一个女人身上，他自己也想不明白。

"来人，帮她捡。"

杨婉跪坐抬头："我不需要男人的怜悯。"

"不要男人怜悯，你靠什么活着？"

杨婉抿了抿唇："靠我对你们的怜悯。"

张洛对捡药的校尉道："把她拉起来。"

杨婉被锦衣卫架起身，在他们面前，她就像一丛绒绒的藤萝花，伶仃地挂那儿。张洛抬起手，然而手指还没触碰到她的下巴，却听她道："我不喜欢被人这样触碰。"

张洛沉默了一阵，慢慢地垂下手。

校尉把捡好的草药呈给张洛，张洛接过，伸手递到杨婉眼前。杨婉戒备地看着他，却没有接下。

张洛仰起下巴，低目看她道："杨婉，我没有你想的那般无耻。父亲有负皇恩，理当判罪，清波馆一案我不会报复你，你不服礼法管束，插手朝廷官政的罪，我也暂且记下。"

他说着将手臂一抬："药拿回去，你好自为之。"

金阳西垂，满地长影。

杨婉将药抱在怀里，半晌，才缓缓地把强顶在胸口的那一股气吐了出来。

她拢紧衣衫，快步走到内东厂，邓瑛却并不在厂衙内。覃闻德告诉杨婉，明日常朝，陛下要临奉天门，司礼监今日按例要大议，督主参议去了。

大明自太祖皇帝起，日朝通常都是不中断的，即便恶劣天气，也很少免朝。只有遇到后妃、亲王、郡王薨逝，例行"辍朝仪"一日到三日不等。但到了贞宁帝这一朝，却逐渐懈怠起来。贞宁四年起，常朝基本上已经罢行，日常行政彻底交给了司礼监与内阁配合，只有遇到重大的朝政议题，贞宁帝才会登奉天门听政。

杨婉推算贞宁十四年间，最近的一场皇帝亲临的日朝是正月二十三，也就是明日。

贞宁帝对国家财政的掌控是有执念的。

每一年年初，通常大议财政。这是家国生路，一旦议得不好，对户部和地方赋税甚至边防都是浩劫，再加上，今年是杭州试行"田亩新税"的第一年，内阁年前就在养心殿陈过情，恳请贞宁帝临门钦议。

皇帝要亲临日朝，头一晚司礼监几乎人人都不得睡。

邓瑛久坐难起，索性立在书案前，弯腰翻看户部的奏章。

檐下化雪，雪水一梭一梭地砸在窗下，正堂内的炭火越烧越少，两个小太监见邓瑛畏寒，便偷偷将炭火盆子挪到了他的脚边。

"腿上又不好了吗？"

何怡贤从外面走进来，胡襄忙服侍他脱下斗篷。

邓瑛放下笔："谢老祖宗关心，季节之交，总是会疼几日。"

何怡贤走到他面前道："还能支撑？"

"奴婢能。"

"我看得养一养。"

邓瑛垂头不言，何怡贤道："弹劾你的折子，内阁已经写出来了，明日朝上，便有人当朝诵奏。"

邓瑛握笔的手顿了顿。

何怡贤继续道："知道起头的人是谁吗？"

"不知。"

"是你的老师。"

邓瑛慢慢握紧了手中的笔。

何怡贤看着他的手指，平声道："你对这些人再好又怎么样，几千亩的学田收着租子，你今年连一座二进的院子都买不起，不知道的，还以为主子多苛待你，我今儿把你的病和境况跟主子提了一嘴，主子有赏，叫你明日去领受。"

邓瑛抬起头："老祖宗什么意思？"

何怡贤啧了一声："主子和我都还是疼你这个人的。"

89

邓瑛听完这句话，撩袍慢慢坐下。

内阁选择在明日于御门上奏弹劾他，而不是经由司礼监向皇帝呈奏，这一举不给邓瑛留余地的同时，也没有给内阁留退路。

何怡贤示意胡襄搬了一把椅子放在邓瑛对面，扶案坐下，一下子挡去邓瑛面前一半的光。邓瑛抬起头朝何怡贤望去："参朝官员的府邸，也有老祖宗的眼睛？"

何怡贤摆了摆手："你是东厂的督主，试问这京城当中，哪一家没有你的眼睛？邓瑛，你不是看不见，你是不想看，不想你的老师把你当成张洛一般的人物。"

他说着长叹了一声，拍了拍邓瑛放在灯下的手背。

"明日就要被弹劾了，如果我不提，你今晚是不是打算在这里抄一晚上的奏疏，等着刑部明日来拿你。"

邓瑛将手收放到膝上，对何怡贤道："老祖宗放心，即便奴婢下刑狱，也不会做损伤主子天威的事。"

何怡贤道："主子也知道你是懂事的人。"

他说完放平了声音："受了那一刀，虽然亏损了身子，但好歹是真正的宫里人，都在主子荫蔽下过活，不管你有什么心思，司礼监都不会对你见死不救。"

邓瑛垂下眼睛："奴婢卑微，不堪受此大恩。"

何怡贤笑了一声："做了宫里的奴婢，不管你想不想，咱们哪……都是荣辱一体。"

他一面说一面低下头看向邓瑛的脚踝："离明日奉天门听政还有几个时辰，回去歇着，好好地养养神。胡襄。"

"是，老祖宗。"

何怡贤指了指邓瑛手下："过来替他。"

邓瑛走回护城河边的直房。

房门是朝里开着的，床边的炭盆子里炭火烧得很旺。桌上放着两包草药和一包坚果，坚果下面还压着一块用羊皮做的暖套。做得很丑，针脚完全不整齐，只是勉强将两张羊皮缝合到了一起。

杨婉侧躺在他的床上，人已经睡着了。

她睡得很不安稳，下意识地抓着邓瑛叠放在床边的寝衣。

邓瑛小心将东西收好，脱下身上的官服，坐在杨婉身旁，将双脚靠近炭盆。

连日化雪，寒气侵骨，牢狱中的旧伤一日比一日发作得厉害。

虽然已经过去两年，刑部大狱所经种种，尚历历在目。

他低头看着自己的手腕，想起他曾对杨婉说过的话。

他告诉杨婉，这是镣铐的痕迹，还有他脚腕上的伤，都很难消了。虽然他一直在听杨婉的话，好好地吃药，调理身子，但是效果并不好。他最初虽然不明白，他并没有做过什么大逆不道的事情，却要受这样的责罚，但是，他现在想要接受这些责罚，继续活下去。

这些话，现在想来也是一样的。

唯一不同的是，他有了杨婉。

他用一种在外人看来极其龌龊的方式，拥有了杨婉。

可是他心里明白，那其实是他对杨婉的交付。

灭族、获罪、腐刑……

衣冠之下，每一局他都在输。

没有人在意他的尊严，对他施加的刑罚理所当然，每一回都极尽羞辱。

但杨婉让他赢，让他体面而安心地做爱人之间的事。他不敢拒绝枷锁，她就握着他的手，给他恰到好处的束缚。他恐惧裸露，她就准许他保有完整的衣冠，她把自己伪装成一座馥郁芬芳的囚牢，并不是为了折磨他，而是为了收容他的残生，给他归属感和安全感。

在杨婉身上，邓瑛不敢看过去也不敢想以后的这两年终于慢慢过去。

即便前面仍然晦暗不明，但身后有了这么一个人，看着他在前面走，再坎坷的路，好像也变得没那么难走了。

他伸手轻轻地绾好杨婉的耳发，起身半跪下来，闭上眼睛伏身吻了吻杨婉的唇。

杨婉并没有醒，只是伸了伸腿，轻轻地踢了踢被子。邓瑛起身拉起被她踢开的被褥，盖在她的身上，试图把自己的寝衣从她手里抽出来。谁知她却反而越拽越紧。

邓瑛算了算时辰，离二更不过一个时辰。

他索性不躺了，坐在杨婉身边安静地烤暖自己的手脚。

背后的人呼吸平和，裹着他的被褥翻了个身，邓瑛的寝衣也被她抱入了怀中。

邓瑛侧头看了一眼杨婉的背，透窗的叶影落在她的身上。

临朝之前，这么见她一面真好。她一直在睡，什么话都没有说，但邓瑛的内心却被一点一点熨平了。

料峭的早春寒风呼啦啦地刮过京城上空。

四更刚过，在京的朝参官①都已经起了身，东、西长安街上的各处府宅的灯火接连燃起。

这是贞宁十四年的第一个皇帝亲临的御门朝，且不是不问政的朝贺大朝，而是实打实的议政朝，各部科的官员们都没打算放过皇帝。虽然天色尚早，寒风凛冽，但待漏②的官员们还是挤满了朝房。

端门上的直房内，内侍们给内阁的几位近臣煮了驱寒茶。

杨伦捏着茶盏道："我不肯起头，也不该让老师起头啊，他人已经病得起不来身了！"

白玉阳站在他面前道："这是父亲的意思。"

杨伦怔了怔。

白玉阳道："这也是为了保全户部和我们联名的官员，父亲让我告诉你，你不署名也是对的。开春后，杭州的田政还要过你的手，户部如今不能乱。"

杨伦听完，喉中哽咽。

"今日谁唱折③？"

白玉阳道："我们今日都不唱折，交给通政司的官员代读，这也是阁老的意思。"

杨伦点着头站起身朝直房门前走去，走了几步，又回头道："弹劾邓瑛之后，你们要奏启三司吗？"

"自然。"

白玉阳咳了一声："这个人不能放在内廷审，即便启不了三司，那也得把他落到刑部。"

杨伦还欲再问，端门上的内侍在外叩门道："各位大人，五凤楼要鸣钟了。"

---

① 朝参官：能够上朝面圣的京官。
② 待漏：指等待上朝的这一段时间。
③ 唱折：指官员在朝上诵读自己的奏本。

"知道了。"

白玉阳应声站起，对杨伦道："入朝吧。"

长鞭叩吻地面，一声炸响之后，百官入朝。

达奉天门丹墀前，寒风吹着满朝衣冠猎猎作响，几乎淹没钟鼓司的礼乐。

锦衣卫力士撑五伞盖、四团扇，从东、西两侧登上丹墀，不久贞宁帝御驾登临，丹墀下再次鸣鞭，鸿胪寺"唱"入班，左右文武两班齐头并进，浩荡地步入御道。

邓瑛在文官的大班里看见了杨伦，遇到旁有负责纠察仪态的御史，两人都不敢有多余的眼神，目光一撞，便各自避开。

一拜三叩之礼后，鸿胪寺官员出班，对贞宁帝奏报入京谢恩、离京请辞的官员姓名。

这一日风大，皇帝并没有兴致召见这些人，只命在午门外叩首。鸿胪寺的官员退奏后，何怡贤代贞宁帝询边关有无奏事，兵部尚书虽欲当面奏西北军饷亏缺一事，但见通政司的司官已经举了内阁的奏本，便没有面奏，只将奏本交给随堂，便退到了班内。

通政司的官员见兵部退下，即"打扫"①了一声。

出班道："陛下，内阁有本，着臣代为宣诵。"

贞宁帝点了点头。

何怡贤即高声道："念——"

司官撩袍跪地，展开奏本。

邓瑛的脚边落下一抔飞燕的翅灰。

他垂下眼睛，望向那抔翅灰。

司官端正的声音传入耳中，字正腔圆，如高处落石，每一声都扎扎实实地砸在邓瑛身上。

"经查，滁山、湖澹二书院，共学田一千七百余亩，皆为和崇四

① 打扫：指唱折的通政司官员唱折前清理嗓音。

219

年太祖皇帝所赐。今俱被司礼监太监邓瑛私侵，两年来所没田粮谷米三万斤，牛马禽鱼不可计数。致使杭州私学学怨频生，滁山、湖澹二院无以为继，此行乱地方学政于当下，大逆先帝仁道于天威之下……"

整篇奏章并不长，通政司的司官抑扬顿挫，也只念了不到半盏茶的工夫。

奏毕后，司官重回班列，丹墀下无人出声，连一声咳嗽也听不见。

贞宁帝道："把奏章呈上来。"

邓瑛将奏折呈上金台[①]，满朝文武的目光皆追着他上阶的身影。

贞宁帝抬手，接过奏章，侧面对殿陛门楯间的大汉将军道："带他下去。"

带刀的校尉应声而出，将邓瑛押下了金台。

皇帝在御座上翻看奏疏，忽唤了一声杨伦。

"杨侍郎。"

杨伦出班行跪，叩首应："臣在。"

贞宁帝抬起奏疏示向他："你为何没有与户部众臣联名？"

杨伦伏身道："臣曾以'秋闱在即'之名，阻清南方学田，今日事发，臣有不可避之嫌，是以不堪与内阁联名，在此案查明之前，还请陛下，许臣于朝外待罪。"

贞宁帝笑了一声："这是跟朕辞官。"

杨伦叩首道："臣不敢。"

贞宁帝道："此话不实，白阁老病重已不堪杭州之任，你此时要在朝外待罪，即罔顾己职，深负朕恩。"

"是，臣知罪，臣失言，请陛下责罚。"

贞宁帝又将白玉阳唤出班列。

"白尚书，朕看这联名书上也有你的名字，刑部部议过了吗？要拿哪些人查问？"

白玉阳道："回陛下，刑部大狱中的傅百年，需重新提审。另外，

---

① 金台：朝会时皇帝落座的地方。

杭州知府，以及解运司吏皆需解入刑部。"

贞宁帝沉默了一阵，敲御座道："多了。"

90

"多了"这两个字轻飘飘地落在每一个人的头顶上，却硬生生地逼回了白玉阳后面的话。

贞宁帝看向被人押下金台的邓瑛，倾身问道："厂狱中还有多少案未结？"

邓瑛跪答："回陛下，还有十三案未结，其中四案是北镇抚司移送，可在臣受审时移回北镇抚司。"

贞宁帝道："那余下的九案呢？"

校尉松开邓瑛的手臂，由他伏身请罪："臣愧对陛下。"

贞宁帝看向白玉阳："连杭州的解运使都要押解进京，那杭州的户务官员岂不是要拿空了，这还如何为新税行政啊？"

他说着扫了一眼在站的户部官员以及出班的白玉阳。

白玉阳忙应道："臣思虑不周，但私侵学田罪不容赦，还请陛下准臣等严查。"

贞宁帝站起身，提声压住白玉阳的声音："朕什么时候说不准你们查了？"

"是，陛下圣明。"

贞宁帝笑了一声："朕给你们个法子。"

他说着走至金台边沿，俯看众臣。

"胡、蓝案之后，各科部官职悬空，太祖帝令罪官'戴死罪、徒流办事'。"

此话一出，众臣面面相觑，但碍于日朝的礼仪规范，不敢议论。

胡案、蓝案，分别指的是太祖时期的胡惟庸案和蓝玉案，这两个案子前后杀了几万人，各科部的官员几乎损了一半，政务积压，各部一时无法正常运转。于是，太祖帝命罪官"戴死罪、徒流办事"，很多已经判了死罪被关押在监狱里的官员又被拎了出来，披枷带锁地在衙门办公。等手头的事了结以后，该送回关押仍送回关押，该杀的也一个不漏地拖到了菜市口。

贞宁帝在这个时候援引这个先例，白玉阳等人皆措手不及。

"朕的意思是，学田案由刑部来审，你们可以提审邓瑛，但罪名没有审定之前，东缉事厂的事务仍由邓瑛兼办，杭州的户务官员也是一样，罪名议定之前，皆待罪办事，众卿可有异？"

金台下无人敢应声。

贞宁帝继续道："既无异，接着听户部的部议，把兵部将才呈上来的奏章也发还下去，着通政司念来听。"

这次日朝持续很久，一直到正午时分才唱"散"。

校尉将邓瑛交给了刑部的差役，走五凤楼的右掖门出去，杨伦从后面跟上来，唤了邓瑛一声。

邓瑛回过头，两人相见各自沉默。

刑部的差役道："杨大人，我们还得办差，您……"

"我与他说几句话。"

差役们应声退了十步。

邓瑛转过身对杨伦道："你看懂陛下的意思了吗？"

杨伦点了点头："我懂了，陛下还是不肯动司礼监。"

邓瑛道："如果你们不牵扯杭州那一批官员，我可以认学田的罪，将这件事情了结在我身上。但是现在看来，不牵扯杭州是不可能了，那些人走的都是司礼监的门路，你要提醒刑部，查这些人，不能查得太干净。"

杨伦握拳叹了一声："他们不会听我的，还有，一旦他们听了我的，内阁在六部的信誉顷刻之间就会荡尽。邓瑛，我希望你明白，老师未必舍得亲自写弹劾你的折子，但他身为内阁首辅，他不能眼睁睁地看着内阁被东林人挂在城门上骂。"

邓瑛垂下眼，半晌方点了点头。

"我心里明白，但是，你们要提防司礼监的反戈。"

杨伦喝道："他们能怎么样，我和老师都是堂堂正正在朝为官的人。"

"你们是，你们底下的人呢，族中的人呢？"

他声音一沉："我曾经不也是堂堂正正在工部做官的人吗？结果呢？也落得人不人鬼不鬼的下场。"

杨伦望着邓瑛的面容，一时哑然。

邓瑛叹了一声："杨子矜，帮我跟白玉阳求情，不要把我长时间困在刑部大狱，我在外面，还能跟诏狱制衡一二，若司礼监反弹劾这次弹劾我的官员，你们内阁不至于完全被动。"

杨伦道："难道司礼监敢弹劾老师？"

"白大人虽在病中，但这一本奏章是他起笔写的，这就——"

"该由我来写的！"

杨伦打断邓瑛："我早该想到，我不写就是逼老师写。"

邓瑛轻声道："都一样。"

"能一样吗？我尚年轻，老师已经是古稀之人，如今又病重，经得起什么折腾！"

"杨子矜，你冷静一点，我掌东厂这么久，三司我牵制不了，你们自己想办法，但只要是落在诏狱里的案子，我不是一点办法都没有。"

杨伦抬头凝视着邓瑛的眼睛："东厂是陛下拿来震慑我们的，你用来救我们，你自己怎么办？"

邓瑛笑了笑："这是我的事。"

杨伦喝道："你是不是觉得你这样做，就能逼着老师认可你？"

"那你要我怎么做？"

邓瑛迎风抬起头："老师认不认我，我早就没有执念。但我不是一点知觉都没有，你明明知道我心里的想法，为什么还要对我说这样的话？"

"我……"

杨伦心里有些后悔，低头看向邓瑛的手腕，岔开了将才的话题。

"他们现在带你去刑部，是要做什么？"

"戴死罪、徒流办事，还能做什么？"

邓瑛抬起手："无所谓，只要不关着我，锁就锁吧。"

"要死！"

杨低骂了一声。

邓瑛朝他身后看了一眼："不要露情绪。"

杨伦压低声道："你这样怎么在宫里生活？难道又要连累我妹妹？"

邓瑛听他提起杨婉，垂眼沉默。

杨伦咳了一声，转话道："她最近买下了之前被张洛查封的清波馆，馆内的收益不能入宫，暂由我的妻子代掌，你帮我问问她，她需不需要，若是需要你就替我带进去。"

邓瑛笑笑："你这就是多此一问，她在承乾宫，衣食都是最好的。"

杨伦喝道："那你呢！身子不要了？她还要照顾小殿下，怎么得空天天照顾一个戴着镣铐的人？你拿钱去给那些阉童，让他们照顾你的起居，不准累我妹妹一个，否则我下回见到你，一定揍你。"

一阵大风从二人身旁吹过，吹起二人身上厚重的官服。

两个人同时想起了杨婉的面容，一道沉默了下来。

良久，邓瑛才轻声道："子兮，我在广济寺的那一间房子是留给杨婉的，我知道，我现在这个处境，必会被刑部抄家，要保住它很难，但我还是希望你帮我想想办法。"

杨伦听完这句话，心中猛地一抽。

他平时并不算一个在情爱一事上多敏感的人，可是听到邓瑛要给杨婉宅子，他却如同被冷水浇头，心头猛地生出一阵恶寒，不自觉地捏着袖子，牙齿紧咬："你们到底怎么了？你为什么要给她宅子？"

邓瑛咳了两声："我没有别的留给她。"

"我问你为什么无缘无故要留东西给她？"

邓瑛沉默地看着地面。

杨伦脖子上的经脉逐渐暴起，握拳朝邓瑛逼近几步："邓符灵！我在问你为什么要无缘无故地给她宅子！"

邓瑛仍然没有说话。

这种沉默令杨伦浑身颤抖，他偏头看着邓瑛，喉咙里逼出来的声音很是尖锐："你到底做了什么？你忘了你两年前对我发的誓了吗？！"

"子兮，我……"

邓瑛一个"我"字还没完全说出口，脸上就狠狠地挨了杨伦一拳。

这一拳杨伦使了八分的力气，邓瑛几乎站不住。

十步之外的差役看到这个场景连忙上前来将邓瑛架起，对面又有门上当值的内侍上前，帮着拉开杨伦。

"杨大人，邓督主，这是在鼓楼下面，二位不得失仪啊。"

杨伦虽然被人拽着，眼中却如有火烧，他甩开内侍走到邓瑛面前，切齿道："别的事情我都可以原谅你，但是邓符灵，那是我的亲妹妹，你怎么敢……"

邓瑛抬手摁了摁面上的伤："我一生都无法偿还。"

杨伦听完邓瑛这句话，不由得闭上眼睛，指节握得发白。

喉如吞炭，什么都说不出来。

他狠狠地抹了一把眼睛，转身便往掖门走，走出掖门，便在寒风里又硬生生地给了自己一个巴掌。

差役待杨伦走远，才问道："邓督主，您没事吧？"

邓瑛摇了摇头："没事，走吧。"

护城河边的直房内，杨婉醒来的时候，日已渐西。

她忙坐起身子，揉了揉头发，李鱼端着水进来，放在门口，探了个头在门口看她。

"你总算睡醒了。"

杨婉穿鞋下床："你进来吧。"

李鱼这才推门进来："你是不是病了？"

"啊？"

杨婉拢着头发站起："怎么这么问？"

李鱼道："我看邓瑛病的时候，也这样睡，什么都不吃。"

杨婉看了看外面："御门朝结束了吗？"

李鱼点头："结束一会儿了。"

"邓瑛呢，怎么还没回来？"

李鱼叹了一口气："他被刑部带走了。"

"什么？"

李鱼见她要出门，忙拦住道："你你……你先别慌，我问了我干爹，没说要关他，他一会儿就会回来。"

杨婉皱眉，转身问道："不关是什么意思？"

李鱼抓了抓脑袋："我也没听明白，杨婉，你知道什么是'戴死罪、徒流办事'吗？"

杨婉闻话肩头一松。

李鱼诧异道："说话啊。"

"哦……那是指官员在定罪之前，以待罪之身处理公务。"

李鱼点着头："哦，难怪还能回来。欸，杨婉，你去哪儿？"

"去接他回来。"

91

这日刮了整整一日的风，日暮时太阳却在墙上露出了头，温热的夕阳余晖烘着杨婉的背。

杨婉在东华门看到邓瑛时，他还在与覃闻德说话。

他的手腕和脚腕都被锁上了刑具，行走不便，时不时地便要停几步。覃闻德几次试图扶他，他都摆手拒绝。

"你遣人下一趟杭州。"

"这个时候下杭州查什么呢？"

邓瑛小心地避开地上的一块石头："查杨家在杭州的棉布生意，不论是什么问题，都先不要拿人。查了回报我，如果那时我在刑部大狱，就直接呈报杨伦。"

覃闻德道："如果杭州官府也在查杨家，我们该如何？"

邓瑛轻轻握住自己的一只手腕："那你们就反查杭州知府，记着，不要从私田私盐这些财罪上入手，只查他的政绩，迫他停手便止住。"

覃闻德应了一声"是"，又看向邓瑛的手腕。

"督主，您这样，属下们看着心里难受，恨不得去掀了他刑部大堂。"

邓瑛垂下手："我仰仗你们做事，你们万不能逞一时意气。"

覃闻德丧气道："属下明白。但您如今这样，如何起居行走呢？"

这话他一个爷们问出来，自己都尴尬，邓瑛也没有回答。

"有我啊。"

覃闻德闻声抬起头，见杨婉一个人，正笑着站在他面前。

"婉姑娘。"

"放心把你们督主交给我吧，保证不让他饿着冷着。"

邓瑛看见杨婉，下意识地拉了拉衣袖，试图遮住手腕上的刑具，面色有些腼腆。

杨婉没有去看那些令邓瑛尴尬的东西，抬头望着他的面容问道："怎么这么久才回来？"

"填鞫谳①的册子填得久了一些。"

他说着，侧身唤道："覃闻德。"

"属下在。"

"你先去吧。"

"是。"

杨婉站在邓瑛身后，探了个脑袋看着被邓瑛撵走后一步三回头的覃闻德道："你带这些人带得真好，能在各地扎扎实实地做事，人却和和气气的，看着一点都不吓人。"

她说完直起身，这才低头看向他手上的刑具："难得的是，他们还真心关心你。"

邓瑛捏着袖口，又把手腕往里缩了缩。

杨婉一把捉住他的手："别藏了，回都回来了，你总要让我知道，怎么照顾手脚不方便的人吧。"

----

① 鞫谳：指审讯议断（狱案）。

邓瑛看着杨婉低垂的眼睛，轻声道："我这样和从前也没什么不一样，我可以照顾自己的起居。婉婉，你不要在意。"

"嗯。"

杨婉吸了吸鼻子："你不在意，我也不在意。"

她说着，轻握住邓瑛的手，目光一柔："邓瑛，我来之前，其实心里还挺难受的，但刚才看着你与覃闻德说话的样子，我又觉得是自己太浅薄了。"

她一面说，一面绾起被风吹乱的耳发："这些东西算什么呢？不过就是一堆用来规训人的铁，可即便你戴着它，你还是能做你想做的事，邓小瑛。"

杨婉抬起头，冲着他露了一个笑："你真厉害。"

邓瑛听她说完这一番话，这才试探着抬起手。

镣铐的铁链从他的衣袖里滑落出来，贴着他的手臂垂下，他用另外一只手小心地摁住，以免磕碰到杨婉，探出的手轻轻地抚上杨婉的脸颊。杨婉这才看见，他面上有一块肿伤。

"哥哥打的？"

"你怎么知道？"

"因为他就是干这种事的人。你别气，我下次把他揪到你面前，摁着让你打回来。"

邓瑛听完笑出了声。

杨婉抿了抿唇，轻声继续道："邓瑛，我不是开玩笑的，他已经欠你欠得下辈子都快还不清了，但你看在我的分儿上，少给他算一些。"

邓瑛摸着杨婉的鬓发，笑应了一声："好。"

杨婉这才笑开："我们慢慢走回去吧。"

"嗯。"

杨婉陪着邓瑛慢慢地往护城河边走，一路上邓瑛简单地将今日御门朝上的事情对杨婉说了一遍。杨婉下意识地抱起了手臂："陛下让你待罪办差，是在留时间和余地给司礼监做反应。"

"是。"

"所以，你让东厂去杭州查我家的棉布产业，是怕司礼监利用杭州的官员来反弹劾哥哥？"

邓瑛的步子越走越慢，声音却很清晰。

"户部和内阁，都在竭尽全力保杨伦，我能做的不多，能帮一把是一把吧。子今毕竟年轻，且他是直性子，在官场上交往的人并不算多，只要遮盖住族中人的纰漏，司礼监就动不了他，但是……"

杨婉接下邓瑛的话。

"白阁老那里就难了是吗？"

邓瑛点了点头。

"老师在朝为官已近五十年，翰林有一半的人都是他的门生，如今在各部任上的人，仍数以百计。如果司礼监在这些人身上寻出罪名，老师必要担主罪。"

杨婉道："那你想好怎么办了吗？"

邓瑛站住脚步："东厂狱。"

他说着低下头："我会提请陛下，亲鞫老师。"

杨婉在邓瑛身边回想起了贞宁十四年春天的史实。

白焕因礼部右侍郎的贪腐案被牵连下东厂狱，《明史》上对白焕下狱的评述和后来的研究基本上没有出入，都认为这是邓瑛对白焕弹劾他的报复。然而事实上，却是穷途末路上的学生，拼着最后一丝余力去救自己的老师。

杨婉后来翻开自己的笔记时，一直没有办法提笔写这一段。

邓瑛待罪办差的这一段时间，杨婉亲眼见到了刑具对他的羞辱和折磨。

那一双镣铐锁死了他的手脚，他便不能再更衣沐浴，这对一个受过腐刑的人来说，极其难受。但他每日都会烧好水，关上直房的门，仔细地擦洗身子。杨婉白日里很少能见到邓瑛，他事务很多，不是在内东厂，便是在刑部受审，几日下来，便亏损了肠胃，司礼监送来的饭食，他渐渐有些吃不下去，杨婉只好给他煮面。

他脚腕上的瘀伤越来越严重，为了不让杨婉看见，他总是扯长裤腿来遮掩。但杨婉还是在他泡脚的时候，看到了那几乎破皮的伤处。

杨婉蹲下身，帮他将镣铐的铁链从盆中捞出来。

邓瑛却一下子将脚从盆中提了出来，盆里的药水溅到了杨婉脸上，邓瑛慌忙用自己的衣袖去替她擦拭。

"对不起，婉婉。"

杨婉撇开邓瑛的手，指着水盆道："快点，脚放进来，一堆药就煮了这么一点水，将才让你搞没了一半。"

她说着挽起自己的袖子，将水盆往床边推了推，抬头皱眉道："快点。"

邓瑛听话地将双脚重新放入盆中。

杨婉小心地撩起铁链："我又没有别的意思，这东西太冰了，泡在里面水一会儿就凉了。"

邓瑛看着杨婉半悬起的手臂，想对她说什么，却又说不出口。

正如杨婉所说，他并不太在乎贞宁帝和刑部怎么对待他。

但是他不希望陪伴着他的杨婉，与他一起承受这些刑具带来的羞辱。

为了让他好受些，她触碰到脏污的水，就这么一会儿，便足以令邓瑛心碎。

"邓瑛，你能不能坐好？"

察觉到他不安的杨婉，提溜着铁链抬起头。

邓瑛无措地看着杨婉点头："我坐好。"

杨婉抹了一把脸上的水，看向他的脚腕道："一会儿，试试我给你做的那个套子吧。"

"什么？"

"就之前我用羊皮缝的那个，我那会儿做的时候，还没想到你会这样，如今刚好拿来用。欸，我不是给你了吗？你收哪儿了？"

"在我的衣柜里。"

杨婉起身打开邓瑛的衣柜，里面的衣衫叠得整整齐齐，迎面扑来皂角的气息。

"哪儿呢？"

邓瑛抬手指给她看道："下面的盒子里。"

杨婉蹲下身，打开邓瑛说的盒子，见那里面除了自己做的羊皮套子，还有她第一次送给邓瑛遮脚腕的芙蓉花绢帕，干干净净地叠放在盒中。

"给你的东西你都不用。"

"我想收着。"

杨婉将羊皮套拿出来，走到邓瑛面前："不准收着，拿出来用，以后我还能给你做很多的东西。不是说好了吗？咱们老了以后，要去你那个外宅住，到时候你是大明手工一绝，我也是大明针织工艺一绝。"

她说完自己都忍不住笑了一声，绾着耳发道："水凉了吗？"

"嗯。"

"那你把脚抬起来，踩床沿上，我帮你套上去。"

"不用了，婉婉，太脏了。"

杨婉坐到邓瑛身边："邓小瑛，我将才的话白说了吗？你听不听话啊？"

邓瑛忙道："没白说。"

杨婉朝着床边抬了抬下巴："那你把脚伸过来。"

邓瑛只得抬起双脚，自己拉起裤腿。

杨婉低下头，小心地将羊皮套塞进镣铐，均匀地垫在内侧。

邓瑛抿着唇一声不吭。

杨婉道："等今年夏天过了就好了。"

邓瑛脱口道："那么久吗？"

杨婉的手顿了顿，轻声道："别怕，有我呢。"

她说完，帮他盖上毯子："你什么时候去刑部？"

"午时。"

杨婉点了点头："那你还能睡一会儿。"

说着便站起了身。

"婉婉……"

"做什么？"

邓瑛将身子往毯子里缩了缩："没什么。"

杨婉回头冲他笑了笑："你放心，我这会儿不走，我去写一会儿东西，你睡吧，午时我叫你。"

92

邓瑛靠在床上看着伏案的杨婉。

自从买下清波馆以后，杨婉闲暇时一直在写那本册子，但她明显比从前要写得艰难一些，总是写了撕，撕了又写。她不愿意跟邓瑛讲她究竟在写什么，邓瑛也就不问她，但邓瑛很喜欢看她奋笔疾书的样子。

心无旁骛，全神贯注，只偶尔端起茶盏喝一口茶，架着笔托腮想一会儿，想好了便又再写。

她和其他识字的女子都不一样，她不写诗文，不爱纤柔淫巧的字韵，握笔的姿势也没有闺房里的讲究，确切地说，她好像并不是很会握笔，无名指总是抵不稳笔杆，立写时，也不知道该怎么扼袖。但正因为这样，她一提笔便好像有一种提刀的力度。

虽如此，杨婉却很想把自己的字练得好一些。

但她不想学邓瑛的字体，反而开始试着临摹易琅的字。

易琅在历史上是一个很有书法造诣的皇帝，贞宁十四年时，他的字虽然还没有定型，但已兼有"三宋"之风。杨婉让易琅教她写字，易琅教杨婉的时候，却总是纠正不了杨婉握笔的方法。

"姨母，你就像没学过写字一样。"

杨婉不知道该怎么答，只得尴尬地笑笑。

易琅掰着杨婉的无名指，嘟囔道："你为什么不让邓厂臣教你写字啊？"

"怎么，殿下嫌姨母笨啊？"

易琅摁住纸张的边沿："不是，我的字其实没有邓厂臣写得好。"

杨婉放下笔，命人把甜汤端进来给易琅喝，道："他现在，手不是很方便。"

易琅抬头问道："他怎么了？"

杨婉摇了摇头："也没怎么，就是手脚被磨破了。"

"因为父皇让他'待罪办事'吗？"

杨婉点了点头，将甜汤端到易琅手边："喝吧，将才不是说饿了吗？"

易琅端起甜汤又放下："姨母，喝了这个，晚上能不能不服降春燥的药啊？"

"每日殿下都说这话，姨母做不了主的，少进一碗，御药房都要记档子，你不想皇后娘娘过问的时候，姨母挨罚吧。"

"哦。"

杨婉看着他失落的样子，不禁笑了一声，托着下巴道："殿下有药不愿意吃，姨母想讨药又讨不来。"

说着挽起袖子去洗笔。

易琅上前拉住她的衣袖道："姨母，你不学了？"

"嗯，明日再学吧，姨母想让你先喝甜汤，不然一会儿药端来了，殿下就喝不下去了。"

"我知道把药喝完。"

他说着端起甜汤，迟疑了一下，又问杨婉道："姨母，你要给邓厂臣讨药吗？"

"嗯。"

"为什么讨不来啊？"

杨婉仰起头叹了一口气："因为彭御医去成王府照顾成王的病了，别的御医姨母都不大熟，开不了口。"

她说着，蹲下帮易琅理好袖口，继续说道："殿下应该知道，是陛下让他待罪办事的，他手脚上那些伤，没有赐药，明面儿上是不能治的。"

易琅沉默了一阵，忽然道："我能让他治。"

杨婉的手一顿。

易琅拉起杨婉的手道："姨母，你明日让厂臣过来，我赐药给他。"

杨婉低头望着易琅的面庞，一时说不出话来。

"姨母，你怎么了？"

"没有。"

她轻咳了一声："姨母不知道该怎么谢你。"

易琅笑了笑："姨母，你不用谢我，我之前对他过于残酷，伤了姨母的心。如今，我想让姨母你高兴一些。而且他讲《贞观政要》里的《恻隐》篇讲得很好，我还想听他讲下一卷。"

杨婉听他说完，忍不住摸了摸他的头。

"殿下以后愿意对他仁慈一些吗？"

易琅点头："他与我说过，'刑罚残酷，行用慎之'，我记在心里，只要他遵礼，守法度，我会对他仁慈。"

杨婉听完这一番话，心像被炭火远远地烘烤一样，起了一丝抓不住的暖意。

张琮倒台之后，历史的细枝末节似乎都在改变，人心有了缝隙，开始生长出善意的缝中花。但历史唯物主义告诉杨婉，即便具体的历史会改变，但王朝的宿命不会改变。就好像人心中的情感会改变，但人心中的观念不会改变一样。

然而，人心中的情感重要吗？

对于历史研究来讲，确实一点都不重要。

因为它太容易改变，一点也不稳定，并没有归纳总结的余地和价值。

可是，对于活在贞宁十四年的杨婉来说，那是她喜怒哀乐的根源，也是她真实活着的印证。

那些与她关联的人——易琅、宁妃、杨伦、张洛、白焕……

这些人心中逐渐复苏的悲悯，给予邓瑛的善意，分明映衬着她二十一世纪的人生。

《邓瑛传》出版以后，究竟有没有人为邓瑛这个人流泪，杨婉已经看不见了。但是那不再重要，重要的是此时的人心。这些人在干冷的政治氛围之中，准许杨婉为邓瑛说出那句"不服"。而封建时代之后，那个写《邓瑛传》的杨婉，不也正是在干冷的史学氛围中，为那个一直跪在"寒雪地"里的罪人，披一件寒衣，喊一声"不服"吗？

既然如此，还怕什么？

邓瑛一直都是邓瑛。

而杨婉也从来没有改变过。

贞宁十四年二月初，学田案尚未审结，大明官场上却发生了另外一件事。

浙江巡盐御使上本参礼部侍郎梁为本与倭寇勾结，开办私盐厂，当地盐蜀提举司几次派去征税的人，不是被杀了，就是被打得皮开肉绽地放回来。

梁为本是贞宁二年的进士，白焕的学生，如今身上的官职，也是白焕通过内阁，向贞宁帝荐的。

梁为本刚刚被下刑部大狱，户科便有一个名不见经传的给事中，上本参当朝首辅白焕收受梁为本的贿赂，卖官鬻爵，视大明吏政为待价之市。

六科和都察院本来就是打笔头仗的，很多参奏的折子，贞宁帝不愿意回，就搁置留中，他们也都习惯了。然而这个户科的给事中，却在三日之间一连上了五本折子。

内阁因此惶恐，白玉阳在刑部大堂中也心神不定。

邓瑛不得已，开口唤了他一声。

"白尚书。"

白玉阳这才想起，邓瑛还在受审，拍案掩饰道："住口，本官问你话了吗？"

邓瑛忍不住咳了几声，没有再出声。

坐在一旁的杨伦却站起身，随手拖过一把凳子，放到邓瑛身后。

邓瑛有些吃惊地回过头，压低声音问他："杨子兮，你做什么？"

杨伦压根儿没想避开白玉阳，比白玉阳将才的声音还大："做什么，你还站得住吗？坐下。"

邓瑛看了一眼白玉阳，往旁边让了一步："公堂上呢。"

"什么公堂，今儿摆堂案了吗？"

杨伦说着扫向白玉阳："审案的人，自己都审不下去了。"

白玉阳闻声喝道："杨伦，即便没有摆堂案，那也是鞫问，你这般无礼。"

"你要治罪吗？"

杨伦一把将邓瑛摁下，邓瑛试图站起来，却被杨伦摁死。

"杨侍郎，松手。"

杨伦白了邓瑛一眼："你给我坐好。"

杨伦说着抬起头对白玉阳道："他是司礼监的秉笔太监，又没有定罪，凭什么不能在堂上坐着？他愿意对我们谦卑是他的事，我们内阁如今如此被动，若还一味地折磨他，谁能替老师在御前斡旋？"

白玉阳听完这句话，不可思议地看向杨伦，高声喝道："杨伦，你今日是来刑部协同鞫问其罪，怎可在堂上说出与此人同流合污的话来？"

杨伦松开邓瑛的肩膀，冷笑一声道："你自己都慌了，还鞫问个什么？"

邓瑛站起身走到二人中间，向二人压手道："那五道折子，陛下尚留中未发，余地还是有的，只是这个案子，一定无法落到三司，如果归到北镇抚司去，后面就难了。"

白玉阳道："今日行鞫，你当真要让这些话记录在案吗？"

杨伦一把抽走录案人手中的供录，随手撕了。

"这就不算鞫问了，邓符灵，你接着说。"

邓瑛见白玉阳被杨伦气得浑身发抖，便拱手向他行了一个礼，镣铐与手腕摩擦，他不自觉地抿了一下唇。

"白尚书，恕我冒昧，梁为本的案子是实案，阁老的案子，就算不是实案，最后也会被司礼监做成实案。而且，此处有一个关键，就是梁为本通的是倭寇，这个罪名一旦牵扯到白阁老身上，后果不堪设想。"

"那又如何？你以为你对我说了这些，你侵吞学田的罪，刑部就不定给你了吗？"

邓瑛抬起头："我没这样说，我私吞学田的罪行，我会认，但我希望白大人可以替我拖延一阵。"

他说完，撩袍跪下。

"一个月就好，请大人成全。"

白玉阳低头看向邓瑛："你要做什么？"

"我想救老师。"

"你能怎么救？"

邓瑛抬起头："此案归东厂，由我来查，我替老师洗罪。"

白玉阳沉默不言。

杨伦提声道："白尚书，你我如今都没有办法，你给他一个月又何妨？"

白玉阳道："这不是一个月的问题，是我们该不该信这个阉奴的问题。"

杨伦听到"阉奴"两个字，一把将邓瑛拽了起来，拎起他手腕上的铁链。

"你以为他为什么人不人鬼不鬼地做东厂的人？张展春死在牢里，天下最痛的是谁？还不是他这个当学生的。如今我们的老师出事，你居然还在想该不该信他？"

第十二章

江风寒露

93

杨伦把心里的话吼了出来，走出刑部衙门，人跟着就神清气爽起来。

也不管邓瑛在后面走得慢，自己大步往前跨，一边走一边说："下次你来刑部，不用填那什么鞫谳的册子了，我看你在那上面瞎编的都是些什么啊。"

邓瑛道："我不是瞎编的，那是呈罪文。"

"瞎编就是瞎编，呈什么罪？"

邓瑛忍不住笑道："杨子兮，你是帮我还是害我？"

杨伦回过头道："我是看在我妹妹的分儿上，想让你好过一点。"

"那也不用把白尚书气成那样吧。"

杨伦抬手一摆："官场上处了这么多年，白玉阳那人我是知道的，我这人他也知道，他跟我气过了就算了，你别想那么多。"

邓瑛笑着点了点头，转身朝厂卫的马车走去。

两人在东安门前下了车。

杨伦看见立在门下的杨婉，连内阁的牙牌都不掏了，转身就要走。

"哥哥，你做什么？"

杨伦站住脚步，硬着头皮回过头去，杨婉还没开口，他就连珠炮似的冲着杨婉说了一通。

"我告诉你杨婉，我那天就打了他一拳，也没使劲儿，而且是他该打，你今天敢说我一句，我立即给陛下写条子，明日就把他关到刑部去。"

杨婉听了这话，愣了半天才笑出声。

"我没想说你。"

"啊？"

杨伦顿时尴尬了。

杨婉一把抓住了杨伦的胳膊："我要让邓瑛打回来。"

说着便对邓瑛道："邓小瑛，快过来打他。"

邓瑛站在风口上，看着杨伦狼狈的模样道："婉婉，我殴打朝廷命官，是要被判罪的。"

杨伦被杨婉抓着胳膊，却一动也不敢动："杨婉，我是你哥，你不至于吧。"

杨婉这才松开杨伦的胳膊："谁让你对他动手的，小殿下的性子最近都好了很多，就你还跟头大牛似的，横冲直撞。"

杨伦的脸一下子红了："你叫我什么？"

"杨大牛啊。"

杨伦忍无可忍，朝杨婉跨了一步道："你再说一遍。"

杨婉笑道："杨大牛多可爱啊，是吧，邓小瑛？"

她说完还冲着杨伦比了两只牛角。

"你……"

杨伦梗着脖子一句话都说不出来。

邓瑛道："是我的过错，你们别闹了。"

杨伦则冲邓瑛发火道："我会跟她闹？我有这空吗？"

他一面说一面梗着脖子头也不回地朝会极门走。

杨婉看着杨伦的背影，笑得停不下来。

邓瑛道："也就婉婉你敢这么说他。"

杨婉自顾自地笑道："他这个人倒没有我想得那么古板。"

说完又看向邓瑛说道："你今日要在司礼监当值吗？"

"嗯。"

"那你下了值来承乾宫吧，我让合玉把侧门给你留着。"

邓瑛没有应声，杨婉又说道："放心，是殿下想见你。而且，我有一个法子，也许可以帮到你和白阁老，你晚些过来，我仔细与你说。"

是夜，承乾宫的侧门旁果然点着一盏风灯。

合玉立在门前，见邓瑛行走不便，便要上前来扶他，邓瑛抬手推辞，自己踏上门阶。

合玉轻声道："罗御医在里面替殿下诊脉，婉姑姑也在里面，奴婢引督主进去。"

邓瑛道："我在外面候一会儿吧。"

话音刚落，后殿的正门忽然被打开。

邓瑛抬起头，见易琅独自一个人站在门前。

邓瑛伏身行礼，手脚上的镣铐随着他的动作堆叠在地，发出一阵令邓瑛有些尴尬的响声。

易琅受下他的礼，平声道："你起身进来。"

邓瑛直身道："奴婢候着，一会儿侍奉殿下读书。"

易琅道："我今日不读书。"

说完转过身对里面道："姨母，他不进来。"

杨婉一面擦手一面走出来，对着邓瑛笑道："殿下的话你都敢不听了。"

她说着向邓瑛伸出一只手："来。"

邓瑛并不敢伸手，反而朝易琅看去。

易琅站在门前什么也没说。

杨婉见邓瑛不动，索性托着他的胳膊，将他硬扶了起来。

殿内烧着四盆炭，暖得人脸上发烫。御药房的罗御医立在地罩前，向易琅拱手行礼。

易琅背着手走进明间，转身指向邓瑛道："看看他的伤。"

邓瑛一怔："殿下……"

易琅又指向他身后的凳子道："坐那儿。"

说完便不再出声。他坐在邓瑛对面的椅子上，低头看着邓瑛身上的刑具。

罗御医净过手，走到邓瑛身边道："邓厂督，下官替您看看。"

邓瑛仍然在回避："大人，这不可。"

罗御医道："既然是殿下赐药，就没有什么不可的。您这些刑具已经戴着有一段时间了，伤处不上药清理，再伤到筋骨，损到您的根本，那就连大罗神仙也救不了了。"

　　杨婉在旁道："坐吧邓瑛，没事。"

　　邓瑛仍然在看易琅的神情。

　　易琅忽然开口道："邓厂臣，是我要给你赐药，不是姨母求我的。《恻隐》篇我没有白读，唐太宗可在军士的病床前赐药，我今日亦仿先圣，你再不坐，就是违逆了。"

　　杨婉看着易琅弯眉一笑，回头扶着邓瑛坐下。

　　罗御医挽起邓瑛的衣袖，露出他的手臂，托着邓瑛的手臂对杨婉道："婉姑娘，替下官托着厂督的手。"说着，回身从药箱里取出一根银针，让火苗轻舔了一下，蹲下身道："邓厂督，可能会有一点疼，厂督忍一下。"

　　邓瑛点了点头："没事，有劳大人。"

　　邓瑛手腕上的伤已经有破皮之处，血与镣铐沾染，结出的血痂便粘连在了镣铐上。罗御医用银针挑开血痂，邓瑛的肩膀忍不住一颤。

　　罗御医忙顿了顿，抬头道："还是很疼吧？"

　　邓瑛没有出声。

　　罗御医道："听说，当年周丛山死的时候，手腕上的肉都粘在这刑具上，即便是解了，也取不下来，他的家人不得已，只能把那一圈的肉，拿刀全部剐了。"

　　易琅听了这话，不禁站起身，走到罗御医身旁，低头朝邓瑛的手腕看去。

　　"罗御医。"

　　"臣在。"

　　"他如果一直这样，是不是也会像周丛山一样？"

　　罗御医道："殿下仁慈，若时不时地清理创口，便会好些。"

　　"哦。"

　　易琅有些失神。

他不说话，罗御医也不敢继续。

杨婉不得已唤了他一声。

易琅这才回过神来，对御医道："罗御医，你继续。"

邓瑛低头道："请殿下不要看。"

杨婉也抽出一只手，示意他过来："殿下，到姨母这来。"

易琅却没有动，反而命合玉移近灯火："我想看一看，我以前没有看过，不知道会这样。"

他说完抬起头看向邓瑛道："你为什么不向刑部陈情？"

邓瑛避开易琅的目光："因为这并不在《大明律》之内，这是天子的刑罚，赦和责全在陛下一念之间。"

易琅没再出声，静静看着镣铐下裂开的皮肉。

伤药覆其上，邓瑛几欲切齿。

易琅却依旧站着没有动："罗御医。"

"臣在。"

"这伤需几日上一次药？"

"回殿下，五日一次正好。"

"嗯。"

他应声后抬头对邓瑛道："邓瑛，你听着，你待罪期间，我都赐药给你，五日一次，不论姨母在不在承乾宫，你都可以过来。"

"殿下不必待奴婢如此。"

易琅道："我不是为了我姨母，为什么，我暂时不想告诉你，你当恩来谢就行了。"

邓瑛沉默了一阵，方弯腰道："好，奴婢谢殿下恩典。"

室内的炭火越烧越温暖。

罗御医等人退出以后，邓瑛又起身，谢了一回恩。

杨婉等着邓瑛行完礼方将他扶起，对着易琅道："今日不读书了，你们俩想不想吃碗面？"

易琅先是没说话，杨婉便耸了耸肩膀："好吧，殿下不想吃。"

说着又转身问邓瑛："你想不想吃？"

"想。"

"我们出去煮。"

易琅忽道："姨母，我没说我不想吃。"

杨婉转身道："那姨母去煮面，殿下……"

她说着迟疑了一阵，放低声音道："可以让邓瑛在里面吃吗？"

易琅看着邓瑛的手，也迟疑了一阵。

"可以。"

杨婉笑开了眉眼，向易琅行了一个礼："谢殿下。"

说完便往内厨房走。

邓瑛慢步跟了过来，杨婉一面绑袖一面道："你跟过来做什么？才上过药，最好坐一会儿。"

邓瑛站在杨婉身边含笑道："我不敢与殿下一道在殿内坐着。"

杨婉熟练地起火烧水："他都准了，你有什么不敢的？他其实就是个本质很好的孩子，只是从前被张琮和哥哥他们教得太刻板了。现在这样挺好的，做君王，杀伐决断是该的，但总得像个人吧。我一直觉得，《贞观政要》里讲的唐太宗就挺像人的，没事和魏、房二人斗斗嘴，还管白头宫女的事，多有人情味。我觉得，殿下以后也会这样，会改革大明刑律，恩泽百官和百姓。"

她一面说一面切绿叶菜。

邓瑛静静地听她说完，忽唤了她一声："婉婉。"

"嗯？"

"你怎么知道以后的事？"

杨婉一愣，险些切到手，她忙抬手绾了绾耳发："就猜的。"

她小心地放下菜刀："对了，你明日会在御前当值吗？"

"是，明日内阁要在御前和司礼监共议白焕和梁为本的案子。"

"好。"

杨婉抿了抿唇："明日殿下会去养心殿向陛下呈青词，你要等着他去，再向陛下求要鞫谳白阁老的权力，他会帮到你。"

邓瑛道："婉婉，是你教殿下的吗？"

杨婉摇了摇头："我觉得,是你教的,你不是曾经告诉过他,历朝历代都有党争,让他不要在意,只要取其中于国于民有用的见地吗?他虽然小,但他想保杭州的新政,想保内阁,我只是给了他一个法子而已。"

她说完,灶上水也滚了。

杨婉将面抖散,望着咕嘟咕嘟的面汤道:"还有,你的伤才上过药,今日就在承乾宫歇息吧。睡我的床,我今晚替殿下上夜,不会回去睡。"

94

次日不到卯时,邓瑛便起了身。

杨婉拢着一盏灯从易琅的居室内出来:"要走了吗?"

邓瑛点了点头。

杨婉拢了拢他肩上的衣衫:"时辰还早,不多睡一会儿?"

"我得先去一趟刑部衙门。"

他说着抬了抬手臂:"这个得让刑部暂时解开,我几日没有梳洗了,御前不能失仪。"

杨婉点了点头,也没多问什么,侧身让向一旁,冲邓瑛挥了挥手:"那你走慢一点。"

"好。"

杨婉目送邓瑛走出承乾宫,才护着灯火走回自己的居室。

她临走时帮邓瑛焚的安神香此时已经烧完了,但残香仍在,邓瑛擦洗身子的水静静地放在门口。床上被褥整齐,就像没有人躺过一样。杨婉放下灯,在床上坐了一会儿,想起昨晚,邓瑛还是不敢在易琅面前吃面,端着碗躲到她房里来的样子。

那时他就坐在她的床上,小心地向前倾着身子,碗端得很低,生怕手不稳,汤水洒出来。

杨婉想着,抬手托起自己的脸,蜷起腿靠在床上。

人心都在变，只有邓瑛的心没变。

他干净谨慎地过着自己的生活。

怎么样才能让他松弛一些？杨婉闭上眼睛，忽然想起了与邓瑛在一起的那一夜。

她赶紧拍了拍自己的脸，突然很希望能有几本符合这个时代背景的心理学书籍，反正跨学科的课题是二十一世纪的热门，如果真的有，她倒是愿意花点时间去研究一下。

刑部的衙门里只有齐淮阳在，他正坐在案前写部文，天还没有大亮，灯烛的影子在墙上轻轻摇曳。齐淮阳烧了一盆炭火放在脚边，火星子噼里啪啦地响，齐淮阳隐约听到一阵铁链与地面摩擦的声音，不禁放笔抬头。

"邓督主。"

邓瑛拱手行礼："齐大人。"

齐淮阳起身从案后走出，见两个厂卫抱着邓瑛的官服跟在邓瑛身后，语气便客气起来。

他对邓瑛道："今日对督主没有堂审，也没有鞫谳，督主过来所为何事？"

邓瑛道："今日要去御前，想请大人行个方便，容我换一身衣裳。"

齐淮阳听完，召差役进来道："帮邓厂督解开。"

差役上前来开锁，邓瑛安静地配合着。

齐淮阳忍不住问了一句："户科参奏白阁老的奏折，陛下还留中吗？"

邓瑛道："今日便要议了。"

"陛下召司礼监了吗？"

"召了。"

邓瑛说着皱了皱眉，他身后的两个厂卫立即凶神恶煞地呵斥差役道："你们做什么？"

吓得两个差役顿时白了脸。

邓瑛回头道："你们出去等吧，把衣裳留下。"

齐淮阳看着被撵出去的两个厂卫，轻声道："杨伦与我说了，让我多与你行一些方便。我在刑部虽然说不上什么话，但这些事还是做得了主的。"

邓瑛没应齐淮阳的这句话，垂下手抬头说道："齐大人，白阁老的身子近况如何？"

"上个月好了一些。"他说着又叹了一口气，"如今也不是所有的病都是拿药能治的。"

邓瑛听完这句话不禁笑了笑："邓瑛受教。"

齐淮阳转话道："我如今担心的是，与司礼监同议，会议出个什么结果。"

话刚说完，邓瑛身上的刑具已经被除去。

"大人，好了。"

齐淮阳点头应声："哦，你们先去吧。"

说完见邓瑛独自弯腰抱起官服，又说道："邓督主，可以让你的人进来服侍。"

邓瑛回头看了一眼门外："算了，他们又不是奴婢。"

齐淮阳看着邓瑛抱衣走进内堂，对差役道："一会儿你们手脚轻些。"

差役忙道："说实话，大人，要不是真正和东厂这位督主打过交道，我们都不敢信他是这么个人。"

齐淮阳听了，摆了摆手，什么也没说，走回案后继续写将才的部文。

邓瑛只耽搁了一盏茶的工夫就走了出来，几个给他戴刑具的差役都有些不忍心。邓瑛侧头看向一边，随口对齐淮阳道："我的罪书白尚书还在写吗？"

齐淮阳道："没有，尚书压着的。"

"嗯。"

邓瑛点了点头，等差役退下后，又向齐淮阳行了一个礼。

"多谢大人，也请大人替我谢过尚书大人。"

齐淮阳起身回礼："督主好行。"

这一日的养心殿格外沉寂。

司礼监和内阁分站两边，鸿胪寺的一个司官立在中间，朗声诵读户科给事中的参本。

参本不算长，但司官还是抑扬顿挫地诵了很久。

鹤首炉里的烟气流泻，熏得杨伦眼睛有些发疼。他的耐性本来就不好，又觉得那参本狗屁不通，忍不住咳了两声。贞宁帝看了他一眼，身旁的御史立即将杨伦的仪态记在了案上。

司官好容易诵完了参本，贞宁帝拿过御史的记案一边看一边道："杨侍郎有什么要说的吗？"

杨伦上前跪下奏道："陛下，阁老是两朝元老，主考春闱多次，门下学生不计其数，纵出了梁为本这样大逆不道之人，也实难免啊。"

贞宁帝道："你这话在朕这里没有实意，朕的意思是……"

话至此处，贞宁帝竟一连咳了好几声，内阁的众臣忙一道跪下，齐声道：陛下保重龙体。

司礼监的人则取水的取水，捧盆的捧盆，服侍贞宁帝漱口。

邓瑛待贞宁帝漱过口，方将一碗茶呈上，贞宁帝看着他的手道："你手脚不好，就不用伺候了。"

何怡贤道："主子，您仁慈，但他不能尽心，心里也惶恐啊。"

贞宁帝笑了一声，接下邓瑛手中的茶喝了一口，又对何怡贤道："朕进去更衣。"

说着便站起了身，胡襄连忙跟上去随侍。

阁臣见贞宁帝如此，虽有怨愤，但都不敢出声。

何怡贤朝众臣走近了一步，提声道："此事涉及浙江的倭寇，陛下的意思是，该审还是要审。"

白玉阳忍不住道："陛下今日亲见我等，不肯亲自与我们说，反让掌印传话，是什么道理？"

何怡贤朝内殿看了一眼，躬身道："白尚书不要动怒，老奴只是为陛下传声的一只虫子。"

白玉阳切齿，想站起来，却又想起贞宁帝进去时并没叫起，自己跪在何怡贤面前着实狼狈，气性一下去，想说的话就说不出来了。

何怡贤低头看着白玉阳道："白尚书，陛下还是体恤白阁老的，昨日就传了北镇抚司使进宫，亲自叮嘱，要对阁老以礼相待。"

白玉阳听完这句话，同时明白过来，贞宁帝借更衣避出，就是不想在他们面前自己说出这个决定。

"我父亲是阁臣，即便要受审，也该交由三司，怎可——"

"白大人这话大不敬！"

何怡贤拍手打断他，又对一旁的御史道："这话得记下。"

"你——"

杨伦在白玉阳背后狠狠地拽了他一把。

"别说了。"

何怡贤道："这是陛下的恩典，白尚书明白吗？"

白玉阳没有说话。

杨伦压低声音道："出声。"

白玉阳这才愤道："本官失言。"

何怡贤这才继续说道："陛下昨日还说，阁老年事已高，家眷中亦有不能惊动的，所以，案审期间，陛下不准查抄。白尚书，这些都是天恩。尚书，您得仔细思量啊！"

正说着，内殿的门帘被宫女悬起，贞宁帝从帘后走了出来，众人复又行礼。

贞宁帝走到御坐上坐下。

"议得如何了？"

何怡贤躬身道："陛下的恩典，奴婢已与诸位大人说了。"

白玉阳道："陛下，此奴殿前狂妄，诬蔑臣父，请陛下治其重罪！"

贞宁帝道："这几日，朕的饮食也少，阁老缠绵病榻，朕日夜忧虑，时不时地就会想起先帝临崩前对朕说的话。阁老在朕幼年时，对朕用心教导，虽不是朕的讲官，但朕亦视他为帝师，朕今日跟你们说几句掏心窝的话。"

他说着端起茶盏："朕在位十四年，审慎克己，除三大殿外，从未动用内帑①修缮过所居之地，朕身边的这些奴婢服侍朕这么多年，朕也不过赏过他们几件常服而已，你们斥责他们，朕也听得进去，你们要查学田案……"

他说着看向邓瑛："朕也让他待罪了，但朕身边不能没人服侍，你们来服侍吗？"

一番话毕，无人应声。

贞宁帝摁了摁眉心："议到这里吧。"

杨伦道："陛下，臣请陛下三思。"

白玉阳亦叩首道："陛下，臣自请撤职避嫌，请陛下将臣父与梁为本一道交给三司。"

贞宁帝笑了一声："你们这是不信朕啊。"

"臣等万死。"

话音刚落，殿外的内侍禀告，说皇长子殿下到了。

贞宁帝叫传进。

邓瑛不禁抬头朝殿门前望去。

易琅跨入殿中行礼，见阁臣皆在，起身拱手道："儿臣在殿外等候。"

贞宁帝朝他招了招手："无妨，过来吧。"

易琅走到御坐前，躬身呈物。

"儿臣今日偶得，请父皇过目。"

何怡贤替易琅将青词呈上。

易琅直起身，看向行跪的众臣道："父皇，阁臣们怎么了？"

贞宁帝并没有回答他，反而读出了青词中的一句："'离九霄应天命，御四海哀苍生。'此句甚好。"

易琅回身道："父皇在天受命，在世为仁君，您哀阁老之疾，怜奴婢之苦，上下皆施恩，不可谓不公正。"

"公正。"

贞宁帝重复了一遍这两个字。

---

① 内帑：宫内府库的财货。

邓瑛伏身道："陛下，奴婢有一个请求。"

"讲。"

"请陛下将阁老的案子交由奴婢来审。"他说着稍稍直身，"殿下说您哀阁老之疾，怜奴婢之苦，不可谓不公正。奴婢如今因阁老弹劾而待罪，若论公正，阁老之罪，理当由奴婢来问。"

95

炭火噼里啪啦地裂响，贞宁帝低头看向白玉阳。

"怎么想？"说完也不等白玉阳回答，又看向何怡贤："怎么想？"二人都没有立即应声。

贞宁帝将手拢近炭火，自道："朕觉得这倒也算公正，既然你们都没什么说的，就这么议定吧。"

他说完又对邓瑛道："过来，朕还有话嘱咐。"

邓瑛站起身，走到炭盆前重新跪下。

贞宁帝手上的玉石扳指被炭火烤得发烫，他将扳指旋下，随手递向何怡贤，目光却仍然落在邓瑛身上。

"阁老曾是朕的辅政大臣，未行定罪之前，不得对其无礼，否则，朕定诛你。"

邓瑛低头应道："奴婢明白。"

贞宁帝弹了弹膝上的炭灰，何怡贤见邓瑛没有动，便蹲下身替贞宁帝弹灰。

贞宁帝扫了一眼殿中众人，见各在其位，都没有逾越之处，他心里甚是满意，起身往内殿边走边道："今儿散了。"

杨婉站在月台下看宫殿监的人往吉祥缸里灌水，时不时地朝养心殿上看一眼。

在御殿前办差的宫人都谨慎得很，一句话也没有。杨婉听着哗啦啦的水声，心神不大安宁。

不多时，杨伦和白玉阳等人从月台上走了下来，杨婉没有抬头，转身避开了这些人。杨伦虽然看见了她，却也没出声。

一盆又一盆的水不断地倒入缸中，难免有些水洒出来，顺着地缝朝低处流去。

易琅奔下月台时险些因地上的水滑了一跤，踉跄地扎进了杨婉怀里。

杨婉猝不及防，为了护着他也顾不得用手支撑，自己扎扎实实地摔在了地上。

"哐……"

殿前的内侍们见易琅和杨婉摔倒，忙上前来扶。

灌水的几个人害怕挨罚，早跪在了地上。

易琅起来，立即反身去看杨婉。

"姨母，你摔着没？"

"没有。你们先看看殿下伤着没？"

众人慌慌张张地查看了一阵，好在没见外伤。杨婉却发觉自己好像摔到尾椎骨了，但她又不好说出口，也不好用手去摸，只得让想来搀扶她的人等着，自己坐在地上试图缓一会儿。

邓瑛比易琅走得慢，看见杨婉时，她正从地上挣扎着站起来。

"怎么了？"

杨婉狼狈地绾了绾发："滑了一跤。"

邓瑛看了一眼地上的水，转身对跪在地上的内侍道："下去领责。"

说完弯腰替杨婉擦拭身上的脏污。

"没事，回去换了就好。"

邓瑛道："对不起，是我让宫殿监今日给吉祥缸蓄水的，二月来了，需防火事于未然。"

杨婉看着缸里的水，轻声道："二月惊雷，天火的确是多，还……真是不太平啊。"

她说完叹了一口气："陛下心里应该也不大平静吧。"

易琅牵起杨婉的手："可是父皇今日夸了我。"

杨婉低头笑了笑："是吗？陛下喜欢殿下写的青词吗？"

"嗯，父皇喜欢，尤其爱姨母你斟酌的那一句。"

"那就好。"

她说完忍着尾椎骨的痛，蹲身理好易琅的衣衫："让合玉跟着殿下去文华殿。"

"姨母呢？"

"姨母……摔着了，想回去看看。"

易琅点了点头："那等我回来，给姨母传御医。"

说完一脸松快地带着合玉等人朝文华殿而去。

杨婉与邓瑛一道，目送易琅远去，直到看不见的时候，杨婉才问邓瑛道："顺利吗？"

邓瑛点了点头："顺利。"

杨婉松了一口气，面向邓瑛道："从现在开始，除了你，所有的人都会顺利。"

邓瑛笑了笑："婉婉，谢你帮我。"

杨婉抿着唇："其实我都不知道该不该帮你，你知道你现在的处境吗？"

"知道。"

杨婉脸色有些发白："白大人在厂狱中一点事都不能有，否则陛下会拿你平众怒，但是，如果你想要替他脱罪，他弹劾你私吞学田的罪名，你就必须坐实了。之后白玉阳他们，若仍然不肯放弃利用你去扳倒司礼监，你知道你会有多惨吗？"

"知道。"

杨婉沉默了一阵，忽道："那你知道我现在想要哭了吗？"

邓瑛一怔。

抬头见杨婉已经红了眼眶。

他忙抬起袖子去擦她的眼泪，手腕上的镣铐触碰到了杨婉的脸颊。

"别哭，婉婉，不管我以后在什么地方，我都会尽我所能回来见你。"

"我就不相信你。"

"你信吧，我答应过宁娘娘的，我不敢食言。"

杨婉低着头，讪笑道："我一个推你进坑的人，这会儿还要你来哄。"

她说着拍了拍脸："算了。你什么时候去白府拿人啊？"

"后日。"

"哦。"

杨婉勉强放平声音："那在这之前，我们可不可以去你的外宅住一日呀……"

不知为何，她已经尽力让自己的声音平缓下来，但说到句尾处，声音还是有些发抖。

其实风雨前最好避开宁静之处，反差至极，反而伤人。可是杨婉却自虐般地想和邓瑛共处。

"你那儿现在能住人吗？"

"能了。"

"床置好了吗？"

"置好了。"

"被褥呢？"

"都有。"

"有地方沐浴吗？"

"有。"

杨婉听完笑了笑："邓小瑛，就住一日，我就乖乖回来。"

他们真的只住了一日。

有一大半的时间，什么都没有干。

邓瑛的外宅是覃闻德带着几个厂卫替邓瑛收拾的，因为邓瑛并没有多余的银钱，所以屋子里只有必要的家具，并没有其他陈设。

床是木架子床，上面铺着灰色的褥子，棉被是新的，质地尚有些硬。

地上落了一层薄薄的灰。

邓瑛进屋以后，就拿着笤帚慢慢地扫地，锁链摩擦地面的声音一直都在，以至于外面下雨杨婉都不曾听到。

她跪坐在床上铺床。

"邓瑛。"

"嗯？"

"你想睡里面，还是睡外面？"

邓瑛直起腰："睡外面吧。"

"好。"

杨婉抱起一个枕头："我把这个软一些的枕头给你。"

邓瑛放下笤帚："婉婉，饿不饿？"

"有一点。"

"我让覃闻德送了一些菜过来，给你做点吃的吧。"

杨婉穿鞋下床："你会做吗？"

"会一点，是这一两年跟着李鱼学的，但做得不好。"

他说完走向院中，将柴门前的菜、米提了进来。

一阵淡淡的雨气扑进房中，杨婉这才发现，外面下起了发丝一般的细雨。

院子里腾起一片白茫茫的水雾，周遭静静的，只有邓瑛身上刑具的拖曳声。

邓瑛挽起袖子蹲下身，将菜、米一样一样地拿出。

杨婉道："要不我来做吧。"

邓瑛笑道："婉婉，今日不吃面好吗？"

杨婉道："邓小瑛，你是不是嫌弃我只会做面？"

"我没有。"

他说着抬起头："殿下吃你做的面，我也能吃到，这让我觉得，我可能也不是一个尊严尽失的人。"

杨婉目光一动。

"就一碗面，我真的能给你尊严吗？"

邓瑛望着面前的菜和米："婉婉，你还记得，你在广济寺门前，叫我'起来'吗？"

她当然记得。

虽然那件事情已经过去两年了，那个时候的杨婉，还保有着纯粹的

256

无畏，还不爱邓瑛。她尚是一道外力，虽然强大，却不足以为他人修补内心。她是在和邓瑛的相处之下爱上他的，也是在大明的阴影里，才真正看到邓瑛身上的阴影。这些阴影，她都不曾写到那本为他正名的传记里。

她曾经以自己笔力写出了一个惨烈而悲壮的邓瑛，可是她不知道，这个人有一身柔肤脆骨，他身上的衣衫，他握笔的手，他坐卧过的地方，都带着"檐下芭蕉雨"的那一番古意，对于一个现代人而言，他将男子的脆弱和谦卑演绎到了极致。

所谓"尊严"不能凝成石头，打碎满身裂痕的他，只能一点一点地往他的生活里渗去。

杨婉想着，挽住了邓瑛的胳膊，把他从米菜堆里拉了起来。

"起来。"

她说完弯腰抱起米面："如果有一天，你觉得即便不把自己当成一个罪人，也能跟我一块生活，你一定告诉我。"

她说着咳了一声："我其实不是个心思细腻的人，你以前在南海子里对我说，你不知道为什么会被那样对待，我当时也不知道该怎么安抚你，只一味地说那不是你的错。现在想想，那时真的有点傻。后来我能做的，就是让你安心，哪怕你一直在我面前自伤，但只要你心里好受，我就没说什么。可是邓瑛……"

杨婉垂下眼睛："有的时候，我挺不好受的……"

她说着吸了吸鼻子："我最初真的很想做一个高高在上的人，但现在我不想了。"

说到此处，她又顿了顿。

"你不问我，想做一个什么样的人？"

"你想做什么样的人？"

"我就想做杨婉，大明朝的一个无名女子，抗拒不了什么命运，但我就是不放弃，不放弃我自己，也不放弃你。我将尽我毕生之力，和你好好地生活下去，把你照顾好，让你长命百岁。"

邓瑛低头看了看自己的手腕："婉婉，其实即便我这样，也不想让你照顾我，我可以照顾你。"

"比如给我做饭吗？"

她从地上抱起一棵大白菜朝邓瑛抖了抖。

"醋熘的好吃，我去给你洗，你去把火烧上，小心一点你的手。殿下给你的药，我带了一些出来，吃了饭再帮你涂。"

"婉婉。"

"啊？"

"你昨日摔到的地方还疼吗？"

杨婉抱着白菜转身："还有一点，怎么了？"

"我一会儿帮你看看吧。"

杨婉听完低头笑弯了眼，反身朝邓瑛走近了几步："你知道我摔到哪里了吗？"

"哪里？"

杨婉道："殿下是从台阶上扑到我怀里来的，我是一屁股坐到地上去的，摔到的地方是后面的尾椎骨。"

邓瑛一下子愣了。

"邓小瑛，你现在还会脸红啊？"

"我……"

"你你你……你什么？"

杨婉说完，放下手里的大白菜，轻轻搂住邓瑛的腰："邓瑛，没关系，有的时候我真觉得我像个文化流氓，可是又对你下不了手。"

邓瑛抿了抿唇："其实……我也有学。"

"学什么？"

"呃……"

他顿了顿："婉婉，我说不出口。"

96

杨婉最终还是没有逼问邓瑛。

两个人一道吃过饭，邓瑛帮杨婉烧了洗澡的水，杨婉一个人坐在浴桶中泡了很久。

等她出来以后，邓瑛的脸仍然红着。

杨婉也没说什么，与邓瑛一道靠坐在床上。

她洗过了澡，脱掉了外面的衣裳，只穿亵衣，将自己舒服地包裹进被褥里。

邓瑛却因为身上的刑具束缚，仍然穿着官服。他不肯脱鞋，人在床边坐得笔直。杨婉抱着膝盖靠在他肩上，闭着眼睛静静地休息。外面的雨声越来越大，敲叩着窗户，声里带着寒意。

然而，外面越冷，屋子里的炭越暖，被褥也越柔软。

一间陋室虽然狭窄，却足够杨婉蜷缩。

杨婉想起了一部日本动漫——《天气之子》。

外面下着暴雨，男女主为逃离警察的追捕，没办法住便宜的旅店，于是索性拿出所有的钱，住进一家温暖的高级酒店里。

洗澡、吃饭、去 KTV……

浴缸里五彩变化的水灯，冰箱里有鸡块、炒面，还有咖喱。女主的弟弟问吃什么，男主说，都吃掉吧，于是弟弟便冲在泡澡的女主喊："今晚的晚餐很丰富哟。"女主听了笑着回答她很期待。

他们玩到很晚，恨不得将酒店当中所有可以体验的温馨都体验完。

一直舍不得睡觉，好像只要不睡，这份温暖就不会消失，明日也就不会到来。

此时的杨婉也是如此。

她希望外面的雨不要停，试图留住每一刻感受，但又明明知道，时间无时无刻不在流逝。

"邓瑛。"

"在。"

"是不是应该……做一点什么？"

这句话一问出来，邓瑛的身子一下子僵了。

杨婉靠着他笑了一声："上药吧。"

她说着钻出被褥，跪在床上伸手去拿床头的膏药。

邓瑛看着她的脊背，亵衣随着她的动作，垂贴在背上，勒出了脊柱沟的线条。

她微微蜷缩的脚趾抵在邓瑛的腿边，他怕她冻着，忙用自己的袖子遮住她的脚。

"拿什么？我来拿吧，你洗了澡，要捂好。"

杨婉回头笑笑："我带了好几种药出来，你不知道拿哪个。我找出来先帮你涂点药，然后我自己也要敷一点。"

她说着将瓶瓶罐罐抱到床上，屈膝给邓瑛当倚靠，借着灯光小心地帮邓瑛上药，一面涂一面看了看他的脚。

"脚上还有要涂的呢，脱鞋啊。"

邓瑛脱掉鞋袜，慢慢地将双腿抬上床。

锁链垂在床下，轻轻晃荡，叩着木架，丁零作响。

他不好意思地用手去摁住，又下意识地把脚往衣摆里缩。

杨婉没有移开眼去看他的这些动作，只是轻轻地说了一句："好荒谬。"

"什么？"

杨婉托着他的手腕，轻声道："现在的你，还有这个朝廷，都好荒谬。"

她说着抿了抿唇，开口又道："刑具不是为了束缚罪人，而是为了羞辱你，为皇帝演一场'公正'的戏，拿去给满朝文武看。"

邓瑛松开手指："我没事——"

杨婉打断他道："怎么会没事？你一直有话说不出口。"

她这是一句双关的话。

邓瑛将手腕从杨婉的膝上移开。

两个人各自抱着膝盖，在床上相对而坐，邓瑛轻轻咳了一声。

"待罪之身不洁净，怎么还能对婉婉，说……冒犯的话？"

"你觉得那是冒犯，那你为什么还要去学？"

邓瑛抿了抿唇："我没忍住……"

他说完又咳了几声，将双手交到杨婉手中："我怕我弄痛你，也

怕你不舒服，我怕你以后不肯握着我的手教我做的时候，我就不知道
该怎么让你……"

"傻子，都谁教你的？都教你什么啊？"

邓瑛轻轻地侧过身子避开杨婉的目光。

他能向谁学呢，司礼监的那些人平时是会去妓馆和寺庙里鬼混
的，南海子外面游荡着好些伺候太监们的行脚女人，司礼监私底下也
会聚在一起谈论如何与女人们取乐。邓瑛在旁听了很多，想起杨婉的
身子，就恨不得将自己的手一辈子锁死。

直到他在混堂司陈桦的房中，偶然翻出一本书。

那是宫廷禁书，陈桦之前一直藏得很小心，谁知前一夜醉了酒，
翻看过后就那么堂而皇之地放在书案上，被找他说事的邓瑛随手拿了
起来。

陈桦被他吓得半死，当场就跪倒在了邓瑛面前，浑身发抖。

"督主，奴婢愿意认罪领罚，但求督主饶命啊。"

邓瑛没有说话，坐在陈桦的榻上翻开那本书。

"督主。"

他索性跪在邓瑛面前扇自己的耳光。

邓瑛压着书页："你做什么！停下。"

陈桦哭道："督主不赦命，奴婢不敢停下。"

邓瑛合上书，闭着眼睛平复了一阵，方低头看向陈桦道："为什
么看这种书？"

"奴婢该死，不该看啊！"

"陈掌印，我没有处置你的意思，好好说话。"

陈桦这才怔怔地止住哭腔。

邓瑛指了指自己对面："起来坐下说。"

陈桦迟疑地站起身，搓着手坐在邓瑛面前："督主当真肯替奴婢
保密吗？"

"嗯。"

邓瑛放下书，轻轻呼出一口气："我——"

"奴婢明白。"

陈桦打断他："督主，你一直对我们都很仁慈。"

他这么说，邓瑛也没别的话讲，毕竟他也不知道如何自解他此时内心之中，那阵荒唐的悸动。

"你与宋掌赞——"

"没有！绝对没有！奴婢与宋掌赞绝对没有行过苟且之事。"

"苟且"二字直接刺入邓瑛的心。

陈桦不知道邓瑛心中所想，一味老实地剖白自己。

"督主，不怕您笑话我啊，我心里想云轻很久了，可是我又不敢对她做什么。不对，还做什么呢？我是连跟她提都不敢提。她是以后能出宫的内廷女官，她守好自己，说不定出去以后还能遇见个好人，开开心心地过下半辈子，我要是伤了她……我不得下地狱吗？"

他说着说着，捏紧了膝盖上的裤子。

"她从来不准我进她的居室，我连她衣衫单薄的样子都没有见过，但我就是忍不住，我的确是没了下面，可我知道，像我这样的人，只要用心一点，懂事一点，小心一点，还是有法子，让她开心的。可是督主，我真的只是自己想想，然后偷着学，我该死，我真的该死，但云轻是端正的姑娘，她……"

他说得语无伦次，只是希望邓瑛相信宋云轻的品性。

邓瑛的手静静地放在那本书上，他想对陈桦说点什么，却又不知道如何开口。

日光静静地落在他的手上，那几根手指曾经要了杨婉的身子，沾染过杨婉下身温暖的春流。杨婉没有让他像书中的那些阉人那般匍匐于下，她留着他的底衣，自己躺在桌案上，留下空间让他得以站在她面前。

他遇到的是杨婉，陈桦遇见的是宋云轻。

他们对这件事有同样羞愧的认知，可是邓瑛没有被伤害过，杨婉保护他的自尊就像保护一片雪一样。

然而，他也不得不去想，杨婉她尽兴吗？

"邓小瑛，你红着耳朵想什么呢？"

杨婉的话把邓瑛从思绪里拽了出来，他这才发现杨婉握着他的手，一脸担心。

"你是不是看乱七八糟的书了？"

"嗯。"

"谁给你的？"

"……"

邓瑛不能出卖陈桦，张口无声，只能把头低了下来。

"不要去瞎看啊。"

杨婉摸了摸邓瑛发烫的脸，邓瑛忙道："我看那些不是想要伤害你，婉婉，你知道我不会的。"

"我没说你看的是那种书。"

杨婉望着邓瑛："我怕你看那种伺候……"

她说出"伺候"这两个字以后，发现后面的话自己竟也说不出口了。

肩膀一垮，顿时颓坐下来。

她很心疼眼前这个男子，她的爱意里没有对残缺的鄙夷，但邓瑛对杨婉的爱意之中，却一直带有对他自身的贬低。

"婉婉。"

"说。"

"我做错事让你生气了是不是？"

他的神情有些慌乱，放在杨婉怀中的手也很无措。

杨婉忙收拾起情绪，试图安抚他："不是，你就是很傻你知道吗？那些东西和你身上的刑具一样，是为了规训你，你不能把它当成自我认知的标准。"

她莫名把专业术语说出来了，脱口之后忍不住低头自责："我在说什么！"

邓瑛不知所措地看着杨婉，那一道目光令杨婉再一次清晰地感觉到，过于先进的文明是对邓瑛内心秩序的鞭挞。

她忙抱住无措的邓瑛。

"没事啊，我不是怪你去看那些东西。"

邓瑛低头看着靠在他肩头的杨婉，轻声认错："对不起，婉婉，我以后不看了。"

杨婉摇头："不是你的错，那本书也没什么。我只是想跟你说，只有当你不再把自己当成罪人，你才能开开心心地对我做那样的事。"

邓瑛垂下头："婉婉，我如今也是愿意的。"

"我现在不准，邓小瑛，你一直都很聪明的，这会儿怎么这么憨呀？"

"好，婉婉，我不说了，你不要生气。"

他一边说一边抚着杨婉的脊背。

杨婉趴在邓瑛的肩膀上，轻声道："我没有生气，你不准着急，我们慢慢来好不好？"

邓瑛轻轻地嗯了一声："婉婉。"

"嗯？"

"你为什么……和宋掌赞不一样呢？"

杨婉没有回答，捏住邓瑛的耳垂，轻声对他道："来，你往下躺。"

97

邓瑛用手肘撑着床面，慢慢地躺下去。

杨婉轻声问他："汗巾的结在哪儿？"

邓瑛一把摁住杨婉的手："婉婉……"

杨婉抽出手轻轻地摸了摸邓瑛的脸，倾身上去吻了吻邓瑛的额头："没事的。"

她说着已经摸到了汗巾的结头，但她没有立即挑开，低头温声道："邓瑛，我其实不太知道你的感觉，可能你也不太愿意对我说，所以只能凭着我自己的感觉试试看，如果你有难受的地方，你就让我停下来，好吗？"

邓瑛听完这句，半晌之后怔怔地点了点头。

杨婉这才解开了邓瑛腰间的汗巾。

亵裤失去了束缚，顿时松垮。

杨婉的手比他的体温要凉一些，凉幽幽地抚过邓瑛的腰腹，慢慢滑向腿间。

邓瑛的身子一下绷紧。

"放松，邓瑛，不然你一会儿会难受的。"

"婉婉……"

"什么？"

"我那里很脏……"

那个"脏"字，只发出了第一个音节，便被杨婉的嘴唇堵在了口中。

她的手没有随意乱动，只是静静地覆在邓瑛的下身处，直到他平复下来，才轻轻地动作起来。

"邓瑛，'性'就是这样的，每一个人都一样。那里一点都不肮脏，它只是平时被衣冠保护，这会儿有些腼腆罢了。"

她说着笑了笑："除去衣衫，我们是一样的。"

除去衣衫，他们是一样的。

邓瑛并不明白，这句话中包含着一个生活在二十一世纪的人文科研工作者对"性"本身和"人"本身的理解。杨婉也并不打算对邓瑛阐释这些用了六百多年才生长出来的观念。她弯曲手指，轻轻地捏住邓瑛下身那一点点凸肉。那个地方，是因为当年受刑时他已经成年，刀匠出于人命考虑，对他留了余地。

郑月嘉在验身时护下了他，没让他受刷茬的苦，于是经年之后，那里逐渐生出了一些余芽儿，在被杨婉触碰的时候，竟有一丝丝的知觉。

杨婉看见了邓瑛逐渐发红的耳垂，这才确定她没做错。

关于和邓瑛这样的人做爱的方法，史料写得都不清晰，清人笔记《浪迹丛谈》云："阉人近女，每喜手抚口啮，紧张移时，至汗出即止。盖性欲至此已发泄净尽，亦变态也。"

所谓"手抚口啮，紧张移时，至汗出即止"大概说的便是受过宫刑的人也会有快感，只不过并不能像常人那样尽兴，发热出汗便已到了极处。但就像这本笔记的名字《浪迹丛谈》一样，听起来就像是个不正经的书生胡诌出来供人猎奇的，一点都不严谨。

杨婉深恐自己被文字欺骗，反伤邓瑛。好在，他看起来并不难受，身子甚至逐渐松弛下来。

她这才肯开口对邓瑛道："你抬抬腰，我的手腕被勒住了。"

身下的人已经完全说不出话了，却还是顺从她的意思抬起了腰。

杨婉将他的亵裤退至膝弯处，裤子的绸料过滑，一下子便从膝上滑到了脚踝，他终于将下身完整地暴露了出来，这是在邓瑛受刑之后，他第一次在另外一个人面前，面对自己的身子。

当年刑床上的邓瑛，用二十几年的修养和心力去抗衡那一道羞辱的刑罚，内心虽有恐惧，却并不慌乱。而此时此刻，他脑子里虽乱得几乎一片空白，却不想用一丝心力去压抑慌乱，他在这一阵慌乱中感受到了下身温热的快感，这种快感无关文人的修养和阉人的自觉，足以令人暂时忘记自己的身份。

"邓瑛。"

"……"

"我想听你说话。"

"婉婉……"

他根本说不出话，只能叫杨婉的名字。

杨婉低头望着他："邓瑛，我希望因为我，你能放过自己。就算现在不行，以后也要放过自己，平静地活下去……邓瑛，我很爱你……"

深夜大雨倾盆，最后的几句话，她说得很轻，邓瑛也没有听清。

他后来睡得很熟，像一块温暖的玉，一动不动地伏在杨婉身边。

杨婉夜里偷偷起身，就着凉透的水清理下身，给自己上药。

雨水轰隆隆地打在屋顶上，杨婉看着榻上的邓瑛，想起自己在《邓瑛传》中对他的那些描述，全部是他的政治态度和国家观念，因为没有史料支撑，杨婉从来没有触及过他的"爱欲"。所以几十万字写得出他的一生，却写不出他精神伤口愈合的过程。

杨婉想着，走到灯下取出自己的笔记，摊开在案。

贞宁十二年到贞宁十四年，她的笔调从严谨冰冷到偶尔失控。

这个过程对她来说不是愈合，而是进一步的割裂。

好在有邓瑛，如一剂良药，让她不断平复，从外观转至内观。

她抚摩着笔记上的墨迹，一面侧身朝床上的人看去，一面轻声自语："我困于此处，而不肯放弃，小半因惧死，大半因你……"

床上的人手指轻握，眼睑微微动了一下。

次日，邓瑛起得比杨婉早。

他坐在榻边穿好鞋，推门走进院中。

雨还没有停，覃闻德带着东厂的厂卫撑着伞在院门口等邓瑛，一大片褐黄色的纸伞整齐地排开，来往的路人看到这些人腰间的佩刀，像看到鬼一样避得老远。覃闻德撑伞上前道："督主，我们人已经点齐，是现在就过去吗？"

邓瑛看了一眼众人："不用这么多人，十余人足够了。"

覃闻德回头道："留下十人，其余人先回外厂衙门待命。"

说完又有些犹豫地唤了他一声："督主。"

"嗯？"

"属下觉得吧，咱们姿态太低了也不好，这毕竟是审阁臣的罪啊，拿人的时候，咱们就是请的姿态，等到了厂狱，难道我们还要伺候他老人家不成？"

邓瑛笑了笑："我不会让你们做那些。"

覃闻德道："属下是担心您之后审不下去。"

邓瑛垂下眼，只应了一句："不必担心，先过去吧！"

说完正要走，忽听背后传来杨婉的声音。

"邓瑛。"

邓瑛一怔，却也来不及让覃闻德退下。

覃闻德看着披衣出来的杨婉，也愣了愣："婉……婉姑娘。"

说着便行了一个礼，他这一行礼，后面的厂卫也都跟着齐声行礼，杨婉被这阵势吓了一跳，不自觉地朝邓瑛背后藏。

"覃千户把伞给我。"

"啊？哦，是是是。"

说着忙将伞递给邓瑛。

邓瑛将杨婉护在伞下，示意覃闻德等人退后。

"我把进出宫禁的令牌留在枕下了，你回宫的时候记得带上，如今时辰还早，你还能再睡一会儿。"

杨婉摇了摇头："我不睡了，我一会儿想去清波馆看看，然后就回去。"

"好。"

邓瑛转身看向覃闻德："覃千户。"

覃闻德还在发愣，背后的人杵他，他才反应过来邓瑛在唤他。

"属下在……"

邓瑛犹豫了一下："你身上有银钱吗？"

"啊？"

"你……"

"哦，有！有有有！"

他赶紧将腰间的钱袋解了下来递给邓瑛。

邓瑛接过来递给杨婉："我不能陪你逛了，你拿着这些，想买什么就买，也可以在东门市那边给殿下带些吃的回去。"

杨婉原本想说自己有钱，但看着邓瑛微微发红的耳垂，还是笑着接了下来。

"好。"

"我让两个百户离得远点跟着你，但你自己也要小心。"

杨婉点了点头："知道，你去做事吧。"

她说完从邓瑛身后探出半个身子，对覃闻德道："覃千户。"

覃闻德刚被自己的上司拿光了钱，人还没回过神："婉姑娘有什么吩咐？"

杨婉笑道："照顾好你们督主，他手上和脚上的伤最近刚好了一些。"

"属下们省得。"

杨婉这才接下伞，拍了拍邓瑛的肩膀："你得答应我，你去白府不管听到什么，都不准往心里去，不开心回承乾宫来找我们，今日本来也是殿下赐药的日子。"

邓瑛点了点头。

杨婉站在院门前目送邓瑛上了车，低头掂了掂手里的钱，忍不住笑弯了眉目。

覃闻德骑马跟在邓瑛的车旁，对邓瑛道："督主，这个宅子婉姑娘还满意吧？"

邓瑛没有出声，覃闻德不死心，又道："要不要属下们再添点什么？"

"你的钱袋里有多少钱？"

"嗐，孝敬婉姑娘是应该的。"

"我问你有多少。"

"不多，加起来不到二两银子。"

"嗯。"

邓瑛应了一声："明日来内厂衙，我把菜米钱和今日这二两银子一并给你。"

覃闻德听完叹了一口气："督主，您这样为人处事，我们是真的担心您吃亏啊。您是不知道，今日咱们上门锁拿阁老，外面都骂成什么样子了。东华大街上除了清波馆，什么宽勤堂、崖柏堂，把那些东林党人的文章刻印了千份不止，把您骂得……"

他有些说不下去，骑在马上啐了一口。

"底下的兄弟们看不下去了，想着您不准伤人，昨日就把那宽勤堂的掌柜拿到厂狱里呵斥了一顿。"

邓瑛轻声道："拿了钱就把人放了吧。"

覃闻德提声道："他们宽勤堂拿了好些钱来赎，咱们的人都没要，这可真不是钱的问题，是咽不下这口气。不过今儿一早我们过来之前，宽勤堂的人过来说，他们这几日也不印私文了，说是储墨不够，我问了两句，他们说清波馆的人好像把最近的一批那什么印墨全买了。督主，我现在吧……是有点明白，为什么婉姑娘非要买那个什么清波馆了，您别说，这婉姑娘还真是挺能想的。"

98

杨婉换了一身衣裳，梳挽髻，簪了一支步摇，匀面出门。

她径直去了东公街。

春闱在即，考生从各地赶至京城，东公街后的昌和巷里，几间客栈的生意都渐渐好起来。

杨婉从昌和巷的侧门里穿出，朝西走了几十步，便到了清波馆的后坊。

掌柜正在坊里吃饭，看到杨婉过来，忙招呼伙计们放下手里的碗筷，起身迎了过来："东家来了。"

有几个伙计是新招的，头一次看到杨婉，没想到自己的东家是这么年轻好看的一个女人，不知不觉地盯直了眼。掌柜见状，忙转身敲他们的脑袋："看什么看，我们东家是东厂厂督的夫人。"

"东厂？"

两个伙计相视一望，忙低下头双双跪倒在地。

"我们冒犯了，冒犯了！"

杨婉往旁边一躲："不要这样，你们吃你们的饭，我就是过来看看。"

掌柜见杨婉不自在，便上前道："不如您上楼坐会儿，我交代他们几句，跟着就上来回您的话。"

"好。"

前堂临街，二楼开窗即可看见整个东公街的街景。

杨婉每回来清波馆，都喜欢在窗边坐一会儿。

如今这个掌柜的是她接手以后新聘的人，福建人士，官话说得不是很好，但很会做生意，平时做事利落，人也机敏，让人给杨婉端来茶，自己就站在杨婉身边条理清晰地回事。

"你坐下说。"

"欸，好。"

他应声坐下，将账目和新印的书目交到杨婉手上，扼袖指道："这一批的印墨是从安徽来的，数量不多，按照您说的，我们已经全部买下来了。宽勤堂的人昨儿来过我们这里，给了一分的利，说要我们一半的量。"

杨婉喝了一口茶："你回他们说，咱们要五分利。"

掌柜皱了皱眉："东家，不是我多嘴，三分利已经很可观了，五分……他们不会答应吧？咱们的储墨还多，再拿着这些墨也没有大用，等春天过了，天气热起来，跟着就都是损耗，没有必要啊。"

杨婉端着茶低头朝对面的宽勤堂看去。

前堂人头攒动，好不热闹，杨婉站起身，扶栏问道："他们做什么呢？"

"嘻，"掌柜的也跟着站起身，"滁山书院的那个……叫什么周慕义的考生前几日写了一篇戏谑文章，叫《啖犬》，东家看过吗？"

所谓啖犬，也就是杀狗，文辞狡黠隐晦，通篇隐射邓瑛与白焕，借"狗"之名，把邓瑛骂得体无完肤。

邓瑛比其他人都要早地读到这一篇文章，读完后，独自沉默了很久，才查问这个周慕义的身世。

底下人回报说周慕义是周丛山的族人，自幼居南方，书念得很好。

厂卫都以为邓瑛要拿此人入狱，谁知邓瑛却没再提过这件事。

之后这篇文章便由宽勤堂刻印，在京考圈子里疯传。到后来，甚至好多官学里的学生也读过，做注的做注，打诨的打诨，越传越热闹。

"我倒是看过。"

掌柜见杨婉面色无异，这才道："我就怕说了东家生气，一直也没好跟东家提。"

杨婉靠在栏杆上："无妨，督主他也看过，还说文章文辞不错，骂得也痛快。"

掌柜的笑了一声："那是督主仁慈，只是这些人太不识好歹了。"

杨婉摇了摇头："我们知道太平书桌得来不容易，不想跟学生们计较得太多。对了，今儿那个周慕义是在宽勤堂里头吗？"

"是。我之前使人去问了一嘴，今日东厂要去白阁老家中拿人，他们那些人聚那儿议骂此事呢。除学生外，还有几个东林的官儿。"

杨婉笑了笑："所以我说宽勤堂也做不了多久。"

"东家什么意思？"

杨婉道："咱们和宽勤堂都是坊刻的书局，没有官办背景，惹上官政就一定活不长，那里头非但没钱赚，还有脑袋要砍。"

掌柜的笑了一声："东家说话真有意思，可咱们眼下怎么做生意呢？那么多印墨堆着，终究不是办法啊。"

杨婉朝昌和巷的方向看去："昌和巷一共有几家客栈啊？"

"哟，具体的还不知道，估摸着有十来家。"

杨婉点了点头："咱们试试看，做这十来家的生意。"

"东家，您得说明白些。"

杨婉转过身："也没什么，就跟之前你们为秋闱摆考市是一样的，把咱们的储墨都归拢起来，全部用来印制科考的书经，不用讲究什么装帧，一律用成本最低的线装，价钱也往下压。"

掌柜的有些疑惑："之前遇到科考，考市摆起来，几大书局都是要压价的，到最后，大家都没挣得什么。"

杨婉道："我们能挣。"

"怎么挣啊？"

杨婉抬手朝昌和巷指去："我们挪一部分书经去客栈里设摊。"

"什么？"

杨婉续道："量不用太多，多了会占客栈的地方，适量就好。然后再匀出一部分钱给客栈，咱们设了摊，他们就不能再让其他书局的书进去，日后等春闱结束了，咱们也可以将时新的话本、图册什么的，一并摆过去，不过这个是后话，咱们先赚春闱这一笔。"

掌柜听得有些出神。

杨婉垂下手："你先着手做，若果真好，大家都有银钱拿。"

掌柜这才回过神来，看着杨婉的神情不禁道："您对做生意真有心思。"

杨婉重新靠窗坐下："我想着，看明年能不能买下宽勤堂。"

掌柜听她这么说，忍不住唤她道："东家。"

"嗯？"

"我能冒昧地问您一句吗？"

"你说。"

掌柜抬起头道："您是督主的人，您要什么没有，何必费这些神呢？"

杨婉低头笑笑："不管别人怎么想东厂，东厂都不会做强占的事。不过做生意本来就要慢慢来，我从前也没有做过生意，不过是有些想法，其他的还得靠你们。别的生意我也不想做，我就想做书局的生意，做久一些，积累一些钱，以后老了，好出来生活。"

掌柜的站起身道："东家的话，我听明白了，这就下去吩咐。"

"多谢。"

杨婉向掌柜行了一个女礼，直身回头，再朝楼下看去。

人声喧闹，其间夹着邓瑛的官名和白焕的尊称，靠近顺天府的这么一处地方，年轻人聚集起来，便是一场痛快的声讨，口诛笔伐下，邓瑛被批得一无是处。

杨婉想起昨晚那个赤裸着躺在自己身边的人，忽然浑身一颤。

不知道从什么时候开始，她不想再劝邓瑛看开。

不论邓瑛想做什么，杨婉都决定不再质疑"值不值得"这个问题。

反之，她自己看不开了，笔墨里战一场不是不可以，现代社会里的杨婉，本来也是学术圈里的孤斗士。回到六百年前又怎么样呢？她还是杨婉，还是那个写《邓瑛传》的杨婉。比起当年的学术圈，这座人声鼎沸的京城更加热闹复杂。邓瑛不能张口，那能不能让大明喉舌替他张口呢？

杨婉闭上眼睛，楼上的风吹拂着她的脸颊，雨已经停了，人群的议论声清晰可闻。

杨婉取下头上的步摇朝着那个站在堂门前高谈的周慕义掷去。那人被砸中了肩膀，停下高谈，喝道："谁？"

杨婉站在窗边扬声道："我啊。"

她说着绾了绾耳发："周先生，人言可畏，文字当敬，你不畏前者，也不敬后者，实为读书人之耻。"

周慕义走出人群："你是谁？"

杨婉低头看着他："你们口中那个侍奉阉人的女子。"

人群骚动起来，有人抬头高声骂道："只有娼妓才肯侍奉阉人，你恬不知耻，抛头露面于我等面前口出狂言，还敢伤身负功名之人，我等非报了官，将你枷了示众不可。"

"去呀。"

杨婉平吐出二字。

将才说话的那个人却怔住了。

杨婉偏头道："有嘴谁都能说话，可你们说出来的话，你们敢负责吗？敢兑现吗？就算我是娼妓，又如何？你们不也以狎妓取乐为雅吗？怎么你们就比阉人高贵了？"

"你——"

那人几乎被气得背过去。

杨婉打断他道："我知道，我如今说的话，在你们眼中没有任何的意义，但我还是想再说一遍。"

她说着看向周慕义："周先生，人言可畏，文字当敬，张口落笔之时，请三思您的身份，不是每一个人，穿上襕衫便是儒生，有人身披一张文人皮，却因为吃多了狗肉，就换了一个狗头。"

她说完，自顾自地笑了一声，转身朝窗后去了。

楼下的众人议论了起来："这女子，是谁啊？"

"这还看不出来吗？是那个杨婉啊，以前许配给了张家的儿子，北镇抚司使张洛，结果后来做了东厂厂督的对食。"

这话一出，四下一片唏嘘。

接着便有人喝骂："恬不知耻，真是恬不知耻！张家真该把她领回去关起来！"

人群随声附和。

274

杨婉靠在墙上听着楼外的声音，低头笑了笑，抱臂自语："邓小瑛，你可真能忍。"

邓瑛此时正站在白府门前，头顶忽然一阵针刺般的疼痛，他不得已抬手去摁压。

覃闻德见他脸色发白，忙道："我看不必再等了，这白府就没有开门的意思！"

"别慌。"

覃闻德回头看了一眼邓瑛的脚踝："督主，您刚才就已经站不住了，咱们等了这么久，算是仁至义尽了。"

99

白焕的宅子在阜成门内大街的后面。

遇见东厂来拿人，胡同口上的堆拨①内还留有看守的人。

他们将木栅栏堆到胡同口子上，阻拦阜成门内大街上看热闹的百姓。邓瑛背对着胡同口已经站了快一个时辰。

一个小儿趁着看守的人不备，钻出栅栏，趴在地上好奇地拉扯邓瑛脚上的镣铐。邓瑛低头看去，原本想让开，谁知却因为旧伤发作的疼痛没有走稳，险些被这个小孩绊倒。他忙撑了一把墙面试图往后退几步，却还是不免踩到了那孩童的手。

那孩子哇的一声哭了出来。

覃闻德两步跨过来，揪着领子就把那孩子提了起来。

"这孩子家里的人呢？！"

他声音洪亮，人堆里一时没有人应声，过了一会儿，却有人窃语道："这东厂如今连小儿都不肯放过了。"

"还小儿呢？你知道这位督主今日要拿的人是谁吗？"

"谁啊？"

---

① 堆拨：设置路禁的栅栏。

"啧，就这府上的主人。白阁老，两朝元老啊，也要被锁去东厂狱遭罪。"

"啊？阁老有什么罪？"

"什么罪？还不是那人说阁老什么罪，阁老就是什么罪。"

"唉，造孽啊！"

"可不是造孽吗？听说啊，这位督主读书的时候，还是阁老的学生呢，换了一身皮，就成恶犬像了。"

他这话一说完，身后的一个妇人颤抖着身子哭出了声。

前面的人赶忙回头："夫人这是怎么了？"

妇人看着覃闻德手中的孩子啜道："我这一眼没看着……我的儿子……"

人言可畏。

好在邓瑛并没有听清，他走到覃闻德身旁抬起手。

"慢一点放下来。"

覃闻德一脸不忿："督主，白阁老羞辱你就算了，连个小孩都这样。"

邓瑛又将手抬高了一些："快点放手。"

覃闻德这才悻悻然地松了手。

孩子被吓得浑身发抖，趴在邓瑛身边一动不敢动。邓瑛拽了拽自己的衣袖，遮住手腕，以免铁链硌到孩子，转身将他抱到栅栏边。

孩子的母亲见状，忙挤出人群，惶恐地将孩子抱住，也不敢说话，用袖子护着孩子的脸，转身便挤回了人群。就在此时，白家开了侧门，宅内的管事家人走出来，朝邓瑛行了一礼。

"邓厂督，我们老爷起身困难，知道您身负皇命而来，不敢怠慢，让老奴迎您入内。另外宅内有内眷，皆是面薄不迈门的妇孺，还望督主容情，准她们在后堂回避。"

邓瑛道："陛下并无抄家旨意，请转告大人的家眷们，让她们放心。"

说完回头对覃闻德道："跟我进去，不要惊扰到内宅的人。"

"是。"

管事的人引着邓瑛等人穿过跨门，邓瑛一进正院便闻到了一阵浓郁的药气。

白焕的正院中几乎没有什么造景，只在院心安放着一块青石，上面刻着的《地藏菩萨本愿经》是少年读书时，邓瑛亲笔所写，亲手所刻。石头前面搭着一座油布棚，里面摊放着因为下雨而暂时收拢的晒书。

　　管事的命丫鬟撩开厚重的夹棉帘子，侧身让到一边。

　　"老爷的腿脚都不好了，隔个几日就要拿药草熬水，蒸上那么一会儿，人才能松快些。老爷怕一会儿出去，自己撑不住刑具，会让厂督您为难，所以才叫今早也备上，耽搁了工夫，还请厂督莫怪。"

　　邓瑛低头走进帘内。

　　丫鬟们便放下了帘子，日光被阻在外头，借着几盏灯焰颤颤的油灯，邓瑛看清了坐在挂画下的白焕。他身上罩着一件熊皮大毛的披风，身下放着一只木桶，一个家仆端着滚水往木桶里添，屋内潮湿，地上也凝结着一大片水珠子。

　　邓瑛屈膝跪下向白焕行礼。

　　白焕却摆手咳笑了一声："哪有审案跪人犯的道理，邓督主起来吧。"

　　邓瑛抬起头："我从未想过要对阁老无礼。"

　　白焕摇了摇头："你的性子我一直都知道，让你在外面等，你就站着等，让你进来，你就这么谦卑地守着礼。然而，你总要对司礼监和陛下交代吧。"

　　他说着将手从披风里伸出来，对家仆道："扶我起来，帮我把鞋子穿上，让厂卫们好进来做事。"

　　邓瑛见房内只有一个家仆服侍，便挽起袖子起身走到白焕的脚踏边，对家仆道："扶稳大人。"

　　他说着弯腰取出白焕的鞋，轻声道："阁老，这双鞋在厂狱里不好穿，您换一双软旧些的吧。"

　　白焕道："都一样。"

　　邓瑛没有再说什么，托着白焕的脚，让他踩在自己的膝上，替他穿鞋袜。

　　白焕的腿因病浮肿，轻轻一按便是一坑，邓瑛挪了挪自己的膝盖，好让白焕踩得更放松一些。

"阁老，我并没有想过，要向司礼监和陛下交代。"

他说着，接过家仆递来的绫袜，将其中一只放在腿上，托起白焕的脚，低头接着说道："梁为本的案子涉及江浙一带的倭祸，这是陛下最为介怀的。但是好在，梁案由刑部审理，最多再涉其余二司，他们都会尽可能地修改好梁为本的口供，不让他攀扯阁老。至于我这里……"

他说着顿了顿："可能会动一些阁老的族人。阁老，您虽从未贪墨，但家大族人众多，难免会有管束有失的地方，我答应您，会尽量保全这些人的性命，但为保您无虞，他们的家业和家产，我会——"

"用东厂的名义收下来是吧？"

邓瑛点了点头："是。"

"邓瑛。"

白焕忽然唤了他一声，邓瑛听到这一声唤，手上不禁一顿。

"邓瑛在，阁老，您说。"

白焕低下头看着邓瑛的侧脸。

"滁山书院和湖澹书院的学田，是不是也是为了救杨伦才收下来的？"

邓瑛抿了抿唇："阁老不必在意这些，那不重要。"

"我亲自写弹劾你的折子，让你落到如此境地，你心里就没有一点怨恨吗？"

邓瑛拿起白焕的鞋子一面替他穿一面道："其实，是我自己走到这一步的，和阁老还有杨大人都没有关系。我知道，您也不想这样对我，但情势所逼，折子只能您写，满朝上下的人心，只能您来平复，而我现在走的这条路，别人也走不了。所以我没有怨怼，我问心无愧。"

他说完，放下白焕的脚，自己复又跪下，向白焕行了一个叩拜之礼。

"从今日起，我对您所有的冒犯，都先用这一拜暂抵，等您脱罪出厂狱，我再向您请罪。"

白焕咳了几声，摆手挡掉家仆递来的茶水，怅然道："你本不必如此，为何不肯退一步？"

邓瑛站起身："我虽是刑余之人，但我不想做一个被剔了骨的废人。当年老师惨死在狱中，我救不了他，此事我愧恨终生，一辈子都无法饶恕自己。今日您身陷囹圄，我一定要救下您。"

白焕颤巍巍地伸出手，轻轻地摸了摸邓瑛的鬓角，邓瑛脊背一僵，喉中脱口道："老师，您……"

他说着一哽，忙又改口道："大人恕罪。"

"无妨。"

白焕笑了笑："此时没有旁人。"

他说着托起邓瑛的手腕。

"把袖子挽高一些。"

邓瑛忙照做了。

白焕看着刑具下的伤口，忽又咳了几声。

"给大人端茶来。"

白焕摆了摆手："不必了。"

他说着吐出一口腥潮的气："我寿数将近，老病缠身，你年纪轻轻，竟也落了一身的伤病，张展春当年是教你读过《周易》的，你的寿，自己心里有数吗？"

邓瑛摇了摇头："我不曾关心这些。"

白焕点头："不关心也好，不关心也好。"

说完扶着椅背站起身："让你的人进来吧，我今日觉得硬朗，还能自己走出去。"

贞宁十四年春天，《明史》上出现了最为荒唐的一段记录。

邓瑛待罪羁审白焕。

曾经的师生二人，一道披锁于路。

邓瑛自行于前，白焕则被厂卫架着，跟跄地跟在后面。

那一日杨婉从清波馆出来以后，并没有立即回宫。

她在人群里，被骂声裹挟着，陪邓瑛走完了从白府到东厂厂狱的那一段路。

其间她不断地回想《明史》里的记述，以及后来的研究者们对这一段荒唐历史的阐述。

那些言辞比百姓的"恶言"要理智、抽离得多。

然而越抽离，也就越冷漠、越犀利。

杨婉看着人群外的邓瑛，他用袖子遮盖着自己手腕上的刑具，温和地避着拥到他身边看的行人和孩童，偶尔停几步，回身等待走在后面的白焕，轻声对厂卫说："走慢一些。"

无边恶意载道，杨婉却在邓瑛脸上看到了一丝笑容。

很淡，但足以让她看入眼。

杨婉转身朝白焕看去，这个迟暮之年的老人步履蹒跚，面上的表情却也很平和。

《明史》里记载，这是一段师徒彻底反目，相互倾轧、你死我活的官政大戏。事实上，这两个人却只是以同样的姿态，心照不宣地共走了一段路而已。

杨婉在人群里目送邓瑛和白焕走进东厂大狱，正午的太阳一下子破云而出。

天光洒下，落在身上已经有些暖和了。

道旁一个摆摊卖麻糖的老人捧着糖问杨婉："姑娘，很甜的，买一些吧。"

杨婉摸了摸邓瑛从覃闻德那里要来的钱袋子，笑着问道："要三包，两包多一些，一包少一些。"

老人笑道："姑娘买三包，那是姑娘家里的男人也爱吃糖啊？"

杨婉点点头："他不爱吃糖，但我叫他吃，他就会吃。"

老人笑弯了眼："姑娘的夫君真好啊！"

杨婉回头朝厂狱的大门望去，轻应道："是啊，别人都不知道，但不管怎么样，他就是一个特别特别好的人。"

100

一连几日邓瑛都没有回宫。

中和节①的前两日，中宫赏赐了黍面和白面给各宫摊饼熏虫。

易琅因春燥上火，喉咙肿痛，后来还生了眼眵，连嚷了几日不受用。清蒙等人不识轻重，在文华殿多给他进了一些凉草水，谁知竟引起了腹泻，两三下败掉食欲。

这一日连膳房送来的粥也没喝几口，泻得空了腹，人也没精神，坐在床上可怜巴巴地看着杨婉。

杨婉帮易琅换了一身衣裳，捧来香炉给他嗅。

"罗御医说，这里面添了薄荷，闻着爽快些，殿下试试。"

易琅托着杨婉的手臂，凑近吸了一口，顿时打了两个喷嚏。

杨婉将自己的帕子递给他："鼻子通了些吧？"

易琅摇了摇头："姨母，从喉咙到鼻子还都堵得厉害。"

杨婉放下香炉："唉，也是我没把殿下照顾好，以前娘娘在的时候，可没让殿下遭这些罪。"

易琅拽了拽杨婉的袖子："没事，每年这个时候我都不受用。"

杨婉笑道，拉起被褥捂住他："明日我去向陛下告殿下的假，殿下躺着歇两日吧。"

易琅靠在床上道："姨母去跟父皇告假，承乾宫上下不都得遭罚吗？我没事，明日还上学去。"

他说着伸手去拿榻边的书，杨婉忙替他递过去。

"还看啊？"

"嗯。这几日落下了一些，厂臣也不来了，有些地方师傅们讲了我也想不明白，一直想问厂臣来着。对了，姨母，昨日是给他赐药的日子，罗御医来了，他怎么不来呢？"

---

① 中和节：农历二月初二。

"嗯……"

杨婉有些犹豫，不知怎么对易琅说。

易琅将书放在膝上，对杨婉道："姨母，最近朝里朝外都在骂他。"

杨婉摸了摸易琅的脑袋："没事，这次殿下也可以跟着骂他。"

易琅摇了摇头："我不会骂他了。"

杨婉怔了怔："为什么？"

易琅捏了捏寝衣的袖子："厂臣对我说过一句话。"

"什么话？"

易琅抬起头道："他不让我跟姨母你说。"

杨婉笑了笑："殿下与厂臣之间都有姨母不知道的事了。"

易琅低头将书翻了两页："不是好的话，我也不想告诉姨母。"

杨婉正犹豫要不要往下接着问，合玉掀起暖帘进来："婉姑姑，督主来了。"

杨婉起身看了易琅："殿下……"

易琅抬起头冲杨婉道："无妨，姨母，你让他进来吧，这里暖，好上药。"

"是，多谢殿下。"

得了易琅的话，杨婉立即走出了寝殿。邓瑛正从地屏后朝杨婉走来，他今日换了一身青灰色的襕衫，束发无冠，越发显得清瘦。

杨婉回身掀起暖帘："进来吧。"

邓瑛看着杨婉犹豫了一阵："殿下也在吗？"

"在，不过没事，进来吧，里面暖和一些。"

"好。"

邓瑛走进寝殿。

易琅抬起头，受过邓瑛的礼，抬书指向榻边的椅子："厂臣请坐。"

"奴婢谢殿下。"

杨婉让合玉端了一碗凉草汤给邓瑛，自己则在易琅的床边坐下。她拢了拢易琅裹在身上的被子，对邓瑛道："这汤原本是殿下的，解春燥好，结果殿下前两日喝多了。"

"姨母！"

易琅的脸唰地红了，杨婉忙笑道："是是，姨母不说。"

邓瑛伸手接过汤水，朝易琅道："谢殿下赏赐。"

易琅问道："厂臣，昨日你为何没有来？"

邓瑛弯身应道："臣有负殿下恩典，请殿下恕罪。"

易琅有些尴尬："我没有责备你的意思，你不用请罪。"

"是。"

杨婉看着这两个久未见面、各自矜持的人，笑着向合玉道："你去把昨日罗御医留的药取来吧。"

说着撩起邓瑛的袖子，对易琅道："殿下不是要问他书吗？哪一本，姨母去给你拿。"

易琅看着邓瑛的手臂："算了，等下回去书房我再问他。"

说完低头继续翻他的书。

邓瑛抬头，轻声问杨婉："殿下怎么了？"

杨婉凑在邓瑛耳边道："他拉了一天的肚子，这会儿一点都不开心。"

邓瑛听完冷不防地笑了一声。

"姨母，你们在说什么？"

杨婉抬起头："不告诉殿下。"

"为什么？"

"殿下和厂臣不也有话不告诉姨母吗？"

这话说完，邓瑛与易琅互望了一眼，双双不吭声了。

合玉取来药，帮着杨婉一道替邓瑛上药："督主，我瞧着您的伤比上个月严重得多了。"

邓瑛缩了缩手腕没出声，合玉又去移来了灯，对杨婉道："姑姑看看，这里肿得都青了。"

杨婉点了点头："我看这副东西倒像是换得轻了一些。"说着抬起头，"谁帮你求情了吗？"

"子兮向白尚书求了情，前日换的。"

杨婉低头："那怎么反而伤得厉害了？"

邓瑛欲言又止，易琅忽道："是不是为了照顾白大人？"

杨婉回过头诧异道："殿下怎么知道？"

易琅看了邓瑛一眼，把头往被子里一缩，不再出声。

杨婉放下药盏起身，对二人道："你们两个能不能对我老实一点呀？"

"对不起。"

二人几乎异口同声。

杨婉揉了揉眉心，有些气又有些想笑，见邓瑛坐在那儿有些无措，只好蹲下身，重新托起他的手腕："阁老的身子怎么样了？"

邓瑛听杨婉的声音还算平和，这才敢开口："腿脚肿得厉害，牢里湿冷，这两日又添了些肺疾。但阁老要体面，即便这样也不让其余人近身，我自己手脚也不是很方便。"

杨婉垂眼道："阁老肯让你照顾他啊？"

"嗯。"

杨婉笑了笑："那过几日我能去看看阁老吗？"

邓瑛低头看着杨婉，她已经卸了晚妆，鬓发也有些散了，细绒绒的碎发在炭火烘出的暖风里轻轻飘动。

"跟我一块去吗？"

他轻问道。

"对。"

杨婉抬起头："跟你一块去，你已经够累了。我横竖是闲人，如果阁老不嫌弃我，我也想尽点心。如今这种境况下，不论谁送东西去厂狱都不好，就我去没什么。"

"好。"

邓瑛刚应下，忽听易琅在榻上唤他："邓厂臣。"

邓瑛起身道："奴婢在，殿下请说。"

易琅道："把我姨母照顾好，白阁老……很严肃。"

邓瑛不由得笑了笑，拱手揖道："是，奴婢明白。"

杨婉与邓瑛一道走出易琅的寝殿，合玉笑呵呵地捧来一沓饼："督主要走了吗？"

"是。"

"尝一块我们的饼再走吧，明日是二月二中和节，督主那里的粗人们肯定想不到备这些。"

邓瑛有些迟疑，杨婉接过饼掰了一块递给邓瑛。

"吃一点吧，我还有一样吃的要给你。"

说完朝合玉看去，合玉会意道："是，奴婢这就替姑姑去取。"

邓瑛低头咬了一口饼，饼是用白面和油摊的，一咬酥皮便碎了，邓瑛忙伸手接住饼屑。

杨婉笑道："你吃个东西也这么仔细。"

邓瑛道："你给我的，不想掉了。"

正说着，合玉取来了麻糖，杨婉接过来递到邓瑛手中。

"用你给我的钱买的，我买了三包，我自己留了一包，给了殿下一包，这包给你。"

"婉婉，你爱吃甜的东西吗？"

"以前不喜欢，但现在很喜欢，生活就是要甜甜的。"

说着踮起脚，用手沾了沾邓瑛嘴唇上的饼屑："回去吧，殿下今日不太舒服，我就不出承乾宫了。我明日备一些东西，嗯……药、衣物和褥子什么的，给阁老带去。"

邓瑛道："婉婉，银钱够使吗？"

杨婉笑道："你放心，清波馆经营得很好，以后你想吃什么、穿什么，我都给你买。"

"我不要。"

他一本正经地拒绝杨婉，那模样憨得有些可爱。

杨婉迎着晚风望向他："邓小瑛，每日坚果要吃，麻糖也要吃，面也要吃。跟我在一块，就是吃吃喝喝的，不管有没有钱，不管别人怎么对我们，我就是要该吃吃该喝喝，花钱治病，好好养生，我赌你能活一百岁。"

她说完冲邓瑛比了一个"一"。

"我回去了，你才上了药，一定要慢点走。"

过了二月二，天气开始回暖。会试在即，各省应考的举人会聚京城。

东公街后面的昌和巷一向都是考生落脚的地方，此时各个客栈都人满为患。礼部不得已，只得向皇帝奏请，在鼓楼后面临时搭建棚舍，供迟来的考生临时租住。

滁山和湖澹两个书院的考生，大多住进了棚舍。

虽然还在二月，棚舍里的气味却不大好闻，考生们都坐在外面的场院里温书。有几个人从考市回来，一脸失落地说道："今年怪啊，这考市上竟没什么人。"

"听说清波馆把那书经生意做到昌和巷的客栈里去了，考市自然就冷了。"

"据说宽勤堂今年储的墨不多，都留着印那些哥儿姐儿看的绘本去了。"

"难怪，我说怎么就清波馆一家热闹呢。"

场院里的人道："也怪我们进京晚了些，不然也能在客栈里安安心心温书。"

"安心温书？今年就算安心温书，我看也没什么意思。"

众人抬起头，见说话的是周慕义。

"白阁老主持了十年的会试，如今在厂狱里受尽折磨，今年的两位总裁①一个在外头喊阉人干爹，一个是从浙江上来的，在我们老家官声极差，也是走通了司礼监的门路，地方上上了那么多折子弹劾，都没弹劾得了他。如今这二人坐镇，我等清贫，能与这京城权贵之后争得了多少？"

一席话，说得众人握书沉默，人群中忽有一人道："君父目障，纵阉狗当道……"

此话一出，忽见场院前站出一队锦衣卫，其中一个校尉抬手朝众人指道："将才那句话，是谁说的？"

---

① 总裁：会试主考官。

101

二月的春风尚干冷得很，吹得棚屋上的蓬草四处飞扬。

满地扬尘，迷人眼目，锦衣卫的校尉抹了一把脸，又喝了一声："都不认是吧？"

他说着，手指从每一个人脸上扫过，最后落在周慕义的脸上："来人，把这个绑了，带走。"

"凭什么带我走？！"

周慕义不肯就范，扭动着胳膊拼命挣扎，周围人见此也拥了上去："是啊！凭什么带他走？！"

这些读书人都是地方上来的，大多是头一次进京城，也是头一次与锦衣卫交锋，皆不知道明哲保身，反而与锦衣卫对抗起来。他们都是有口舌之能的人，一抗辩起来就收不住了，难免吐出些不当的言论。锦衣卫哪里跟他们斗这一门子的嘴，拿捏这些口舌上的错处，一气儿拿了十三人，用绳子挨着绑在一起，像牵牲口似的押出了场院。

东公街上来往的行人考生皆看到了这一幕，敢怒不敢言地退在街道两边指指点点。

翰林院里一个已经致仕的老翰林看到这些学生狼狈的模样，心痛难当，拄着杖，独自一人颤巍巍地拦在锦衣卫面前："上差们啊，他们都是有功名的人，士可杀不可辱，绑不得啊！绑不得啊！"

周慕义高声道："老先生，您的拳拳之义，学生们都明白，您且回去吧，我等空有一腔热血，奈何君耳不聪，君目不明！当日周丛山周先生在午门受死，今日我等又被这般羞辱，实——"

"你给我住口！住口！"

老翰林抬起自己的竹杖朝周慕义的身上挥去，却被锦衣卫一把推开。他脚下不稳，一下子跌坐在地上，手肘和手掌顿时磕出了血，人群里一时没有人敢上前去扶。

老翰林挣扎了很久都没能自己站起来。

"老大人，磕着哪里了吗？"

人群里走出一个女子，蹲在老翰林面前，挽起他的袖子帮他查看伤势。

老翰林摆了摆手："我没事。"

说完看了她一眼："你是年轻的媳妇儿，别出来说话。"

谁知她却没有应声，转身对锦衣卫道："赔礼。"

她说完又看向周慕义："还有你，你也得赔礼！"

周慕义认出了说话的女子是杨婉，冷笑道："赔礼？你敢不敢告诉老大人你是谁，你看看老大人还肯不肯让你挽着。"

老翰林听完这句话，手臂不禁颤了颤，抬头打量着杨婉道："你是？"

周慕义道："她是杨婉，东厂那个人的菜户。"

老翰林一愣，忙撇开了杨婉的手。

杨婉没有说什么，朝后退了一步，向他行女礼，直身后道："大人怜后辈之心，杨婉感怀，并无心冒犯老大人。老大人若嫌弃，杨婉便唤人来送大人回去。"

老翰林摇头道："老朽不回去。"

他说完，捡起地上的竹杖，朝众人道："老朽虽已离朝多年，可也曾供职礼部，主持会试。不承想十四年的春闱，竟是这番光景。"

他说着抬杖指向周慕义："做学问把学问做偏了，那些东林人安的什么心，这些人的前途在他们眼中什么都不是，一味地教他们骂朝廷，骂君父，迟早有一天，会出第二个桐嘉案的呀……"

他说着说着，眼前一阵发黑，几乎站不稳。

周慕义道："老大人，武死战，文死谏，我等读书无非为报国，何惧这一死！"

"对，何惧这一死！"

人声鼎沸，所有不满的情绪被宣泄出来。杨婉面对着这一群读书人，心里忽生出了一阵十分冰冷的悲哀。

人性中的反抗精神，在任何一个时代都有，但眼前的这些人，却并不能归在"不自由，毋宁死"的革命精神之中。

那是被大明官政扭曲了的文心，被东林党利用，被自身蒙蔽。他们并不是不惧死，而是要以死正名。"武死战，文死谏"这句话听起来是那么无畏，又是那么无奈，明知前路无光，明知死了也没有意义，却还是要死，最后所求的，根本不是他们口中的天下清明，只是他们自己一个人的清白而已。

这到底有没有意义呢？

杨婉对此问题一时无解。

就在她内心纠缠的时候，忽然听到人群里传来一个声音。

"读十几年的书，就是为了在午门上受死吗？"

众人朝杨婉身后看去，邓瑛立在人群前面，镣铐的铁锁被他握在手中。

他朝杨婉走了几步，铁链与地面刮擦的声音微微有些刺耳。

他走到杨婉身边，向老翰林揖礼。

翰林摆手摇头不肯受，邓瑛却仍然坚持行完后才直起身。

周慕义挣扎着朝邓瑛喝道："邓瑛，白阁老被你锁入厂狱受尽折磨天下人皆知，就算你如今惺惺作态，也一样为人不齿！"

杨婉忍无可忍："周慕义，我看你是傻吧？你到底知不知老大人将才为什么骂你！"

"婉婉回来。"

杨婉气得胸口起伏，被邓瑛拉了一把，才抿着唇朝后退到了邓瑛的身后。

邓瑛走向周慕义，一面走一面道："你知道一方太平书桌有多难求吗？滁山书院是私学，支撑至今不光有朝廷的恩典，也有杭州数位老翰林的心血。朝廷和大人们供养书院，支持你们读书，不是让你们千里万里来京城送一死的。"

周慕义朝着邓瑛啐了一口："你也配提滁山书院，我们书院这一两年，已至绝境，这回会试，先生几乎掏空了自己的家底，卖了自己的田产来给我们凑盘费，这到底是拜谁所赐，邓督主难道不知道吗？"

他说着提高了声音："你侵吞学田，中饱私囊，而我们苦读十年，一身清贫,眼睁睁地看你和司礼监那些人个个华宅美服,王道何存,天道何在?"

"王道不在吗?"

邓瑛喉咙一哽,向他抬起一双手:"那这是什么?"

周慕义一怔。

邓瑛看着他的眼睛继续说道:"我涉学田案,所以落到如此境地,身负刑具在刑部受审,待罪之人无尊严可言,十年寒窗苦读,你也想最后像我这样吗?"

他说着朝周慕义身后的人望去:"你们也想像我这样吗?"

此问之下,人声皆无。

杨婉在邓瑛的声音里听到了战栗。

"读书不入仕,不为民生操劳,算什么读书人?"

他说完这句话,缓缓地放下双手,转身牵起杨婉的手,朝人群走去。

东厂的厂卫随即拦下了锦衣卫的人,覃闻德道:"这些人由我们东厂带走。"

校尉道:"凭什么?"

覃闻德抹了一把脸道:"凭我们督主想,凭我东厂奉旨监察你们办案,你们案子办得不行,我们自然要接手,你们如果不服,大可让张副使来厂衙求问我们督主。"

说着抬起周慕义的手腕,对厂卫道:"把拴着他们的那些绳子解开,老大人也说了,这些都是有功名的人,这么拴着太难看了。"

周慕义道:"我等死也不去东厂!"

覃闻德的火气噌地就上来了,拿刀柄往他膝盖上一顶,直把他顶到了地上:"怎么,这么想去诏狱里住着啊?那行,你去啊,其余的人我们都带走,就你,老子就把你留给北镇抚司。你不是周丛山的侄子吗?得得,赶紧跟这些锦衣卫去看看,你叔父受苦的地方。"

一个厂卫见覃闻德说得真,忙凑上前道:"真不救这姓周的啊!督主可不是这么吩咐的。"

覃闻德哼了一声:"老子就是气不过。"

说完手一挥："行了，带走带走，通通带走。"

这一边，杨婉坐在马车上等邓瑛。

厂卫过来回报以后，邓瑛一直垂着头，良久没有说话。

厂卫忍不住问道："督主，北镇抚司如果来问我们对这些人的处置，我们厂衙该怎么给他们写回条啊？"

邓瑛道："还有十几日就是会试了，这些人不能关。"

厂卫道："不关的话，那就得打了。"

邓瑛听完，捏着袖子，半晌才点了点头。

杨婉扶着邓瑛的手，帮他登上马车，一面问道："要打多少啊？"

邓瑛咳了一声："周慕义杖二十，其余的人杖十。"

杨婉望着邓瑛的侧容，轻声道："他们得恨死你。"

"恨就恨吧。"

他说着闭上了眼睛，抬起头双手撑着额头，断断续续地咳起来。

杨婉伸手轻轻地摩挲着邓瑛的耳朵："邓小瑛，你怎么了？"

邓瑛没有吭声。

杨婉朝旁边坐了一些："要不要在我腿上趴一会儿？"

杨婉以为邓瑛会推辞，谁知他却慢慢弯下了腰，将脸靠在了杨婉的腿上。

杨婉低头轻声问道："你被他们气到了是不是？"

邓瑛温顺地闭着眼睛嗯了一声。

杨婉摸着邓瑛的额头："还是第一次看你那样讲话。"

"我以后不会了。"

杨婉温声道："邓瑛，你当年是怎么读书的？"

"和周慕义一样。"

"不对，你比他厉害多了。"

邓瑛咳笑了一声："你怎么知道？"

杨婉仰起头："你让我想明白了一件事：到底什么才是大明朝真正的文心。不是沽名钓誉，以死求名，而是像你一样，无论自己是什么身份，无论在什么地方，都不忘记自己最初所发的本愿，为这个世道活着。你愿意救这些读书人，就像你维护易琅那样，你眼里才是朝廷的将来，是百姓民生，你比周慕义这些人要高尚得多。邓瑛，自始至终，你都没有辜负你的老师们，也没有辜负自己，你不愧为大明朝的读书人。"

邓瑛喉咙有些发烫："婉婉，我也不知道我能再帮这些人多久。"

"还有我呢。"

她说完，用自己的披风盖在邓瑛身上："我们去看白大人吧，你靠着我睡一会儿，到了我叫你。"

102

东厂厂狱的牢室中，白焕独自一个人蜷缩在席草上，他腿肿得厉害，自己挪动仍有些艰难。

狱卒提着水过来，蹲在牢门前道："老大人，今日好些了吗？"

白焕听着声音抬起头，笑了笑道："好些了。"

狱卒听了喜笑颜开，拍着手站起身："那我给老大人端碗粥来吃，等督主过来替老大人擦身子。"

"不必了。"

白焕撑起身子摆了摆手："我这几日自己能动弹了一些了，你把水提过来，我自己来擦。"

狱卒起身提桶进去，一面又道："过两日，外头送药进来的时候，牢里就能再请一回郎中，到时候给大人悄悄地开些补药吃，大人精神还能好些。"

白焕笑了笑："这狱中的药是怎么送的？"

他这么问了，狱卒就打开了话口。

"最初是犯人们的家属亲自送来，但后来督主见有些犯人家里没人，就让我们每月底清查犯人们的伤病，该给药的给药，该治的治，判罪之前，狱里很少见人命。"

白焕道："你们判了多少人死罪？"

狱卒笑笑，岔开话道："这个不能跟老大人讲，大人冷不冷？我再添些炭。"

正说着，外面的狱道里亮起了灯火。

邓瑛亲自举烛走到白焕的牢室门前，抬起手臂，将烛火插进牢门上的烛座内。

"督主，您来了。"

"嗯。"

邓瑛固好烛火，对狱卒道："外面在放饭，你去吃吧。"

"是。"

狱卒应声出去了。

牢门是开着的，白焕一抬头，便看见邓瑛身后的狱道中还站着一个人。

"邓瑛。"

"在。"

"带了人来？"

邓瑛轻声应道："是杨婉。"

"子兮的妹妹？"

"是。"

邓瑛的声音透着一丝犹豫："阁老……愿意见她吗？"

白焕没有再说什么，望着狱道点了点头。

邓瑛稍稍侧过身："婉婉，过来。"

杨婉应声走到邓瑛身旁，抬头对他道："我跟你一起行礼。"

"不必的，杨姑娘。"

白焕的声音有些哑："邓瑛，你也不必行了。"

邓瑛听罢摇了摇头，撩袍屈膝，杨婉也与他一道伏身。

邓瑛行的是师徒之间的拜礼，杨婉从未行过。

如今仿着邓瑛的动作，行得也有些不自然。

邓瑛直起身朝她看去，见她还在纠结左右手的上下位置，不由得唤她道："婉婉。"

"啊？"

"你行女礼就好了。"

杨婉抬起头，茫然道："我将才行错了吗？"

白焕笑了一声："你们起来。"

邓瑛站起身，又回头将杨婉也扶了起来。

白焕抬头望着杨婉道："杨姑娘，皇长子殿下可安康？"

杨婉颔首应道："殿下很好，也十分挂念阁老。"

白焕点了点头："姑娘孤身一人在内廷护育皇嗣，实为不易。"

杨婉应道："然不敢与大人相比，大人为股肱之臣，历经两朝，虽身负病痛，仍怀怜待天下之心。"

白焕听完这一番话，不禁怔了怔："子兮教你读过书吗？"

"是，我也曾读过阁老的文章。"

白焕笑着点头："好。"

他说着咳嗽了几声，邓瑛忙蹲下身替他顺气："您今日还咳血痰吗？"

白焕摇了摇头："已经好很多了，你也不用每日都过来，你这样对待我，不摆堂案提审，对你……其实不好。"

邓瑛没有应白焕的话，只回身对杨婉道："婉婉，帮我绑一下袖子吧。"

杨婉蹲到他身边："怎么绑？"

"绑到肩上，尽量高一点。"

白焕见邓瑛避开了自己的话，稍稍提了些声音。

"你怎么不听话呢？"

邓瑛望着地面仍然没有吭声，等杨婉帮他绑好袖子，便起身去试了试桶中的水温："水有些凉，我去添一些。"

说完，提起水桶就走出了牢室。

白焕试图站起来，却因为腿肿得厉害，险些跌倒。

杨婉看着他的脚踝。

邓瑛并没有给他戴刑具，但即便如此，他的脚踝还是足足肿大了一圈。

杨婉伸手扶着白焕坐下，弯腰挽起白焕的裤腿。

白焕道："使不得，你是服侍殿下的人。"

杨婉绾了绾耳发，索性跪坐下来："阁老，我从不觉得我是伺候殿下的人，我跟所有维护殿下的人一样，觉得他是一个好孩子，才想要好好照顾他，保护他。"

她说完，轻轻捏住白焕的小腿，试着力一面揉捏，一面道："我一直都不讲尊卑。"

白焕低头看着她道："不讲尊卑，还得以讲何物呢？"

杨婉顿了顿："讲良心。"

她说着抬起头："像邓瑛一样。"

白焕看着杨婉沉默了一阵，终于露出了一丝笑容："杨姑娘，你写诗文吗？"

杨婉摇了摇头："不写，偶尔动笔，也只为记录自己觉得振聋发聩的人言而已。不过现在，连这些都很少记了，我想要做一些扎扎实实的事，照顾好殿下，还有大人你。"

白焕道："你这样做，是为了邓瑛吗？"

杨婉摇头："不是，我活着并不是为了追随邓瑛，不过，是他让我明白，人活在一个自己不能认同的世道下时，该如何修复自身，说服自己活下去，去做自己还能做的事情。我是先敬他，再爱的他。他所尊重的人，也是我想尊重的，他想维护的道理，也是我要维护的。"

她说着停下手，冲白焕笑了笑："我带了一些东西给您，有被褥、寒衣，还有一些伤药和吃食，这些不是宫里的东西，是我用我的私银所购。邓瑛所有的银钱都给了滁山和湖澹这两个书院，他虽然对您好，但还是有顾及不到的地方，所以，还请您不要拒绝我的这些东西。"

正说着，邓瑛提了热水回来。

杨婉回过头道："邓瑛，水烫吗？"

"嗯。"

"那刚好，可以给大人敷一敷。"

她说着站起身，忍烫拧了一块帕子，替白焕热敷发肿的腿："大人，这样会不会舒服些？"

白焕点了点头。

杨婉将手轻轻焐在帕子上，对白焕道："大人，我跟您说，邓瑛其实连自己都照顾不好，他说前几日都是他在照顾您，我听了还真的有些担心呢。"

邓瑛走到杨婉身旁蹲下身："婉婉，我什么时候没有照顾好自己？"

杨婉笑道："白大人面前我不揭你的短，我去给白大人铺被褥。"

她说完撑着膝盖站起身，带着笑蹲到墙边的席草堆里去了。

邓瑛拧干帕子，沉默地抬起白焕的手，替他擦拭手指。

白焕将目光从杨婉身上收回来，沉声说道："我将才的话还没有说完，你就避开了。"

"我知道您想让我对您开堂审，让春考的学生们都来看，让他们知道我没有刑讯折磨您。"

"既然知道，为什么不做？"

"我不想这么做。"

邓瑛重新拧了拧帕子，低头说道："您虽然一直不肯认我这个学生，我却不敢不认您这个老师，我不能让您跪于堂下。"

白焕叹道："你一点都不在乎骂名吗？"

邓瑛抬起头："阁老，下月初，我会和刑部一道，向陛下呈奏您和梁为本的案子，为您洗脱冤屈，但是司礼监会在陛下面前如何进言，陛下之后又会如何决断，我尚不清楚。不过，您毕竟是当朝首辅，陛下曾对我说过，若我对您无礼，必诛杀我，所以如果呈报以后，陛下仍然犹豫，那么我的骂名越厉害，您得赦的可能性也就越大。等您无事以后，您就让刑部审我的学田案，可以定我死罪，但是不要对我用刑，只要刑部不逼我，司礼监就不会再对您和杨伦下手。至于司礼监……您和子兮再等时机。"

白焕听完这一番话，喉咙有些发紧："我下笔弹劾你之时，从未想过，你会做到这一步，邓瑛啊，你让我等……情何以堪。"

邓瑛安抚他道："您不必这样。我如今只担心外面滁山书院和湖澹书院入京参与会试的学生，他们对我有恨，又受人挑唆，一直有过激的言辞。他们如果只是斥骂我，倒并没有什么，但言辞涉及陛下，就很容易被北镇抚司问成死罪。"

白焕问道："有多少人？"

杨婉在旁应道："其实两个书院的人并不多，只有几个，但他们现在都住在鼓楼下面的场院棚屋里，那棚屋里的考生有百十来个，都是远地过来的，不识京城的情况，被那个叫周慕义的一挑拨，极易群情激愤。"

白焕叹道："我大明科举，是为国举贤，不能寒天下学子之心啊！"

邓瑛垂下头："阁老，我知道您想要救这些考生，但是您所处的位置不便出面。以杨伦的资历，又还弹压不住他们。如今我尚未获罪，尚有力和北镇抚司斡旋，我就怕我获罪之后，这些人会沦为党争弃子。"

"他们已经是了。"

杨婉淡淡地说道："这些人就和当年桐嘉书院的师生一样，只要陛下不表明态度，北镇抚司立刻会把他们问成死罪。但是邓瑛，陛下未必想寒天下学子之心，其中还有办法可以想，你和白大人都不要难过。你们做你们能做的，剩下的，让我来试试。"

白焕道："杨姑娘，您能做什么？"

杨婉抱着手臂，坐在被褥下的草席上："我还不知道，我还要看这些学生之后的动作。"

她说着看向邓瑛："但只要邓瑛不放弃，我就不放弃。"

"婉婉……"

杨婉打断邓瑛的话，朝白焕道："白大人，我答应你，我一定尽力保下这些学生，但我也求您一件事……"

"你说。"

杨婉抿了抿唇，伏身道："您认他这个学生吧。"

邓瑛一怔。

"白大人，他虽然有点固执，也不是很听您的话，但他真的是个好学生，您对哥哥那么好，能不能不把他丢在师门外面？"

第十三章　杏影席地

103

"婉婉起来。"

邓瑛几乎脱口而出。

杨婉抬起头看向邓瑛："你自己不说，我说你又不准，你要干吗呀，一个人傻兮兮地憋着？你没看人家老师都心疼你了吗？"

"我……"

邓瑛手足无措地站在杨婉身后，杨婉伸手拽了一把他的衣摆："你过来呀。"

白焕也向他抬起了手："过来吧。"

邓瑛忙握住白焕的手，下颌微微颤抖。

他被放逐在外很久了，书舍里的墨，琴舍中的香，雅聚时的诗，他都不能再碰。

他没有怨怼过任何人，一直守着身份隔阂所带来的所有禁忌，远离文人的物质世界，苛刻自己的衣食住行。哪怕司礼监中的太监们早已过上了锦衣玉食的生活，在官场大收义子，颠倒尊卑，羞辱斯文，他仍然守着身为奴婢的边界，用他自身的谦卑，维护着贞宁年间，杨伦等人岌岌可危的尊严。几年以来，他从未想过再被这些人重新接纳。

他更没有想到，今日原本是他带杨婉来见白焕，最后，却是杨婉把他带到了白焕面前。

"白老师，他不会说话，我能替他说吗？"

白焕点了点头。

"谢谢您。"

她说完又回头道："邓小瑛，你过来跪好。"

邓瑛听着杨婉的话，安静地跪下。

杨婉直起身子，平视白焕："白老师，他一直是当年的邓符灵，他也只想做当年的邓符灵。其实，我可以帮他做开心一些的人，但我没有办法帮他找回原来的那个身份。无儿无女，这并不算大悲，无父无友无恩师，这才是他的痛处。只是他不能说，他怕说了，会伤及您的体面和哥哥的名声。白老师，他自封唇舌这么多年，已经呆了，您能不能先张口？"

白焕听完这一番话，沉默地看向邓瑛。

邓瑛静静地垂头跪着，身上的镣铐垂堆在膝下，灰色的衣衫勒出年轻凌厉的骨形。多年伤病不断，只有杨婉一人在照顾，如果换作杨伦，那师门上下不知道有多少人送药关怀，而他却在护城河边冷室里独自起居，无人管顾地撑到了现在。

白焕想着，不禁喉咙紧痛，他伸出颤抖的手，想要摸一摸这个学生的额头，奈何他跪得有些远，一时竟够不着。

"邓瑛。"

"啊？"

"你的脑袋呀。"

邓瑛这才弯下腰倾身。

白焕的手触碰到邓瑛的额头时，两个人的身子都有些战栗。

邓瑛仍旧没有出声，白焕则开口道："符灵，受苦了。"

杨婉听到这一声，肩膀终于松了下来。

她没有再说话，撩裙站起身，抱着膝盖重新缩回了角落里，托着下巴听白焕与邓瑛说话。

厂狱的牢室里，白焕问及邓瑛这两年的身子如何，吃过哪些药，看过哪几位大夫，季节之交如何调养？邓瑛紧握双手，坐在白焕面前，温顺地回答。白焕又问他，在读什么书，有没有落笔写文，若是有，倒可以拿到牢中让他看看。

杨婉静静地在心里记着二人的对话，慢慢地有些疲倦，最后竟躺在被褥上睡着了。

"拿个东西垫垫她的脖子。"

白焕偏身看向睡熟的杨婉，含笑道："她睡得不规矩，起来会疼。"

"是，我绾一个草枕给她。"

邓瑛说着弯腰拢起地上的席草，扎捆成枕，起身走到杨婉身边，伸手托起她的上身。

杨婉睡得有些迷糊，仰着脖子喃道："邓瑛，你别弄我。"

邓瑛耳朵一红："婉婉，我没弄你。"

"你摸我脖子。"

"我没摸。"

邓瑛说着有些尴尬地朝白焕看去，却听白焕道："张先生给你的那枚翡翠芙蓉玉佩，你给她了吗？"

邓瑛回头望着杨婉，沉默地摇了摇头。

"不给……倒也好，我看她不像是普通的姑娘家。"

邓瑛轻轻地放下杨婉，又用被褥盖住她的身子，回身对白焕道："老师，也许她真的能救外面那些学生。"

"你信她吗？"

邓瑛低头看着杨婉的睡容，点了点头。

杨婉被马车的一阵颠簸震醒，睁眼时邓瑛却不在车上，她连忙翻身坐起，伸手掀起车帘。

满城炊烟，万户点灯。

杨婉揉了揉眼睛，叹道："都这会儿了。"

驾车的覃闻德道："夫人，您说说，您这是有几日没好好合眼了？"

杨婉发了一会儿呆才反应过来："你叫我啥？"

"什么？"

"你刚才叫我什么？"

"夫……夫人啊。"

覃闻德回头看了杨婉一眼，以为她听到这个称呼不痛快，忙又道："要不，属下还是把口改回来？"

"不改。"

杨婉挪到车帘前坐下："夫人挺好的，显得我很有钱。"

"很有钱？"

覃闻德显然没有跟上杨婉的逻辑，抓了抓脑袋，转话问道："对了，天色晚了，您今儿回宫吗？"

"回，你稍微快一些，东华门快上禁了。"

"得嘞，您坐稳。"

杨婉扶着车壁又问道："你们督主呢，他今日不回宫吗？"

覃闻德应道："这不今日刚抓的那几个学生被带到外厂去了吗，得挨着打了，才能放人，放了人又要给北镇抚司写回条，等折腾完怕就过了入宫的时辰了。"

杨婉点了点头："这些人打完之后呢？"

覃闻德道："鼓楼后面那些学生都在厂衙外头等着接呢，让他们接走就是。"

"那有大夫去看吗？"

"鼓楼那儿多的是游方，您别管他们了，不知死活到那种地步，死了也活该。"

杨婉笑了笑："你说话真痛快。"

"可不嘛。"

杨婉笑道："你一会儿去清波馆告诉掌柜的，拿些钱去鼓楼后面，给那些学生，别的叫他不要提，就说是他心疼学生们。"

覃闻德回头道："夫人，您和督主都是菩萨。"

杨婉道："我可不是为了他们。"

"那您为谁，为督主啊？怕他又用自己的钱去接济学生？"

杨婉没吭声，覃闻德却忽地笑了起来，得意地一甩马鞭："我就说嘛，不愧是我们夫人！"

马嘶叫着扬起前蹄，一地的春尘应声腾起。杨婉托着腮，竟也笑得有那么一丝得意。

春尘与春絮渐渐迷人眼。

甚嚣尘上的梁为本与内阁首辅大案，在二月二十七日这一日，逼出了贞宁十四年的第二次常朝。

贞宁帝坐在御门金台上，撑着下巴听通政司的官员替刑部念梁案的奏章。这一本奏章加上梁为本的口供摘要，字数上万，其间换了三位通政司的官员，才全部念完。

贞宁帝听完最后一个字，已有些疲倦，他松开撑在下巴上的手，朝下唤道："白尚书。"

白玉阳应声出班下跪："臣在。"

"朕记得梁为本是贞宁四年，皇太后寿辰的恩科进士，还是朕亲见过的。"

"是，陛下清明。"

"哼。"

贞宁帝哼笑一声："清明就不至于纵他在浙江翻天到此时。"

他说着挥了挥手："抄他在浙江和京城两处的家。"

"是。"

众臣齐声呼"圣明"。

白玉阳在声落之后，直身又道："陛下，梁为本已招认，盐场通倭一事白首辅并不知情，且首辅已在厂狱被囚多日，年老又添新病，实不堪受牢狱之苦，还请陛下加恩。"

贞宁帝道："东缉事厂的奏报，朕还在看。"

白玉阳忍不住叩首再求："陛下，请您体谅首辅疾苦。"

贞宁帝听了这话，手掌在御座上猛地一拍："御史，将白尚书这句话记下来。"

此话一出，金台下的所有人都跪了下来。

贞宁帝低头看着众臣道："你们将朕对你们的心曲解至此，朕何时不体谅首辅疾苦？朕对东厂提督太监亲嘱'不得对首辅无礼，否则朕必诛之'，朕宽待至此，你等若再令朕加恩，便是逼朕置人情于法度之上。"

白玉阳伏身喊道："闻陛下此言，臣该万死啊。"

"谁又能万死呢？"

贞宁帝站起身："朕近日饮食渐少，夜难安寝，不断地梦见太祖皇帝，斥朕对臣下过于仁恕，以至于贪案四起，倭乱难平。你们的确是朕的股肱之臣，但朕称你们一声'股肱'，你们就可以逼朕恩赦待罪之臣吗？"

御门上瑟瑟的寒风吹拂着下跪众人的官袍，贞宁帝在金台上来回地踱着步子。

"君父的冷暖你们不问，反问狱中之人，君臣之大纲，你们遵到何处去了！"

这一声断喝，惊得御使落了笔，白玉阳只得重重叩首："臣知罪，臣恨不能立死。"

贞宁帝道："朕原本想枷你一日，但念在你是为父求情，孝行无过的分儿上，朕不枷你。你即时回去，了结梁案。梁为本的家，刑部就不用抄了，朕会命锦衣卫会同户部来办。"

他说完，扫看众臣："接着奏事。"

受了贞宁帝一番雷霆之后，其余奏事的官员都夹紧了腿，也不敢多言，念完奏章便各自回了班列。

近巳时时，司礼监呼朝散，众人垂头丧气地走出钟鼓门。

杨伦一个人沉默地朝前走，连六科的旧僚唤他也没有听见，直到邓瑛拦在他面前，他才停住脚步。

"你追来做什么？"

"子兮，不要露悲。"

杨伦惨笑了一声："你的奏报是什么时候呈的？"

"三日前。"

杨伦握拳朝宫墙上一摁："到底是司礼监压的，还是陛下压的？"

邓瑛看了一眼杨伦的手："司礼监如今不能压我的奏报，是陛下不肯看。"

杨伦道："陛下到底想干什么？"

邓瑛朝前走了两步："今日金台这一通雷霆，你和白大人受明白了吗？"

杨伦笑道："不就是骂我们尊阁老胜过尊君父吗？"

"还不止。"

"我知道！"

杨伦看了看四周："还在向我户部哭穷，不准刑部去抄家，反而叫北镇抚司去，这抄回来的钱，能有一半进户部吗？杭州的新政从去年拖到了现在，我和阁老已经心力交瘁了，如今学田还不能清，我真是……"

杨伦说着见邓瑛垂下了头。

"对不起，我不是骂你。"

"知道。"

邓瑛顿了顿："放了阁老就能清学田，你再等两日。"

"陛下会放阁老吗？"

"我有办法。但是子夼，你得拦住鼓楼后面的那些书院学生。"

杨伦骂道："你以为我不想！东林党的那些人天天带着他们在外头骂天骂地，骂得我都听不下去了。"

104

正说着，司礼监的执事太监来寻邓瑛："督主，老祖宗摆茶席了。"

邓瑛回过头："跟老祖宗说我就来。"

执事太监道："督主，您脚程快着些，今儿老祖宗的茶席怕吃不得冷的。"

"我知道。"

杨伦看向邓瑛："你能不能把这身皮脱了，出宫来，我给你找个活儿干。"

邓瑛笑了笑："去你府上当差吗？"

杨伦骂道："你说什么蠢话。"

"你也知道是蠢话。"

杨伦吃瘪，他看了一眼还站在邓瑛身后的执事太监，低声道："他盯着你做什么？"

邓瑛淡道："防我半道回内东厂，不去茶席。"

杨伦道："你现在这个处境，我能怎么帮你？"

邓瑛摇了摇头："你不懂宫里的事，帮不到我，不过我如今也不像刚入宫时那么艰难了，东缉事厂是我的倚仗，谢谢你当年一个人扛着重压，向陛下举荐了我。"

杨伦撇嘴道："说这些做什么，既然你觉得没我什么事，你就赶紧去那什么茶席。我也要去内阁直房了。"

他说完转身朝前走了几步，又回头对邓瑛道："邓符灵，我不管老师怎么想，你是我一生的同窗挚友，你不做官也没什么不好的，这个官场，我杨伦也待得很恶心，但我还不想输给你。"

邓瑛笑着点了点头，冲他说了声"是"。

两人在钟鼓门下背道而行，深红色的宫墙上探出如堆霜般的杏枝。

《庄子·渔父》篇载："孔子游乎缁帷之林，休坐乎杏坛之上。弟子读书，孔子弦歌鼓琴。"

阳春见早杏，花盛之期逢君对饮，正是交游的最好时节。

杨伦走在杏影下回想起了张展春还在的时候，他与邓瑛一道去张展春家里吃饭，邓瑛挽着裤腿在春河里抓鱼，活水催鱼跃，扑腾他一身水。他年少时就冷静善忍，手上精准，即便是抓鱼，也比杨伦有成。他时常一无所获，邓瑛却总能得那么一两尾。抓上来的鱼就交给张家的丫鬟烹成汤，三人坐在河边喝汤论道。那时春日喧闹，二人皆是少年得志，前途似锦。

如今杏影席地，踩上去便沾染一身阴影。

杨伦不承想，钟鼓楼下与邓瑛一别，再会不多，再得畅谈之时，竟已将近贞宁十四年的寒秋。

这一边，杏枝插瓶，茶席将成。

司礼监的茶席和内阁的会议有些相似，二十四衙门里面诸如混堂司、惜薪司这些平日不怎么能见到何怡贤的掌事太监纷纷趁着这个时候，向何怡贤敬些糕点和肉菜。

但今日由于常朝散得晚，何怡贤服侍皇帝回养心殿还没有来，陈桦便先将进献的狍子肉放在火上烤起来，炭火熏着肉冒出白烟，香辛料往滋油处一撒，顿时散出味来。姜尚仪带着宋云轻摆席，见陈桦在片肉便道："今儿不吃这个，你别忙了。"

陈桦看向宋云轻："怎么了？"

宋云轻弯腰放下筷子道："自然是有好的东西要赏。"

正说着，何怡贤并司礼监的几位秉笔太监一道跨了进来。何怡贤吸了一口室内的气味道："要说吃，还得看你啊。"

陈桦上前扶道："哟，掌赞还说奴婢这是白孝敬了呢，说您有好的赏。"

何怡贤走到正位上坐下，底下的太监便要起来行礼，何怡贤摆手道："规矩错了。"

"拜您不是最大的规矩吗？"

何怡贤笑道："且再等等。"

正说完，门外的内侍进来回道："老祖宗，邓督主来了。"

何怡贤道："起帘子，请进来。"

一阵铁链摩掌的声音传入内室，众人皆抬起了头。邓瑛低头走进帘内，肩头还沾着杏花。

"来了。"

邓瑛弯身行礼："老祖宗。"

"坐吧。"

邓瑛在末席处坐下，何怡贤又道："坐那儿他们怎么拜？"

邓瑛抬起头："我不受礼。"

何怡贤笑了一声："那你得问问他们。"

话音刚落，便听混堂司的赵掌印说了一句："给督主拜礼。"

一屋子的人跪了一地，只有陈桦后知后觉地杵在原地，反应过来之后，也慌忙趴到了地上。

邓瑛看着跪在地上的太监，将戴着镣铐的手垂到案下，并没有看何怡贤："老祖宗想对我说什么？"

何怡贤道："这些人你邓督主都看不上是吧？"

他说完，又提声道："你们拜得不虔诚，都端正着，再磕三个头。"

众人不敢违背，一时之间头触地面的声音此起彼伏。

邓瑛轻轻握紧了手。

"老祖宗……"

"轻了，再磕，磕到邓督主看得上你们为止！"

何怡贤打断邓瑛，端起茶喝了一口。

下跪的众人一狠心，纷纷用手按住地面，提肩塌腰，将额头向地上送去。

有人一磕之下便见了血。

邓瑛终于手抬上案面，使力一敲："够了。"

众人这才停下，额上各自有伤，却没有人敢抬手去揉按。

"不谢恩？"

"奴婢们谢督主。"

"起来。"

何怡贤道："督主叫你们起来你们就起来吧。"

他说完抬头看向邓瑛："这些人和你从前的老师、同门相比，确实是猪狗不如，但他们肯听话，愿意跪在你面前好好侍奉，这就比你保的那些人强多了。你看看你手上的那些东西，再看看你面前这些人。听说你在东公街上问那些被锦衣卫抓的学生，'想不想像你一样'，那你今日再看看你面前这些人，你想他们像你这样吗？"

邓瑛看向陈桦，他是个实诚的人，何怡贤让他重磕，他就真将自己磕得晕头转向的，这会儿靠着旁人才勉强站稳。

"你们都先出去。"

众人这才相互搀扶着往外走，邓瑛待人退尽后，方站起身走到何怡贤面前："我不想任何一个人像我这样。我以前并不识生计，但入宫这几年，我也开始明白，奴婢们生计艰难。人为财死，鸟为食亡，钻营私财无可厚非，但一旦过度，反噬是迟早的事。我对老祖宗说过，只要您不再阻碍杭州新政，学田一案我一人承担，但我只有这一条性命，担过这一案，您需好自为之。"

"邓瑛，没有人想让你死，主子也想让你活，你为什么非得自寻死路。白焕还在你的厂狱里，呈报主子也压下来了，这个案子你还能重新再审。白焕获罪，学田案就不能查了，你我皆安，主子也顺心，此事皆大欢喜，你为何不为？"

邓瑛笑了笑："陛下也只能压这一时而已。"

"你在说什么？"

邓瑛寒声道："官声可以压，民声呢？"

何怡贤莫名一阵寒战。

邓瑛朝他走近一步："老祖宗知道陛下今日为何在金台对群臣施以雷霆之威吗？"

何怡贤没有出声。

邓瑛低头道："在那些文官眼中，对一个人德行的敬重，越过了对尊卑的大敬。老祖宗，这世上是黑白可以暂时不分，是非可以暂时颠倒，我可以担我没有犯过的罪行，但人心之向并不会偏。"

"呵，邓瑛，你能活着走到你所谓人心的那一方吗？"

邓瑛摇了摇头："何掌印，你杀害我视为生父的恩师，而我今日却不得不救你，我这个人，早已罪孽满身，怎么死都不为过，但就像桐嘉书院周先生死前所言，'望吾血肉落地，为后世人铺良道；望吾骨成树，为后继者撑庇冠'。即便我沦为一摊腐泥，我亦不会背叛我的先辈。"

何怡贤唇齿颤动，拍案而起，连声问道："先辈？你以为你还能做回当年的少年进士吗？你当真觉得，主子会缺你这个奴婢伺候？当真以为，内廷不会就此弃了你吗？"

"时至今日，"邓瑛平视何怡贤，"内廷要不要弃我，要看我愿不愿弃掉我自己。"

他说完转身撩起暖帘，门外候着的众人皆站起了身。

"督主要走了吗？"

"嗯。"

"恭送……"

邓瑛出声打断他们："以后不要对我行拜礼。"

"督主，我们这是……"

邓瑛朝前走了几步，回头望着众人道："大家净身入宫，各有各的想法和难处，但不论是清苦还是富贵，都要自认为人。我在东厂厂督一任上，并没有对大家施以人情，此时也不敢多求，唯望诸位行事从心，邓瑛拜谢。"

他说完，拱手要拜，却被一个人一下拽住。

"替我铺后路啊？"

邓瑛一怔，抬头见杨婉正拽着他的胳膊，看着众人笑。

"别听他的，人就是要好好过日子，吃好喝好。受了他这一拜，你们就得跟他一样苦了。"

"婉姑娘。"

众人笑着唤杨婉。

杨婉听罢，松开邓瑛的胳膊也笑弯了眉目。

"司礼监聚茶席，我们殿下赏了茶酥给你们，你们该吃吃该喝喝，我要带你们督主回去吃饭了。"

她说着理了理邓瑛的衣衫："你没乱吃东西吧？"

"没有。"

"这就对了，走，跟我回去吃饭。"

她说着牵着邓瑛朝后走，一面走一面道："邓瑛，以后没我的允许，不准在外面说傻话，不准随便拜谢别人，听到没？"

邓瑛跟在她身后笑了笑："婉婉，你会这样管束我多久？"

杨婉停下脚步，回头踮起脚平视邓瑛："我杨婉一辈子都会管着你，你死，我是你的身后名，你活着，我是你的后路。邓小瑛，你尽管作死，我杨婉一把年纪，什么没见过。"

"婉婉，你今年多大？"

杨婉脸一垮："邓小瑛，不准没礼貌。"

"是。"

105

二月底的东厂厂狱中，杨婉在邓瑛脸上看到了很真实的笑容。

外面开始流传白焕在厂狱里被邓瑛折磨得命悬一线，对邓瑛的斥骂之声也越来越大，他们在广济寺外的那间宅子也被愤怒的书院学生砸得乱七八糟。覃闻德等厂卫听说的时候已经气得要杀人了，杨婉怕他们看见要去和学生干架，便想找清波馆的人过来收拾，邓瑛却不让。

整整几日，他一点也不生气。

仍然清清淡淡地做饭给杨婉吃，自己有闲时就在院子里敲敲打打。

他手脚不方便，做活很慢。

但做完之后，他会洗干净手，挽起袖子坐到杨婉对面研墨蘸笔。

杨婉在整理邓瑛近几日与白焕的"对谈录"，试图用一种比较现代的文本形式去记录这两个传统文人的思想，邓瑛则开始提笔写文章了。

不过比起杨婉的从容，邓瑛下笔之前一直在反复地读杨伦的政论文章。

杨婉捧着脸问邓瑛："你以前从来不动笔的，现在怎么这么认真？"

邓瑛含笑答她："老师说他想看。"

杨婉翻了翻杨伦的文稿："老师想看你写的，你看我哥的做什么？"

邓瑛道："我已经很久不写经论文章了，手已经生了，但子介这几年是越写越好，我怕我贸然下笔，会让老师失望。"

杨婉听完这句话，静静地点了点头。

"好，那你好好看，好好写。"

说完收起自己的笔记，抓了一把坚果，坐到灯下一边剥一边陪邓瑛。

白焕在狱中讲评邓瑛的文章，听讲的人时常只有邓瑛和杨婉两个人。

白焕认真而严肃，邓瑛依旧谦卑温和，哪怕这些文章没有办法刊行，他们二人还是在牢室内字斟句酌。邓瑛听得有心得时，会含笑点头。温暖的烛光映照着他的面容，让杨婉有着一种说不出的放松感。

如果说，杨婉在大明的自卑，源自邓瑛的自卑，那么邓瑛逐渐修复内心的这个过程，对杨婉来说，也是一段救赎之路。

文本是不会骗人的，当邓瑛再次提笔之时，杨婉的笔记也不再只为记录，她自如地运用着现代的各种方法，引用、摘取、评述，贯通各种“主义”提炼她自己的观念，她不再对“历史的洪流”充满恐惧，反而试图在文本里寻找这些无形之水的规律。

这些规律，是以邓瑛这个人为导引的。

杨婉抱膝看向灯下对谈的两个人。

白焕慈爱地看着邓瑛。

“你对南方新政的理解不输于杨子兮。”

邓瑛向白焕揖礼：“幸得老师此句。”

白焕示意他免礼，抬头又道：“等我身子好一些，你们可以到我家书房中来，我腾出地方，让你们两个人尽兴地辩一辩。”

邓瑛听了这句话，垂头应：“是。”

“我能去听吗？”

杨婉在一旁举手。

白焕笑而不语，杨婉把手举得高了一些：“白老师，我也懂一些的。”

邓瑛回头看了看杨婉，又转向白焕轻声道：“老师，学生此生都是受她管束的人，她不能去的地方，学生也不敢去。”

白焕笑了一声：“好，到时候杨姑娘也来。”

杨婉笑弯了眼，站起身道：“白大人，您真好，您坐累了吧，杨小婉给您按按。”

她说着蹦到了白焕身后。

白焕有些无奈地看了杨婉一眼：“你这个丫头啊，一点不懂闺礼。”

杨婉侧了半张脸出来：“您看起来，不也没生气吗？”

“婉婉。”

杨婉冲着邓瑛哦了一声，又把头缩了回去。

白焕笑了笑，正声唤道："符灵。"

"老师，您说。"

"你能让我见一面玉阳吗？"

邓瑛道："老师出去见吧。"

白焕直起腰："陛下肯放我出狱吗？"

邓瑛点了点头："就这两天了。老师，厂狱里潮湿，您的膝盖如今已经肿得走不得了，这两天您忍一忍。我可能不能给您用药缓解，但您回府以后，一定要仔细调理。"

白焕摇了摇头："符灵。"

"老师，您本来就在我这里受苦了。"

他出声打断白焕的话："您出去以后，不要为我说话。"

杨婉在白焕身后道："白老师，您听他的吧。您不听他的，他晚上回去又睡不好。"

白焕看向邓瑛道："老师能帮你做什么？"

邓瑛道："我以后会试着写写诗文，如果能带给老师，还望老师继续指教。"

"符灵啊——"

"老师。"

邓瑛再度打断他："学生真的尽力了，也不能回头了，但求老师和子兮平安，将杭州新政推行下去。"

他说完又看向杨婉："还有你，婉婉，万事不要勉强，你一定要平安。"

杨婉嗯了一声，说："放心。"

话音刚落，覃闻德在牢室外道："督主，杨伦杨大人来了，就在厂狱外面，说要见您。"

杨婉道："怎么了？"

覃闻德道："好像是内阁出了事。"

邓瑛沉默了须臾，方起身朝外走。

杨婉也站起身，弯腰去收拾邓瑛的手稿。

白焕唤她道："杨姑娘。"

"老师，您说。"

白焕道："我们都是不得不弃他的人，望你……"

"我知道。"

杨婉理齐邓瑛的文稿，放入自己的怀中："你们也没有弃他，他最近比以前开心多了。您放心，不管怎么样，您这个傻学生我管一辈子。"

说完转身对白焕笑道："我去管他了，白老师，您好好休息。"

厂狱的正堂内，杨伦面色凝重。

邓瑛道："你先坐下来再……"

"你都快死了，你干脆让我跪下来给你磕头算了。"

邓瑛听了，又好气又好笑："杨子兮，你怎么一急就乱说话。"

杨伦哼了一声。

看了一眼邓瑛身后跟过来的杨婉，对邓瑛道："你问她慌不慌。"

邓瑛回过头，见杨婉一面走一面对杨伦道："我是有点慌，但还不至于急得咒他。"

杨伦哽了哽，拍案道："什么时候了，你还杠？"

邓瑛劝道："好了，你说正事。"

杨伦颓道："老师到底怎么了？"

"没怎么。"

"怎么外面都在传他被东厂厂狱折磨得快死了？"

"让他们传吧。"

"不能再传了！"

杨伦朝邓瑛走近一步："今日一早，书院的那些学生去了白府门前跪哭，后来东公街上昌和巷里的那些考生都拥过去了。我生怕他们会出事，所以和齐淮阳赶过去看了看，结果这些学生不走，还对着我们跪述，我和齐淮阳待不下去，只能先走了。"

邓瑛点了点头："都察院的人去了吗？"

"去了。"

"好。"

"好个屁！"

杨伦喝道："我来就是要给你说这件事，白玉阳给都察院这些人大行方便，司礼监不保你，都察院写你折磨阁老的奏章，今天晚上估计就能送到陛下的书案上，老师到底怎么了？你到底有没有把老师照顾好？"

"我怎么敢对老师不好！"

邓瑛也提高了声音，随后又背身走了几步，抿唇道："杨子兮，你能不能冷静一点，跟我就事论事。厂狱潮湿，老师本就病得很重，这几日腿已经不能走了，我心里也很急，但这目前是好事，学生们去闹也是好事，至少能逼着陛下把老师放出去。子兮，关于老师的案子，我还复写了一份呈报，你今日来了，我就把它给你。"

"给我做什么？"

邓瑛道："我担心，陛下一旦治我的罪，司礼监会把持东厂，伪造首辅案的卷宗，所以我把这份复写的给你，你拿着，但千万不要莽撞，更不要拿给白尚书他们去利用，能救下老师就好。"

杨伦沉默地看着邓瑛，半晌方道："我算明白了，这就是你的法子是吧？"

"对。"

杨伦不断地点头，背着手在堂内走了一个来回，又走到邓瑛面前道："你可真行。"

杨婉把邓瑛向身后拉了拉："好了，你别骂他了，你现在最好和齐淮阳他们再去一趟白府，看着那些学生，骂邓瑛可以，扯到司礼监和皇帝身上他们就玩完了！"

杨伦转身道："对，我得和齐淮阳再走一趟。"

"赶紧去吧。"

杨婉朝前送了杨伦几步，转身走回邓瑛面前。

他受了杨伦一顿火，却还是安安静静地站着。

杨婉望着他笑了笑："你现在想去哪儿？"

　　邓瑛笑了笑："我想回直房睡一会儿。"

　　杨婉抬起邓瑛的手，轻轻挽起他的袖子，抿唇笑了笑："带着这些东西奔波了这么久，你也累了吧？"

　　邓瑛点了点头："是啊，终于可以不用丢人现眼了。"

　　杨婉捏了一把他的手："瞎说。"

　　她说着抬起头："你答应过我的话，你不能忘了。"

　　"我知道。"他说着摸了摸杨婉的脸颊，"我会长命百岁。"

　　杨婉点了点头，低头道："抬手。"

　　"什么？"

　　"手抬起来。"

　　邓瑛依言抬起手，杨婉伸手钩住邓瑛的小指。

　　"还记得南海子里我跟你拉过钩吗？"

　　邓瑛怔了怔。

　　"记得。"

　　"邓瑛，我还会去找你，再见到我的时候，你要更开心一些。不出意外，我会在中秋之前去接你，给你带干净的衣服和鞋袜，还有好多好多好吃的。"

　　她说完，低头解下自己腰间的一枚芙蓉玉坠，递给邓瑛，含笑道："本来还想有点仪式感的，现在来不及了，这个玉坠一直是一对，我用这个玉坠子当成信物给你。我虽然有哥哥，有姐姐，有父母，但我不想管什么父母之命媒妁之言，我自己做主，把我自己嫁给你。不过，婚姻自由，你也自己做主，如果你不放心，想再问问你老师的意见也可以。我不强迫你，我等着你回礼。"

　　她说完将玉坠放到邓瑛手中。

　　"好了，你回去好好睡一觉，我走了。"

　　"婉婉。"

　　邓瑛唤住她："你不跟我一道回宫吗？"

　　杨婉回身摇了摇头："我去白府。邓瑛，我一点都不喜欢那些学生，但我认可你和白老师的想法，你们想保护他们，你们不想看到第二个桐嘉惨案，我也不想。"

106

邓瑛独自回到护城河边的直房，打开门却见李鱼正拿着毛刷，半跪在他的榻上扫灰，回头见邓瑛回来，忙下来道："你可回来了。"

邓瑛看着他手里的毛刷："你在我这里做什么？"

李鱼道："你几日没回来了，我看你这里灰大，就帮你扫扫。"

邓瑛抬起他的手："手心怎么了？"

李鱼一下子红了眼："挨的打，不过你回来就好了。你在，他们不敢欺负我。"

邓瑛看着他说："以后收敛一点，有事去找你干爹，或者找陈桦。"

李鱼忙道："不能找你啦？"

"我——"

话未说完，外面便传来胡襄的声音："邓厂督在里面吗？"

邓瑛松开李鱼朝外应道："我在。"

"请邓厂督出来。"

"是。"

邓瑛转身走出房门，胡襄带着司礼监的人立在门口，对邓瑛道："陛下命我带你去养心殿。"

邓瑛点了点头："我能问一句话吗？"

"你问。"

"陛下下旨，开释首辅了吗？"

胡襄冷笑了一声："怎么，邓厂督是猜到自己要死了吗？"

邓瑛抬头直道："请胡秉笔告知。"

胡襄走到邓瑛面前："释了。带你去陛下面前领罪，你身上已经有这些东西了，我们也就不绑你了，你自己安分些，跟着走吧。"

邓瑛听完这句话，露了一丝淡笑，低头应道："好。"

胡襄看着他的面容，着实不解："死到临头了你还笑得出来，老祖宗说了，这回没有人会救你。"

邓瑛淡淡地说道："那也是我求仁得仁。"

他说着抬起头，坦然地看向胡襄："胡秉笔，带我过去吧。"

胡襄无话可应，只得冷哼了一声："行，带走。"

邓瑛在养心殿外看到了很多人，有些他打过交道，有些他是第一次见。

左都御史纪仁站在月台上，看着邓瑛一步一步走上来。

养心殿连一声鸟鸣也听不见，镣铐与台阶接触的声音便越发清晰。

所有人都将目光朝邓瑛投去，有些人嘴角忍不住地上扬。

贞宁十四年春，柔肤脆骨的读书人，终于在与宦官长达十几年的斗争中，自以为赢了一局。

纪仁对邓瑛道："听说你曾经是进士，是首辅的门生。"

"是。"

纪仁道："恩将仇报，终不能长久。"

邓瑛看向纪仁："邓瑛领受总宪①的赐教。"

纪仁没有想到，他是这样一副谦卑温顺的姿态，一时语塞，但其余几个御使都看着他，他又不得不张口："事到如今，你还敢如此狂妄！"

邓瑛抬起头："我如何狂妄了？"

纪仁一怔。

邓瑛转过身："我知道总宪在担心什么，请总宪放心，我自知罪无可赦，并不会在御前狡辩。"

纪仁背后的一个年轻御史道："你不敢在御前狡辩，可下了三司道了，谁敢公正地审你？"

邓瑛顿了一步。

那人上前一步继续道："白首辅上奏弹劾你，如今被你迫害得双

———————————

① 总宪：明清时称都察院左都御史为"总宪"。

足不能行走，东厂厂卫暗行京城，无孔不入，官民人人自危，三司中但凡有忠正之辈，怕是走不到堂上就已遭横祸。"

邓瑛握了握手，回身朝纪仁等人看去。

"那你们要我如何？"

众人无话。

邓瑛咳了一声："自裁吗？"

纪仁抬手止住身后的人，看向邓瑛道："没有人对你说这样的话。"

邓瑛道："大人们信《大明律》吗？"

纪仁点了点头："自然信。"

"信就不要再多言，多言必多过错。我会谦卑受审，尊重《大明律》，也请大人们珍重自身。"

他说完不再回头，径直走入了殿门。

纪仁身后的御史轻声问道："总宪，这一回真的能扳倒东厂吗？"

纪仁摇了摇头："你听到他最后那一句了吗？"

"什么？"

"谦卑受审，尊重《大明律》。"

他说着叹了一声，低头道："这可不像是一个东厂厂臣说出来的话啊。"

阜成门内大街的连巷内，平日挑摊子卖面卖豆花的摊贩们都被挤到了巷口。

生意做不成了，便索性卸下挑子自己端碗，蹲在巷口边吃边朝巷子里看。杨伦在巷口翻身下马，齐淮阳从豆花摊上站起来迎上前道："都察院的人入宫了。"

杨伦拉住马缰绳："都察院的哪一个？"

齐淮阳道："总宪。"

"这是不让他活了。"

他说完径直朝巷中走，齐淮阳跟道："这个时候你最好是入宫去，陛下随时会垂询内阁。"

杨伦步履极快："垂询内阁也是要听你们白尚书说话，我根本开不了口。"

齐淮阳不得已跑了几步："那你也得在御前啊，如今这样，指不定什么时候会翻天。"

"顾不上了，这些书院的学生，今日就能翻天！"

二人说着，已经走到了白焕的宅门前。

以周慕义为首的学生们在门前跪了一地。

周慕义才被东厂打过二十杖，此时已脸色苍白，被其他几个滁山书院的学生扶着才勉强跪住。人群之中，那个曾经在东公街上阻拦学生的老翰林也跪在周慕义对面，痛心疾首地劝道："还有不到七日，便要进顺天府了，你们这会儿该温书备考，怎么能在此群聚喧哗！白阁老怜学，一向爱重你们，今日见你们如此，也要痛心的啊……"

杨伦站在人群外看着那个衣着朴素的老翰林，心里发酸。

齐淮阳道："陈应秋这个老翰林，致仕这么些年，家里日子越过越苦，在私院讲学却不拿钱。前年他家里的女儿生了病，他为了面子，不肯去药铺里赊账，也不肯收同僚的接济，差点没让女儿活活病死，人都说他疯疯癫癫的……"

"他就是只对学生好。"

杨伦说完这句话又笑了一声："你说一个人的善恶，怎么才能看清楚？"

齐淮阳道："你这感慨来得有些怪啊。"

杨伦没有应声。

刑部的一个堂官从巷前赶来，奔到齐淮阳面前道："大人们，宫里有消息了。"

"说。"

"陛下召了北镇抚司带走了邓厂臣，并下旨释白首辅出厂狱。"

杨伦道："为什么是北镇抚司把人带走，刑部呢？"

"大人别急，听里面传出的话说是涉及学田案，刑部也会一道会审。"

杨伦转身一把拽住齐淮阳的胳膊："齐淮阳，我告诉你，这是杭州的学田案，我户部也要并审，刑部不能避我，我明日就跟陛下写条子。"

　　齐淮阳道："行行行，我知道，我也想救他，我会和尚书大人斡旋，现在已经这样了，当务之急，是要把这些学生劝走。"

　　正说着，另外一个堂官上气不接下气地跑来："大人，锦衣卫的人过来了！拿的都是绑绳。"

　　杨伦立即伸手推开人群，走到宅门前，踏上门阶高声道："你们到底要如何，才肯各自散去？"

　　周慕义抬起头，对杨伦道："天听闭塞，君无仁道！"

　　杨伦看向他，道："我今日就在这儿问问你们，天听怎么闭塞了？"

　　他说着一把将周慕义从地上拽了起来。

　　"你们在这里跪着，无非是要求陛下惩治东厂，我告诉你们东厂厂督邓瑛已经被陛下下了狱，白首辅也得了恩赦，不久即可归家，你们心愿满足，可以起来散了吧！"

　　周慕义道："杨大人，你难道不知道，邓瑛只是司礼监的走狗，就算陛下惩治了他，宦祸可以就此停息吗？"

　　杨伦刚想张口，却听身后传来杨婉的声音："停息不了！"

　　杨伦一怔，回头见杨婉已经挤出了人群，她发垂妆乱，一身狼狈，用一只手捂着被挤痛的肩膀，有些踉跄地走到宅门前。

　　"我告诉你们，就算今日可以平息，几十年之后，它仍会死灰复燃。"

　　周慕义道："你一个妇人，怎可当街狂言？"

　　杨婉转头道："你才多大？不过二十吧？就算是白首辅，也不曾自负到妄评世道和大明官政，你们尚未出仕做官，自以为读过几年书，聚谈过几次，就看清家国命运了？"

　　"你……"

　　"我什么？我一个女人，怎可骂读书人？"

　　杨婉哼笑了一声："我骂的就是你！有人为了一张书桌，为了一篇文章，可以开怀数日，你们不珍惜，你们只想送死！泱泱一国，死你们这些人本也无所谓，偏你们又年轻，身世清白，被满朝爱重，就连你们恨不得千刀万剐的那个人也想救你们，你们还要怎么样？"

周慕义朝身后的人道："不要听这个女人胡言，我们要陛下惩治宦官，还政治清明，并无一点过错。"

"是没有过错！可是一国之政是一夜之间翻覆的吗？剜取腐肉前，不需要磨刀吗？剜肉之时，不需要绑身吗？剜肉之后，王朝不必疗伤吗？你们今日跪在这里，骂天骂地，就能把这些过程减了吗？周慕义，你告诉我，桐嘉书院八十余人，白死了是吗？"

她说着声音有些颤抖："你以为你们是谁？通通给我站起来，走！"

周慕义被问哑了。

杨伦顺势道："都起来走，再不走来不及了。"

人群当中有几个人站了起来，杨伦朝巷口看了一眼，对杨婉道："鼓楼那边不能回去了，回去就是自投罗网，如今京城，怕没有人敢庇护这些学生。"

杨婉喘了一口气，松开摁着肩膀的手，直起身道："我敢。"

"你？"

"对。"

她说着转身朝前走，一面走一面道："我带他们去清波馆。"

"不行！"

杨伦一把拽住杨婉："我不准你引火烧身。"

"你放心，我死不了，也不会牵连到你。"

"我不是怕你牵连我！"

"那你就放手。"

她说着抬头望向杨伦，一语双关。

"哥哥，我早就不是当年的婉儿了。"

107

"你就不是婉儿吧，婉儿根本说不出你将才那番话。"

杨婉望着杨伦，眼见一丝惶恐从他眼中一晃而过。

她忙低下头，几乎不忍再看，索性没有应他这句话。转身朝宅门前高声道："不要走前巷口，从内大街后面穿到昌和巷，然后直接去清波馆。"

说着锦衣卫的人已经赶到了巷前，杨伦转身看了一眼，回头朝杨婉道："先走，那边我去挡。"

"好。"

杨婉伸手搀起周慕义："挡不了就算了，保全自己才能帮邓瑛。"

杨伦道："行了，还是一样啰唆。"

说完转身朝巷口奔去了。

杨婉带着周慕义等人走回东公街，清波馆掌柜忙打开后坊的门迎这些人进来。

周慕义踉跄地踏进后坊，抬头便见覃闻德坐在台几前吃面，指着杨婉便怒斥道："无耻贱妇，竟欺我等——"

覃闻德放下碗筷就给了他一巴掌："骂谁呢！"

杨婉低头看了一眼被覃闻德打倒在地的周慕义，缩了缩耳发道："好了别动手，真打伤了，我这里要什么没什么。"

覃闻德道："夫人，你让我们过来做什么啊，督主在宫里出了事，内外厂衙的人都乱得很。"

杨婉捏了捏手指："把清波馆封了。"

"什么？"

覃闻德四下看了看，不可思议道："封了？"

"对，贴你们东厂的封条。"

周慕义道："你把我们带过来，就是要把我们交给东厂吗？"

杨婉转身道："你能不能闭嘴！我如果要把你们交给东厂，何必带你们回清波馆，在白宅大门前，我就能让厂卫把你们全锁了带走！"

一个年轻的学生拉了拉周慕义的袖子："周先生，别说了……"

周慕义终是歇了声，杨婉这才松开叉在腰上的手，对堂中的学生道："我平时说话倒不是这样的，如今也是上火急躁，你们担待我一些，等这件事过了，各位前途光耀时，我再慢慢给你们赔礼。"

她说完缓了一口气，抬头对覃闻德道："北镇抚司迟早会来，不管怎么样，至少今明两日，我们要保全这些学生。"

　　覃闻德骂道："凭什么！他们那般羞辱督主，杀了他们都不够我解气的。"

　　"覃闻德！"

　　杨婉打断他："这是你们督主的意思。"

　　"老子知道！"

　　覃闻德说着抹了一把脸，直冲到周慕义等人面前，骂道："等我们督主回来，你们最好去他宅子门口磕头，不然老子就把你们的头一个一个摁到泥里去。"

　　他说完拿起台几上的刀，对左右道："走，出去封馆！"

　　外面黄昏降临。

　　清波馆的前门和后门皆被锁闭，贴上了厂衙的封条。

　　学生们都已经疲惫至极，又是饿，又是冷，再也打不起精神，在书堂内四处坐卧。

　　周慕义和几个受过杖刑的学生此时起了高热，缩在角落里浑身发抖。

　　杨婉在内院里煮面，掌柜送了药出来，蹲下身替她看火。

　　杨婉望着炉上翻滚的面汤，问掌柜道："他们安静些了吗？"

　　掌柜叹了一声："都累了，饿了，闹不动了。"

　　杨婉点了点头，仰头深吸了一口气："把碗拿给我吧。"

　　掌柜递来瓷碗又对杨婉说道："北镇抚司在四处搜人，东家，您能把这些学生藏多久？"

　　杨婉挑面道："至少今明两日不能让他们出事。"

　　"过了明日呢？"

　　杨婉抿了抿唇："过了明日，如果陛下对这些学生没有明旨，那就是我输了。"

　　"东家……"

　　杨婉看着他道："有一样东西我要交给你。"

　　"东家，您说。"

杨婉放下碗筷，从怀中取出自己的笔记，递给掌柜，掌柜接来翻看，不禁疑道："这是……"

杨婉道："这上面的文字你看不懂不要紧，我希望你替我把它收好。如果我出事，你就带着它离开京城，清波馆所有的金银你都可以带走，我只求你将这本笔记保存下来。"

掌柜道："东家，你说这话我们心里都难受。"

杨婉笑了笑："这只是我最坏的打算，其实里面的内容我还没有写完。我也想接着写，而且我也未必会输。你不用想太多，暂时替我收好就行。"

"是。"

杨婉笑着点了点头，弯腰继续挑面。

晚风吹袭内院，炉中的火星子被吹得四处乱溅，杨婉端起面碗朝正堂内走。

堂内坐卧的人闻到面香纷纷醒来。

杨婉将面放在周慕义手边，又倒了一杯茶给他，起身看着他道："我只会煮面，这两日，你们都只能靠这个充饥。"

周慕义道："你到底要把我们怎么样？"

杨婉沉默了一会儿，拖过一张凳子，坐在正堂中央，将堂中的人都扫了一遍。

"我想让你们替邓瑛做他做不了的事。"

周慕义没有出声，角落里却传来一个年轻的声音。

"他想做什么事？"

杨婉抬头朝说话的那个人看去。

那人看模样不过十五六岁，面目清秀，身段文弱。

杨婉看着他，不禁声音一柔："考科举，入仕，守着你们现在这一颗良心，去做于国于民有利的事。"

"可是……我们还能参加今年的春闱吗？"

杨婉看着他沉默了须臾，忽道："你后悔吗？"

那人没有出声。

杨婉抱着手臂静静地坐着，昏暗的灯光映着她单薄的身影，她面上的疲倦与厌烦丝毫不遮掩，却仍在尽力维持着姿态和情绪。

　　"你还记得，他在东公街上对你说过的话吗？"

　　她说着抬起自己的双手，捏握成拳伸向众人。

　　"他问你，你想像他那样吗？"

　　一堂之内，无人应声。

　　摇曳的灯火把所有人的影子都映得有些狰狞。

　　堂中的墨香、面香混在一起直往人的鼻子里钻，人多潮湿，木质的书架上凝结着的水珠子一颗一颗地滴落下来。

　　杨婉垂下手，低头笑了一声："你看看，你连回答都不敢。"

　　那少年抬起头："不，我想参加春闱，我想做官，我想为百姓谋福祉，我不想像他那样，姐姐，我……我后悔了……"

　　杨婉听完这句话，侧面朝周慕义看去："你呢，你后悔吗？"

　　周慕义的拳头握了又松开，不答反问："你是不是叫杨婉？"

　　"对。"

　　"你与他对食，为何要救我们？"

　　杨婉抬头逼回眼底的酸意："因为他想救你们。"

　　"不可能！"

　　杨婉冷笑了一声："你激动什么？"

　　周慕义撑起身子道："他如果真的想救我们，为什么要把滁山书院的学田占为己有，为什么要让书院办不下去？"

　　杨婉冷冷地看着周慕义："你们不是去砸过他和我的家吗，里面有些什么，你们看到了吧？"

　　周慕义喉咙一哽。

　　杨婉颓然地坐在灯影下面，将一只手垂在椅背后，声音很淡。

　　"一张木架床，一方榆木书案，两三口箱柜，几件薄衣，还有什么？"

　　周慕义道："这难道不是他的幌子吗？"

　　"幌子？呵。"

　　杨婉笑了一声："你知道为什么滁山和湖濬两个书院撑过了这半

327

年吗？"

"什么意思？"

"周慕义，学田上的田产，能退回的不多，但能退的，他全部退给了你们。白首辅以及白尚书给你们书院集的银资，全是他的俸银。即便如此，他今日还是因为学田的罪名被关押进了诏狱。而我……"

她忍泪笑了一声："而我却还要救你们。"

周慕义梗着脖子道："你的话我不信，我也不需要你救我。"

"不需要？"

杨婉提声发问。

"周慕义，你进过诏狱吗？你知道进去以后会怎么样吗？"

杨婉说着，脱下褙子，撩起中衣露出半截腰腹，去年那道触目惊心的鞭伤仍在，像一只蜈蚣一样爬在她的腰上。

在场的大部分人见她如此忙低头避开。

杨婉道："不要跟我讲什么非礼勿视，入了诏狱没有'礼'可讲，你们所谓的衣冠体面，所谓的文人气节，全都要被刑责剥掉。"

她说完放下衣摆，重新披上褙子，从椅子上站起身："你们想要他去的地方，他已经去了。他想要你们去地方，也希望你们清清白白地去。我只能救你们一次，我请求你们，留着自己的性命，好好地走他走不了的那条路。"

刚说完，角落里的少年颤声唤了她一声："姐姐。"

杨婉回过身："什么？"

"我不懂……邓瑛到底是什么样的人啊？"

"你不是骂了他这么多日吗？"

"我……"

少年哑了声。

杨婉道："他在你们眼中是什么样子的人，他自己一点都不在乎，不过我在乎，所以我才会说这些话。但是，对你们来讲，我说什么也并不重要。人生几十年，王朝几百年，留下的人物何止千万。除了死在刑场上的人，能当众一呼，留下自己的绝命词，其余的，有几个能张得开口。他到底是什么样的人，你活着自己去辨吧。"

杨婉说完这番话，将椅子拖回原位，走到院中命人把剩下的面都端进来。

自己却独自一人抱着膝在阶上坐下来。

月明风清，四方炊烟。

无人处无数复杂的情绪一拥而上。

杨婉忙将头埋在膝上，想起将才自己的那一番话，不禁抓住自己的袖子。她很想哭，但又深知此时不是哭的时候，只能带着哭腔"逗"自己道："邓小瑛，跟我谈了这么久恋爱，只给我磨了两颗珠子，啥也没给我买过，就把自己丢牢里去了，你是个渣男吧……"

108

邓瑛的齿缝忽然传来一阵酸疼，他忍不住抬起手，试图去揉一揉腮帮。刑部派来帮他卸刑具的人以为他要挣扎，一把打下了他的手："别动。"邓瑛忙配合地放下手，轻声道："对不起。"

站在牢室外面签交接公文的齐淮阳忙走进来道："怎么了？"

邓瑛笑了笑："没什么。"

说着偏了偏头："牙有点酸，像是有人在背地里骂我。"

齐淮阳背着手走到他面前，低头看着差役的动作。

"戴了有一个多月了吧？"

"是啊。"

齐淮阳道："等卸掉这些东西，我们也就管不了你了。"

"我知道。"

他刚说完，镣铐上的锁扣噼啪一响，差役搬开腕铐，一双几乎青肿的手腕便露了出来。邓瑛轻轻地捏了捏伤处，对齐淮阳道："这一段时日多谢大人照顾，令我不至于遭太多的罪。"

齐淮阳摇了摇头："我誓做循吏，实则在官场上极为保守，从不做逆律之事，邓厂臣这一声'照顾'，倒令我惭愧。"

邓瑛拱手作揖："司法道上，如此甚好。"

齐淮阳沉默了一阵，亦弯身回他揖礼。

牢室外面的校尉忽屏息噤声，齐淮阳抬起头，见张洛已立在了牢室里。

齐淮阳站直身，接过公文递向张洛："虽然是你我两衙会审，但犯人看押在北镇抚司中，我本不该多说。不过犯人毕竟是东缉事厂的厂臣，还望张副使不要过于苛待。"

张洛看了一眼公文上的签章，对齐淮阳道："不苛待是如何待？诏狱管束人犯的规矩都是一样的。"

齐淮阳应了一声："是，本官多言了。"

张洛朝前走了一步："今日戌时之前，我会遣人去刑部衙门调取学田案前几次鞫问的卷宗。"

"已经备好了。"

"既然如此，我这就遣人随侍郎前去调取。"

"嗯。"

齐淮阳应着回头看了一眼邓瑛，又道："户部明日要递折，学田案可否缓一两日再审？"

张洛点头："那便等杨伦，北镇抚司先查他迫害首辅一事。"

齐淮阳收回目光，应了一声"好"，随之道，"那本官便告辞了。"

齐淮阳走出牢室，差役提灯替他照路，邓瑛眼前晃过一道温暖的光，但一下子就收敛到外面去了。

张洛侧面对校尉道："把囚衣给他。"随后又道，"你自己换吧。"

邓瑛点了点头，应了一声"好"。

他说着接过囚衣，脱下外袍，解开中衣的绑带。

张洛示意其余人退出去，自己走到邓瑛对面道："邓瑛，你领着东缉事厂和北镇抚司斗了两年，想过会住进这里吗？"

邓瑛的手顿了顿，低头道："不瞒大人，其实我想过。"

张洛命人搬来一把椅子，在邓瑛面前坐下，抬手道："先别换了。"

邓瑛垂下手："大人现在就审问我吗？"

张洛抬起头道："审你之前，我想先问你一件事，这件事情你想答就答，不想答也没关系，我不会动刑逼你。"

"大人请问。"

"清波馆背后的人是不是杨婉？"

邓瑛没有开口。

张洛笑了一声："行，不答算了。"

邓瑛道："我能问大人一个问题吗？"

"问吧。"

"大人喜欢杨婉吗？"

张洛挑眉："不喜欢。"

"那大人为何到如今还不娶妻？"

张洛咬牙切齿："你信不信，我今晚先让你脱一层皮。"

邓瑛点了点头，不再说话。

张洛坐在椅子上与他沉默相对，地上的人影轻轻地颤抖着，席草沉默地伏在邓瑛的脚边，他因为站得有些久了，不自禁地挪了挪腿。

张洛看着他道："你现在是诏狱里的钦犯，除了案子之外，我不会与你谈论任何事。"

"是，我明白。"

"不过。"

他顿了顿，抬头道："杨婉的事可以谈，她带走了杭州书院的学生，这些人的言行，纪总宪不愿呈报，锦衣卫会呈报，陛下一旦下旨治这些学生重罪，杨婉也会和现在的你一样。我曾对她说过，如果她在我家中受我管束，我没有什么是担待不了的，但是如今已经晚了，你和她都得按律受惩。"

邓瑛沉默不语。

张洛喝道："为什么不答话？"

"你惩戒不了她。"

"你说什么？"

邓瑛的声音很平静："我说你惩戒不了她。"

他说着抬起头："张大人，当年你对我说过，不是你惩戒我，是《大明律》惩戒我，我认这一句话，所以我如今才会站在大人面前，但杨婉是不会认的。"

张洛冷笑了一声："她不认就可以逃脱吗？"

邓瑛摇了摇头："如果我不认，我未必不能逃脱。"

张洛道："你什么意思？你是自己走进诏狱的吗？"

"是，我自己来的。"他说着捡起身边的囚衣。

"这身囚衣也是我自己要穿的，身为刑余之人，在这一朝，我只能走到这一步，但是……"

他说着想起了杨婉的面容，温和地露出了一丝笑容。

"但是我很仰慕那个女子，她做了我做不到的事，说了我说不出口的话。我肯在诏狱受《大明律》的惩戒，但我信她，她不会像我这样，她还有路可以走，她会好好活着。"

张洛的手在膝上握成拳，不禁想起当年杨婉因鹤居案受审的情形。

鞭刑之下她痛到极致，浑身扭曲，四肢皆在颤抖。

从表面上来看，她和其他的女犯一样，羸弱，怕疼，两三鞭就足以逼出她的哭声，逼得她不断求饶。

然而即便如此，她却一刻也不肯松懈精神，拼命地维持着理智在受刑的间隙与他周旋，甚至时不时地，找准机会反客为主向他发问。

此时回想起来，张洛甚至觉得，她当时根本不是因为害怕才求饶，她只是在向他要开口的余地而已。

那场原本该由张洛掌握的刑审，最后莫名其妙地变成了杨婉的一场陈述。

在张洛掌管诏狱的这几年，那还是唯一的一次。

她的确没有任何一刻屈服于刑律，反而不断地利用着刑律，利用张洛心里的准则，逼他放弃对她的刑审，而后又逼他刑审自己的亲生父亲，逼他内观，逼他扪心自问，到最后，甚至逼得他开始怀疑自己坚持了近十年的观念。

邓瑛说，他很仰慕那个女子。

"仰慕"这两个字，张洛此时也觉得有一些意思。

"副使。"

"说。"

"陛下召您进宫。"

张洛站起身，当着邓瑛问道："清波馆围了吗？"

校尉答道："已经围了，但东厂的人守了前后两门，不准我们的人进去。不过，我们已经探到实证，杭州书院的学生和那个叫杨婉的女子都在里面。"

"知道了，守好，等我出宫亲自去处置。"

他说完看了一眼邓瑛："换衣服吧。"

而后一面走一面道："给他药。"

校尉道："要把人锁起来吗？"

"锁，把饭食给他，等他吃了就让他休息。"

"大人……"

校尉的声音有些犹豫。

"有什么就说。"

"是，大人为何要这样对待这个犯人？"

张洛顿了一步，半晌方道："等我见了陛下，回来再说。"

月照皇城。

养心殿前所有的石盏灯都点得透亮，会极门上接了司礼监的牌子，替御药房留了门。御药房当值的御医们皆理正了自己的官服，战战兢兢地跟着司礼监的太监朝养心殿走。

"胡公公。"

"嗯？"

"陛下的喉疾已经好了几年，怎么这两日发作得这么厉害？"

胡襄道："能怎么着，还不是操心国事，累的。"

"彭大人怎么说啊？"

胡襄叹了口气："他这不是找你们一道过去参详吗？"

几个御医哆哆嗦嗦地揣了手，凑头窃语道："这就是说从前的方子不行了？"

胡襄回头喝道："私论什么？"

众御医忙道："不敢。"噤若寒蝉地走到了月台下立候。

皇帝靠在榻上，皇后端着粥米坐在榻边侍疾，皇帝推开粥碗，对皇后道："行了，朕没胃口。"

皇后劝道："自从总宪来了，您就什么都没吃，妾着实担心。"

贞宁帝没应皇后的话，对内侍道："焚的什么香？"

"回主子，还是檀香。"

"灭了灭了。"

贞宁帝的声音有些不耐："朕喉咙难受。"

皇后道："御医已经在议方子了，您且歇一会儿，养养神吧，那邓瑛不过是个奴婢，您就把他交给张副使去审吧，何必伤这个神呢？"

贞宁帝烦道："你懂什么，退下。"

正说着，胡襄进来道："陛下，张副使、白尚书，还有杨侍郎到了。"

皇后忍不住又说了一句："陛下今日就算了吧，君在病榻上见臣子，他们也惶恐啊！"

贞宁帝咳了几声，提声道："朕让你退下你就退下！"一个不留意，拂出去的手竟打落了皇后鬓边的一支金钗。

皇后知耻，忙放下粥碗，行礼出去。

胡襄引着三人走进内寝殿，在御床前行跪拜大礼。

皇帝命胡襄将自己扶坐起来，勉强盘了腿。

"都起来吧。"

杨伦站起身看了一眼皇帝的脸色，轻声道："陛下，臣等惶恐。"

皇帝呼出一口热气，对杨伦道："这会儿朝内消停了吧。"

"是。"

109

这是近臣在御床前的对答，对杨伦来说也是博弈。

他看了张洛一眼，暗暗握紧了手。

皇帝此时已咳得脸色涨红，喉痛嗓哑，声音也有些颤抖。

"何怡贤。"

"奴婢在。"

皇帝扶着榻面坐直身："给朕穿鞋。"

何怡贤看了看杨伦等人，弯腰去劝道："陛下还是养着神吧。"

张洛跪地道："臣请陛下保重御体。"

贞宁帝摆了摆手："你们不明朕，朕听说了阁老情形，心里有多不忍。"

白玉阳忙道："陛下，臣父已归家，臣入宫前他再三嘱咐，令臣代他叩谢陛下天恩。"

说完便整衣伏身，行叩拜大礼。

贞宁帝道："你且起来，朕已经看过了之前刑部的奏章，梁为本虽然为阁老的学生，但盐场通倭一事，与阁老并无关联。至于邓瑛的呈报，朕就不必看了，你们当他是个罪奴，好好审吧。"

白玉阳道："陛下圣明。"

贞宁帝摁住自己的眉心，提声道："朕哪里圣明了？"

他说着抬手指向书案："朕是孤家寡人，不像你们，有老师有同窗，都写得一手锦绣文章，明着暗着地把朕骂得体无完肤。朕这几年精神越发差了，想着边疆不宁，百姓有苦，朕还安歇不得，常朝虽止了，但朕哪一日懈怠过国事，啊？"

他说着站起身，赤足踩在地上走到杨伦面前，杨伦赶忙撩袍跪下："请陛下保重龙体。"

贞宁帝低头道："杨侍郎，朕也是人，朕也有看不到的地方，你们谏归谏，朕能忍的，都忍了，若是太祖皇帝还在，这些人……"

他再次指向书案上高垒的一堆奏书："早都斩首了！"

杨伦低头道："臣知陛下仁慈，臣一定会劝诫众臣，领陛下仁恩。"

贞宁帝看着杨伦的脊背道："既然如此，滁山书院和湖澹书院的学生，朕总该处置吧？"

"陛下！"

杨伦闻话情急抬头："这些学生实是受人蒙蔽，才口不择言，还请陛下看在他们年轻无知——"

"呵。"

皇帝笑了一声："杨伦，你还敢逼朕退啊？"

"臣不敢！"

"不敢，那你来告诉朕，朕还要怎么退？日后是不是人人对朕有谏言，都可以口不择言，振臂呼于市，青天白日之下，大明王土之上，你们置朕于何地？"

杨伦被逼得无话可说，只能叩首道："臣万分惭愧。"

贞宁帝朝后退了一步，何怡贤忙上前将贞宁帝搀坐到榻上。

贞宁帝一坐下来便狠咳了几声，直至喝了一口茶，才勉强缓和下来。

除了张洛，杨伦和白玉阳都跪在地上，各自有话说不出口。

贞宁帝朝张洛看了一眼，轻声唤道："张洛。"

"臣在。"

"书院学生的事，朕就交给北镇抚司了。"

"臣领旨。"

贞宁帝端起茶盏，平声道："不能再犯桐嘉书院一案的错，明白吗？"

张洛应道："臣明白，臣这就出宫，捉拿滁山、湖澹两院的学生。"

"去吧。"

杨伦跪在地上，不禁闭上了眼睛。

他担忧杨婉，恨不得跟着张洛一道出宫，然而他又不得不逼着自己绷紧精神。

正如杨婉所言，邓瑛的所作所为，自始至终都是为了保内阁，保杨伦，他绝不能在这个时候，把自己轻易地搭进去。

就在杨伦陷入两难，如浸油锅之时，胡襄进来禀道："陛下，大殿下来了。"

　　贞宁帝道："外面冷，让他进来。"

　　胡襄迟疑了一下，朝外面看了一眼，又慎重地回道："陛下，大殿下跪在外面呢。"

　　贞宁帝闻话，靠在榻上沉默了一阵，抬头对杨伦道："你出去，问他何意。"

　　"是。"

　　杨伦撑地起身，走到殿外。

　　跪在阶下的易琅抬头朝杨伦看了一眼，而后又把头低了下去。

　　杨伦依制朝他行礼，而后方问道："殿下为何在此？"

　　易琅应道："请杨侍郎回禀父皇，儿臣跪于此，是为了求父皇赦免书院的学生，儿臣愿代他们受责。"

　　"殿下！"

　　杨伦情急打断了他："此话不能随意出口！"

　　易琅抿了抿唇："杨侍郎，我明白你是为了我好，但身为皇长子，我有我要做的事。"

　　杨伦看了看四下，见众宫人避得算远，索性屈膝跪在易琅面前，压低声音问道："谁教殿下这么做的？"

　　易琅没有回答，只道："大人替我回禀父皇便是。"

　　杨伦切道："殿下不说明白，臣内心不安，不敢替殿下回禀。"

　　易琅这才抬起头，轻声道："是姨母教我的。"

　　"婉儿？"

　　"嗯。姨母之前就对我说过，如果陛下要处置书院的学生，就让我以'代罪'之法，替他们求情。"

　　"为何？"

　　易琅摇了摇头："我也不明白，但我想救这些学生。"

　　他说完正了声音，复了一遍之前的话："请杨侍郎替我回禀。"

清波馆内，杨婉仍然抱着膝盖，坐在后堂外的石阶上。

馆内的人都没有睡，有人在诵文，有人在看书，掌柜和伙计们张罗着，送了一把又一把的蜡烛进去。

不愧都是读书人。

杨婉撑着下巴，听着堂内渐渐响起的读书声，心里总算有些安慰。

她将袖子拉下遮住自己的手，将身子缩得紧了一些。

那是邓瑛入诏狱的第一夜，她也孤身一人，在清波馆里守着这些惶恐的学生。

她与那个男子之间，说不上谁更勇敢，但她可以想象得到，以邓瑛的修养，他此时一定比杨婉更平静，但他内心的疮痍，却比杨婉要多得多。

从杨婉认识邓瑛开始，她就觉得，邓瑛像是一个与寒霜共性的人。

再厚的衣裳穿到他身上，都会显得单薄。

至此杨婉已经不愿意再见到他被剥得就剩一件囚衣庇体。她明白，他接受了自己的身份，却从来没有真正接受过自己的身体，但那同时，也是他对这个世道维持谦卑的原因。

他一直恐惧入衣冠的局。

在大明，像他这样的刑余之人，与女人没有什么区别，除开皮肉之苦本身，更大的惩罚其实是一种生于公序良俗之中，对肉体的羞辱。杨婉有的时候会后悔，自己当年为什么对心理学这个学科持怀疑态度，如果她当时可以谦卑一点，认真地接触一些严肃的心理学，那么她对邓瑛心理的认知，就不会像现在这样只停留在社会学的层面。

她也许能做一些具体实践，哪怕作用不大，但至少能让这个男子放松一些。

邓瑛什么时候最放松呢？

杨婉脑海中浮现出了他躺在自己身边的情景。

在这种时候，想起那些事，杨婉对自己有些无语。

她咬了一口自己的手臂，逼自己抽离。然而邓瑛的面容，他褪到脚踝处的亵裤，他有感觉时埋着头不说话的样子，一触即发，瞬时撩起了杨婉的情欲。

她坐在风中，任凭自己荒唐地在理智与欲望之间煎熬，闭着眼睛，强迫自己内观自己的欲望，继而慢慢发觉，好像只有和自己在一起的时候，邓瑛的衣冠之局，才不会输。

"给。"

覃闻德的声音打断了她的"煎熬"。

杨婉忙拍了拍自己的脸，抬头道："什么东西啊？"

"我们吃的馒头。"

杨婉接过咬了一口，笑了笑道："都硬了。"

覃闻德坐下道："已经快到子时了，能不硬吗？"

杨婉拿着馒头站起身，看向院墙。

"北镇抚司有多少人守在外面？"

覃闻德伸开腿："百十来人，不过我们也不带怕他们的。"

杨婉摇了摇头："你不能这么讲，我让你们封清波馆，是为了拖延时间，并不是让你们送死。"

"我老覃不怕，老子就是和他们北镇抚司不对付。"

"不可这样讲，谁没有妻儿，你不怕死就能逼别人死吗？"

"是……夫人说得也对。"

覃闻德一面说一面抓了抓后脑勺："说起来，督主也说过类似的话。"

"什么话？"

"嗐，我这脑子哪里记得清楚，大概就是要咱们拿了钱财要对家里人好，可他自己真的……夫人啊，我都想问问您了，您委屈不？"

"我早就知道他是个渣男了。"

"渣男……是什么？"

杨婉笑了一声，低头将沾在唇上的发丝撩了下来："渣男就是对老婆不好的男人。"

"哦。"

覃闻德认真地点了点头："那督主的确是个渣男。"

杨婉一下子笑出了声："等他回来，你不能这么跟他讲啊。"

覃闻德道："这有啥，我们兄弟们都觉得他对您不够好，哪有那样的，渣男，啧……要不得。"

杨婉听完这句话，笑得摁住了腰，半天才缓过来，刚要开口说话，忽然听到正门传来响声，砰砰砰接连几声，接着外面便骚动起来，堂内学生都惊醒了，纷纷面色惶恐地挤到门边。

覃闻德抓起刀噌地站了起来："怎么了？！"

门上的厂卫禀道："千户，北镇抚司使来了。"

"来得好！"

覃闻德抹了一把脸："跟我出去。"

"不要动手。"

杨婉站起身："你们挡不住。"

覃闻德道："这些学生怎么办，护都护了，总不能就这么把人交出去吧。"

杨婉理了理自己有些散乱的鬓发："我自己去。"

她说完转身朝身后的学生道："如果这次我没能救下你们，那我就跟你们一起入诏狱。如果我救下了你们，我想求你们一件事。"

众人听完，怔怔地朝她点头。

杨婉抬头道："我想求你们，笔墨喉舌之上，饶邓瑛一命。"

110

清波馆外设了禁，除了北镇抚司的校尉与东厂的厂卫之外，百米之内无一人走动。

门上封条已经被撞破，覃闻德一把推开门，刀刃直抵门前一人的咽喉，硬是把北镇抚司的人逼退了几步。

掌柜从门后走出，高声道："诸位大人都停手，我们东家有话对诸位大人说。"

张洛勒住马缰绳，朝门后看去。

一道清瘦的影子从木门后绕了出来，其人发鬓散乱，妆融脂化，却有一种楚楚之美。

"覃千户，把人放了。"

她一面说一面走到张洛的马前，蹲身行了一个礼，抬头道："我这里面子可真大，东缉事厂要封馆，北镇抚司要破入，我一介女流拦不住你们两家，张大人，有什么话，就在这儿问吧。"

张洛冷笑了一声，喝道："进去拿人。"

"慢着！"

张洛低头看向杨婉："负隅顽抗，你也得死。"

杨婉朝后退步，一面退一面望着张洛道："那你也得先杀了我。"

她说着退到了门前："比起入你的诏狱，我倒宁可死在这里。"

张洛道："我看你疯魔了，你以为你抚育了皇长子殿下，我就不敢杀你吗？我今日是奉陛下之命，捉拿滁山、湖澹两书院的逆党，我不会对你容情。"

"那你让他们下刀啊！"

她说着仰起脖子："张大人，我告诉你，我今日不会让东厂的人与北镇抚司动手，但你要捉拿里面的学生，必须从我的尸体上踏过去。我不是对你以死相逼，我也知道你不会怜悯我，但我可以拿我的命跟你赌一赌，我今日死了，你北镇抚司明日也要玩完。"

她说完这句话，朝执刀的校尉看去："一个时辰之内，陛下恩赦这些学生的旨意就会落到清波馆门前，杀我的人即死罪，你们谁愿意替张大人担罪，就过来，我绝对不反抗。"

张洛道："你怎么知道陛下会在一个时辰之内改变圣意？"

"猜的。"

她声音坦然："虽然是猜的，但我从来没有输过，你说我玩弄了你三次，然而'玩弄'这个词用得太险恶，那三次不过是我为了在你手下求生不得已而为之，我唯一庆幸的是，我一次都没有输过。这是我对你的理解，对皇帝的理解，对我身处世道的理解，这次我依然不会输，就看你愿不愿和我赌。张大人，我只要一个时辰，一个时辰之后，没有旨意下来，我就让你把我和里面的人带走。"

她说这一番话的时候，面色虽然平静，肩背却抑制不住地在颤抖。

张洛看着杨婉，想起了诏狱中邓瑛对他说的那句话："你惩戒不了她。"

诚如杨婉所说，她玩弄了他三次。

第一次是婚姻，她挣脱了从属于张洛的身份束缚；第二次是鹤居案，她让东缉事厂一夜之间分走了北镇抚司的刑审权；第三次是《五贤传》一案，她逼张洛亲手处死了自己的父亲。

她的确一次都没有输，但没有人说得上来，身在微处的杨婉，究竟是如何斗赢他们这些权贵的。

"赌吗？张大人？"

她又问一句。

"赌。"

张洛抬起手："所有人退后十米，守前、后二门，一个时辰之后……"

他抬手指向杨婉："先锁拿她，再将馆内众人全部带走。"

杨婉听完这句话，不禁松了一口气。

她将身子向门上一靠，抿了抿唇，向张洛轻声说了一句："多谢张大人。"

养心殿内，易琅跪伏在鹤兽香炉下，杨伦和白玉阳虽然在场，却不敢在这父子二人之间参言一句，整个养心殿内，只有何怡贤敢出声劝说。

"陛下，殿下还年幼，这心里慈悲，旁人一说就动意了，您别恼得伤了身子。"

易琅抬起头道："何掌印，旁人是谁？"

"这……"

何怡贤尴尬了声，皇帝笑了一声，对何怡贤道："行了，你也老了，说不过他了。"

他说完对易琅道："你明明知道这些人辱骂了父皇，为何还敢替他们求情？"

易琅抬起头："父皇，儿臣不是求情，儿臣是要代他们受责，他们辱骂了父皇，犯了重罪，儿臣也恨他们。但是，这些人跪在阁老的宅门前，是为阁老求情，父皇才恩赦了阁老，接着就处置这些学生，愚钝之人，难免不解父皇圣意，儿臣不想听他们诋毁父皇。"

皇帝沉默了一阵："既然如此，求情就好，为何要代他们受责？"

易琅抿了抿唇："儿臣要让他们明白，他们就是有罪，有罪就是该罚。"

皇帝拍了拍膝盖："谁教你这么做的？"

"没有人教我这么做。"

易琅朝贞宁帝膝行了两步："父皇，儿臣已经没有母妃了，儿臣只有父皇，儿臣明白，儿臣以前有很多做得不好的地方，惹父皇您生气，如今儿臣长大了，懂事了，儿臣也想保护您。"

杨伦听完易琅的这一番话，不禁脊背发热，头皮发麻。

这话听起来既真切，又令人心疼。

虽然是杨婉教易琅说的，但未必不是这个孩子难以表达的肺腑之言。

杨婉帮他说出来了，恰到好处，恰是时候。

自古在京城的官场上讨生活，即如同在刀尖上行走，阳谋虽然永远抵不过阴谋，朝臣在明，司礼监在暗，大多时候，都是文官们在输自己的尊严，但这二者之上，还有一个上上品，即"攻心"。

虽然所有人都想修此道，却又有无数人玩火自焚，死在了半道上。

杨婉立于微处，手上没有任何一个实际的筹码，却游刃有余地牵引着君王和这个皇子的情绪，来盘活这一盘几乎无望的死局，这令杨伦细思极恐。

"父皇。"

"你说。"

易琅吸了吸鼻子："您责罚儿臣吧，儿臣什么都受得住。"

他说着，弯腰伏身，叩拜在贞宁帝面前。

白玉阳眼眶一热，不忍呼出一口灼气，他抬手摁了摁眼角。

贞宁帝抬头看向他："你在朕面前露什么悲？"

白玉阳忙道："臣有罪，臣思己父，不禁……为殿下动容。"

贞宁帝听完这句话，扶着何怡贤站起身，走到易琅面前，弯腰扶着他的双臂："起来。"

易琅站起身，替过何怡贤的手，扶着贞宁帝坐下："父皇，儿臣今夜为您侍疾。"

贞宁帝咳了两声："好，朕也有些话要跟你说。"

他说完对杨伦道："你亲自去，让张洛回来。另，明日拟旨，皇长子代书院学生受责，罚俸三年，朕念皇子仁义，就免去学生们的罪，不再追究。"

"是，臣代书院学生们谢陛下恩典。"

皇帝将易琅搂到身边："杨伦，谢错了。"

"是是，臣代书院学生们谢皇长子殿下恩典。"

杨伦说完，一刻也不肯耽搁，直出东华门朝清波馆奔去。

清波馆前，一个时辰已经快到了。

杨婉望着漆黑的东公街一言不发，东厂厂卫不自觉地握紧了刀，杨婉直起身，提声道："不准动手。"

"夫人！"

杨婉闭上眼睛："不要在我眼前杀人，没必要，能无罪地活着就活着。邓瑛对你们来讲也就是个普通人而已，不是神，不要这么迂腐，你们的心他和我都知道。"

她说完睁开眼，提裙走下台阶，走到张洛面前，沉默了须臾，向他伸出双手："来吧，带我走。"

张洛低头看向杨婉，她看起来已经疲倦至极，眼眶发青，发髻散乱。

"你要认输了？"

杨婉笑了一声："差不多吧。"

她说着抿了抿唇："你会让我去看他一眼吧。"

"你觉得呢？"

"好吧，你不会，不过也没关系，反正都在一个地方，我挺安心的。"

张洛用刀柄压下她的手："杨婉，我再给你一次机会。"

"我不要。"

344

张洛道："我还没有说是什么机会，你就拒绝？"

杨婉望向张洛："我知道你要说什么，受你管束，然后你就替我担待是吧？"

张洛没有出声。

杨婉笑着摇了摇头："张洛，反正我活不成了，我跟你说一句放肆的话吧。"

她说着吞咽了一口，反手指向自己："我的喜怒哀乐，你一辈子也不会懂，也配不上。"

张洛额上鼓起一道青筋："杨婉，我就没见过像你这么放肆的女人。"

"女人怎么了？"

杨婉打断他："我也是个人！你见过周丛山，见过黄然，见过邓瑛，他们哪一个不比我放肆？我和他们一样，也是愿意让血肉落地，为后世铺路撑冠的人，从今日起，你不准再看不起我。"

张洛握刀的手用力握得关节发白："再等半个时辰！"

"大人……"

"我说再等半个时辰！"

杨婉怔了怔："你不想赢我吗？"

张洛道："我就不明白，我张洛为何要沦落到跟一个女人斗，还要让这个女人看不起。我在你手里输了三次，我都没看明白我是怎么输的，这次不管我是输还是赢，我都想再看明白一点，你到底是个什么样的人。"

话音刚落，东公街上响起了马蹄声。

杨婉抬头朝前面望去，只听杨伦的声音传来："有旨意！"

杨婉听到这一声，禁不住朝后退了两步，一直强抵在胸口的那口气猛地涌出口鼻，她顿时有些站不住。

覃闻德忙扶住她："夫人。"

杨婉摁着胸口喘息了几口，抬头朝张洛看去。

张洛望着她道："真厉害，只不过，你和邓瑛为了这些人，值得吗？"

"你为了陛下值得吗？"

张洛猛地一怔。

杨婉喘道："想明白了，你就会和我们一样痛苦。"

111

是时，杨伦的马已奔至清波馆门前。

锦衣卫与东厂厂卫皆让道两旁，张洛也下了马，馆内、馆外的人顿时跪了一地，杨婉也忍着乏从覃闻德怀中挣扎起来跪下。

杨伦下马扫了一眼众人，方看向张洛："明旨还没下来，我这里是一道口谕，命你即时回宫。"

张洛叩道："臣领旨。"

众人皆随张洛起身，唯有杨婉腿还在发软，跟跄了一下，差点朝前跪下去。

杨伦忙上前搀住她，抬头对张洛道："你怎么伤的她？"

"我没有伤她。"

"没有伤她，她怎么这样！"

"好了，哥。"

杨婉抓住杨伦的手臂："我是吓的，把腿吓软了。"

杨伦骂道："你都成猴儿蹿上天了，你还知道怕啊！"

杨婉听了这一句，竟觉得很有意思："什么猴儿蹿上天，你说话真是越来越没谱。"

杨伦低头看着她的腿："真没被他伤着吧，别怕他，你直说，哥给你做主。"

杨婉摇了摇头："真没事，他们都没碰我。"

她说完冲张洛扬了扬下巴，示意他走。

张洛翻身上马，临去时又低头看了杨婉一眼，平声道："邓瑛我会按律来审，你有没有什么话跟我说？"

杨婉听他这么说，倒是点了点头，收住笑松开杨伦，朝张洛的马下走了两步："有。"

张洛勒住马头："什么话？"

杨婉抬起头："不管你怎么审他，求你保全他的衣衫。"

"你就求这个？"

"嗯，其实我知道我没有资格求你，我——"

"你有。"

他忽然打断杨婉："今日你也算救了我一命，你求我的这件事，我答应你。"

他说完，没有再给杨婉说话的余地，扬鞭打马，带着北镇抚司的人撤出了东公街。

街道一下子便空了，漆黑的道路看不到尽头，风扑面而来，夹着淡淡的春草香气。东厂的封条孤零零地挂在门上，被覃闻德一把扯了下来，好像什么都没有发生过一样。

所以历史有改变过吗？

贞宁十四年春天，皇帝病了，邓瑛在狱，一切和《明史》记载的一样。

但人心的缝隙就像一架巨车的部件接缝一样，偶尔响那么一声，便能抖落无数的尘埃。

杨婉没有想过，张洛竟然真的会答应她，正如张洛自己也没有想过，他会愿意在诏狱里，给一个"罪奴"尊严。

"好了，别看了。"

杨伦松口气道："现在没事了。"

"是啊，总算没事了。"

杨婉收回目光，抬手理了理衣衫，回头对杨伦道："殿下也没事吧？"

"没事，不过下一次有什么事，你能不能提前跟我说一声？"

杨婉弯眉一笑："你要是知道我拿殿下去冒险救这些学生，恐怕想杀了我吧？"

"你……"

杨伦又好气又好笑。

"你教殿下说那些话的时候，当真不怕陛下迁怒他吗？"

"怕呀。"

杨婉望着杨伦："他是君王，生死一念之间，这一念就算我们能拿捏七八分，仍然有两三分的变数。不过这已经是我能想到最有把握的办法了，对陛下和殿下都好。"

"怎么讲？"

杨婉看回馆内："陛下未必想杀这些人，只是他没有赦免他们的理由。易琅是他的儿子，他代这些人受过，就给了陛下一个台阶。而且陛下……应该也想替自己的后代，在这些年轻人心里博一个好名声吧。"

"哼。"

杨伦哼笑了一声："名声是好，罚了三年的俸呢。"

"三年？这么久。"

"是啊，你们怎么过啊？"

杨婉笑了笑："邓瑛那样都能过，我们有什么不能过的，你放心，我有钱，不会找你要。"

她说完走进门内，对众学生道："好了，没事了，你们回去吧。"

那个年轻的学生怯怯地问道："姐姐，我们……还能参加今年的春闱吗？"

杨婉冲着他点了点头。

"能，要好好考，要看什么书，只要清波馆有的，你们都可以拿去看，要找不到地方吃饭，也可以来馆里吃。虽然我今日就要回宫了，但掌柜的会帮你们张罗。"

她说着看向周慕义："邓瑛打了你二十杖，调养起来比较难，你在京中请医用药的钱我包了，好好治伤。听邓瑛说，你写得一手好文章，那就不要老是骂人，多看看百姓，多关注关注民生，周先生在天有灵，也不会希望你被人利用，枉送性命的。"

她说完这句，朝后退了一步向众人行了一个礼，抬头提声道："邓瑛侵吞学田一事，的确伤到了书院，也伤到了你们，他偿还不了的，我尽力来还，还请你们记住，我求你们的事。"

"姐姐，谢谢你，我不会再骂邓厂督了。"

"我也不会了。"

"我也是。"

"我也……"

众人皆附和，杨婉亦有些动容，她含笑点着头："我知道了，回去吧。"

她一面说，一面用力将身后的大门推开，学生们互相搀扶着走出清波馆，店中的伙计们纷纷提着灯笼去送。

杨婉靠在大门上望着这些人的背影，对杨伦道："欸，你和邓瑛读书那会儿，是不是也和他们一样啊？"

杨伦走到杨婉身旁抱臂靠门："我可没那么蠢。"

杨婉笑了笑，侧头又道："那你和邓瑛，谁读书比较厉害？"

杨伦沉默了一阵，方不情愿地吐了一个字："他。"

说完又问道："你没问过他吗？"

"问过，他不说。"

杨伦抬起头，朝头顶的树冠看去："你觉得很可惜？"

杨婉摇了摇头："不可惜。"

她说着顺着杨伦的目光看去："你看他在这条路上走得多好，当初举荐他，你现在不后悔吧？"

"其实有一点后悔。"

杨伦垂下头："我如今不知道该怎么救他。"

"拖。"

"拖有用吗？"

"有。"

杨婉直起身："拖过今年夏天，到了秋天就有转机。"

杨伦侧头看向杨婉："什么转机？"

杨婉没有明说："反正就是有转机。他的态度好，人也温顺，刑部的人不至于立刻就要他死吧。"

"不至于。"

杨婉应道："那你们可以先给他判罪，死罪也行，但不要立决。

这样你们就可以清学田，推新政了。如果可以，判了罪之后，看能不能把他接到刑部关押，不过不行也没关系，司礼监的把柄还在他手上，陛下的名声也在他身上，他们不会让张洛对他过度用刑。"

杨伦道："你真的有把握吗？拖到秋天。"

杨婉点了点头："有，至少比这次有把握。"

"好，我信你。"

杨伦直起身："我现在就去见白玉阳。"

杨婉忙追道："哥，以后有事我会提前跟你说的。"

杨伦回过身："不用了，经过这件事，我不得不相信，你已经不是从前的婉儿了，你要做什么，可以自己做决定。"

"我……"

杨婉捏着袖口犹豫。

杨伦径直问道："有什么不好跟哥哥说的？"

杨婉抿了抿唇道："我想跟哥你坦白一件事。"

她一面说一面低下了头："其实，自从我摔下南海子以后，以前的事，我就都记不得，我……"

她说到此处有些心虚，逐渐放轻了声音："我不知道我以前是怎么对待哥哥，还有家里的人，这两年我做得很不好，老是跟你吵，还经常骂你，做一大堆让你担心的事，你……能不能原谅我？"

杨伦解开马缰绳，回身道："没关系，不管你变成什么样，哥当时都只希望你能活着，哪怕找到你之后，哥要养你一辈子。而你现在不光活着，你还救了这么多人。"

他说着目光一动："哥以你为荣。"

杨婉听完这句话，不禁心头一松，她迎上杨伦的目光，冲他点了点头："我也是。"

说完捏起拇指和食指伸向杨伦，向着他比了一个"心"："加油啊，大刀阔斧推新政，不必有后顾之忧。"

杨伦翻身上马："我要你说？"

他说完又学着杨婉的样子捏起了食指和拇指："这啥意思啊？"

“比心。”

“什么？”

“就是表示我很喜欢哥哥你。”

杨伦忍不住抬起了唇角：“我告诉你，不管你有多喜欢邓瑛，我都是你哥，你以后要是再因为他骂我，我就跟你……不是，我就跟他翻脸。”

杨婉立在马下笑道：“我不会了，等他出来我跟你一起骂他。”

“哼。”杨伦哼笑了一声，“你会让我骂他？”

“我会，真的！我们找一天，把他摁在凳子上，咱俩一人站一边，你一句我一句，不把他骂认错不罢休。他这次把自己丢到诏狱去，真的有点气人。”

杨伦被杨婉给逗乐了，低头道：“行了，你的话鬼都不信。”

他说完正色道：“对了，提审邓瑛的时候，我可以私下见他，你有没有什么话，需要我带给他？”

杨婉道：“那你告诉他，诸君平安，我亦平安。让他……多睡觉，注意饮食。”

“就这些吗？”

“嗯。”

杨婉点了点头：“就这些，来日方长嘛。等他回来，我准备陪他在护城河直房那边养一段时间，让他卧床休息一个冬天，好好治一治他的腿伤，再调理调理他的身子。殿下被停了俸，不能给他赐药了，到时候，可能要请你帮我找一些药，嗯……钱我会让清波馆的掌柜给你。”

杨伦看了一眼清波馆的大门：“你准备把这个书馆开成什么样子啊？”

杨婉道：“今年春闱的书坊考市，只有我清波馆是赚的，明年我要买下对面的宽勤堂。”

杨伦不禁笑道：“你啊，是怎么想到做这些书本生意的？”

杨婉笑道：“因为我也是读书人，读书人嘛，就得靠书本吃饭。”

（第二卷·完）

图书在版编目（ＣＩＰ）数据

观鹤笔记 . 2 / 她与灯著 . -- 北京 : 中国友谊出版
公司 , 2023.8
ISBN 978-7-5057-5652-6

Ⅰ . ①观… Ⅱ . ①她… Ⅲ . ①言情小说—中国—当代
Ⅳ . ① I247.5

中国国家版本馆 CIP 数据核字 (2023) 第 106968 号

书名	观鹤笔记 . 2
作者	她与灯
出版	中国友谊出版公司
发行	中国友谊出版公司
经销	新华书店
印刷	河北鹏润印刷有限公司
规格	880×1230 毫米　32 开
	11.25 印张　314 千字
版次	2023 年 8 月第 1 版
印次	2023 年 8 月第 1 次印刷
书号	ISBN 978-7-5057-5652-6
定价	49.80 元
地址	北京市朝阳区西坝河南里 17 号楼
邮编	100028
电话	（010）64678009

如发现图书质量问题，可联系调换。质量投诉电话：010-82069336